Marcus Luft

Frühstück in Amsterdam

Roman

dotbooks.

Druckausgabe 2019

Umschlaggestaltung: Nele Schütz Design, München, unter Verwendung
von Bildmotiven von shutterstock.com/XiXinXing
Printed in the EU

ISBN 978-3-961-48504-8

Wer etwas von Brot versteht, versteht das Leben.

Bereits die Ägypter wussten, wie wichtig die Kunst des Brotbackens ist – und zwar nicht nur für die Ernährung. Am Hofe der Pharaonen gab es Bäcker, denen hohe Ehren zuteil wurden. Archäologen haben herausgefunden, dass Brot schon früh bei Ackerbau treibenden Völkern als heilig galt. Und auch heute noch bekreuzigen sich viele Menschen, bevor sie ihr tägliches Brot essen.

Ursprünglich stellte man Brot als Fladen auf einem Herd her, später im Backofen als Laib. Seit dem 9. Jahrhundert ist das Backen ein selbstständiges Gewerbe. Zunächst aß man hauptsächlich Hafer-, Gersten- oder Roggenbrot, seit dem 18. Jahrhundert auch Weizenbrot. Ende des 18. Jahrhunderts entstanden dann die ersten Brotbackmaschinen, die Wegbereiter der modernen Brotfabrikation.

Bei uns in Deutschland verwendet man zur Brotherstellung Getreidemehl oder -schrot, Wasser und Salz. Um den Teig aufzulockern, fügt man ihm Gärmittel wie Hefe zu. Sauerteig entsteht aus einer Verbindung von Wasser und Mehl, die bei konstanter Wärme Hefepilze bildet und dadurch säuerlich schmeckt.

Das Gewicht eines Brotes muss hierzulande per Gesetz mindestens 500 Gramm betragen und durch 250 teilbar sein. Der Verbrauch von so genannten Brotgetreideerzeugnissen betrug 1913 in Deutschland pro Einwohner 121,7 Kilogramm. Und auch heute noch liegt er bei rund 86 Kilogramm, so hoch wie nirgendwo sonst in Europa. Der Deutsche isst pro Jahr rund 1500 Scheiben Brot sowie 350 Brötchen, Semmeln oder Schrippen. Mittlerweile gibt es 134 Brotsorten. Die deutsche Bäckerinnung weist jedoch darauf hin, dass es beim Brotbacken noch immer auf die richtige Mischung der Zutaten ankommt.

Brot hat eine Seele. Und deshalb gilt noch immer jener Satz, an den bereits die Ägypter glaubten: Wer etwas von Brot versteht, versteht das Leben.

1

Unverhofft kommt oft

Es ist nicht so, dass einen das Leben warnt, wenn es plötzlich die Richtung ändern will. Dass es einem vielleicht ins Ohr flüstert: »He, stell dich schon mal darauf ein: Ab heute Abend wird nichts mehr so sein, wie es einmal war.« Nein, das Leben hat kein Frühwarnsystem. Man kann sich nicht darauf verlassen wie auf den Wetterbericht und sich vorsichtshalber etwas wärmer anziehen.

Ausgerechnet an einem sonnigen Dienstag passiert es. An einem jener Herbsttage, an denen sich die Sonne noch einmal richtig Mühe gibt, um bis zum nächsten Frühjahr in guter Erinnerung zu bleiben. Der Himmel ist mediterran blau, die Luft morgens klar, aber kühl. Beim Sprechen atmet man bereits Kondensnebel aus. Langsam färben sich die Blätter rostbraun. Kastanien knallen auf den Boden, Kinder werden sie später aufheben und mit Streichhölzern Kastanienmännchen aus ihnen basteln. Was man eben macht im wunderschönen Herbst.

Es gibt keine Anzeichen dafür, dass ich mich heute auf ein Unwetter einstellen muss. Gegen acht Uhr morgens komme ich vom Joggen nach Hause. Wie jeden Tag bin ich meine Runde durch den Englischen Garten gelaufen – von Montag bis Freitag die kleine, am Wochenende natürlich die große. Ich will meinen durchtrainierten Körper noch ein bisschen behalten, von nichts kommt nichts, sagt man doch immer. Eins achtzig bin ich groß, siebzig Kilo schwer, und einen Sixpack habe ich auch. Zumindest, wenn ich die Luft anhalte und ganz genau hinschaue.

Mit einer Tüte warmer Laugenbrezeln in der Hand und der *Süddeutschen Zeitung* unterm Arm trabe ich verschwitzt die Treppe zu meiner Wohnung in Bogenhausen hoch. Hier gefällt mir München am besten. So ein Altbau wie meiner hat einfach was. Ich mag es, wenn die Eingangstüren verschnörkelt sind und die Lampe im Treppenhaus schon ein wenig Patina angesetzt hat. Wie immer nehme ich jeweils zwei Treppenstufen auf einmal. Im dritten Stock angekommen, schließe ich meine schwere Wohnungstür auf. Sie knarrt laut, so als wolle sie mich darauf hinweisen, ihr endlich ein wenig Schmieröl zu gönnen. Sorry, keine Zeit. Ich stelle die Espressomaschine an und gehe ins Bad duschen. Burt Bacharachs *Raindrops keep fallin' on my head* verbreitet gute Laune. Ich pfeife mit. Zwar falsch, aber durchaus fröhlich und hochmotiviert.

Während ich frisch geduscht die Milch für meinen Cappuccino aufschäume, muss ich an mein heutiges Gespräch mit Herrn Dr. Brienzle denken, dem CEO von *Happy Food Europe*. Um zwei Uhr will mich mein Boss sprechen. Wir gehen die ersten Verkaufszahlenauswertungen von *Landbrot Thüringen* durch, jener Backmischung, die ich als Produktmanager im Bereich *Modern Innovative Food* zu verantworten habe.

Ein Jahr lang habe ich daran gearbeitet, das herzhafte Landbrot zu entwickeln. Meine ganze Leidenschaft habe ich in dieses Projekt gesteckt, für das mein Chef mir nahezu freie Hand gelassen hat. Ich liebe Brot. Seit meiner Kindheit. Andere Jungen wollen Feuerwehrmann werden oder Fußballnationalspieler oder Erfinder. Seit ich mit knapp sieben Jahren zum ersten Mal in der *Sendung mit der Maus* erklärt bekommen habe, wie Sauerteig gemacht wird, war es immer mein größter Traum, eine eigene Brotbackmischung zu entwickeln.

Keine Ahnung, warum ich nie ernsthaft auf die Idee gekommen bin, das Brot selbst backen zu wollen. Für mich stand schon als Kind ganz einfach fest: *Ich will backen lassen.* Früh aufstehen und bemehlt in der Backstube stehen – ach nein, das ist nun wirklich nichts für mich. Beim Gucken der *Sendung mit der Maus* taten mir die verschwitzten Kerle am Ofen auch sofort Leid. Ich überlegte mir schon damals lieber, wie viele Brote sie wohl backen müssen, damit sie ihrem Sohn ein Bonanzarad kaufen können. Sofort kam mir die Idee, überall ein wenig von den Zutaten wegzulassen, aber das damit ersparte Geld trotzdem auf den Brotpreis aufzuschlagen.

Ich bin stolz auf mein *Landbrot Thüringen;* stolzer könnte ich auch nicht sein, wenn ich jeden Morgen in aller Herrgottsfrühe aufstehen und es höchstpersönlich in den Ofen schieben würde. Diese Kruste: dunkel und kross. Dieser Geschmack: herzhaft und lecker. Und erst die Verpackung: gemütlich wie rot-weiß karierte Bettwäsche. Nicht zu vergessen der Name: Ost-West-verbindend. Ganz klar: ein Topprodukt für die Brotbackmaschine zu Hause. Und das bei minimalem Arbeits- und Zeitaufwand. Einfach den Tüteninhalt in die Maschine geben, ein wenig Butter und Wasser dazu, anstellen: In sechzig Minuten inklusive Knetzeit duftet deutsche Geselligkeit in heimischen Reihenhaus-Einbauküchen.

Während ich in meine gebutterte Laugenbrezel beiße – die Bäckerei *Konrad* macht wirklich die allerbesten –, überlege ich mir, wie ich während des Meetings das Thema Karriereplanung am besten ansprechen könnte. Deutschlands jüngster CEO in der Lebensmittelbranche will ich werden. Und jetzt, mit einunddreißig Jahren, wäre dafür eigentlich der richtige Zeitpunkt. Gründe, mich zu befördern, gibt es eine Menge: die erfolgreiche Lancierung einer Mikrowellen-Currywurst, gefrorene Schlagsahne im praktischen Dosierspender, Kartoffelchips, von denen man beim Essen keine fettigen Finger bekommt, ein geschmacksverstärktes, aber kalorienreduziertes Trockenpulver, das sich innerhalb von Sekunden durch simples Aufgießen in ein *Chicken Curry Bangkok Dreams* verwandelt. Alles meine Verdienste.

Das weiß Herr Dr. Brienzle garantiert zu schätzen, kein Problem also, ihm nach der Analyse der Verkaufszahlen unseres neuen Umsatzbringers auch gleich dieses Thema aufs Brot zu schmieren.

Ich schaue auf die Uhr: fast neun. Zu lange mit den Laugenbrezeln herumgetrödelt. Schnell anziehen: brauner Anzug mit beigefarbenen Nadelstreifen, weißes Hemd, dezente Krawatte, dazu braune Schnürschuhe. Jetzt nur noch die Haare mit Out-Of-Bed-Gel gekonnt verwuscheln. Fertig ist mein Winneroutfit. Ein Blick in meinen Barockspiegel im Flur, ein Erbstück meiner Großtante, gibt mir Recht. Ich sehe verdammt gut aus. Schnell wische ich noch über meine handgenähten Pferdelederschuhe. Teure Teile. Ich pose vor dem Spiegel. Übe den Winnerblick, mit dem ich heute Mittag meinem Boss gegenübertreten möchte.

Punkt halb zehn klingelt es an der Tür. Das Taxi ist da. Ich selbst fahre kein Auto. Meinen Führerschein habe ich eher meinem Charme zu verdanken als meinen Fahrkünsten. Wer nicht rückwärts um die Kurve einparken kann, sollte sich nicht in den Straßenverkehr wagen. Die U-Bahn nehme ich allerdings erst recht nicht. Ich verabscheue öffentliche Verkehrsmittel. Schließlich gibt es für mich nichts Schöneres, als gut riechend das Haus zu verlassen und mich auf dem Weg zur Arbeit ein wenig meinen Tagträumen hinzugeben. Sich jeden Morgen in einen überfüllten Waggon zu quetschen ist nichts für mich. Natürlich habe ich es versucht. Natürlich hatte ich jedes Mal das Pech, dass ausgerechnet neben mir ein nach Schweiß riechender Geschäftsmann im schlecht sitzenden Anzug stand. Und das war beileibe nicht immer derselbe – es sei denn, er hätte mich von Hamburg über Berlin, Barcelona und Paris bis nach München verfolgt. Vor zwei Monaten bin ich spätabends außer der Regel dann doch noch einmal U-Bahn gefahren. Prompt haben sie mich beim Schwarzfahren erwischt. Zu dritt haben sie mich aus dem Wagen gezogen – entwürdigend war das. Ein deutliches Omen, besser das Taxi zu nehmen.

»Guten Morgen, Herr Schandlmeier, zum Sendlinger Tor bitte«, begrüße ich meinen Fahrer, nachdem ich hinten eingestiegen bin.

»Geht in Ordnung.« Schandlmeier nickt. »Alles paletti.« Klar weiß er das, schließlich fährt er mich jeden Morgen. Ich bin sein letzter Gast in der Nachtschicht. Wie immer begutachtet er mich im Rückspiegel. Wie immer lächle ich kurz und unverbindlich zurück, ohne ihn dabei wirklich anzusehen. Ich weiß, was mich erwarten würde: Seine letzte Haarsträhne legt Schandlmeier stets akkurat über die Stirn. Nach zwei Jahren Fahrgemeinschaft bin ich fest davon überzeugt, dass er mit seiner Wildlederweste verwachsen ist. Er trägt sie tagtäglich, jeweils mit einem anderen bunten Schnupftuch in der Brusttasche. Am Rückspiegel baumeln ein Rosenkranz und ein Duftbäumchen Markt *Landblumen-Potpourri extra frisch*, auf dem Armaturenbrett klebt ein Foto seiner Enkelkinder vor einem äußerst fragwürdig geschmückten Christbaum.

In Filmen verbindet Chauffeur und Fahrgast nach einer Weile meistens eine tiefe, wunderbare Freundschaft. Aber ich bin nicht Miss Daisy. Und auch mein freundliches Grinsen beim Einsteigen kann Herrn Schandlmeier nicht von seiner Meinung abbringen, dass ich ein dunkelblonder, oberflächlicher Schnösel mit Dreitagebart bin – zumal genau in diesem Moment mein Handy klingelt. Er kann nicht ahnen, dass es sich dabei weder um einen geschäftlichen Anruf handelt noch um meinen nichtexistenten Vermögensberater, der mir schnell die neuen Aktienkurse durchgibt. Es ist meine Mutter.

Annemarie wird im nächsten Jahr sechzig Jahre alt. Sie ist eine kleine, resolute Person, die sich selbst als Morgenmuffel bezeichnet – was sie aber nicht davon abhält, bereits nach dem Aufstehen lange Reden zu halten. Am liebsten trägt sie schwarze, weit geschnittene Hosen, vorzugsweise von japanischen Designern, weil die angeblich »für kleine Frauen wie mich« so vorteilhaft schneidern. »Yamamoto muss beim Kreieren an mich denken«, sagt sie oft und lacht. Außerdem passen japanische Jacken ihrer Meinung nach am besten zu ihrem asymmetrischen Haarschnitt, den sie sich regelmäßig von einer japanischen Friseurin in Form bringen lässt. Nur Sushi mag meine Mutter nicht. Sie ist geschieden, lebt in Hamburg und hängt sehr an ihrem »Bub«. Schließlich bin ich ihr einziger Sohn. Unsere Beziehung ist eng, sehr eng, manchen vielleicht zu eng. Bei Frauen, mit denen ich geschlafen habe, schlafe oder schlafen möchte, lande ich mit meiner guten Beziehung zu Annemarie meistens Pluspunkte. Zumindest so lange, wie sie meine Mutter nicht kennen lernen. Dann stehen sie plötzlich in Konkurrenz zu ihr. Aber solange ich nur von meinem guten Verhältnis erzähle, finden sie mich sensibel. *Sensitive*, wie eine Bekannte mal zu mir sagte, wobei ich mir allerdings vorkam wie ein alkoholfreier, duftstoffarmer Deoroller. »Der versteht uns«, flüstern sie sich wahrscheinlich auf der Damentoilette zu – und sei es im größten Abschleppschuppen. Kumpel und Kollegen finden es dagegen eher weniger anziehend, dass ich aus den tiefen Gefühlen für meine Mutter keinen Hehl mache. Für sie bin ich die Memme, die Schwuchtel. Das Weichei, das sich drei Tage Urlaub nimmt, um zu ihr zu fliegen, weil sie wegen ihrer Schilddrüse zur Beobachtung ein paar Tage im Krankenhaus bleiben muss. Aber diejenigen, die so etwas sagen, kennen die Geschichte nicht, die uns beide für immer zusammengeschweißt hat.

Als ich gerade zu Hause ausgezogen war und mit meinem BWL-Studium begonnen hatte – das ist jetzt gut zwölf Jahre her –, beschloss mein Vater Gunther, ein erfolgreicher Steuerberater, dass er mit meiner Mutter nicht mehr sprechen wollte. Zwei Jahre lang kam er abends nach Hause und redete keinen Ton mit ihr. Er missachtete seine Frau gänzlich. Während des Frühstücks, beim Fernsehen, abends im Bett. Kein »guten Abend«. Kein »das schmeckt heute aber gut«. Nicht mal ein »können wir umschalten, ich will die Nachrichten sehen«. Es war, als existierte sie nicht mehr für ihn. Zuerst dachte meine Mutter noch, Gunther sei verstimmt, vermutete großen Stress im Büro. Dann suchte sie die Schuld bei sich. Und als auch das sie nicht weiterbrachte, konsultierte sie verschiedene Psychologen – vielleicht hatte er ja Probleme? Vielleicht musste ihm geholfen werden? Auf die Idee, dass *ihr* geholfen werden sollte, kam sie nicht. Geduldig ertrug sie den stummen Psychokrieg, den Gunther über Monate aufrechterhielt. Niemand verstand, warum Annemarie meinen Vater nicht verließ. Vielleicht, weil er ihr alle drei Monate ein Fax aus der Kanzlei nach Hause schickte und darin andeutete, er werde wieder mit ihr sprechen, irgendwann. Sie glaubte ihm. Liebe macht blind, sagt man. Bestimmt auch naiv. Ich weiß es beim besten Willen nicht.

Nach zwei Jahren, einem Monat und vierundzwanzig Tagen brach Gunther eines Morgens tatsächlich sein Schweigen. Gerade als er sein Fünfminutenei mit dem Messer anschlug, sagt er etwas. Meine Mutter erschrak zunächst, denn sie hatte den Klang seiner Stimme fast vergessen. Hatte er etwa immer schon so monoton und gelangweilt geklungen? Aber immerhin, er sprach wieder. Es gab noch Hoffnung. Erst mit ein paar Sekunden Verzögerung verstand meine Mutter, was er da gerade von sich gegeben hatte: »Ich ziehe aus, ich habe seit einem Jahr eine Freundin!« Zehn Wörter, die Klarheit schafften. Er aß sein Vollkornbrot mit Ei auf, packte einen Koffer und ging, ohne sich zu verabschieden. Noch am gleichen Nachmittag holte ein bereits seit Wochen beauftragtes Umzugsunternehmen einen Großteil der Möbel ab, darunter eine alte Stereoanlage, die sich meine Eltern in den frühen Siebzigern nach einem Lottogewinn gekauft hatten, eine goldene Taschenuhr sowie einen Karton voller Fotos. Sorgsam waren sämtliche Aufnahmen aussortiert, auf denen meine Mutter zu sehen war.

Annemarie wurde depressiv und saß tagelang alleine in einem vierhundertfünfzig Quadratmeter großen Haus. Nicht einmal ans Telefon ging sie in jener Zeit. Auch ich erreichte sie nicht. Sie weigerte sich, die Vorhänge zu öffnen. Als kurz darauf auch noch meine Großmutter starb, hielt nur die Liebe zu mir und ihrem Vater Heinrich sie davon ab, mit ihrer täglichen Flasche *Veuve Cliquot* eine Überdosis Tabletten hinunterzuspülen. Erst vor kurzem hat sie mir gestanden, dass die Packung schon neben ihr auf dem Couchtisch gelegen hatte. Ich studierte damals in Berlin und hatte gerade meine Unterlagen für ein Auslandsstipendium in Paris eingereicht. Wie noch nie zuvor hatte ich das Gefühl, dass das Leben mir endlich die Tür zur Welt aufgestoßen hatte. Ich sah mich schon morgens im Marais in meiner kleinen Stammbäckerei Baguette kaufen. Trotzdem zögerte ich nicht eine Sekunde, kündigte meine kleine Studentenbude in Kreuzberg und zog sofort nach Hamburg zurück. Ich hatte mich meiner Mutter immer nah gefühlt und stets betont, dass ich sie sehr liebte. Nun war es an der Zeit, den Worten Taten folgen zu lassen.

In jener Zeit habe ich meine Mutter mit aller Kraft unterstützt. Seelisch sowieso, aber auch finanziell, da mein Vater sich bis zur gerichtlichen Scheidung weigerte, Unterhalt zu zahlen. Leicht war das alles nicht. Viel Geld hatte ich ja selbst nicht. Doch ich nahm einen Nebenjob in einem Klamottengeschäft an und überwies ihr, was ich entbehren konnte. Außerdem telefonierten wir lange und oft. Sicher war die moralische Unterstützung für sie noch viel wertvoller als die finanzielle. Aus Wut brach ich damals den Kontakt zu meinem Vater ab. Allerdings schrieb ich ihm einen letzten Brief.

Lieber Pa,
ich habe nie verstanden, warum Annemarie es so lange ertragen hat, dass du sie quälst. Ich glaube sicher nicht daran, dass eine Ehe halten muss, bis der Tod die Partner scheidet. Woran ich aber fest glaube, sind Regeln, die man in einer Familie einzuhalten hat. Die hast du verletzt, in dem du zwar über Jahre nicht mit Annemarie gesprochen, ihr aber trotzdem die Hoffnung gegeben hast, du würdest dich lediglich – wie hast du das so hübsch formuliert? – in einer »Phase des Nachdenkens« befinden. Alles wird schon wieder gut. Ein Satz, der nie

gestimmt hat. Jedenfalls für dich nicht. Doch Annemarie hat gehofft. Der Satz war eine Art Silberstreif am Horizont, ein Seil, an dem sie sich festgehalten hat, um über eine schmale Hängebrücke gelangen. Dieses Seil hast du von einem Tag auf den anderen durchgeschnitten. Annemarie ist von der Brücke gefallen, und niemand kann sagen, wie sehr sie sich bei diesem Sturz verletzt hat. Der Schuldige ist nicht derjenige, der an etwas Falsches glaubt. Sondern derjenige, der einen im falschen Glauben lässt. Freunde, die so handeln, wie du es getan hast, kündigt man die Freundschaft. Und wir? Wir waren Freunde, Pa. Wir sind zusammen mit einem alten Golf durch Irland gefahren und hatten eine Menge Spaß. Wir haben viele schöne gemeinsame Erinnerungen. An unsere Männerurlaube denke ich noch oft. Damals, nach dem Abi, als wir zusammen mit dem Rad durch Schottland gefahren sind und abends in irgendeinem Bed and Breakfast übernachtet haben. Aber irgendwann, genau weiß ich selbst nicht mehr, wann das war, hat sich unser Verhältnis abgekühlt. Du hast dich nicht mehr so oft bei mir gemeldet. Und wenn, warst du meist fordernd und schlecht gelaunt. Doch mit deinem Verhalten in den letzten beiden Jahren haben sich ohnehin alle schönen Erinnerungen relativiert.

Manche sagen, Blut sei dicker als Wasser. Ich glaube nicht an diesen Unsinn, sondern bewerte Menschen nach ihrem Handeln. Dein Handeln ist für mich weder verständlich noch entschuldbar. Leicht fällt es mir dennoch nicht, dir das zu schreiben, was ich nun auszudrücken versuche:

Ab heute habe ich keinen Vater mehr.

Alles Gute

Oliver

Seitdem habe ich meinen Vater nicht mehr gesehen, und ich gehe auch nicht davon aus, ihm jemals wieder zu begegnen. Zuerst hat mich dieser Gedanke erschreckt. Inzwischen ist es mir egal. Er ist mir egal. Anfangs habe ich noch versucht, ihn zur Rede zu stellen. Ich wollte wissen, wie sich ein Mensch so verändern kann. Doch er ist mir ausgewichen, hat nicht zurückgerufen oder einfach den Telefonhörer aufgeknallt.

Es hat Jahre gedauert, bis meine Mutter wieder Vertrauen in das Leben gewonnen hat, Hoffnung, eine Perspektive. Sie hat sich eine kleine Wohnung genommen, mit einem Balkon voller Hängegeranien und Kletterrosen. Sie kümmert sich um meinen Großvater, geht mit Freundinnen aus. Sie kann wieder lachen. Sie reist gerne und viel. Und sie sagt jedem, wem sie das zu verdanken hat: mir. Vielleicht stimmt das. Auf jeden Fall bin ich derjenige, der sich darüber am meisten freut. Wenn man so weit voneinander entfernt wohnt wie wir seit einigen Jahren, kann man sich nicht oft sehen. Deshalb habe ich regelmäßig ein schlechtes Gewissen, aber ich kann nichts dagegen tun. Landbrote und Tiefkühlschlagsahne im Portionierer lassen sich nicht mit einer Vierzigstundenwoche oder mit mehr als zwanzig Urlaubstagen im Jahr entwickeln.

Wann immer Annemarie sich doch einsam fühlt – und manchmal auch, wenn es mir so geht –, schicke ich ihr ein Bahnticket und lade sie in München zum Essen ein. Im Restaurant wählen wir dann nach dem ersten Glas Wein unter den anderen Gästen immer das »stumme Paar«. Wenn man darauf achtet, sieht man erschreckend viele Paare, die nicht miteinander sprechen oder sich nichts zu sagen haben. Abschreckende Beispiele als Behelfstherapie.

»Willst du das lieber?«, frage ich Annemarie.

»Du hast ja Recht«, antwortet sie und drückt dann immer fest meine Hand.

Meine Mutter und ich telefonieren fast jeden Tag miteinander. Irgendetwas ist immer passiert. Zumindest wollen wir kurz unsere Stimmen hören. Sollen andere uns doch für verrückt halten.

»Einen schönen Tag noch«, verabschiedet sich mein Chauffeur nun von mir. »Morgen wie immer?«

»Morgen wie immer, Herr Schandlmeier. Ciao.«

Auf dem Flur vor meinem Büro kommt mir meine Assistentin Marianne entgegen und wedelt aufgeregt mit einer Telefonnotiz. »Dein Gespräch mit Brienzle wurde vorverlegt. Du sollst jetzt gleich zu ihm kommen«, informiert sie mich hektisch. Wie immer, wenn Brienzle sie überraschend anruft, hat sie diese kleinen roten Flecken am Hals, die leuchten wie Windpocken im fortgeschrittenen Stadium.

»Erst einmal: Guten Morgen, Marianne.« Ich kann an dieser Terminverschiebung überhaupt nichts Beunruhigendes erkennen. »Wahrscheinlich ist Brienzle für nachmittags irgendetwas dazwischengekommen«, füge ich lässig hinzu.

Ich bin gut vorbereitet auf das Gespräch. Aus dem Ausland habe ich mir Marktanalysen besorgt, damit wir eventuell gleich die Strategie für Europa besprechen können. Auch über Marketingkooperationen mit deutschen Food-Zeitschriften habe ich nachgedacht, um den Verkauf noch weiter anzukurbeln. Sicher, ich weiß, dass die Absatzzahlen der ersten Wochen schlechter waren als erwartet. Aber ich werde Brienzle schon davon überzeugen, dass es mit *Thüringen* immer weiter aufwärts gehen wird. Alles eine Sache des Timings. Wieso soll ich mir also Sorgen machen?

Trotzdem werden meine Hände ein wenig feucht, als ich mich auf den Weg zur Vorstandsetage mache. Es ist immer ein merkwürdiges Gefühl, plötzlich mit dem höchsten Boss einen Termin zu haben. Es muss einfach alles gut werden. Es muss. Ich atme tief durch. Sicherheitshalber wasche ich mir in der Herrentoilette die Hände und werfe einen prüfenden Blick in den Spiegel. Alles perfekt.

Mit dem Lift fahre ich in den zwölften Stock des *Happy-Food*-Hauptgebäudes. Schwere Orientteppiche schlucken dort das Geräusch jedes Schrittes. Stattdessen beschallt leise, unverbindliche Musik den langen, holzvertäfelten Flur.

»Guten Morgen, Frau Siebold-Mischlich«, begrüße ich die Vorstandssekretärin.

Sie nickt freundlich und meldet mich an.

»Nehmen Sie doch schon mal im Besprechungsraum *Pizza Paolo* Platz«, bittet sie mich. »Herr Dr. Brienzle kommt sofort zu Ihnen.«

Ich gehe den Gang entlang. Wie jedes Mal amüsiere ich mich über die absurden Zimmernamen: Besprechungsraum *Fischfilet Barcelona*, Konferenzraum *Creme-Eisbombe Neapolitana* und so weiter. Die Bestseller von *Happy Food*. Sobald *Landbrot Thüringen* dazugehört, bestehe ich darauf, dass auf den Tischen karierte Decken liegen und *Rotkäppchen*-Sekt kredenzt wird. Oder noch besser *Grabower Küsse*, die weltbesten Neger… Verzeihung: *Schokoküsse*.

Pizza Paolo ist einer der kleineren Besprechungsräume. Hier trifft man sich zu vertraulichen Gesprächen unter vier Augen, und schon so manches Projekt von mir hat hier sein offizielles Okay von Seiten der Geschäftsführung bekommen. Ich nehme auf einem der schwarzen Stühle Platz und greife mir vom Tablett aus gebürstetem Edelstahl eine Flasche stilles Wasser, ein Glas und einen Butterkeks mit Erdbeermarmeladenfüllung aus der Gebäckselektion *Cafeteria*. Wie gut sich diese verkauft, weiß ich nicht. Zumindest ist kein Raum nach ihr benannt.

Kurz darauf kommt Dr. Brienzle herein, schüttelt mir die Hand. »Herr Schmetter, guten Morgen!«

»Grüße Sie, Herr Dr. Brienzle«, antworte ich in ähnlich energischem Tonfall. Während mein Chef sich ebenfalls ein Wasser einschenkt und dann noch einen Moment seine Unterlagen ordnet, fällt mir auf, dass er eine Krawatte mit kleinen Teddybärchen trägt. Was wollen Männer mit einer solchen Krawattenwahl sagen? Dass sie das Leben ein bisschen leichter nehmen als andere? Dass in ihnen auch in hohen Positionen noch immer ein kleines Kind steckt? Ich überlege. Dr. Brienzle gibt sich gerne als Familienmensch. Seine Gattin ist eine repräsentative Erscheinung, die bei Opernpremieren und Firmenevents stets eine gute Figur macht. Sie sieht ein bisschen aus wie eine gut erhaltene Margot Werner. Auf Brienzles Schreibtisch stehen gleich fünf Fotos seiner Kinder und Enkelkinder. Vielleicht weiß er, dass er mit seinen 1,95 Metern, der massigen Figur und der Glatze eher wie ein frühpensionierter Diskothekenbesitzer auf Ibiza aussieht, und möchte mit Teddybärchen-Krawatten, der silbergerahmten Ahnengalerie und der herzeigbaren Margot-Werner-Gattin eine sympathischere, persönlichere Seite zeigen?

»Wir haben die ersten gesicherten Abverkaufszahlen Ihres *Landbrots Thüringen* bekommen«, unterbricht Brienzle meine kleine Krawatten-Psychologie.

Ich nehme einen Schluck Mineralwasser, hole mein Notizbuch und einen Stift heraus und sage: »Ich bin sehr gespannt!« Auch wenn sich mein Magen gerade umdreht wie nach dem Genuss verschimmelter Roggenbrötchen, bin ich fest überzeugt, dass die erfolgreichen Verkaufszahlen meiner knusprigen Brotbackmischung der Countdown für den nächsten Schub meiner Karriere sein werden. Schließlich habe ich als Oberverantwortlicher die Produktentwicklung genauso betreut wie den Vertrieb, die Werbekampagne und alle anderen Marketingaktivitäten. Bei *Happy Food* ist es nämlich üblich, jeweils einer Person die komplette Verantwortung für ein Produkt zu übertragen und sie damit natürlich auch für dessen Erfolg verantwortlich zu machen. In diesem Fall: mich! So ist das in allen europäischen Niederlassungen des Unternehmens. Tausende von Mitarbeitern arbeiten, und jeweils eine kleine Elitegruppe genießt den Erfolg. Gutes Konzept.

An Dr. Brienzle also liegt es, die Rakete nun zu starten.

Zehn: »Wie schon erwähnt, haben wir unlängst die Verkaufszahlen für *Landbrot Thüringen* bekommen. Mehrere Wochen nach der Markteinführung haben wir nun also ein repräsentatives Ergebnis vorliegen, wie der Endverbraucher das Produkt angenommen hat.«

Neun: »Sie kennen die überdurchschnittlich hohen Investitionskosten für dieses Produkt. Allein die Entwicklung des Holzofengeschmacks, auf dem Sie so beharrlich bestanden haben, hat Millionen verschlungen. Dazu kommt die riesige Werbekampagne, die wir auf Ihre Empfehlung hin vor allem in den neuen Bundesländern gestartet haben.«

Acht: »Werfen Sie einfach selbst mal einen Blick auf die Statistik. Besonders auf Blatt zwei können sie die Verkaufsentwicklung sehr genau verfolgen.«

Sieben: »Alles wurde natürlich noch einmal rechecked.«

Sechs: »Unsere Key-Account-Manager haben außerdem mit ihren Großkunden gesprochen, die unsere erste Einschätzung bestätigt haben.«

Fünf: »Ein Fehler ist ausgeschlossen.«

Vier: »Nein, das ist nicht das Verkaufsergebnis in einem unserer Testsupermärkte.

Drei: »Schmetter, ich muss Ihnen nicht erklären, was diese Zahlen bedeuten: Niemand will Ihr Scheißbrot kaufen.«

Zwei: »Ihnen ist bekannt, dass wir Sie für einen unserer fähigsten Mitarbeiter halten und für eine unserer ganz großen Hoffnungen ... Wir wissen aber jetzt, dass Sie uns nicht alle Informationen, die auch gegen die Produkteinführung hätten sprechen können, offen gelegt haben. *Thüringen* ist für viele Kunden negativ besetzt. Eine hausinterne Untersuchung hat das bereits vor einem Jahr ergeben. Warum haben Sie uns das nicht mitgeteilt? Die Zeiten sind nicht so, dass man Millionen Euro teure Investitionsflops einfach abschreiben kann.«

Eins: »Wir müssen dem Aufsichtsrat gegenüber Rechenschaft ablegen. Und man hat uns nahe gelegt, die nötigen Konsequenzen zu ziehen.

Null: »Sie sind entlassen, Schmetter. Wir werden Sie mit sofortiger Wirkung freistellen. Unsere Anwälte regeln alles.«

Die letzten Sätze von Dr. Brienzle hören sich dumpf an, so wie kurz nach dem Aufwachen aus der Narkose bei meiner Blinddarmentzündung. Ich fange an zu schwitzen, sehe alles etwas unscharf, wie durch einen Weichzeichner. Die Teddybärchen verschwimmen zu einem großen braunen Brei. Ich zittere leicht. Ich kann nichts sagen, mich nicht beschweren, nicht verteidigen. Nichts. Knallhart erwischt. Schockzustand.

Brienzles obligatorische Dankesworte für meinen jahrelangen Einsatz ziehen diffus an mir vorbei wie Werbespots im Kino: Ich nehme sie zwar wahr, erinnere mich aber zwei Sekunden später nicht mehr daran.

»Kopf hoch, Schmetter, einem jungen Mann wie Ihnen stehen doch alle Türen offen.« Dr. Brienzle verlässt den Raum.

Ich bleibe sitzen, trinke noch einen Schluck Wasser und schaue aus dem Fenster. Ein schöner Herbsttag. Ganz hinten sind die Alpen zu sehen, davor die Türme der Frauenkirche. Ein grandioses Postkartenmotiv. Ein Gute-Laune-Tag.

Schweigend verlasse ich *Pizza Paolo.* Frau Siebold-Mischlich sieht hochkonzentriert auf die Unterlagen vor sich, als ich an ihr vorbeigehe.

Ich fahre mit dem Lift in die fünfte Etage. Gehe auf die Herrentoilette. Und übergebe mich.

In knapp einem Jahr wird Oliver wissen,
dass dies einer der besten Tage seines Lebens war.

2

Katerstimmung

Endlich einmal ausschlafen! Endlich auch mal in der Woche die große Runde durch den Englischen Garten joggen und nicht nur sonntags, wenn der Park schon morgens voll ist von Touristen und Vätern in praktischen Windjacken, die gelangweilt die neuesten Kinderwagenmodelle vor sich herschieben. Endlich die ganze *Süddeutsche* lesen und sie nicht schon nach einem flüchtigen Durchblättern in die Ecke werfen, weil für den Rest keine Zeit mehr ist.

Endlich einmal Zeit haben!

Was hätte ich bis gestern dafür gegeben.

Ab heute habe ich genug davon. Ich könnte locker ein wenig länger im Bett liegen bleiben. Niemand erwartet mich da draußen. Ich habe keine Termine, muss mich nicht mehr mit Quartalszahlen herumärgern oder dem Chef der Gourmetversuchsküche von *Happy-Food* erklären, wie die neue Vanillepuddingmischung *Großmutter Art* schmecken muss – nach »heimlich den Topf mit dem Finger ausschlecken wollen« natürlich, nach »Decke über den Kopf ziehen und sich geborgen fühlen«. Nein, niemand will so etwas heute von mir wissen.

Niemand will so etwas überhaupt noch von mir wissen.

Und genau das ist mein Problem. Niemand interessiert sich mehr für mich. Nicht mal Jenny.

Jenny ist mein »Abrufgeliebte«, zumindest nennt sie

sich selbst so. Immer wenn mir oder ihr danach ist, treffen wir uns spontan und haben Sex miteinander. Das hat erstaunlich wenig mit Liebe zu tun – und verdammt viel mit gutem Sex. Jenny will einfach nur vögeln. Sie ist Verkäuferin in einer Designerboutique in den *Fünf Höfen*, Münchens elegantestem Konsumbabylon, und hat den ganzen Tag Zeit, sich damit zu beschäftigen, wen sie abends anrufen könnte, um wieder einmal ... na ja, man ahnt es. Kennen gelernt habe ich Jenny auf dem Geburtstagsbrunch eines Kollegen. Am Buffet, direkt vor dem marinierten Thunfischcarpaccio, kamen wir ins Gespräch.

»Und wer sind Sie?«, fragte ich interessiert, da einen diese Oberweite, die engen Jeans, die Killerstilettos und das enge *Dolce&Gabbana*-T-Shirt quasi dazu zwangen, ein kleines Vorstellungsgespräch zu führen.

»Ja, wissen S' des ned?«, grinste Jenny mich an. »Dann wird's ja Zeit, dass Sie mich kennen lernen!« Recht schnell war für mich nach diesem Gespräch der Brunch gegessen. Jenny und ich fuhren in meine Wohnung und verließen das Bett bis zum Montagmorgen nicht mehr.

Mit Jenny habe ich mich auch gestern Abend verabredet.

»Mei, Oliver, gut dass du anrufst. Klar hab ich heute Zeit. Um halb zehn bei mir?«

»In der *Reitschule* um halb neun? Auf einen Cocktail?«

Jenny war schon leicht angesäuert, dass ich nicht gleich zu ihr kommen wollte. Schließlich war für sie sowieso klar, warum wir uns trafen. Mir war allerdings erst mal nach ein einem gepflegten Getränk und ein wenig plaudern zumute. Mit Ersterem konnte Jenny ja noch umgehen, schließlich hatten wir auch schon komplett betrunken im Bett unseren Spaß. Von Letztgenanntem war allerdings in unserer Liaison noch nie die Rede gewesen.

»Hör mal, Spatzerl«, begann Jenny nach dem ersten Champagnercocktail in einem Ton, der von einer Mischung aus milder Langeweile und offener Feindseligkeit kündete. »Ist schlimm, dass du deinen Job verloren hast. Echt, tut mir wirklich Leid. Aber was kann ich dafür?«

Natürlich konnte die Schlampe nichts dafür. Aber sie könnte mich *erst* in den Arm nehmen, mir einen Kuss geben und *danach* mit der Verführung beginnen, die meinetwegen auf dem Klo enden könnte. Wen hätte ich denn sonst anrufen sollen? Meine Mutter? Die würde sich zu viel Sorgen machen. Meine Freunde aus dem Gym? Für die soll ich erst mal der Winnertyp bleiben. Außerdem brauche ich nach dem Kuscheln verdammt guten Sex. Deshalb: Jenny.

»Sieh mal, Spatzerl, du bist 'ne Eins im Bett. Dafür ... dafür mag ich dich«, versuchte mir Jenny zu erklären. »Aber das Emotionale, dieses liebevolle Gesäusel, das musst du dir bei anderen suchen.« Jenny kramte in ihrer *Fendi*-Tasche herum, steckte sich eine Zigarette an und legte schließlich einen Zwanzigeuroschein auf den Tisch. »So, und jetzt kommst mit zu mir. Ich blas dir erst mal einen, wie wär das?«

Ich kam. Und ging mit einem widerlichen Nachgeschmack.

Im Übrigen hat Jenny, als ich schon fast aus der Tür war, noch schnell durchblicken lassen, dass sie in den nächsten Monaten sehr beschäftigt sei. Übersetzt bedeutete das wohl: Sex mit einem Arbeitslosen war für sie längst nicht so prickelnd wie mit einem erfolgreichen Manager. Das machte ein für alle Mal klar: Es ging bergab mit mir. Ich war nichts mehr wert.

Bevor ich jetzt komplett in Selbstmitleid verfalle, stehe ich wohl besser auf. Noch immer fühle ich mich benommen, wie nach einer rauschenden Nacht mit zu viel Champagner und Kokain auf der Gästetoilette.

Ich rufe meine Mutter an und berichte ihr, was gestern passiert ist.

»So was!«, flüstert sie immer wieder erbost. »Wie können die ausgerechnet dich dafür verantwortlich machen?«, fragt sie im typisch mütterlichen Ton. »Also, das kann ja gar nicht sein. Die werden sicher gleich anrufen und sich für diesen Irrtum entschuldigen. Und selbst wenn nicht: Du wirst doch wieder etwas finden, um jemanden wie dich reißen sich die Firmen!«

»Ich hoffe es«, erwidere ich und versuche dabei hoffnungsvoll und optimistisch zu klingen.

»Mach dir keine Sorgen. Das kann doch nicht so schwer sein«, wiederholt sich meine Mutter, als ob die Vervielfachung der Frage eine Antwort leichter mache.

Mein Kopf dröhnt. Die Schläfen pochen. Mir ist schwindelig. Und dann klingelt es an der Tür.

»Na, ist das schon der erste Headhunter?«, scherzt Annemarie unbeholfen. Für einen Sekundenbruchteil will ich ihr glauben. *Alles wird gut!* Dann holt mich die Wirklichkeit ein – und mein Gedächtnis.

»Das ist … mein Taxi. Ich muss Schluss machen!«

Ich springe aus dem Bett, stolpere über meinen Anzug, den ich gestern achtlos auf den Parkettboden geworfen habe. »Hallo?«, rufe ich in den Hörer der Sprechanlage. Keine Antwort. Natürlich wartet Schandlmeier im Auto, so wie er es jeden Morgen tut.

Schnell ziehe ich mir meine Jogginghose und ein T-Shirt an, renne die Treppe hinunter. Erst an der Haustür merke ich, dass ich die Hose falsch herum trage; die ausgebeulte Hinterpartie hängt mir vorne im Schritt.

Schandlmeier schaut mich an, als ob ihn Franz Josef

Strauß selig durch die Fensterscheibe begrüße. »Grüß Gott«, sagt er irritiert. »hoam S' verschloafe?«

Schön wär's. »Nein«, antworte ich. »Herr Schandlmeier, leider muss ich bis auf weiteres auf Ihre Fahrdienste verzichten. Ich bin gestern ... nun also ... ich *habe* gestern gekündigt!«, lüge ich gnadenlos.

»Respekt. So ganz spontan?«, fragt Schandlmeier leicht verwundert nach.

»Ach wissen Sie. Immer das Gleiche zu machen, das kennen Sie ja sicher selbst, ödet einen irgendwann an. Und gestern hat sich einfach ein guter Moment ergeben.« Ich möchte nicht länger hier auf der Straße herumstehen, will wieder nach oben. »Ich melde mich bei Ihnen. Und dann stell ich Sie gleich ein. Schließlich haben Vorstandsmitglieder und Firmenchefs doch ihre eigenen Chauffeure. Schandlmeier, üben Sie schon mal, ne S-Klasse zu fahren. Mit Ihrer Schrottkiste bin ich bald nicht mehr zufrieden.«

Schandlmeier schnallt sich ab, steigt aus seinem Mercedes Diesel, wischt sich seine von der morgendlichen Leberkäsesemmel verschmierten Finger an der Jeans ab und gibt mir die Hand. Sein Schnupftuch ist heute ganz in Auberginetönen gehalten. »Alles Gute«, verabschiedet er sich ganz offiziell von mir.

Ich schaue seinem Taxi noch hinterher und winke ihm nach. »Servus, Schandlmeier!«

Im Treppenhaus denke ich plötzlich an eine schwarze S-Klasse. Dahin gehöre ich wirklich. Dieses Herumgejammere heute Morgen geht mir schon auf den Keks. Schluss jetzt! *Reiß dich zusammen, Schmetter. Du hast deinen Job verloren, aber nicht deinen Verstand.* Und jemand, der gestern noch mit Millionenetats jongliert hat, sollte sein Heil heute nicht in betroffener Laienpsychologie suchen, die einer nachmittäglichen Talkshow alle Ehre machen würde.

Mit einem entschlossenen Gesichtsausdruck schließe ich meine Wohnungstür auf. Natürlich hat sich etwas verändert in meinem Leben. Und gestern hätte ich mich sicher auch nicht mit einer verbeulten, falsch herum getragenen Jogginghose auf die Straße getraut. So weit kommt's noch, dass ich mich jetzt hängen lasse. Erst mal duschen. Und dann den Anwalt anrufen. Die müssen bei *Happy Food* richtig bluten. So weit kommt's noch, dass denen das nicht zumindest finanziell Leid tun muss. Vor allem aber will ich keine Klausel im Abfindungsvertrag stehen haben, die mir verbietet, sofort in einer anderen Firma anfangen zu können. Wird sich sicher schnell herumsprechen, dass Winnertyp Schmetter wieder auf dem freien Markt ist ...

Nach dem Duschen ziehe ich mich anders an, als ich es sonst an einem Werktag tun würde – Jeans, T-Shirt, dunkelgrauer Kaschmirpulli. *Casual Friday* am Mittwoch. Mit der Aussicht auf *Casual Friday* an jedem Tag der nächsten Wochen. Ich könnte mir gerade wirklich Schöneres vorstellen.

Dabei muss ich mir zum Glück erst mal keine finanziellen Sorgen machen. Noch bevor ich gestern meinen Schreibtisch geräumt habe, hat mich Marianne mit meinem Anwalt verbunden. Er sei schon ganz »heiß« darauf, die »Schlacht« zu gewinnen, versicherte er mir mehrfach. Und Marianne – als gute Assistentin besser informiert als jeder Industriespion – versuchte mir Mut zu machen, indem sie mir von den Abfindungen berichtete, die in den letzten Jahren bei *Happy Food* bezahlt worden sind.

»Marianne«, falle ich ihr ins Wort. »Hör auf mit diesem leidenden Ton. *Happy Food* wird abgezockt. Bald musst du Brienzle trösten. Nicht mich!« Ganz davon abgesehen: Gespart habe ich auch genug. Nein, mit Geld hat das alles nichts zu tun.

Zwei gebutterte Laugenbrezeln, drei Cappuccini und die bis zu den Kleinanzeigen gelesene Süddeutsche später beschließe ich entspannt, das Beste aus meiner Situation zu machen und ein wenig spazieren zu gehen. Ab jetzt werde ich alles positiv sehen. Ich suche im Werkzeugkasten ein Fläschchen Maschinenöl und schmiere erst mal die Scharniere der knarrenden Wohnungstür.

Unsinn. Natürlich bin ich alles andere als entspannt, und ich habe überhaupt keine Lust, das Beste aus meiner Situation zu machen. Auch die Zeitungsartikel habe ich nur ansatzweise wahrgenommen; die ganze Zeit hörte ich die Stimme meines Exchefs, sah ihn vor mir sitzen und auf die Verkaufszahlen von *Landbrot Thüringen* stieren. *»Sie kennen die überdurchschnittlich hohen Investitionskosten für dieses Produkt!«* Von wegen: Alles positiv sehen. *»Sie sind entlassen!«*

Noch einmal: Ich will nicht das Beste daraus machen. Ich will nicht mit Müttern, Rentnern und Arbeitslosen durch die Stadt laufen oder mir niveaulose Gerichtsshows im Nachmittagsprogramm ansehen. Ich möchte, nein, ich *muss* etwas erleben. Vielleicht ist der Alltag ja doch genauso spannend wie ein Terminkalender voller Konferenzen? Im Gasteig, Münchens Kulturzentrum, findet heute eine Ausstellung für *Kreative Hobbys* statt. Das wäre doch jetzt etwas für mich. Ich muss lachen. Sicher nicht. Wie entwürdigend wäre es denn, wenn ich jetzt Teddybärchen selbst nähen würde. Andererseits: Ich könnte sie auf meinem Bett verteilen, was sicher Eindruck machen würde bei neuen Abrufgeliebten … Wir könnten ihnen dann gemeinsam Namen geben oder erotische Rollenspiele mit Filzteddys veranstalten.

Raus also, nur weg aus meinen vier Wänden. Wie fürchterlich einsam solche riesigen Wohnungen machen. Drei

Jahre lang hatte ich nicht mal die fünf Minuten für die Reparatur der Tür. Jetzt vermisse ich das Quietschen.

Elf Uhr. Vor vierundzwanzig Stunden habe ich im Konferenzraum *Pizza Roma* gesessen; jetzt bin ich auf dem Weg in den Englischen Garten. Kann mich gar nicht mehr erinnern, wann ich das letzte Mal an einem Werktag um diese Uhrzeit einfach so durch die Stadt geschlendert bin. Beruhigend zu wissen, dass ich nicht der Einzige bin. Im Gegenteil: Jede Parkbank ist besetzt. Mütter genießen mit ihren Kindern die letzten Sonnenstrahlen. Auf dem Rasen fragen sich Studenten medizinische Fachbegriffe ab. Eine Frau im karierten Minirock und mit wahnsinnig scharfen Schaftstiefeln ruft: »Wilhelm, komm zu Frauchen!« Auch wenn weit und breit niemand Anstalten macht, zu ihr zu kommen, gehe ich davon aus, dass sie ihren Hund sucht. Jedes Gebüsch durchforstet sie, flucht »Mistköter« und streckt mir dabei unbewusst ihren Po entgegen. Als Wilhelms Frauchen sich schließlich durch mich beobachtet fühlt, dreht sie sich um und lächelt: »Schon in der Hundeschule war er immer der Schlechteste.«

»Vielleicht hat er ja nur einen starken Charakter«, versuche ich mich im Smalltalk. Mit ihren dunkelbraunen, halblangen Haaren und dem sehr markanten, schmalen Gesicht ist sie eigentlich genau mein Typ ...

»Da könnten Sie natürlich Recht haben«, lacht sie mich an. »Und ... sind Sie auch mit Ihrem Hund unterwegs?«

Sie versucht, ein Gespräch aufzubauen. Offensichtlich habe ich doch noch nicht jeglichen Marktwert verloren. Die Minirockträgerin wirkt enttäuscht, als ich nicht näher auf ihren Versuch eingehe. Mir ist ihre Stimme zu quiekend. Darauf kann ich gar nicht. »Wilhelm«, ruft sie genervt und verschwindet im nächsten Gebüsch.

Ich hole meinen iPod aus der Tasche und wähle *Tatu.*

Aggressiver Russen-Lesben-Pop scheint mir für meine Situation genau der richtige Soundtrack zu sein. Hart und laut. Rebellisch. Ich könnte natürlich eine von den zahlreichen Müttern hier fragen, wie sie die viele Freizeit nutzen. Schließlich machen sie wahrscheinlich seit Wochen nichts anderes, als durch den Park zu laufen, sich mit anderen Frauen über das Schreiverhalten ihrer Säuglinge zu unterhalten, bevor sie ermattet irgendwo gemütlich einen Kaffee trinken oder bummeln gehen.

Bummeln. Schon das Wort macht mich fertig! *Shoppen* ist auch nicht besser, und beides bringt sowieso nichts. Soll ich mir etwa neue Anzüge und Krawatten für den morgendlichen Gang zum Bäcker kaufen?

○ ○ ○

Solche Fragen stelle ich mir heute, zwei Wochen nach meiner Kündigung, nicht mehr. Ich habe keine Zeit mehr für solche unnützen Gedanken – denn langsam beginne ich mir ernsthaft Sorgen zu machen. Daran konnte auch der Besuch meines Großvaters Heinrich am vergangenen Wochenende nichts ändern.

Heinrich, der Patriarch unserer Familie, wusste immer den richtigen Weg. Was nicht notwendigerweise bedeutet, dass ich ihn in meinem Leben oft um Hilfe gebeten habe. Unser Verhältnis war immer gut, dabei aber eher respektvoll, fast ein bisschen kühl. Heinrich ist kein Mann, der mich als Kind in den Arm genommen hat. Doch nachdem ich mit meinem Vater nichts mehr zu tun haben wollte, erkannte er sehr schnell, wie wichtig er für mich ist. Er finanzierte mir zu einem Teil das Studium und gab mir das Gefühl, jederzeit mit ihm sprechen zu können, auch wenn ich, wie gesagt, selten davon Gebrauch gemacht habe. Zu unterschiedlich sind unsere Lebenseinstellungen: Für mich ist es immer wichtig gewesen, Karriere zu machen, meinen Spaß zu haben. Letzten Monat bin ich für ein Wochenende nach Monte Carlo geflogen, weil ich in der Zeitung gelesen habe, dass dort im *Jimmy's* eine Wahnsinnsparty steigt. Marianne hat bei den Veranstaltern einen auf Wichtig gemacht und mir ein VIP-Ticket besorgt. Ein irres Wochenende. Gefeiert bis morgens um sechs. Irre Leute kennen gelernt. Reedersöhne, reiche Russen und jede Menge scharfe Mädchen. Mit einer hab ich es dann auf dem Klo des *Jimmy's* getrieben. Natasha hieß sie. Oder Nadja? Allein schon deshalb kann ich keine feste Bindung eingehen. Eine Freundin würde mir diesen Spaß doch gar nicht gönnen.

Mein Großvater dagegen ist für das Beständige im Leben. Er hat ein Unternehmen aufgebaut und lange, sehr lange selbst geführt, obwohl es einfacher gewesen wäre, es lukrativ zu verkaufen. Er war meiner Großmutter, die er auch in den schweren Stunden ihres Todes begleitete, ein Leben lang treu. Und natürlich hat er einen umfangreichen Freundes- und Bekanntenkreis.

Heinrichs Besuch war eine wunderbare Abwechslung. Ich hatte Karten für die Oper besorgt; wir waren exquisit essen und besuchten sonntags vor seiner Abreise eine Ausstellung in der Neuen Pinakothek. Viel zu schnell war das Wochenende vorbei. Viel zu schnell hatte mich mein neuer Alltag wieder. Bewerbungen schreibe ich erst mal keine. Den Job, der richtig für mich wäre, wird ohnehin nicht ausgeschrieben, sondern durch Headhunter vermittelt. Die haben ihr eigenes Netzwerk. Bei zweien bin ich in der Kartei. Große Hoffnung hat mir heute Morgen der eine nicht gemacht. Ich sei zu schnell zu erfolgreich geworden und würde für mein Alter zu viel Geld verdienen. »Stellen sie sich auf eine längere Vermittlungszeit ein«, sagte er mir in unterkühltem Tonfall. Wenigstens hatte ich heute den ersten Entwurf meiner Klage gegen *Happy Food* in der Post. Harter Hund, mein Anwalt. Bin gespannt, wie die Rechtsabteilung von *Happy Food* auf meine Forderungen reagieren wird. »Kann sich aber hinziehen«, warnte mich der Jurist. Es scheint so zu sein, als müsste ich als Erstes etwas ganz anderes lernen: Geduld. Ob ich am *Gasteig* dafür einen Kurs besuchen kann? Ich würde ihn auch noch nach dem Teddybärchen-Nähkurs in meinen *schedule* unterbringen …

In 208 Tagen wird Oliver ganz andere Dinge nähen als putzige Petzis.

3

Ein marokkanischer Traum

Gerade war ich auf dem Arbeitsamt. Ein Pflichttermin, den ich lange hinausgezögert habe. Aber eine Woche nach der Entlassung musste ich endlich mal hingehen. Ungern wollte ich in jene Welt eintauchen. Was hatte ich denn bisher mit »diesen Menschen« schon am Hut? Erwerbslos, arbeitslos, das waren Arbeiter auf dem Bau, Verkäufer und Mechaniker. Jedenfalls glaubte ich das als Kind. Arbeitslos waren immer die anderen. Die man nicht sah, mit deren Kinder man nicht spielte, weil sie sowieso nicht auf dem humanistischen Gymnasium waren und auch nicht in den Neubaugebieten am Stadtrand im Grünen wohnten. Heute Morgen habe ich mich dann aber dazu gezwungen, auch aufs Amt zu gehen und mich in einen Neonröhrenflur zu setzen. Um diesem Ereignis den entsprechenden Rahmen zu verleihen, bin ich mit öffentlichen Verkehrsmitteln hingefahren.

Im Arbeitsamt selbst erinnert das Prozedere ein wenig an das Einchecken am Flughafen. Es gibt einen Bereich für die Passagiere der Economy Class und einen für die Business Class. Akademiker müssen sich auf dem Amt nämlich nicht neben einen Fließbandarbeiter setzen. Vielleicht deswegen, weil man sich in der Verwaltung nicht entscheiden kann, wer weniger Aussicht auf erfolgreiche Vermittlung hat?

Für uns Senator-Card-Inhaber gibt es sogar einen eigenen Trakt. Da ich zunächst versehentlich in den falschen Bereich gelaufen bin, kann ich sagen: Wir haben die hübscheren Hydrokulturenarrangements. Flotte Halogenpunktstrahler beleuchten den einsamen *Geo*-Jahreskalender an der Wand. Zum Zeitvertreib kann zwischen *Bunte*, *Spiegel* und *Wirtschaftswoche* gewählt werden. Teppichbodeneleganz statt Resopalcharme, bei den Luxusarbeitslosen wird eben an nichts gespart. Außer am Personal. Das scheint genauso gelangweilt, hilflos und daher ebenso unfreundlich zu sein wie in jedem anderen Bereich dieser Behörde.

Zweieinhalb Stunden habe ich warten müssen, ganze 15 Minuten dauerte schließlich der Termin bei meinem Sachbearbeiter, einem Herrn Kranz mit Glatze und durchschwitztem Hemd, Typ Erdkundelehrer im Vorruhestand. Er stellte mir ein paar Fragen, wiederholte mehrmals kopfschüttelnd den Satz »Sieht schlecht aus!« und verabschiedete sich schließlich mit einem gemurmelten »WirMeldenUnsAberIhrEigenesEngagementIstEntscheidendServusDerNächsteBitte!« von mir.

Auf dem Nachhauseweg mache ich einen kleinen Umweg durch Schwabing. In einer Seitenstraße komme ich am Schaufenster eines Reisebüros vorbei. *Alternativreisen Regenbogen* steht in bunten Farben über dem leicht heruntergekommenen Geschäft.

Und klein darunter: *Eine Eigeninitiative langzeitarbeitsloser Touristikfachkräfte.* Durch die Scheiben kann ich zwei unscheinbare Frauen an ihren Schreibtischen sitzen sehen. Die ehemals langzeitarbeitslosen Fachkräfte essen Gurkenbrote. Wahrscheinlich haben sie beide sogar die Schuhe ausgezogen. Wundern würde es mich nicht. Ich merke, wie ich wütend werde. So stellt man sich also Eigeninitiative vor. Ein paar Ökos setzen sich in einen Laden und warten! Der Laden wirkt wahnsinnig muffig, miefig, heruntergekommen. Allerdings, das muss man ihnen lassen, haben sie im Schaufenster eine Abenteuerszenerie dekoriert: Playmobil-Kamele und Plastikscheichs stehen zentimetertief im Vogelsand. Eine Papp-Palme wächst schief aus der Wellensittichkäfigwüste. *Geheimnisvolles Marokko* steht mit kleinen türkisfarbenen Glassteinen in den Sand geschrieben. Und darunter liegt ein am Computer ausgedruckter Schriftzug: *Die Welt entdecken – Ziele finden.*

Vielleicht, schießt es mir durch den Kopf, *wäre das genau das Richtige für mich. Ich sollte verreisen.* Warum eigentlich nicht? Ich war schon einmal in Marrakesch. Ganze drei Tage zum Dreh eines Werbespots unserer orientalischen Tiefkühl-Pfannengemüsemischung *Arabian Dreams.* Ich erinnere mich noch, wie ich aus dem Flugzeug ausgestiegen bin und dachte, sie hätten vergessen, die Triebwerke auszustellen, weil mir die Luft so heiß ins Gesicht schlug: fünfundvierzig Grad! Schon morgens um sechs, wenn ich von der Terrasse meines Hotelzimmers das Treiben auf den Straßen beobachtete, waren es über dreißig Grad. Dennoch faszinierte mich die Stadt von der ersten Stunde an. Das lag vor allem an Serge, einem charmanten Franzosen, der für uns die Drehgenehmigungen besorgte. Serge zeigte mir Marrakesch: die Basare, auch jene, die abseits der normalen Touristenrouten lagen; das abendliche Treiben auf dem riesigen Platz der Stadt, wo die Männer nach Sonnenuntergang gespannt den Geschichten der Märchenerzähler folgten oder sich im Kreis um den Schlangenbeschwörer stellten. Von irgendwoher war der Singsang eines Muezzins zu hören. Zwischen den Menschenmassen stieg Rauch von den Grillimbissen auf. Es roch intensiv nach gegrilltem Hammelfleisch. Serge und ich tranken unseren frischen Pfefferminztee auf der Dachterrasse eines Cafés und sahen fasziniert dem bunten Treiben zu. Später am Abend lud er mich in ein marokkanisches Restaurant ein. Überall standen Fackeln. Wir saßen auf riesigen, golden bestickten Kissen. Weiße Vorhänge fungierten als Raumteiler, sie bewegten sich leicht im Wind. Es gab Dutzende von farblich unterschiedlichen Vorspeisen. Als Hauptgericht wählten wir Taube, mit Rosinen gefüllt.

Serge lebte seit vier Jahren in Marrakesch. Er besaß zwei Häuser; in dem einen, eher bescheidenen, wohnte er, das andere richtete er nur ein, dekorierte es neu und kümmerte sich um den Garten. Dieses Haus war, wie er mit erklärte, seine Oase, eine Fata Morgana, die er täglich nur wenige Stunden zu sehen bekam. Außer ihm selbst durfte niemand das Haus betreten.

Why?, fragte ich ihn.

Because it's a dream, erklärte er mir in seinem schlechten, aber charmanten Englisch. *And would you like people walking around in your dreams?*

Er zeigte mir Fotos von seinem orientalischen Reich: Es war komplett mit kleinen, quadratischen Mosaiksteinen in Weinrot und Weiß gekachelt. Überall hatte er Orchideen verteilt. Lediglich Kerzenlicht beleuchtete das verwunschene Stadthaus. Der Garten im Hinterhof glich einem Dschungel. Palmen, exotische Pflanzen und ein kleiner Teich füllten die wenigen Quadratmeter komplett aus.

I don't get it. Why don't you want to live in your own dream?, fragte ich Serge.

We are not the owner. We just pass through, antwortete er mir geheimnisvoll. *And you know, life, it is not about having things. It is better to just do them.*

All das fällt mir ein, während ich vor dem kleinen Reisebüro stehe. Warum also nicht Marrakesch? Ich könnte

Serge besuchen und mir ein Zimmer im *Jardin des Oranges* nehmen, am liebsten eins mit Dachterrasse, von wo man diesen wunderbaren Blick auf den Turm der Moschee genießen kann. Augenblicklich freue ich mich auf das Eintauchen in eine fremde Welt. Und auf den eisgekühlten Cocktail im Atrium des Hotels, wo man in kleinen Nischen sitzt und dem Plätschern des Springbrunnens lauscht. Vielleicht wird Serge mir diesmal erlauben, an seinem Traum teilzuhaben? Marrakesch also!

Ich habe schon die Hand nach dem Türknauf ausgestreckt, da schrecke ich zurück. Wofür habe ich denn eine Senator-Card? Noch auf der Straße rufe ich per Handy die Lufthansa-Servicenummer an.

»Einen Business-Class-Flug München – Marrakesch bitte. Ja, gerne die frühe Maschine. Rückflug? Offen. Gerne als elektronisches Ticket. Moment, ich gebe Ihnen meine Kreditkartennummer.«

Danach besorge ich mir von der Auslandsauskunft die Nummer vom *Jardin des Oranges*. Während ich in die Leopoldstraße einbiege, buche mir die Juniorsuite mit der Dachterrasse und dem mit Rosenblättern gefüllten Badebassin für zwei Wochen, mit der Option auf Verlängerung.

Ich zucke zusammen, als mich der Concierge am anderen Ende der Telefonleitung nach einem letzten Detail fragt.

»Ja, ich komme alleine«, sage ich dann schnell.

Alleine. Seltsam, früher hat mir das gar nichts ausgemacht. Doch früher war bis ... bis Freitag vor einer Woche. Heute bereue ich es, dass ich mich jahrelang nicht um soziale Kontakte gekümmert habe. Ich hatte meine Kollegen, mit denen ich abends einen trinken gegangen bin. Manchmal zumindest, denn meistens war ich zu müde für Männergespräche. Heute könnte ich so einen guten Freund gebrauchen, mit dem ich über alles reden kann und der mir ehrlich seine Meinung sagt. Im Grunde kann ich doch niemandem vertrauen. Statt eine Freundschaft aufzubauen, habe ich mich lieber vor den Fernseher gesetzt und bis nachts *Eurosport* auf meinem Fünftausend-Euro-Breitwandbildschirm geschaut. Irgendwann, meist gegen zwei Uhr, bin ich dann auf dem Sofa aufgewacht, habe mir schnell die Zähne geputzt und mich ins Bett gelegt. So sahen sie aus, meine Jahre als erfolgreicher Produktmanager. Nur wenn ich wirklich, und leider kann ich es anders nicht sagen, richtig *geil* war – und nicht schon wieder mit Jenny ins Bett wollte –, bin ich durch das Nachtleben Münchens gezogen. Habe mein Jagd-Outfit aus dem Schrank geholt, eine schmale Jeans, das taillierte Hemd bis zum Nabel offen. Und mich dann im *P1* an die Bar gesetzt und Whiskey Sour getrunken. Wenn man sich nicht ganz doof anstellt und einigermaßen aussieht, geht eigentlich immer etwas. »Du musst den Bunnys nur einen ausgeben, am besten Champagner, dann liegt mindestens jedes zweite schon so gut wie in deiner Kiste«, hatte mir vor Jahren ein Kollege bei einem nächtlichen Streifzug verraten. »Außer, es sind die *Bayern*-Spieler da. Dann ist's nur jedes vierte.«

Und er hatte Recht. Doch für mehr als eine schnelle Nummer hatte ich weder Zeit noch Lust. Das Wort »Beziehung« befand sich erst gar nicht in meinem aktiven Wortschatz. »Ich liebe dich«, »Du fehlst mir« oder »Lass uns heute Abend romantisch essen gehen« übrigens auch nicht. Mir fehlte die nötige Ruhe dazu – und, ehrlich gesagt, auch die Lust darauf. Meistens gingen mir die Frauen bereits beim Frühstück auf den Geist, wenn sie in einem meiner T-Shirts am Tisch saßen und mich angrinsten, als feierten wir bereits den ersten Jahrestag unseres Kennenlernens. Die Frauen, die nach dem ersten Glas mit zu mir kamen, hatten meist schnell etwas Verliebtes im Blick, wenn sie abwechselnd mich und die großzügig geschnittene Wohnung begutachteten. Ich habe mir nie die Mühe gemacht, ihre Nummer aufzuschreiben oder ihnen zum Abschied ein »Ich möchte dich gerne wiedersehen« ins Ohr zu flüstern. Nach dem Kaffee warf ich sie raus, da sich mein Kopf bereits wieder mit der Entstehung einer neuen Tiefkühl-Spezialität beschäftigte. Wahrscheinlich gefiel mir Jenny deshalb auch so gut. Wir lagen auf einer Wellenlänge, und was sie von mir wollte, steckte nicht in meinem Portemonnaie, sondern eher anderswo. Zumindest bis zu unserem letzten Vögeln vor zwei Wochen.

Nachdem ich meinen Spontanurlaub gebucht habe, setze ich mich mit einem Tall Caramel Macchiato ans Fenster eines Coffee-Shops. Neben mir studieren zwei Frauen den Münchener U-Bahn-Plan. Offenbar scheint die ältere Dame mit der hochgesteckten Frisur und dem Tweed-Kostüm hier zu Besuch zu sein. Die vielleicht zehn Jahre jüngere Frau neben ihr, deren Föhnfrisur verdammt nach Mireille Mathieu aussieht, kennt sich jedenfalls sehr gut aus und zeigt ihr, welche Linie man benutzen muss, um zu den Sehenswürdigkeiten der Stadt zu gelangen.

»Vom Rathaus gehen wir hier entlang und kommen dann direkt zum Viktualienmarkt«, ortskundelt sie. »Das ist sehr nett am Samstagmorgen.«

Die ältere Dame nickt. »Kann ich mir vorstellen. Ach, München … was für eine wunderbare Stadt!«

Einen Moment lang blicken wir drei schweigend aus dem Fenster auf das Treiben auf der Leopoldstraße hinaus.

»Sag mal«, reißt die ältere Dame ihre Begleitung und mich dann plötzlich aus unseren Gedanken. »Wo wohnen hier eigentlich die ärmeren Leute?«

»Da müsstest du mit der S-Bahn vom Marienplatz in diese Richtung fahren«, erklärt ihre Bekannte und zeigt mit dem Finger Richtung Osten. »Oder du nimmst diese U-Bahn hier ins Hasenbergl.«

Womit man sich alles beschäftigen kann!, wunder ich mich. Das Letzte, woran ich denken möchte, ist die Möglichkeit, dass ich eines Tages auch zu den Leuten gehöre, die kein Taxi nach Bogenhausen, sondern die S-Bahn nach Neuperlach nehmen müssen ... Schnell versuche ich mich abzulenken und sehe mich um. Der Coffee-Shop ist voll. In einer Ecke sitzen vier Mädchen und essen Zimtkekse. Ein Mann mit Pferdeschwanz starrt ungeduldig auf sein Handy. Er knabbert an seinen Fingernägeln. Offenbar wartet er auf eine SMS. Ich stelle mir vor, dass er gerade seiner Freundin einen Seitensprung gestanden hat und nun auf die Reaktion gespannt ist. Ob wir in ein paar Jahren überhaupt noch miteinander sprechen oder nur noch per SMS und Mails miteinander kommunizieren? Wir würden in jedem Fall ehrlicher miteinander umgehen. Man ziert sich nicht so schnell, dem anderen seine Meinung zu *schreiben*.

Draußen auf der Straße hetzen die Menschenmassen vorbei. Jeder für sich. Mir ist das bisher noch nie so aufgefallen: Niemand nimmt den anderen wahr, es sei denn, man ist als Paar unterwegs. Und auch dann rennt man einfach an den Entgegenkommenden vorbei. Ich muss an meine Großmutter denken. Einmal im Jahr, meistens am ersten Adventswochenende, hat sie mich in München besucht. Abends, auf der Rückfahrt vom Restaurant in ihr Hotel, schaute sie sich die erleuchteten, manchmal schon weihnachtlich geschmückten Fenster an. »Hinter jedem Fenster ein Schicksal«, sagte sie dann immer nachdenklich. Damals habe ich diese Bemerkung nicht ernst genommen. Jetzt aber fällt sie mir wieder ein. Und ich bin nicht sicher, ob mir das gefällt.

Gegen halb acht schließe ich meine Wohnungstür auf – fast so, als würde ich ganz normal von der Arbeit kommen. Auf meinem letzten Rückflug von New York habe ich in einem Wirtschaftsmagazin einen Artikel darüber gelesen, dass entlassene Angestellte in Führungspositionen oft bis zu einem halben Jahr nach ihrer Kündigung Familien und Freunden vorspielen, tagsüber zu arbeiten. Morgens ziehen sie ihr gestärktes Hemd an, die Gattin legt die passende Krawatte heraus, an der Garderobe nehmen sie ihre Aktentasche in die Hand, eventuell noch einen Regenschirm: »Man weiß ja nie.« Sie geben ihrer Frau einen Kuss: »Ich liebe dich. Bis nachher!«

Damals, in der Lufthansa-Business-Class, habe ich diese Männer für Verrückte, für Weicheier gehalten, die keinen Mumm haben, ihrer eigenen Familie die Wahrheit zu sagen. Heute kann ich die Ängste der Jungs verdammt gut verstehen.

»Der Ortswechsel wird dir gut tun«, sagt meine Mutter hoffnungsvoll, als ich ihr am nächsten Morgen erzähle, dass ich in wenigen Stunden nach Marokko fliegen werde. »Schade, dass du mich gestern Abend nicht erreicht hast, ich hätte gerne länger mit dir gesprochen.«

»Ich melde mich in den nächsten Tagen bei dir«, verabschiede ich mich.

»Lass dir Zeit, entspann dich und flieg bloß vorsichtig.«

Ich verspreche, mir Mühe zu geben.

Eine halbe Stunde später schließe ich meine Wohnungstür hinter mir ab. »Marrakesch, ich komme!«

In 202 Tagen wird Oliver wissen, dass es gut war, niemals in Marokko gelandet zu sein.

4

Eine Pastete namens Amsterdam

Wirklich köstlich, diese frittierten Bitterballen. Okay, sie kommen nicht an die Frikadellen im Automatenrestaurant heran, die ich gestern Mittag in der Leidsestraat gegessen habe, aber trotzdem: nicht schlecht. Ich möchte zwar nicht wissen, womit die Kugeln gefüllt sind, aber in Senf getunkt schmecken sie wirklich sehr gut. Besonders dann, wenn man – wie ich – noch ein Glas Rosé dazu trinkt. Ein wunderbares Ritual für den frühen Abend: ein leckeres, fettiges Irgendetwas mit Wein hinunterspülen. In einer Kneipe sitzen, raus auf die Gracht schauen, die bereits jetzt von den Straßenlaternen in helles Orange getaucht wird – und gleich noch einen Côtes du Rhones bestellen. An Amsterdam könnte ich mich glatt gewöhnen! Dabei wollte ich doch vor zehn Tagen eigentlich ganz woandershin.

○ ○ ○

Ich hätte es besser wissen müssen. Ich sitze im Taxi Richtung Münchner Flughafen. »Zahlreiche Baustellen behindern den Verkehr auf der A 9 in beiden Fahrtrichtungen.« Bei *Charivari,* dem Sender, den ich heute Morgen beim Kaffee noch gehört habe, geben sie diese Nachricht im Viertelstundentakt durch. Dazu Berufsverkehr und Herbstferienbeginn. Jetzt ist es halb neun. Wahrscheinlich blinken am Gate gerade die *Boarding*-Schilder. Das schaffe ich nie. Bis nach Erding sind es noch gut zehn Kilometer. Flug LH 1811 wird wohl ohne mich Richtung Marrakesch abheben. Meine Kalkulation bei Flügen glich schon immer einer Art russischem Roulette. Ich plane jede Minute ein, und zwar so, dass ich wirklich keine Sekunde zu lange am Gate herumstehen muss. Diese vielen Menschen, die sich zu blöd anstellen, wenn sie einmal im Jahr nach Malle fliegen, machen mich fertig. Und diese Frauen, die einen auf Geschäftsfrau machen, schlecht sitzende Kostüme von *Zara* tragen und sich insgeheim doch eins von *Prada* wünschen, nerven ebenfalls. Was ich in meine Kalkulation aber nicht eingerechnet habe, sind unvorgesehene Vorkommnisse. Schließlich ist grundsätzlich alles planbar. Nun, wohl nicht. Das Taxi ist eine Viertelstunde zu spät gekommen. An der vierten Ampel sprang der Motor nicht sofort wieder an – und jetzt auch noch der Stau. So ein Mist.

Eine ganze Stunde später fahren wir schließlich am Terminal vor. Abgehetzt – und mit der Frage im Kopf: *Verdammter Taxifahrer! Warum kurvt der auch mit so einer ollen Kiste durch die Gegend?* – komme ich am Lufthansa-Ticketschalter an. Zurück will ich nicht.

»Ein Direktflug nach Marrakesch geht erst morgen wieder«, erklärt mir die Frau hinter dem Schalter bedauernd. »Ich könnte Sie auf eine Maschine der Swiss Air umbuchen, dann müssten Sie allerdings in Genf umsteigen.«

»Und … und welcher Lufthansa-Flug wäre als Nächstes für mich erreichbar?«

»Das kommt ganz darauf an, wo Sie hinwollen.«

»Egal. Sagen Sie mir einfach, welche Maschine als Nächstes abhebt. Ich will gar nicht wissen, wohin sie fliegt.

Hauptsache, sie verlässt Deutschland. Nur, eins ist klar, nach Osteuropa möchte ich auf keinen Fall.« Dieser Akt der Spontaneität überrascht nicht nur mein blondlockiges Gegenüber, sondern auch mich selbst.

»Moment bitte … Das wäre die LH 1114. Nach Amsterdam«, sagt sie schließlich und wirft mir einen Blick zu, in dem sich Skepsis, Belustigung, aber auch so etwas wie Bewunderung mischen. »Wenn Sie sich beeilen, schaffen Sie es noch zum Gate A 16. Sie sind jedenfalls jetzt auf die Maschine gebucht. Ich wünsche Ihnen einen guten Flug.“

So kommt es, dass eine Dreiviertelstunde später ein kleiner Jet mit mir in Reihe 2, Sitz A, pünktlich in Richtung Amsterdam abhebt.

Weitere 90 Minuten später leuchten die Anschnallzeichen auf. Die Maschine beginnt den Landeanflug. Aus der Luft mustere ich den runden Grundriss der Stadt. Amsterdam sieht aus wie eine gefüllte Pastetenscheibe mit seinen Straßen, Häuserzeilen und den vielen Wasseradern. Ich kann keine Hochhäuser erkennen, lediglich ein etwa elfstöckiges Bürogebäude mit Spitzdach und Antenne vermittelt zumindest einen Hauch von Großstadt.

Ich war noch nie zuvor in Amsterdam. Die Stadt kenne ich nur aus Erzählungen oder Fernsehberichten über Coffee-Shops und Königin Beatrix. In *Architektur & Wohnen* habe ich gerade noch einen Artikel über den neuen Baustil im trockengelegten Hafengebiet gelesen. Scheint spannend zu sein.

Im Schiphol International Airport angekommen, erkundige ich mich am Infoschalter der Schiphol Plaza, einer Mischung aus Einkaufszentrum und Bahnhof, nach einem sehr guten, zentral gelegenen Hotel. Eine Dame in Uniform empfiehlt das *Hotel de L'Europe*. »Wirklich ein *topertje*«, sagt sie in niedlichem Deutsch. Ich übersetze das Wort mal mit »erstes Haus am Platz«. Sofort buche ich mir per Handy ein Zimmer. Kurz darauf sitze ich im Taxi und lasse mich dorthin bringen.

Die gute Frau hat mir nicht zu viel versprochen: Das *de L'Europe* liegt direkt an einer Gracht, hübsche Markisen schmücken die alte Fassade, ein Kronleuchter in der Lobby strahlt den Charme einer Operette von Franz Lehár aus.

In dieser Kulisse der Csardasfürstin wohne ich nun seit zehn Tagen, und noch habe ich nicht vor, an dieser durchaus komfortablen Situation etwas zu ändern. Amsterdam ist Yoga fürs Gehirn. Immer seltener denke ich an meinen Rauswurf und genieße zunehmend den Tag.

Morgens beginne ich ihn mit einem Frühstück auf meinem kleinen Balkon. Gegen neun rollt das Personal einen runden Tisch ins Zimmer, klappt die Seitenflügel aus und richtet Geschirr, Silberkanne, Wurst- und Käsespezialitäten sowie das Rührei an. *Lekker.* Mein absolutes Lieblingswort. Holländer benutzen es so oft wie möglich. Geht es ihnen gut, geht es ihnen *lekker.* Sie haben *lekker* Ferien, das Wetter ist manchmal *lekker,* Frauen sind es eigentlich immer. *Echt lekker.* Das Essen ist natürlich auch *lekker.* Das einzige Lebensmittel, das die Gesamtnote ein wenig schmälert, ist ausgerechnet das Brot. *Niet so lekker.*

Lekker Käse können sie herstellen, selbst die *Goud-Salami* ist akzeptabel, aber beim Brot versagen ihre Künste. Erst mal wird man nämlich getäuscht: Vollkornbrot steht auf der Speisekarte, doch was man bekommt, ist letztlich nur eine gut aussehende Kopie davon. Es ist weich wie ein Hamburgerbrötchen, und vielleicht wurde in der Bäckerei mal kurz das ein oder andere Korn am Teig vorbeigetragen. Für die appetitliche Farbe sorgt lediglich Malz, was das Ganze jedoch leider auch nicht rettet. Über die so genannte

Kruste soll hier erst gar kein Wort fallen. Nein, Brot backen kriegen sie nicht hin. Da können sie es noch so oft *Schwarzwalder Art* nennen.

»Vielleicht sollte ich eine Bäckerei eröffnen?«, frage ich in den sonnigen Morgen hinein. Ich müsste dann natürlich einen Bäcker einstellen, der meine Brotideen in den Ofen schiebt. Aber das wäre sicher das geringste Problem. Während ich mir gut gelaunt ausmale, wie ich den niederländischen Brotmarkt aufmische, beobachte ich einige Geschäftsleute, die auf ihren oft ziemlich klapprigen Rädern zur Arbeit fahren. Da die meisten offenbar keine Gangschaltung haben, ist die Geschwindigkeit sehr gering. Wie in Zeitlupe, fast schwebend, bewegen sie sich fort. Das Rad scheint das eigentliche Wohnzimmer der Holländer zu sein. Alles machen sie während der Fahrt: telefonieren, essen, lesen, SMS verschicken. Selbst im stärksten Regen sind sie mit ihrem *fiets* unterwegs. Es stürmt, und dicke Tropfen prasseln vom Himmel – ist uns doch egal, denken die Holländer, fahren wir eben mit Regenschirm.

Nun ist es für gewöhnlich nicht so, dass ich mich sofort in einer Stadt wohl fühle. Meistens fremdele ich an den ersten Tagen ein wenig. Oder ich hatte, etwa zu *Happy-Food*-Zeiten, so viele Termine während meines Aufenthalts, dass ich außer Lobby, Nichtraucherzimmer und eventuellem Fitnessraum ohnehin nichts von dem Ort mitbekommen habe.

In Amsterdam ist das anders. Ich werde sicher erst mal noch einige Tage bleiben, vielleicht bis Montag nächster Woche. Gibt ja auch eine Menge zu sehen. Das Van-Gogh-Museum soll sehr schön sein. Durch die neuen Wohngebiete am Hafen bin ich auch noch nicht gelaufen. Also genug zu besichtigen gibt es ohne Zweifel. Es tut mir überraschend gut, nicht ständig an zu Hause zu denken. Ganz bewusst klammere ich diese Gedanken aus. Was mir am Anfang nur schwer gelungen ist, klappt inzwischen immer besser. Wahrscheinlich nennt man das jetzt – neues Wort: Entspannung ... Amsterdam macht es einem aber auch sehr leicht, zur Ruhe zu kommen. Hier habe ich mich irgendwie sofort wohl gefühlt. Vielleicht weil die Stadt etwas sehr Friedliches ausstrahlt. Fast kommt es mir so vor, als hätte es hier nie jemand eilig. Gestern Nachmittag musste ich 20 Minuten vor einer Hängebrücke herumstehen, da sie der Brückenwärter nicht mehr herunterlassen konnte. Probleme mit der Hydraulik. Geduldig warteten die Passanten und gaben ihre Kommentare zum Besten. Als der Wärter das Problem gelöst hatte, applaudierten die Wartenden. Die Holländer sind offenbar ein geduldiges Volk. So etwas habe ich in München noch nie erlebt. Und ich bin mir fast sicher, es liegt nicht daran, dass es bei uns keine Hängebrücken gibt.

Völlig ungewohnt sind für mich auch die wahnsinnig kommunikativen Menschen. Ständig wird man von irgendwem angesprochen. Die Holländer kennen einfach keine Distanz. Für mich, der in München nicht mal seine Nachbarn kennt und lieber eine Nacht im Dunkeln verbringt, als an der Tür nebenan nach einer Glühbirne zu fragen, ist das eine ganz neue Erfahrung. Schon auf Langsteckenflügen ist es mir immer unangenehm gewesen, wenn mir meine Sitznachbarn erzählt haben, woher sie kommen und warum sie in dieser Maschine sitzen. Besonders ältere Amerikaner – er mit Baseballmütze, sie wie ein Pudel frisiert – plaudern ja bekanntlich sehr gerne über ihre Erlebnisse in der alten Welt.

Wissen Sie, wir kommen aus Illinois und haben eine Busreise durch Europa gebucht. Vier Tage. A lot of fun! *Ein*

Geschenk unserer Kinder zur goldenen Hochzeit, you know. *Meine Frau Betty und ich haben vor einem Monat im engen Familienkreis gefeiert. Alle Enkelkinder waren da. Wir haben neun Enkelkinder, wissen Sie, Billy und Chuck, Marie-Elizabeth, Daniel, Carrie, Patrick, Susan, Michael und den kleinen Stevie. Die Busreise war immer unser Traum. Besonders auf Nurnberg freuen wir uns.* My grandfather came from there, you know? *Wie spricht man das noch mal aus, dieses u mit den kleinen Punktchen daruber? Wir haben schon so viel vom Christkindlmarkt gehort. Sicher, der findet jetzt im Marz gar nicht statt. Aber es ist doch toll, einmal dort gewesen zu sein.* Great! *Wenn wir zu Hause in Illinois wieder einmal etwas über den Nurnberger Christkindlmarkt sehen, konnen wir immer sagen: Das waren wir schon einmal!* Great! *Vielleicht verkaufen Sie auch Silberloffel mit einem kleinen Wappen darauf? Wir sammeln die, uber hundert Loffel haben wir schon. Und was machen Sie?*

Amerikaner! Noch kann ich bei den Holländern nicht einschätzen, ob es sich bei ihrer Offenheit um eine positive oder negative Eigenschaft handelt. Denn ich spreche nie mit Fremden. Sie interessieren mich nicht. Normalerweise. In Holland aber komme ich aber nicht daran vorbei, ein Wörtchen mitzureden. Amerikaner glauben einem ja zumindest, wenn man sagt, man verstehe ihre Sprache nicht.

Hier funktioniert die Kommunikation eigentlich überall gleich. Man geht in ein Restaurant, isst, sagen wir mal, Rinderfilet mit Kartoffelgratin. Spätestens beim dritten Bissen wird man von irgendjemandem angesprochen und gefragt, ob das Gericht denn *lekker* schmecke. Es sehe so hervorragend aus, und man spiele mit der Idee, es ebenfalls zu bestellen. Nun gehöre ich zu jenen gut erzogenen Menschen, die selbstverständlich erst mal freundlich antworten. »Hm«, sage ich also, »doch, doch, das Steak ist wirklich gut.« Oder: »Danke, geht so!« Für mich wäre an dieser Stelle das Gespräch beendet. Nicht aber für die Holländer! Sie werden nun erzählen, wo sie zuletzt ein hervorragendes Rinderfilet mit *lekker* Kartoffelgratin gegessen haben, dass ihre Gattin, wahlweise die Frau Mama, sowieso das allerbeste Kartoffelgratin macht – und sie doch lieber den Rehrücken mit Preiselbeerpüree bestellen werden. Mittlerweile kenne ich mehrere auf holländische Art zubereitete Hauptspeisen und könnte sicher zwei Monate lang jeden Abend ein neues Restaurant testen, so viele Tipps habe ich von anderen Gästen schon bekommen. Das wiederum ist dann *gezellig,* »gemütlich« auf Deutsch und eine weitere holländische Umschreibung für Glück. Holländer scheinen nämlich so glücklich und zufrieden zu sein, dass ein Wort nicht ausreicht. *Lekker, gezellig* – und *leuk,* was so viel bedeutet wie »toll«. Kennt man diese drei Begriffe, muss man sich um sein Leben in den Niederlanden keine Sorgen machen.

○ ○ ○

»Noch ein *glasje weintje*?«, fragt mich die junge Kellnerin bei meinem Dämmerschoppen mit Rosé und Bitterballen. Klingt sexy, dass sie hier an fast jedes Wort die Niedlichkeitsform anhängen.

Ich beschließe, es bei den vier Gläsern zu belassen. »*Dankje*«, verneine ich ihre Frage und bezahle. Draußen dämmert es, und im leichten Rosé-Rausch laufe ich durch die Straßen. Die Grachtenhäuser präsentieren sich wie herausgeputzte, in die Jahre gekommenen Diven, die einen Galaabend vor sich haben. Jede möchte die Schönste sein, dabei wissen sie ganz genau, dass sie längst zum alten Eisen gehören. Ich liebe es, im Dunkeln einen Blick in die Häuser zu werfen. *Lekker gezellig,* denke ich, und: *Hinter jedem Fenster ein Schicksal!* Holländer schützen ihres kaum durch zugezogene Vorhänge. Voller Stolz zeigen sie ihre herrschaftlichen Räume und das Schicksal, das sich dahinter verbirgt. Der Deckenstuck wird von Kronleuchtern angestrahlt.

Ich überlege, ob ich den Abend im Kino verbringe. Am liebsten im *Tuschinsky,* dem ältesten Filmtheater der Stadt, in dem ich bisher leider noch nie war. Schon von außen erinnert es eher an das Zuckerbäckerschloss einer osteuropäischen Märchenprinzessin. *Drei Nüsse für Aschenbrödel* hätten sie hier drehen können. Ich stelle mir vor, wie elegant der Lichtspielraum des *Tuschinsky* wohl aussieht. Sicher viel Goldornamente, roter, schwerer Samt verschluckt die Küsse der Liebespaare in den Sitzreihen … Nein, heute habe ich vielleicht doch keine Lust auf romantisches Märchengefühl.

Ich spaziere auf den Rembrandtsplein und biege in eine der Seitenstraßen ab. Kleine Lampen beleuchten die Brückenbögen. Vom Wasser her ist das Gemurmel des Fremdenführers auf einem Grachtenboot zu erahnen. Zeitgleich drehen sich die Touristen nach rechts um. Ich winke ihnen zu. Jemand fotografiert mich und wird wahrscheinlich später, zu Hause in Massachusetts oder Osnabrück, erzählen: »Sieh mal, ein typischer Holländer, so nett sind die alle da.«

Vor einem Haus an der Keizersgracht versperrt Sperrmüll den ohnehin schmalen Gehweg. Ein verlottert aussehender Mann mit Rastalocken und durchlöcherter Hose durchwühlt den Berg aus rostigen Küchengeräten, Stapeln voller Comics und einem alten Toilettenschrank. Als er eine Plastiktüte mit Kleidung findet, nimmt er sie und humpelt davon. Beim Weglaufen fällt ein bunt gestreifter Schal auf die Straße. Im Haus selbst räumt eine schwarz gekleidete Frau mit rot geweinten Augen einen Küchenschrank aus. Der Raum ist voll gestellt mit Kisten, in denen Zeitungspapier Geschirr schützt. Aus dem leicht geöffneten Fenster erklingt klassische Musik. Die Frau nimmt jeden Teller einzeln in den Hand, begutachtet ihn. Fast sieht es so aus, als wolle sie sich von jedem Teil verabschieden. Ich muss niesen. So laut, dass die Frau aus dem Fenster schaut und mich ansieht. Als sich unsere Blicke treffen, nicke ich. Sie nickt zurück und kümmert sich wieder ums Geschirr.

Ich spaziere weiter durch die kleinen Gassen voller unterschiedlicher Geschäfte Richtung Jordaan, dem ältesten Viertel der Stadt. Längst habe ich mir abgewöhnt, mich mit Hilfe eines Stadtplans zu orientieren. Zu sehr amüsiere ich mich selbst über die Touristen, die überall in der Stadt herumstehen, Schilder entziffern und die Straßen auf dem Plan suchen. *Er* hat dabei meistens den Plan in der Hand, *sie* blickt sich ahnungslos um.

Auf einem Marktplatz spritzen Fischhändler ihre Plastikschüsseln aus. Zentimeterhoch stehen sie mit ihren Gummistiefeln im Wasser. Als sie mich sehen, nicken sie mir zu. Ich grüße freundlich zurück.

Aus den vielen Kneipen ist Schlagermusik zu hören. Die Fenster sind beschlagen. Vor einem Coffee-Shop sprechen mich zwei Männer mit glasigen Augen und schwerer Stimme auf Deutsch an.

»Kannst du uns sagen, wie wir von hier aus in den Rotlichtbezirk kommen?«, fragt der eine, während der andere sich einen weiteren Joint dreht.

»Tut mir Leid«, antworte ich ehrlich, »ich bin nicht von hier.«

Nein, ich bin wirklich nicht von hier. Auf dem Weg ins Hotel gehen mir plötzlich seltsame Dinge durch den Kopf. Sicher, ich fühle mich in Amsterdam wohl. Dennoch scheine ich den Gedanken an zu Hause zwar verdrängt, aber nicht verarbeitet zu haben. Den ganzen Tag habe ich heute nichts anderes gemacht, als durch die Stadt zu laufen. Ich habe mit niemandem ein anständiges Wort geredet. Habe sexy sprechenden Kellnerinnen auf den Hintern geguckt und einer Frau mit rot geweinten braunen Rehaugen zugenickt. Aber das kann es doch nicht sein. Ich sollte mir langsam mal überlegen, was ich machen will. Plötzlich, so merke ich, ist mir die Amsterdamer Postkartenidylle fremd. Alles wirkt kalt – so wie auf einem altem Gemälde im Rijksmuseum, auf dem man das heranziehende Unheil erahnt. Kann ich ohne ein Zuhause doch nicht glücklich sein?

In 192 Tagen
wird Oliver diese Frage beantworten.

5

Und dann bist du weg

Ist es möglich, dass sich das Leben gegen einen verschwört? Ist das Schicksal ein Dominospiel – wenn ein Stein umfällt, ist auch das Ende der anderen eine ausgemachte Sache?

Seit drei Wochen bin ich nun in Amsterdam. Stundenlang sitze ich im Café de Jarren gleich neben meinem Hotel, esse meistens ein Clubsandwich mit gebeiztem Lachs und blättere an den langen Lesetischen in den herumliegenden Illustrierten und Tageszeitungen. In mir löst sich ein Knoten. Zumindest ist er dabei, sich zu lösen. Längst wache ich nicht mehr jeden Morgen mit einem Grummeln im Magen auf. Ich liege dafür länger im Bett, starre an die Decke und denke nach. Mein Gott, was habe ich in den letzten Jahren geschuftet und mich für den Job kaputtgemacht. War das nötig? Ist es nicht viel angenehmer, auch mal die Zeitung zu lesen, ohne ständig auf die Uhr zu schauen. Leicht ist meine Situation zurzeit nicht. So schnell lässt sich die Karrieregeilheit nun mal nicht bekämpfen. Arbeit kann eine Droge sein. Und ich war süchtig nach Ruhm, Macht, Verantwortung. Nach Erfolgsbilanzen. Und jetzt bin ich auf Entzug. Der tut mir aber gut. Amsterdam ist meine Betty-Ford-Klinik. Mittlerweile habe ich mich sogar an die extrovertierten Holländer gewöhnt und frage zuweilen im Restaurant selbst meinen Tischnachbarn, ob das *eten lekker* sei. Allerdings kann ich mich noch zurückhalten, von viertägigen Busreisen und Messinglöffelsammlungen zu erzählen.

○ ○ ○

Dicht gedrängt schlängeln sich Touristen und Einheimische an den aufgebauten Flohmarktständen am Waterlooplein vorbei. Ein Afrikaner trägt einen mauvefarbenen Batikkaftan mit weißen Stammesinsignien und spielt auf seinen Bongotrommeln. Hippies haben ihre schweren Rucksäcke abgesetzt und tanzen zu den Rhythmen. Es riecht intensiv nach Marihuana. Zusammengepresst hängen die buntesten Vintage-Blusen an meterlangen Kleiderstangen. Anprobieren kann man Outfits hinter einem aufgerissenen, zu einem Vorhang drapierten Kartoffelsack. Dazu tönt einen Stand weiter Madonnas *Into the Groove* aus einem Ghettoblaster. In Pappkisten hat jemand Plattensammlungen alphabetisch sortiert. *Inkoop/Verkoop* steht über seinem Stand.

»Kann ik jou helpen?«, fragt mich der Typ mit den Rastalocken.

»Ne, dank je wel«, stottere ich in schlechtem Holländisch. *»Ik will aleen kijken.«* Meine Finger blättern durch die vielen Langspielplatten. Bei *F* ziehe ich eine *Best-Of-Brian-Ferry* heraus. Die Ecken des Covers sind schon ganz abgegriffen, an einer Stelle ist sogar die weiße Pappe zu sehen; offenbar klebte hier das Preisschild. *War wohl ein Geschenk,* überlege ich mir und erinnere mich daran, dass ich auch immer Probleme damit hatte, das Preisschild abzuknibbeln, ohne das LP-Cover dabei zu zerstören. Irgendwann gab mir eine Verkäuferin in der Musikabteilung bei Quelle den Tipp, es mit einem Föhn zu probieren. Allerdings hatte sie vergessen zu erwähnen,

dass es sinnvoll ist, die Platte vor der Heißluftbehandlung aus der Hülle zu nehmen … Ich muss grinsen, als ich daran denke, und wende mich wieder der Platte zu. Brian Ferry? Da kann ich nicht widerstehen, auch wenn ich gar keinen Plattenspieler mehr habe.

Ich halte der Rastalocke die LP hin.

»Een Euro«, sagt er.

Ich suche die Münze aus der Tasche meiner beigefarbenen Cordhose und gehe dann weiter. Am Nebenstand liegen garagentorhoch T-Shirts aufeinander. Zwischen den verschleierten Frauen, die in dem Berg herumwühlen, fällt mir eine junge Holländerin auf, die besonders aufmerksam die Oberteile begutachtet. Sie strahlt. Nicht, dass sie die ganze Zeit lacht. Nein, es ist etwas anderes. Eine Aura. Diese Frau leuchtet. Ganz genau kann ich das gar nicht erklären, weil mir das bisher bei niemandem aufgefallen ist. Vielleicht mag das an diesem begeisterten Blick liegen, mit dem sie T-Shirts durchsieht. Ich könnte sie die ganze Zeit beobachten. Ich kann gar nicht anders. Mir ist egal, ob sie mich bemerkt. Selbst wenn ich versuche, mich wieder auf die Platten zu konzentrieren, schweift mein Blick ab zu ihr. Sie interessiert mich – und macht mich nervös. Mein Gott, ich bin aufgeregt. Was ist denn mit mir los? So kenne ich mich ja gar nicht. Niemals könnte ich jetzt einfach auf sie zugehen und sie angraben – so, wie ich das in München mit den Mädels mache. Sie zieht die Oberteile einzeln heraus, irgendwie mit Respekt, und scheint das Muster oder den Aufdruck förmlich mit den Augen zu scannen. Ich bleibe ebenfalls vor dem Stoffgebirge stehen und mustere sie weiter so unauffällig wie möglich. Sie mag in meinem Alter sein, Ende 20, Anfang 30. Wenn Kleidung etwas über den Charakter aussagt, muss sie ein fröhliches Wesen sein: Über dem T-Shirt mit einer riesigen Sonnenblume darauf trägt sie eine blau-weiß-gestreifte Sweatshirtjacke, dazu Jeans und *Old-Scool*-Turnschuhe. Ihre Einkaufstasche ist bedruckt mit einem afghanischen Windhund, an dessen Ohr eine Spange aus Strass hängt. Die Frau hat ihre blonden Haare mit einem Seidenschal zusammengebunden. Als sie merkt, dass ich sie ansehe – so viel zu meiner Fähigkeit, unauffällig zu beobachten –, lächelt sie mich an und hebt die Schultern, so als wolle sie mir zeigen, dass sie die ganze Aufregung um einen Stapel gewebter Baumwolle auch nicht versteht. Ich lächle hektisch und schaue schnell in eine andere Richtung.

Aus den Augenwinkeln sehe ich, wie die Frau ein orangefarbenes T-Shirt aus dem Stapel zieht. Irgendetwas ist in Weiß darauf gedruckt. Sie schaut es an, dann mich – und kommt auf mich zu!

»Hej«, begrüßt sie mich, »du bist doch Deutscher, oder?« Dabei wirft sie einen Blick auf die *Süddeutsche,* die ich in der Hand halte. Sie spricht deutsch, wie viele hier, wenn auch mit starkem, für meine Ohren aber zauberhaft frisch klingendem Dialekt.

»Äh ... ja!«, gebe ich zu.

»Prima! Kannst du mir sagen, was das bedeutet?« Sie liest langsam vor: »Das doppelte ... Lottchen?«

Ich muss lachen und sehe mir das farbenfrohe Textil an. Sie hat sich ein Promotiongeschenk zur Verfilmung des Kästner-Romans ausgesucht. *»Das doppelte Lottchen* ist ein Kinderbuch, das irgendwann mal ganz mies verfilmt wurde«, erkläre ich ihr. »Aber das T-Shirt sieht lustig aus. Solltest du nehmen!« Einen Moment lang sehen wir uns schweigend an. Sie lächelt breit, und ich hoffe inständig, nicht wie ein Volltrottel auszusehen. »Ich heiße übrigens Oliver und bin Kinderbuchexperte«, stelle ich mich schließlich vor. Besser als gar nichts!

Die Frau blickt auf ihre kleine Uhr. »Freut mich, Oliver! Ich würde ja gerne länger mit dir quatschen, aber, sorry, ich muss los!« Sie gibt dem Araber hinter dem Klamottenberg zwei Euro, dann holt sie aus ihrer Tasche einen kleinen Kalender und blättert die voll geschriebenen und mit unzähligen Zeichnungen versehenen Seiten durch. Auf einem leeren Blatt notiert sie etwas, reißt es heraus und gibt es mir. »Bist du noch länger in der Stadt? Wenn du magst, ruf mich doch mal an. Dann können wir weiterreden und vielleicht zusammen im *Morlang* einen *koffie verkeert* trinken.«

Noch nie habe ich mich so darüber gefreut, dass die Holländer ein derart offenes, kommunikatives Volk sind! Andächtig lese ich ihren Namen vor – und betone ihn natürlich falsch, vielleicht, weil ich sofort an die Geschichte vom kleinen Muck denken muss.

Sie lacht. »Nein, *Mük*. Wir sprechen das *u* wie ein *ü* aus!«

»Okay, Muk!« Ich verstaue den Zettel in meinem Portemonnaie. »Ich rufe dich an.«

»Mach das. Ich freue mich drauf!« Schnell verschwindet sie im Gewühl des Flohmarktes.

Versonnen sehe ich ihr nach. Hinter mir tanzen Touristen immer noch zum Bongogetrommel, als wäre nichts passiert. Ich nehme sie nur unscharf wahr. Denn meine Gedanken tanzen in meinem Kopf gerade um etwas ganz anderes. Muk. Hört sich an wie Puck, die Stubenfliege aus *Biene Maja*. *Mück* wie Mücke. Niedlich. Und ihr Lächeln. Entzückend. Wie süß, dass sie ein T-Shirt mit Riesensonnenblume anhatte. Na ja, war ja offensichtlich, dass sie Geschmack und Stil hat. So wie sie aussieht. Wahnsinn. Ach Gott, ich glaube, ich schwebe gerade zu den Bongos.

o o o

Genau diesen Beat, der mich eher nervös macht, als zum Tanzen verleitet, habe ich jetzt wieder im Ohr: Auf dem Leidseplein gleich um die Ecke des *Hotel American* schaue ich den Darbietungen zweier Frauen zu, während hinter mir gleich drei Kaftan-Afrikaner trommeln, als verkündeten sie das Ende der Welt. Der Platz sieht aus wie ein großer, bunter Flickenteppich, der übersät ist mit Akrobaten und Trödelhändlern. An einer Stelle singen die unvermeidlichen Peruaner in ihren verfilzten Wolldeckenmänteln. Begleitet werden sie – wie in allen Fußgängerzonen dieser Welt – von Panflötenspielern, die sehr traurig schauen. *Ich würde auch traurig schauen, wenn mir meine Mutter ausgerechnet die Kunst des Panflötenspielens beigebracht und mich dann in die Ferne zum Geldverdienen geschickt hätte,* denke ich und muss bei der Vorstellung grinsen.

Ich wende meine Aufmerksamkeit wieder den beiden Akrobatikfrauen zu, die ein Seil von der *Häagan-Dazs*-Eisdiele zum Andenkenladen *Magic Mushrooms* gespannt haben. Auf diesem balancieren sie nun in nicht unerheblicher Höhe und werfen sich bunte Bälle zu.

»Cocaine, cocaine?«, zischt mir ein Schwarzer fragend ins Ohr. Ich bin daran gewöhnt. Es ist ein fast schon alltägliches Angebot. Die Dealer der Stadt scheinen sich abgesprochen zu haben: Für sie bin ich offenbar der Kokser. Hasch oder Marihuana bietet mir niemand zum Kauf an. Augenscheinlich haben die Jungs Menschenkenntnis. Oder sie gehen davon aus, dass jemand, der keine Jeans und Turnschuhe trägt, dem Alter von Coffee-Shops inzwischen entwachsen ist. Sie haben ja sogar Recht. Ich bin kein großer Fan von Joints. Alleine schon der Gedanke daran, im Kreis zu sitzen, eine angefeuchtete Zigarette zwischen die Lippen zu stecken und dann weiterzugeben, lässt mich

schaudern. Dann schon lieber eine Nase ziehen – das macht wenigstens gute Laune. Allerdings habe ich schon lange nicht mehr gekokst. Mein letztes Mal war zu anstrengend: Auf allen vieren bin ich durch Jennys Wohnung gekrabbelt. Es gibt Digitalaufnahmen davon. Irgendwann werde ich das Foto auf einer Website wiederfinden, ich ahne es.

Auf Hasch werden nur die betrunkenen Easyjet-Touristen angesprochen, die freitags aus England einfliegen und die Stadt bis sonntags belagern. Meistens hängen sie in der Damstraat ab, rücken ein Dutzend Stühle zusammen, ordern Litergläser voller Heineken und singen *Country Roads.* Samstags sieht man sie dann, geschützt mit Sonnenbrille, eine Literflasche Mineralwasser in der Hand, durch die Stadt laufen. Sonntags kiffen sie sich noch schnell den Kopf voll, bevor sie sich nachmittags wie eine Kamelherde auf den Weg Richtung Heimat machen.

»No cocaine, thank you«, antwortete ich dem Lieferanten. Er murmelt etwas Undeutliches und geht auf die Gruppe Teenies neben mir zu. Ich bin erstaunt – ob er mit denen ein erfolgreicheres Verkaufsgespräch über die ziemlich teure Upper-Class-Droge führen kann? Dann aber höre ich, wie er *»pills, mushrooms, joints«* anbietet, so als laufe er mit Süßigkeiten durch die Kinoreihen. Wo hat er das ganze Zeug nur versteckt?

Mein Handy klingelt. Auf dem Display ist die Nummer meiner Mutter zu erkennen.

»Hallo, Annemarie«, begrüße ich sie gut gelaunt. »Wie schön, dass du anrufst.« Doch es kommt keine Antwort. »Hallo?«, frage ich nach. Ganz leise kann ich ein Schluchzen hören.

»Heinrich«, sagt meine Mutter schließlich ganz leise, so

dass ich es kaum verstehen kann – und dann zusammenzucke, als sie laut, fast hysterisch in den Hörer ruft: »Heinrich ist tot!«

○ ○ ○

Die junge Frau sitzt Arm in Arm mit einem großen Blonden in der Straßenbahn, die gerade an der Haltestelle am Leidseplein hält. Von außen dringt Panflötenmusik in den überfüllten Wagen. Sie beobachten, wie zwei Frauen sich auf einem Hochseil zum Clown machen, um einige Münzen für eine weitere Nacht im Drogenparadies zu bekommen.

Die junge Frau ist bestens gelaunt. Gerade hat sie von der Besitzerin einer angesagten Boutique in Out-Zuid gehört, dass sie auch in der nächsten Saison ihre Kollektion ordern werde, da sich die aktuellen Sachen bombastisch verkauft haben. »Die Frauen sind verrückt danach«, sagte sie zu ihr. »Du triffst genau den Geschmack meiner Kundinnen.«

In Gedanken ist sie bereits bei den nächsten Entwürfen. Sicher, irgendetwas wird sie wieder mit Blumenstoffen machen, schließlich liebt sie Blumen über alles. Aber vielleicht sollte sie diesmal außerdem mit den typisch holländischen Klischees spielen wie Tulpen, Windmühlen und Grachten-Poesie?

Ihr attraktiver Begleiter reißt sie mit einem Kuss auf die Wange aus ihren Tagträumen. »Ich freue mich so für dich«, sagt er und strahlt. »Jetzt muss das nur noch mit meiner Stelle klappen, dann ist alles perfekt!«

»Mach dir keine Sorgen.« Sie gibt ihm ebenfalls einen Kuss. »Du bist so ein guter Arzt!«

Wieder schauen sie sich das Treiben auf dem Leidseplein an. »Guck mal«, sagt sie und deutet auf einen dunkel-

häutigen Dealer. »Er kann es einfach nicht lassen.« Sie kennt ihn; jahrelang war er ihr Nachbar in ihrer ersten Etagenwohnung, einer Art begehbarem Schuhkarton.

Die junge Frau beobachtet, wie ein Mann mit verwuschelten Haaren und einem Cordanzug mit einem Wink den Dealer abweist. Der Drogenhändler geht weiter und murmelt etwas. In diesem Moment greift der Typ im Cordanzug zu seinem Handy.

Gibt's ja nicht, *denkt sie.* Das ist ja der Typ vom Flohmarkt. Oliver. *Muk überlegt, spontan auszusteigen.* Aber wie albern würde das denn aussehen! *Schnell die Idee. Ist ohnehin zu spät: die Straßenbahntüren schließen quietschend. Mit einem schrillen Schellen jagt sie die auf den Gleisen laufenden Passanten zur Seite. Muk sieht nicht mehr, wie der Typ mit den verwuschelten Haaren plötzlich anfängt, mit den Tränen zu kämpfen.*

○ ○ ○

Während ich meine Koffer im Zimmer des *de L'Europe* packe, fällt mir die vorletzte Begegnung mit Heinrich ein, zwei Monate bevor ich meinen Job verlor. Die Erinnerung ist so lebendig, als wäre es gestern gewesen.

Längst ist die Sonne untergegangen. Nur eine Öllampe spendet noch ein wenig Licht. Ich sitze mit meinem Großvater in seinem Garten auf einer Hollywoodschaukel. Die Polster sind alt und ausgeblichen, rot waren sie einmal, damals in den Sechzigern, als in der Nachbarschaft noch niemand so ein teures Gartenmöbel besaß, das an die Doris-Day-Filme aus Amerika erinnerte. An diesem Spätsommerabend haben die Kissen nur noch einen blassrosa Farbton.

»Weißt du«, beginnt mein Großvater, »ich habe großen

Respekt vor dir. Du hast studiert und dir ohne unsere Hilfe etwas aufgebaut.« Er zieht an seiner filterlosen Gauloises.

Für seine 78 Jahre war Heinrich noch verdammt fit. Einen Check-up ließ er alle sechs Monate machen, da war er preußisch diszipliniert. Seine Sorge galt der Lunge. Zwei Päckchen rauchte er am Tag, sicher schon 50 Jahre lang. *»Und, Herr Doktor«, erkundigte er sich jedes Mal nach der Untersuchung. »Habe ich Krebs? Sehen Sie dunkle Schatten?« Doch sie konnten nie etwas finden. Sieht du*, freute sich Heinrich nach jedem dieser Arztbesuche. *Dieses Lungenkrebs-Gerede hat mit Rauchen gar nichts zu tun.*

Überall liegt Asche, auf der Hollywoodschaukel, auf dem kleinen Beistelltisch neben dem Aschenbecher, sogar auf dem Rasen. Irgendwie habe ich schon die ganze Zeit das Gefühl, dass er etwas loswerden will. Eine Botschaft, irgendwie.

»Ich möchte trotzdem, dass du weißt, wie unwichtig dein Job eigentlich ist. Nicht speziell dein Job, jeder Job. Darum darf es sich im Leben nicht drehen, hörst du? Du musst deine eigenen Träume verwirklichen. Geh deinen Weg, Oliver. Überlege dir immer, jeden Tag aufs Neue, ob dir die Arbeit wirklich noch Spaß macht. Du denkst vielleicht, dass das, was du in deinem Unternehmen machst, wichtig ist – aber das ist es nicht. Wichtig ist nur, dass du glücklich bist."

Es passierte nicht oft, dass mein Großvater zeigte, wie viel Wärme sich hinter dem Schutzschild aus Ruppigkeit und grauem Seebärenbart verbarg. Die meiste Zeit bewunderte ich ihn nur – und traute mich kaum, ihn zu lieben. Ich hatte Angst, dass er das als zu weichlich verachtet hätte.

Mein Großvater wuchs in den so genannten besseren Kreisen auf. Trotzdem wollte er nicht auf Kosten seines Vaters, eines Arztes, leben und fing direkt nach der Schule in einer Chemiefabrik in Hamburg an. Dort arbeitete er sich vom Lagerarbeiter zum verantwortlichen Bauingenieur einer Chemiefabrik in Hamburg hoch.

Als Jugendlicher besuchte er die Oper, das Theater, selbst Ballettabende interessierten ihn. »Man wird nicht dümmer davon«, brachte er auch mir sehr früh bei. Zu seinem achtzehnten Geburtstag wünschte er sich eine Karte für die Mailänder Scala. Ganz oben, auf einem der Stehplätze, hörte er Maria Callas in *La Traviata*. Als Violetta starb und der Vorhang fiel, warf Heinrich eine Rose Richtung Bühne. Sie landete auf dem Kopf einer Frau in der zwölften Reihe des Parketts. Die Eintrittskarte bewahrte Heinrich sein Leben lang in wechselnden Krokoleder-Geldbörsen auf, hinter der durchsichtigen Plastikhülle gleich neben Briefmarken und dem Foto seiner Frau.

»Wenn du plötzlich Schuster werden möchtest, dann kündige und eröffne eine kleine Werkstatt. Aber, nein ...« Er lacht trocken. »Du würdest wahrscheinlich lieber Bäcker werden, habe ich Recht? Egal, was es ist: Lass dich von nichts und niemandem davon abhalten, deine Träume mit Leben zu füllen. Und vergiss nicht, dass ich dich unterstützen werde. Du bist mein Enkel, und ich liebe dich, ganz egal, was du tust.«

Während sich die Dunkelheit über den Garten senkt, greife ich nach seiner Hand und drücke sie gerührt; die Stille und Erhabenheit des Moments verbieten mir, anders zu antworten.

Die Öllampe auf der Veranda geht flackernd aus. Lediglich die glimmende Zigarette lässt erahnen, wo Heinrich sitzt.

○ ○ ○

Ich bin zu schockiert über die Nachricht, als dass ich weinen könnte. Alles in mir ist verkrampft. Ich habe Magenschmerzen vor Hunger, kann jedoch nichts essen. Heinrich. Ausgerechnet Heinrich. Die Stütze unserer Familie.

Was schockiert mich mehr: sein plötzlicher Tod, dieses Wissen, dass ich mich nicht von ihm verabschieden konnte – oder die Angst, dass es das Leben wirklich nicht mehr gut mit mir meint? Mir wird schwindlig. Ich muss mich neben den geöffneten Koffer aufs Bett legen und eine Cola trinken.

Bei seinem letzten Besuch – *keine Woche ist das her*, stelle ich erschrocken fest – hat er vorgeschlagen, mit seinen Kindern, wie er meine Mutter und mich immer nannte, demnächst nach Mailand zu fliegen. Opernkarten sollte ich reservieren, am besten an einem der Adventswochenenden. Gleich am nächsten Tag hatte ich die Karten bestellt: dritte Reihe Parkett, *La Bohème*. Seine Rosen wären diesmal bestimmt auf der Bühne gelandet.

Ich versuche mir vorzustellen, was da vor wenigen Stunden in Hamburg passiert ist.

Wie jeden Dienstag war meine Mutter auch heute mit ihrem Vater zum Stadtbummel verabredet. Gegen zehn Uhr morgens schloss sie die Haustür auf. Im Flur standen die schmutzigen Gartenschuhe, offenbar hatte Heinrich morgens schon das erste Herbstlaub weggerecht. Annemarie ging in die Küche. Sie sah, dass die Kaffeemaschine bereits angeschaltet war. Im Esszimmer lag auf dem runden Holztisch das Hamburger Abendblatt, auf dem geöffneten Sportteil die goldene Lesebrille.

»Heinrich?«, rief sie. »Bist du im Bad?«

Als Annemarie auch nach dem dritten, immer lauter werdenden Rufen keine Antwort bekam, ahnte sie, dass etwas passiert sein musste. Die Haustür war nicht abgeschlossen gewesen, er war also im Haus. Er schloss immer ab, zweimal. »Das hat ja seinen Sinn, dass jemand solche Schlösser erfunden hat«, erklärte er immer.

Annemarie lief die schmale Treppe hinauf, vorbei an der Wand voller unterschiedlich großer Fotos. Ein ganzes Leben hing hier fein säuberlich in dunkelbraunes Holz gerahmt: Heinrichs Hochzeit mit meiner Großmutter; das erste Haus, der erste Opel; die Konfirmation meiner Mutter; einer seiner zahlreichen Besuche in Mailand; meine Taufe; ich mit Großpudel Toska; meine Einschulung; die Abiturfeier; Silberhochzeit; sechzigster Geburtstag in Marbella; siebzigster Geburtstag auf Gran Canaria.

Annemarie riss die Schlafzimmertür auf. Heinrich lag auf dem Bett, er trug seine neue dunkelgraue Anzughose, die meine Mutter letzte Woche vom Änderungsschneider mitgebracht hatte. Offensichtlich wollte er sich gerade stadtfein für seine Tochter machen. Neben ihm lagen mehrere Krawatten und ein dunkelblauer Pullunder. Sein Wollmantel, in dem er immer aussah wie Richard von Weizsäcker, hing an der Tür.

Heinrichs Hausarzt diagnostizierte einen Blitztod. Ein solches Lebensende beschreibt man in Todesanzeigen wahrscheinlich als »mitten aus dem Leben gerissen«.

Da ich nicht weiß, wie lange sich die Vorbereitungen für die Beerdigung hinziehen werden, und ich sicher in den nächsten Wochen meiner Mutter zur Seite stehen muss, beende ich meinen Amsterdam-Aufenthalt. Ich checke aus.

Erst auf dem Weg nach Schiphol buche ich einen Flug nach Hamburg. Wie abwesend schaue ich aus dem Taxi. Wir fahren an der Centraal Station vorbei, dem herrschaftlichen Hauptbahnhof. Menschenmassen schieben sich über den Zebrastreifen. Fahrradfahrer klingeln sich den

Weg frei, die Autos hupen, ein Reisebus blockiert die halbe Straße. Wir fahren die Prins Hendrikkade hoch, vorbei am Nemo-Museum, das wie ein überdimensionaler Schiffsbug aus oxidiertem Kupfer ins Wasser gebaut wurde. Das schräge Dach ist voller riesiger Schaumstoffkissen, auf denen Menschen picknicken. Ein Art kunterbuntes Kinderparadies für Erwachsene.

Der Taxifahrer rast auf den Autobahnring Richtung Flughafen. Immer wieder denke ich an Heinrich. Blitztod. Manche sagen in solchen Situationen: »Wenigstens musste er nicht leiden!« Bisher habe ich solche Floskeln für Geschwätz gehalten. Jetzt tröste ich mich selbst damit. Ich versuche, mich auf etwas anderes zu konzentrieren, und schaue aus dem Autofenster. Die Skyline Amsterdams ist wirklich ein Witz. Zwar haben sie ein World Trade Center, eine Ansammlung von höchstens zehnstöckigen Hochhäusern, aber im Vergleich zu echten Metropolen wirkt die Stadtsilhouette lächerlich. Nein, sagen wir lieber: amüsant. Nichts an dieser Stadt ist lächerlich.

Nur wenig später hebt die kleine Propellermaschine der *Augsburg Airways* ab. Ich sitze genau neben den Propellern. Mein Kopf dröhnt. Vor drei Wochen war diese Stadt da unten noch eine unbekannte Pastetenscheibe. Doch jetzt erkenne ich das Königspalais am Dam, dieser grüne Fleck da muss der Vondelpark sein. Amsterdam hat ein Gesicht bekommen, eine Seele. Sehr warm und gemütlich. Mit jedem Kilometer, den das Flugzeug an Höhe gewinnt und mich von der Stadt entfernt, fühlen sich meine Tage in dieser Stadt mehr an wie ein Becher heißer Schokolade nach einem Winterspaziergang am offenen Kamin. *Amsterdam,* denke ich, *wärmt von innen.* Ich fühle mich beschützt wie seit langer Zeit nicht mehr. Amsterdam ist eine Daunendecke, in die man sich vergraben kann. Sie strahlt unglaublich viel Ruhe und Gelassenheit aus. Die kleinen Grachtenhäuser können gar nicht anders als freundlich wirken. Man fühlt sich wie neu geboren.

○ ○ ○

Sie erkennt mich erst gar nicht. Als sich die Milchglastür im Ankunftsbereich des Hamburger Flughafens öffnet, steht meine Mutter ganz vorn an der Absperrung, schaut mich an und reagiert nicht. Sie blickt durch mich hindurch.

»Ach«, sagt sie, als ich direkt vor ihr innehalte. »Das bist ja du!«

Ihr schmales Gesicht wirkt noch dünner, Tränen haben ihre Augenfarbe verwässert. Die schwarzen Augenränder heben sich von ihrem fahlen Teint besonders stark ab. Ihre Locken hat sie lustlos mit einem Tuch zusammengebunden. Ihre schwarze Jeans ist viel zu weit. Ein erschreckendes Bild. Als ich sie fest umarme, kann ich jeden Knochen spüren – trotz der dicken Daunenjacke.

»Jetzt sind wir nur noch zu zweit«, flüstert sie mir ins Ohr. Selbst zum Schluchzen fehlt ihr die Energie.

○ ○ ○

»Ich bin kein Kind mehr«, sagt sie während der Autofahrt in ihre Wohnung nach längerem Schweigen unvermittelt.

Ich sehe meine Mutter überrascht an.

»Wie meinst du das?«

»Bisher war da immer noch Heinrich, der mir das Gefühl gegeben hat, auch eine schwache Person wie ich kann eine liebenswerte Tochter sein«, erklärt sie. »Ich … ich habe mich bei ihm immer sicher gefühlt. Und jetzt …«

Ich nicke stumm und schaue aus dem Fenster. Mir wird zum ersten Mal bewusst, dass die Verantwortung für meine Mutter mit Heinrichs Tod auf mich übergegangen ist. *Sie hat nur noch mich*, echot es in meinem Kopf. Ich verdränge den Gedanken, da ich noch nicht weiß, wie ich mit dieser Situation umgehen soll. Und mir außerdem schon eine andere Frage Angst macht, seit ich ins Flugzeug gestiegen bin: In den letzten Monaten hat mir das Leben immer genau in dem Moment einen Dolch in den Nacken gejagt, wenn ich mich besonders gut fühlte. Beruflich war ich mir sicher, dass es bei *Happy Food* weiter bergauf ginge; gerade, als ich nach dem Rauswurf wieder in Amsterdam auf die Beine gekommen bin, stirbt mein Großvater. *Was wird als Nächstes passieren?*, frage ich mich wieder und wieder. Und mache schnell das Radio an, um zumindest die quälende Stille im Auto zu übertönen.

In 184 Tagen wird Oliver verstehen,
dass selbst der Tod seines Großvaters
einen Sinn gehabt hat.

6

Seebestattung

Die nächsten Tage könnten aus dem Drehbuch eines skandinavischen Kurzfilmregisseurs stammen. Wahrscheinlich würde er für den grotesk-traurigen Plot sogar einen Preis bekommen. Vielleicht den goldenen Nachwuchs-Bären oder ein Hoffnungs-Bambi.

Mein Großvater hatte bereits vor Jahren verkündet, dass er sich eine Seebestattung wünsche. »Ihr kümmert euch sowieso nicht ums Grab«, begründete er stets seinen Entschluss. »Und ich würde das auch gar nicht wollen.« Also ließ er sich entsprechende Unterlagen zuschicken, organisierte alles und legte sogar die genaue Stelle fest, an der seine Urne ins Meer versenkt werden sollte. »Keine Widerrede. Ist schon besser so.«

Heinrich war Hobbysegler und ging mit befreundeten Rentnern mindestens zweimal im Jahr auf Segeltörn. Meistens starteten sie von Damp 2000, einer Betonbau-Siedlung aus den siebziger Jahren an der Ostsee. Sowohl das Segelboot als auch den schleswig-holsteinischen Yachthafen kannte ich nur von Fotos. Und von einer Postkarte, die mir mein Großvater einmal schickte und die ich immer noch in einer Schublade in meiner Münchner Wohnung aufbewahre. Nicht etwa, weil sie zu den Meilensteinen unserer Beziehung gehört – sondern weil sie schlicht und ergreifend unglaublich ist. Schlecht koloriert ist auf der Karte die mit Hängegeranien bepflanzte Strandpromenade zu sehen. Im Hintergrund reiht sich ein Plattenbau an den anderen. Rechts unten hat der Gestalter der Ansichtskarte einen schlafenden Seehund ins Bild montiert. Trotz geschlossener Augen teilt er per Sprechblase mit: *Kurtaxen frei: Damp 2000.* Dem hatte mein Großvater nur wenig hinzuzufügen:

Gut angekommen, Wetter mies.
Bis bald
Opa

Genau das Gleiche könnte er auch über seine Seebestattung schreiben, denn vom Ostseebad Damp 2000 beginnt Heinrich an einem tristen Novembermorgen »seine letzte Fahrt«, wie sich Herr Friedrichsen, Seebestatter in dritter Generation, bei unserem telefonischen Vorgespräch ausdrückte.

Da diese letzte Fahrt schon sehr früh angesetzt ist – »Sieben Uhr dreißig ist Abfahrt«, informierte uns Friedrichsen –, fahren meine Mutter und ich bereits einen Tag vorher an die Ostsee. Im Internet habe ich uns ein zweistöckiges Holzhaus in Form eines Dreiecks gemietet. Ich hätte auch die durchaus hübsch eingerichtete Ferienwohnung auf dem Bauernhof Hansen nehmen können, aber die Dreieckshäuser im Erholungspark, auf dem sich 45 dieser überdimensionierten Amsel-Vogelhäuser befinden, erinnerten mich an die Landschulheimaufenthalte meiner Kindheit.

Im Erholungspark *Zum Fischteich* sind wir jetzt im November die einzigen Gäste. Wir können direkt vor dem Haus parken, laden unser Gepäck aus und gehen hinein. Im Erdgeschoss befinden sich eine geräumige Wohnküche in Eiche natur, zwei beigefarbene Couchsessel sowie eine orangefarbene Stehlampe. Im ersten Stock unter dem Spitzdach steht ein Bett, Handtücher und Bettwäsche liegen auf einem Klappstuhl bereit.

»Was ist denn das für ein Muster?«, fragt meine Mutter.

»Das ist das HSV-Logo«, stelle ich erstaunt fest.

Das Badezimmer ist braun gekachelt, was zu dem flauschigen Teppichboden in den anderen Räumen passt.

»Ob Ikea hier in den Siebzigern die ersten Kataloge produziert hat?«, frage ich nachdenklich.

»Ich glaube eher, die haben hier Pornos gedreht«, kontert meine Mutter.

Wir lassen uns in die Cordsessel fallen – und können nicht anders, als schallend loszulachen.

»O Gott«, sagt Annemarie schließlich, als sie sich die Tränen aus den Augen wischt. »Wahrscheinlich ist es pietätlos, sich am Tag vor einer Beerdigung so gehen zu lassen. Aber ich glaube, wenn Heinrich uns jetzt sieht, dann lacht er auch.«

Gegen halb acht am Abend bekommt meine Mutter plötzlich großen Appetit. Ein Blick auf die Nordsee und die Wellen, über die wir am nächsten Tag zur Seebestattung fahren sollen, beschert mir ein flaues Gefühl im Magen; dennoch schlage ich vor, ins Dorf zu laufen und dort eine Kleinigkeit zu essen. Schließlich bin ich froh, dass meine Mutter wieder Appetit hat. Die ganze Woche, die ich bei ihr war, hat sie morgens ein halbes Croissant gegessen und sich auch tagsüber höchstens von einer kleinen Portion Kartoffelpüree mit Olivenöl ernährt.

In Damp 2000 ist die Gastronomieauswahl recht beschränkt. Es gibt eine Trinkhalle mit Stehimbiss, die Pizzeria *Buona Sera,* einen Schnell-Chinesen, den Italiener *Casa mia* und das norddeutsche Spezialitätenrestaurant *Zum*

Seeblick. Hierauf fällt unsere Wahl, da meine Mutter riesigen Appetit auf etwas »Deftiges mit irgendeiner gemeinen Soße« hat.

Als wir die Gaststätte betreten, sind fünf Tische besetzt. Vorne am Stammtisch trinken einige ältere Herren Pils und diskutieren über Lokalpolitik: »Mit uns können sie es ja machen«, grummelt einer und schlägt mit der Faust auf den Tisch. Dabei kippt das Stammtischschild aus Zinn um. Niemand stellt es wieder auf.

»Oha«, sagt meine Mutter leise.

An den übrigen Tischen sitzen Paare, deren Alter man schlecht schätzen kann. Wahrscheinlich sind sie viel jünger als ich, aber ihre blasse Haut, die nicht vorhandenen Frisuren der Frauen und die Trostlosigkeit in ihren Gesichtern macht sie älter – und mich traurig.

»Möchtest du wieder gehen?«, frage ich.

»Bist du verrückt?«, fragt Annemarie mit einem bösen Lächeln. »Wo bekommt man denn sonst so etwas geboten? Das können wir uns nicht entgehen lassen!«

Wir setzen uns an einen Zweiertisch am Fenster, direkt gegenüber einer jungen Familie. Neugierig schaut das – objektiv betrachtet sehr hässliche – Kind zu uns herüber. Sein Vater, der gerade mit seinem Taschenmesser eine Birne schält, dreht den Kopf seines Sohnes in die andere Richtung.

»Guten Abend allerseits«, grüße ich durchaus volkstümlich, doch niemand antwortet.

Im Hintergrund singt die ehemalige Grand-Prix-Hoffnung Nicole *Flieg nicht so hoch, mein kleiner Freund*. Meine Mutter und ich sehen uns an. Wir können nichts sagen – die Gefahr, laut loszulachen, ist einfach zu groß. Und damit würden wir die anderen Gäste wohl zu sehr verwirren. Schon die Tatsache, dass ein offenbar viel jüngerer Mann mit einer älteren, gut gekleideten Frau ihre Welt besucht, überfordert alle sichtlich.

»Guten Abend!«, grüßt die blonde Kellnerin. Auf einem Schildchen, welches in Höhe ihrer rechten Brustwarze hängt, steht: *Marita. Kellnerin in Ausbildung. Bitte haben Sie Verständnis.* Sie legt uns zwei Menüarten hin. »Det erste Tajesjericht is aus. Det zweete is Nudeln mit Pfannenjemüse«, erklärt sie.

Wir bestellen zwei Cola, meine Mutter ihre Limonade ohne Eis, was Marita eifrig auf einem kleinen Block notiert.

Als unsere Kellnerin in Ausbildung die Getränke bringt, fragt sie freundlich, ob wir uns etwas »Hübsches ausjesucht« hätten. Ich entscheide mich für Rinderroulade *Mütterchen Art*, meine Mutter bestellt *Cordon Blue.*

»Blue?«, frage ich irritiert.

»Blue«, antwortet meine Mutter lakonisch und deutet auf die Karte. Um ihre Mundwinkel zuckt es verdächtig.

»Jute Wahl«, berlinert Marita fröhlich und hüpft beinahe zur Küche.

Als unser Nachtisch kommt, Vanilleeis mit heißen Himbeeren und zwei Löffeln, sind wir bereits die einzigen Gäste im Raum. Während wir noch löffeln, beginnt Marita, die Tische feucht abzuwischen und die Stühle hochzustellen. Meine Mutter und ich denken, es sei wohl an der Zeit, nach der Rechnung zu fragen.

Draußen hängt der Nebel tief über Damp 2000. Der grelle Strahl des Leuchtturms sorgt für ein gespenstisches Ambiente.

»Die drehen hier nicht nur Pornos, sondern auch Gruselfilme«, sagt meine Mutter.

Lachend und frierend laufen wir nach Hause.

Das angebliche Doppelbett bietet bei genauerer Betrachtung selbst für eine Person kaum genug Platz. Also schiebe ich im Erdgeschoss die Cordsessel zusammen und baue mir aus meiner HSV-Leihbettwäsche ein Nest.

Als ich schon das Licht ausgemacht habe, ruft meine Mutter aus dem ersten Stock herunter: »Das war ein sehr schöner Abend, Oliver. Hat mir gut getan. Danke!«

Der nächste Tag beginnt für uns sehr früh. Zum Glück hat sich der Nebel verzogen, der Wind lässt nach, die Chancen stehen also gut, dass ich nicht völlig derangiert mit einer Seekrankheit zu kämpfen haben werde. Während die verkalkte Kaffeemaschine dampft und Filterkaffee in die Kanne tröpfelt, kommt meine Mutter die Treppe herunter. Sie sieht angespannt aus, blass, unsicher.

»Gestern Abend«, beginnt sie, »da habe ich mich wirklich gut gefühlt. Da hatte ich richtige Hoffnung. Aber heute …«

»Wir schaffen das schon«, sage ich und nehme sie in den Arm.

»Ich weiß«, murmelt sie. »Ich weiß.«

Gegen halb acht stehen wir vor dem Motorboot *MS Ewigkeit.* Friedrichsen, der Bestattungsunternehmer, begrüßt uns sehr förmlich und stellte uns dem Kapitän und einem weiteren Mann vor, der uns sofort einen Schnaps anbietet. »Das wärmt«, erklärt er. Wir lehnen dankend ab, woraufhin er sich trotzdem einen kredenzt.

Im Innenraum ist ein kleiner Tisch mit Kunstnelken dekoriert, davor steht die Urne meines Großvaters. Sein Name, das Geburtsdatum sowie der Todestag sind eingraviert. Sie ist aus hellem Marmor, so groß wie ein Kegelturnierpokal. Auf dem spitzen Deckel prangt ein mit Rosen umranktes Kreuz. Sie sieht grauenhaft aus. Und in diesem kleinen, hässlichen Ding liegen die Überreste meines Opas. Grauenhafte Vorstellung. Ob er vorher im Seebestattungskatalog gesehen hat, wie hässlich die Urnen sind, in die sie die Asche reinschaufeln? Wohl kaum. Ich muss mich am Tisch festhalten, weil das Schiff sehr stark schwankt. Hoffentlich wird mir nicht schlecht.

Eine Stunde lang kämpft sich *MS Ewigkeit* durch die eiskalte Ostsee. Niemand sagt etwas. Dann stellt der Kapitän unvermittelt den Motor aus, das Boot verringert sofort spürbar die Geschwindigkeit.

»Wir sind da«, verkündet Friedrichsen feierlich. »Wenn Sie mir bitte folgen würden.« Der Schnapstrinker mit den Hochwasserhosen und den Mephisto-Schuhen nimmt die Urne, stellt sie auf ein schwarzes Samtkissen mit goldenen Fransen und geht voran. Meine Mutter und ich folgen schweigend. Kalter Wind schlägt uns ins Gesicht.

Plötzlich unterbricht ein lautes Knattern die Stille. Ein Boot nähert sich. Es sind die Segelfreunde meines Großvaters, die sich ebenfalls von ihm verabschieden wollen. Meine Mutter hatte einen der Männer benachrichtigt. »Wir kommen vorbei«, versprach er ihr, »ist doch Ehrensache!«

Die Kapitäne versuchen, die Boote möglichst nah nebeneinander zu bringen, ohne sich zu rammen, doch dies ist wohl selbst für erfahrene Seeleute eine schwierige Aufgabe. Während des Herummanövrierens stehen die vier anderen Segler wie Zinnsoldaten der Größe nach sortiert an der Reling, ohne eine Miene zu verziehen.

Ungefähr eine Viertelstunde manövrieren die beiden Bootsführer. Der Urnenträger hat mittlerweile blaue Finger und hält das Kissen abwechselnd mit nur einer Hand, um die andere in seiner Hosentasche zu wärmen. Im Geist sehe ich die Urne schon versehentlich ins Wasser fallen. Die Luft ist trotz des Windes schwer vom Ölgeruch. Ich muss husten. Und lachen. Annemarie drückt meine Hand.

Vielleicht, schießt es mir durch den Kopf, *vielleicht hat Heinrich das alles vorausgesehen und genau deswegen so geplant.*

Da der Wellengang doch zu stark ist, muss der Kapitän der befreundeten Segler den Motor wieder starten, um nicht gegen die *MS Ewigkeit* zu stoßen. Die Rede der Seglerfreunde geht darum wortwörtlich unter, der Motorlärm macht das Zuhören unmöglich.

Meine Mutter ergreift schließlich die Initiative. »Jetzt aber!«, sagte sie zu Friedrichsen. »Mein Vater war ein geduldiger Mensch, aber glauben Sie mir, wenn er nun hier wäre, würde er Ihnen die Urne abnehmen und sie eigenhändig zu Wasser lassen!«

Der Mann sieht uns irritiert an, spult dann aber ohne weitere Verzögerung die Standardfloskeln ab, die er wohl immer gebraucht, wenn er den Toten nicht kennt. Der Hochwasserkollege wirft einen Blumenkranz ins Wasser. Zusammen lassen sie dann die Urne an einem Tau in den Kranz hinunter. Innerhalb einer Zehntelsekunde verschwindet das Gefäß.

Meine Mutter und ich starren auf die Wellen. Natürlich habe ich nicht erwartet, dass die Urne noch einen Moment wie von Geisterhand gehalten über dem Wasser schweben würde – dass sie jedoch so vollkommen sang- und klanglos verschwindet, damit habe ich nicht gerechnet.

»Äußerst festlich war das ja nicht«, kommentiert meine Mutter neben mir trocken, obwohl ich aus den Augenwinkeln sehen kann, dass ihr Tränen über die Wangen laufen. »Zwei Sekunden Bestattung und vier Stunden Aufwand.« Sie seufzt schwer. Langsam wanderte ihr Blick vom Wasser hoch in den Himmel. »Ach, Heinrich«, sagt sie.

Ich lege meinen Arm um ihre Schulter und drücke sie sanft. Einen Moment lang schmiegt sich Annemarie an mich, und wir genießen beide die Wärme des anderen. Dann macht sich meine Mutter los, wischt sich die Tränen aus den Augen und sagt zu dem Hochwassermann neben ihr: »Bekomme ich jetzt vielleicht noch einen Schnaps?«

Als sie und ich unsere kleinen Gläser in der Hand haben, tritt meine Mutter erneut an die Reling. »Auf dich, Heinrich!«, sagt sie, stürzt den Schnaps in einem Zug hinunter – und wirft das Glas im hohen Bogen aufs offene Meer hinaus. Mir ist schlecht.

○ ○ ○

Aufblende. Die ganz in Schwarz gehüllte Familie sitzt in tiefen Ledersesseln in einem mit wertvollem Holz getäfelten Zimmer. Vor ihnen am Schreibtisch residiert ein bärtiger Anwalt im Maßanzug. Er trägt ein gestärktes Hemd und eine blau-rot-weiß gestreifte Fliege. Vor ihm liegen ein Stapel Akten, ein versiegelter Brief und sein Pfeifentäschchen in Jagdgrün. Er öffnet es, klopft am schweren Kristallaschenbecher die letzte Asche heraus, stopft Tabak in die Pfeife, zündet sie an und sagt schließlich: »Na, dann wollen wir mal.« Er öffnet mit einem silbernen Brieföffner den Umschlag und beginnt zu lesen: »Mein letzter Wille ist …«

Genau in diesem Moment öffnet sich die Tür.

Eine Frau mit einem riesigen Hut stürmt in den Raum und ruft: »Warten Sie! Ich habe hier ebenfalls ein Wörtchen mitzureden. Ich bin die Tochter des Verstorbenen!«

Die Witwe steht auf und bricht wenige Sekunden später ohnmächtig zusammen.

Schnitt.

○ ○ ○

Solche Bilder habe ich vor Augen, wenn ich an Testamentseröffnungen denke. Ich war schließlich bisher nur im Kino oder vor dem Fernseher Zeuge solcher Ereignisse. Deshalb weiß ich nicht, was mich bei der von Heinrich erwartet. Das Gleiche gilt übrigens auch für Morde. Ich glaube nämlich, dass sie ganz anders ablaufen als im Film und wir sicher enttäuscht wären, wenn wir Zeuge einer solchen Tat würden. Aber das nur nebenbei bemerkt.

Bei Heinrichs Testamentseröffnung gibt es keinen Überraschungsbesuch. Meine Mutter, Heinrichs Putzfrau Svetlana aus Weißrussland und ich bleiben allein. Die Notar- und Rechtsanwaltspraxis Meininger-Pfeifer befindet sich in Hamburg-Wandsbeck, einem Stadtteil, dessen einziger Vorzug die vierspurige Zubringerstraße zur Autobahn nach Berlin ist. Selbst die Sonnenstrahlen bemühen sich vergeblich, diesem tristen Ort etwas Wärme zu geben.

Als Annemarie und ich aus dem Taxi vor dem neuen Bürokomplex aussteigen, in dem die Kanzlei liegt, treffen wir Svetlana. An einer Parkuhr schließt sie ihr Moped an. Wir grüßen uns und fahren gemeinsam in einem engen Aufzug in den dritten Stock. Mit einem Surren öffnet sich die Milchglastür zur Kanzlei. Wir hängen unsere Jacken auf und stellen uns am Empfangstresen vor. Auf der hohen Theke steht ein üppiges Lilienbouquet. Ich hasse diesen süßlich schweren Geruch. Davon bekomme ich Kopfschmerzen. Die Sekretärin führt uns in einen Besprechungsraum.

»Auf dem Glastisch da«, bemerkt Svetlana sofort, »sind ja noch Fingerabdrücke! Und die Fenster müssten sie auch mal wieder putzen.«

Meine Mutter grinst und steckt sich eine Zigarette an. »Ich darf doch?«, fragt sie die Sekretärin, als sie den ersten Zug bereits wieder aushaucht.

Da betritt Dr. Klaus Pfeifer den Raum. Er ist seit den siebziger Jahren der Anwalt meines Großvaters. Sein dunkler Anzug und seine ruhige Ausstrahlung haben etwas Vertrauen erweckendes. Gleich nach Heinrichs Tod schickte er einen riesigen Strauß weißer Rosen mit einer Beileidskarte an meine Mutter. Dafür bedankt sie sich nun, während er ihr die Hand schüttelt. »Es ist schön, Sie wieder zu sehen, Frau Schmetter. Ich wünschte nur, die Umstände wären nicht so traurig. Noch einmal mein herzliches Beileid. Ich habe Heinrich sehr gemocht.« Er schüttelt auch Svetlana und mir die Hand. Dann stellt er uns seinen Assistenten vor. Dr. Servantis kondoliert schweigend.

Ich mustere ihn. Servantis dürfte ungefähr in meinem Alter sein. Er trägt einen eng geschnittenen Anzug in Beige und braune Schuhe. An seinem Finger blitzt ein gewaltiger Ehering aus Gelbgold. Trotz seiner Akkuratesse strahlt Servantis etwas Verwegenes aus. Er hat eine sonore Stimme und hält sich angenehm zurück – eine Seltenheit unter Anwälten. Die meisten spielen sich immer so auf. Ich finde ihn spontan sehr sympathisch.

Was ich mich bei Testamentseröffnungen im Kino immer gefragt habe: Wissen die Anwälte eigentlich, was im Testament steht? Lesen Sie es vorher heimlich? Müssen die Mandanten ihren Advokaten über den Inhalt informieren?

Dr. Pfeifer scheint meine Frage zu erahnen. »Im August hat mich Heinrich angerufen und mir gesagt, er habe vor, sein Testament zu ändern«, beginnt er, nachdem er uns gegenüber Platz genommen hat. »Einen Tag zuvor hätten Sie, Oliver, ihn zu Hause besucht und abends noch sehr lange mit ihm auf der Veranda gesessen.«

Mein Herz klopft schneller. Was habe ich bei diesem

Gespräch wohl gesagt, das meinen Großvater dazu gebracht hat, sein Testament ändern zu wollen?

»Wir haben uns also zu einem Lunch im *Vier Jahreszeiten* getroffen und die neuen Details des Testament besprochen«, erzählt Dr. Pfeifer weiter. »Das, was ich Ihnen nun vorzulesen habe, ist somit auf einem aktuellen Stand. Dennoch müssen Sie sich keine Sorgen machen, dass es sich dabei möglicherweise um eine Kurzschlusshandlung gehandelt hat. Ich habe Heinrich ungefähr zwei Wochen vor seinem überraschenden Tod beim Golfen getroffen. Er hat mir gesagt, dass er sehr froh sei, das Testament geändert zu haben.«

Ich schaue Svetlana an. Sie wird doch nicht die Alleinerbin sein?

Dr. Pfeifer greift nach einer beigefarbenen Mappe und holt einen Brief heraus. *Mein letzter Wille* steht darauf. Dr. Servantis notiert etwas in seine Lederkladde. Pfeifer öffnet den Umschlag, räuspert sich und beginnt, das Testament vorzulesen.

Liebe Annemarie, lieber Oliver, liebe Svetlana,
ich hoffe sehr, dass es noch Jahrzehnte dauern wird, bis Herr Dr. Pfeifer euch diese Zeilen vorlesen wird. Dennoch kann ich sagen, würde die Parkuhr meines Lebens heute ablaufen, blicke ich auf eine wunderschöne Zeit zurück. Dafür möchte ich euch danken, da ihr die drei letzten Lebenden seid, denen ich das sagen kann. Jeder auf seine eigene Art seid ihr etwas ganz Besonderes, etwas ganz Eigenes und Wertvolles. Ihr seid ein Geschenk. Für andere, aber auch ganz speziell für mich.
Annemarie, meine wunderschöne Tochter, die die Jugend für sich gepachtet hat. Du hast vieles in deinem Leben mitgemacht, und ich konnte dir nicht immer helfen.

Aber so ist das im Leben: Vieles muss man alleine durchmachen. Man schafft es jedoch, wenn man weiß, dass es immer Menschen geben wird, die einem beistehen. Ich hoffe so sehr, dir dieses Gefühl gegeben zu haben.

In diesem Moment fängt meine Mutter sehr laut an zu schluchzen. Ich gebe ihr ein Taschentuch.

Oliver, du weißt – und das sicher nicht erst seit unserem Abend auf der Hollywoodschaukel –, wie stolz ich auf dich bin. Ich mache mir überhaupt keine Sorgen um deine Zukunft, wünsche mir aber sehr, dass du dich selbst nicht vergisst und immer wieder darüber nachdenkst, was du wirklich willst im Leben. Nur du zählst. Sonst niemand.

Ich merke, wie mein Hals sich zuschnürt. Was würde Heinrich dazu sagen, wenn er wüsste, dass man mir bei *Happy Food* gekündigt hat?

Svetlana, dir möchte ich danken für die Energie, mit der du mich in all den Jahren versorgt hast – und für deine wunderbaren Rinderrouladen! Ich bewundere dich für deine Wärme und deine Kraft, wie du dein Leben meisterst. Jeder hat von uns sein Päckchen zu tragen. Deines ist vielleicht das schwerste. Drei Kinder zu ernähren und dann noch das Gesparte nach Weißrussland schicken zu müssen. Du kaufst Anfang Januar schon die Geschenke für das nächste Weihnachtsfest, weil gefütterte Anoraks dann billiger sind. Respekt!
Bevor ihr nun erfahrt, wie ich mein Vermögen aufgeteilt habe, möchte ich euch noch eines sagen: Es kommt nicht

darauf an, wie viel Geld man hat, welches Auto man fährt und auf welchen Status man sich etwas einbilden kann. Es geht darum, wie man sein Leben lebt. Ob man die Gebrauchsanweisung richtig gelesen hat und sich daran hält. Ich glaube, ihr habt das zum Teil schon getan – und auf jeden Fall das Zeug dazu, euren eigenen Weg zu finden und zu gehen.

Dr. Pfeifer räuspert sich. Servantis greift nach einer Flasche Wasser und schenkt ihm ein Glas ein. »Danke«, sagt Pfeifer, trinkt einen Schluck und liest den letzten Willen meines Großvaters weiter vor.

Annemarie, du sollst meine Immobilien bekommen: die drei Mietshäuser in Hamburg, Bremen und Lübeck, das Ferienhaus auf Sylt sowie meine Eigentumswohnung in Hamburg. Lediglich meine Eigentumswohnung darfst du verkaufen. Die restlichen Häuser sollen in deinem Besitz bleiben. Ich glaube an dein großes Organisations- und Verhandlungstalent und möchte nicht, dass du nur von dem Geld aus dem Verkauf lebst. Du brauchst eine Aufgabe. Diese möchte ich dir mit vererben. Vergrößere den Besitz deiner Familie.
Oliver, dir vermache ich mein Privatvermögen, was sich beim Notieren dieser Zeilen – und wenn man die Erbschaftssteuer bereits großzügig abgezogen hat – auf rund 1,3 Millionen Euro beläuft. Ich weiß, dass du das Geld nicht aus dem Fenster werfen wirst. Dafür bist du viel zu korrekt. Aber bitte: Leg das Geld nicht nur einfach gewinnbringend an. Mach etwas damit! Kauf dir eine Bäckerei, wenn du willst, und füttere die Menschen mit Landbrot Thüringen.
Svetlana, immer, wenn ich wieder einen Segeltörn be-

gonnen habe, hast du sehnsüchtig davon erzählt, wie sehr dein Mann gerne einmal um die Welt segeln würde. Ich möchte euch deshalb mein Segelboot vererben und 100.000 Euro. Macht euren Trip und schickt mir eine Karte.

Lebt euer Leben, genießt es.
Es war schön mit euch!
Heinrich

Wir sitzend schweigend in Dr. Pfeifers Besprechungszimmer.

1,3 Millionen Euro. Einem Teil von mir ist bewusst, dass ich jetzt ein reicher Mann bin. Aber wirklich begreifen kann ich es noch nicht. Wahrscheinlich dauert es Tage, vielleicht Wochen und Monate, bis man eine solche Information verarbeitet hat. Dafür schiebt sich eine andere Frage unaufhaltsam in mein Bewusstsein: Was soll ich jetzt mit meinem Leben anfangen?

170 Tage noch,
dann hat Oliver darauf eine Antwort gefunden.

7

Neuer Reichtum

Alter Saldo:	EUR	3.428,50
Neuer Saldo	EUR	1.592.507,78

Lange schaue ich mir den Betrag an, den der Kontoauszugsdrucker gerade ausgespuckt hat. Wohl etwas zu lange und zu konzentriert, denn als ich mich umdrehe, bemerke ich erst, wie viele andere Bankkunden bereits ungeduldig warten. Einige rollen übertrieben mit den Augen oder schauen demonstrativ auf ihre Armbanduhr.

»Na endlich«, faucht die alte Dame mit den hochgesteckten Haaren und der Gehhilfe, die direkt hinter mir gewartet hat.

»Verzeihung«, lächle ich sie an.

»Sie sind ja ganz blass um die Nase«, sagt sie, nun in deutlich freundlicherem Ton. »Sind Sie in die roten Zahlen gerutscht? Das tut mir Leid für Sie.«

»Nicht ganz«, antworte ich, wünsche ihr einen angenehmen Tag und verlasse die Marmorhalle der Bank. Mein Herz rast wie nach einem Hundertmetersprint.

Mein ganzes Leben habe ich damit verbracht, meine Karriere darauf auszurichten, möglichst schnell möglichst viel Geld zu besitzen. Dies ist mir jetzt gelungen, auch ohne Job. Stelle ich mich nicht ganz dämlich an, muss ich mir vorerst eher wenig Sorgen machen, wie ich finanziell über die Runden komme.

Es ist nicht so, dass ich bisher schlecht gelebt hätte. Wirklich nicht. Aber ein Vermögen konnte ich nicht ansparen. Zu groß waren die Verlockungen, spontan über Weihnachten in die Karibik zu fliegen oder bei *Yves Saint Laurent* den dunkelgrau *und* den hellgrau gestreiften Anzug zu kaufen. Ich habe mein Geld immer mit vollen Händen ausgegeben und eigentlich nie ein schlechtes Gewissen gehabt, weil ich eigentlich besser ein bisschen Vermögensaufbau hätte betreiben sollen, statt Sachen zu sagen wie: *Ach, und das taillierte Hemd passt wirklich perfekt dazu, packen Sie mir das bitte auch noch ein? Ja, in Hellblau, Weiß und Taubengrau. Danke!*

Jetzt, mit meinen fast 1,6 Millionen Euro, stellt sich dieses Problem nicht mehr. Natürlich war mir klar, dass ich einmal eine Menge erben werde. Aber das es dann doch so viel ist, überrascht mich. Nun kann ich beides haben – Luxus und ein beträchtliches Anlagevermögen. Eigentlich sollte es mir deswegen gut gehen. Das tut es aber nicht, da ich meinen Großvater verloren habe. Früher hätte ich sicher schon die ersten Makler angerufen und gefragt, ob sie nicht ein hübsches Objekt für mich in bester Lage hätten, und gesagt: »Schauen Sie doch bitte auch gleich mal nach einem passenden Anwesen auf Ibiza für mich.« Aber die Lust am unbeschwerten Geldverprassen wurde mir genommen. Plötzlich hat alles einen Sinn, eine Bedeutung bekommen. Dank Heinrichs großzügiger Geste ist mir mit einem Schlag bewusst geworden, was wirklich wichtig in meinem Leben ist: Nicht meine geliebten Statussymbole, nicht das Geld, nicht der Job – es ist meine Familie. Die Menschen, die mir wichtig sind, die Gespräche mit ihnen, das Gefühl, nach einem Treffen etwas mitgenommen zu haben fürs Leben.

Eigentlich ist es erschreckend, dass ich erst eine Million erben musste, um zu erkennen, dass sie allein gar nichts wert ist.

Leg das Geld nicht nur einfach gewinnbringend an. Mach etwas damit! Heinrich wollte, dass ich mit meinem Erbe etwas anfange. Das Geld soll mir helfen, meinem Leben eine Richtung zu geben, etwas zu realisieren. Wäre der Anlass nicht so traurig, müsste ich glücklich sein: Wer kann schon ohne finanzielle Sorgen seine Träume verwirklichen?

Nur: welche Träume?

Vielleicht sollte ich wirklich eine Bäckerei eröffnen. Nun, eher nicht. Der Duft von frisch gebackenem Brot hat mich als Kind fasziniert, und ich liebe ihn immer noch – aber kann er mich wirklich auf Dauer glücklich machen? Wann habe ich überhaupt zum letzten Mal einen dieser magischen Momente erlebt, in denen einfach alles stimmt?

Und dann fällt es mir ein: in Amsterdam. Selten ist es mir so gut gegangen wie dort. Bisher konnte ich mir nur deshalb nicht vorstellen, dort dauerhaft zu leben, da ich keine Ahnung hatte, welchen Job ich dort annehmen sollte. Um einen Arbeitsplatz muss ich mich mit der Erbschaft nicht mehr kümmern. Ich kann es mir leisten, das zu tun, was mir wirklich Spaß macht.

Was mich wieder zu der Frage führt: Was macht mir Spaß? Seltsam, dass ich das gar nicht so recht weiß. Offenbar hat meine Karrieregeilheit andere Interessen fortgespült wie Bleichmittel Soßenflecken aus einem weißen Hemd. Sofort fällt mir das nächste Bild ein: Amsterdam war so etwas wie ein Hustenlöser. Die Stadt hat mich frei atmen lassen, Blockaden haben sich gelöst – sicher eine durchaus gesunde Grundlage für ein neues Leben, oder?

Amsterdam also. Ich wandere aus!

Während eines Spaziergangs um die Alster gestehe ich meiner Mutter die neuen Pläne. Sonderlich überrascht wirkt sie nicht. Sie hakt sich bei mir unter und erzählt, dass sie schon insgeheim damit gerechnet hat, dass ich dorthin ziehe.

»Du hast dich am Telefon immer so fröhlich angehört, wenn du aus Amsterdam angerufen hast«, erinnert sie sich. »Mach das. Ich möchte sowieso nicht, dass du nur meinetwegen hier in Hamburg bleibst. Ich komme schon zurecht. Und auf keinen Fall will ich, dass du sonntags ein schlechtes Gefühl hast, weil du weißt, ich habe nichts vor. Du würdest dich verpflichtet fühlen, mich einzuladen, Kaffee trinken zu gehen oder irgendetwas zu unternehmen.«

»Das wäre doch keine Verpflichtung!«, protestiere ich.

»Ach, Oliver! Wir sind beide erwachsen, wir leben beide unser eigenes Leben.« Sie hält inne und gibt mir einen Kuss. »Es wird Zeit, dass ich aus meinem Leben hier in Hamburg mehr mache als bisher. Und du suchst dein Glück in Amsterdam. Hauptsache, in deiner neuen Wohnung gibt es ein Gästezimmer für mich.«

Drei Tage später bringt mich meine Mutter zum Flughafen. Seltsamerweise habe ich überhaupt kein ungutes Gefühl, diesen Schritt zu wagen. Ich habe nicht die geringste Angst davor, Deutschland zu verlassen. Normalerweise denkt man immer, man sei an einem Ort verwurzelt, vor allem, wenn man dort mehrere Jahre gewohnt hat. Aber sogar der Anruf bei meinem Vermieter in München, er möge einen Nachmieter für mich finden, ist mir nicht weiter schwer gefallen. Zum Glück hat er mir keine Steine in den Weg gelegt, was sicherlich auch daran lag, dass ich selbstverständlich bereit bin, noch einige Monate meine Miete zu bezahlen. Zumindest so lange, bis meine Möbel abgeholt werden.

Meine Mutter und ich nehmen uns am Flughafen lange in den Arm. Tapfer hält sie ihre Tränen zurück. »Müssen wir noch etwas besprechen?«, fragt sie mich – so, wie sie es immer bei Abschieden tut, solange ich mich erinnern kann. Ihre Lippen zittern ein wenig. Doch bevor ich antworten kann, setzt sie entschlossen hinzu: »Nein, ich denke nicht!«

»Mach's gut«, verabschiede ich mich und halte sie noch einen Moment fest.

»Du auch. Und ruf an, wenn du jemanden brauchst, der dir die Vorhänge umnäht.«

»Klar, da bist du die Erste, an die ich denken werde«, verspreche ich ihr. »Aber erst mal bleibe ich im Hotel und suche mir in Ruhe eine schöne Wohnung. Du kannst die Nähmaschine also vorerst im Schrank lassen!« Wir müssen lachen.

Ich zeige meine Bordkarte vor und stelle mich in die Schlange vor der Sicherheitskontrolle. Nachdem ich durch den Metalldetektor gegangen bin, drehe ich mich noch einmal um. Doch meine Mutter ist längst nicht mehr in der Flughafenhalle.

In 165 Tagen wird es wieder Tränen geben,
und niemand wird sie zurückhalten können.

8

Clubsandwich und Suppenpartys

In Amsterdam gelandet, nehme ich den Bummelzug in die Stadt. Natürlich hätte ich auch mit dem Taxi fahren können, doch ich möchte meine neue Heimat bewusst erleben. Und das geht besser im verrauchten Vorstadtwaggon als im klimatisierten Wagen mit Vanille-Duftbäumchen am Spiegel.

Es ist Freitagnachmittag. Die doppelstöckigen Waggons sind überfüllt. Am Bahnsteig von Schiphol drängeln sich die Rucksacktouristen; müde aussehende Stewardessen der *KLM* ziehen ihre kleinen Trolleys hinter sich her und versuchen, in einen der vorderen Wagen zu kommen. Ich bleibe im Vorraum des Waggons stehen. Sobald der Zug aus dem Tunnel gefahren ist, kann ich die Bürogebäude und die überfüllte Ringautobahn sehen. Alles kommt mir irgendwie unwirklich neu vor. So, als ob dieses Land gerade mal ein Jahrzehnt alt wäre.

Weil ich nicht selbst in einem Auto sitze, sondern gemächlich an ihnen vorbeiziehe, bemerke ich, dass es hier überdurchschnittlich viele Kombis gibt. Sind die Holländer ein besonders familiäres Volk? Singles fahren jedenfalls andere Autos. *Wer Kombi fährt, möchte nicht auffallen, er will durchschnittlich sein, auf Komfort nicht verzichten und ist eher praktisch veranlagt,* überlege ich mir – und muss grinsen, weil ich immer noch automatisch damit anfange, meine neue Umgebung aus dem Marketingblickwinkel meines alten Lebens zu betrachten.

An der Centraal Station, dem alten Hauptbahnhof, der ein wenig nach einer Burg aus dem Playmobil-Land aussieht, schieben sich die Massen durch die schmalen Gänge. Offenbar wird gerade die Eingangshalle renoviert. Überall versperren Holzlatten den Weg. Auf dem Bahnhofsvorplatz folge ich den Menschenmengen Richtung City. Die Restaurants mit ihren vergilbten Menüfotos und den weißen Plastikstühlen sind überfüllt. »*Mister, Mister*, billig Touristmenü«, ruft mir ein Marokkaner mit Goldkettchen und weißen Socken zu. »*Six* Euro, drei Gänge. *Lekker, lekker!*« Er zeigt auf ein Gericht an der Fotowand: Ein paniertes Stück Fleisch liegt auf einem Teller neben einer geblümten Serviette. Garniert wurde die Spezialität mit einer lustig aufgeschnittenen Grilltomate in Form eines Moosröschchens. Nichts für mich. Trotzdem bedanke ich mich freundlich bei dem Kellner und gehe weiter.

Im Café *Simply Bread* gegenüber vom Kaufhaus *De Bijnkoorf* setze ich mich mit meinem Gepäck ans Fenster, bestelle ein Thunfischsandwich und einen frisch gepressten Orangensaft. Eine Reisetasche habe ich jetzt schon dabei. Drei weitere Koffer wird meine frühere Assistentin Marianne in München packen und mir per Kurier zusenden. Mehr brauche ich erst mal nicht. Außer eine Wohnung zu finden, habe ich auf die To-do-Liste meines neuen Lebens vorerst nichts geschrieben. Mittelfristig muss ich mir natürlich eine Aufgabe suchen. Aber was das genau sein wird, weiß ich noch nicht. Es wird sich in den nächsten Wochen, vielleicht auch Monaten schon herausstellen, ob es mich doch wieder in den Fingern juckt, in einem Unternehmen weiter Karriere zu machen. Aber für diese Entscheidung nehme ich mir genügend Zeit.

Ich lasse mich in den Sessel der Snackbar fallen und atme tief durch. So laut, dass die beiden Mädchen am Nebentisch mich anschauen und kichern. Ich bin in Amsterdam angekommen. Aber gibt es auch ein Gefühl, das einem signalisiert, endlich da zu sein?

○ ○ ○

Jedes Mal, wenn ich die schwerere Holztür hinter mir schließe und den mit weißen Marmorfließen gekachelten Korridor entlanglaufe, erwarte ich, dass jemand ruft: »Essen ist gleich fertig, deck doch schon mal den Tisch!« So familiär wirkt das *Blakes,* in dem ich mich für die nächsten zwei Wochen eingebucht habe. Wäre mein Leben gerade ein Hotel, es wäre wie das *Blakes:* Ein durchgestylter, sehr puristischer Charakter trifft auf die Holzrahmengemütlichkeit der Grachtenhäuser. Ich liebe es!

Ich werfe mich auf eines der weißen Sofas in der Lobby und habe fast ein schlechtes Gewissen, die Phalanx aus kleinen Kissen in Schwarz und Weiß zerstört zu haben. Leise untermalt Loungemusik die kuschelige Atmosphäre. Überall brennen Duftkerzen, auf dem Tisch vor mir stapeln sich Designbücher und laden zum müßigen Blättern und Schwelgen ein.

Bei einer sehr schönen, unglaublich dünnen farbigen Kellnerin bestelle ich ein Glas Champagner und ein Clubsandwich. Das ist ein Ritual von mir, denn ich bin fest davon überzeugt, dass man den Wert eines Hotels an seinem Clubsandwich erkennt. Ich könnte einen Hotelführer herausbringen, der sich nur mit der Qualität und dem Geschmack von Clubsandwichs beschäftigt. Ohne Frage rangiert auf Platz eins der besten Clubsandwich-anbietenden

Hotels der Welt das *Costes* in Paris. Das Toastbrot ist dort stets warm, der Bacon bissfest, und zwischen Pute und Tomate haben sie ein mir unbekanntes Kraut versteckt, was dem Ganzen einen ganz besonderen, leicht orientalischen Geschmack verleiht.

Die unterernährte Kellnerin bringt meinen Snack. Sie drapiert schwarze Schieferplatten auf dem Tisch, stellt das Champagnerglas darauf, legt Silberbesteck und eine weiße Serviette daneben und serviert das Sandwich. Ich rieche ihr süßliches Parfum. Die Haare hat sie zu kleinen Heidi-Zöpfen gebunden, was so adrett bieder aussieht und sie verdammt sexy macht.

Hier im *Blakes* müssen sie zwar noch ein wenig mit dem Dressing üben, aber sonst: wunderbar! Die Brote sind hübsch in Viertel geschnitten und sehr schön auf dem Teller dekoriert. Keine Frage, dieses Clubsandwich kann ganz sicher mit dem des *Raffles Hotel* in Phnom Penh oder dem *Vier Jahreszeiten* in Hamburg mithalten.

Gerade als ich den letzten Bissen im Mund habe, taucht der Concierge vor mir auf. Er ist so groß, dass er bei den niedrigen Türen des alten Grachtenhauses stets den Kopf einzieht – auch dann, wenn er eigentlich problemlos durchlaufen kann. Wahrscheinlich hat er ihn sich schon zu oft angestoßen. Ich bilde mir ein, auch eine kleine Wunde auf seiner Glatze zu entdecken.

»Mister Schmetter?«

»Yes«, sage ich mit vollem Mund und geniere mich ein wenig wegen meiner mit Mayonnaise verschmierten Finger.

»Hier habe ich eine Liste mit allen Maklern, die ich Ihnen empfehlen kann«, sagt mein Gegenüber in fließendem Deutsch. »Sie sind spezialisiert auf außergewöhnliche Objekte an den Topgrachten von Amsterdam!«

Ich bedanke mich. Am Nachmittag werde ich sofort den ersten Makler auf der Liste anrufen.

○ ○ ○

Fünf Stunden später stehe ich bereits im Flur einer Etagenwohnung an der Prins Hendrikkade, einer stark befahrenen Straße in der Nähe der Centraal Station. Vom Wohnzimmerfenster aus kann ich auf dem Wasser ein kitschig geschmücktes China-Restaurantboot und das weiße Hotelschiff *Botel* sehen. Beide schwanken, und ich bin froh, dort weder Schweinefleisch süß-sauer essen oder in einer Koje liegen zu müssen. Herr van Houten, ein grau melierter Herr im Nadelstreifenanzug, zeigt mir die Vierzimmerwohnung.

»Die Eigentümer sind ein schwules Paar«, erzählt er mir unaufgefordert mit rauchiger Stimme. Seine Krawatte mit kleinen Tierchen erinnert mich stark an die meines früheren Chefs. »Einer von beiden hat sich entschlossen, wieder zu seinem ersten Freund zu ziehen – er sagt, es sei wohl doch die Liebe seines Lebens –, und der andere kann sich die Wohnung nicht alleine leisten. In zwei Monaten können Sie einziehen.« *Ganz schön indiskret, der Typ,* denke ich und schaue mich um. Was er wohl über mich erzählen wird?

Die Räume sind beeindruckend hoch, die Balken weiß gestrichen. Die Fenster gehen vom Boden bis zur Decke. Sicher, ein fantastischer Ausblick. Würde ein Castingagentur eine Wohnung für einen Film mit dem Titel *Typisch Amsterdam* suchen, sie würden hier garantiert zuschlagen. Eine kleine Treppe führt in die Wohnküche im Souterrain. Eckbank, Gasherd, Schränke mit Intarsienfenstern – alles sehr herrschaftlich und gemütlich. Und überhaupt nicht mein Fall. Wenigstens haben die Vormieter im Badezimmer Geschmack bewiesen: Es ist mit kleinen braunen Mosaiksteinen gekachelt. Vom Schlafzimmer aus kann man einen winzigen Innengarten betreten.

»Die Wohnung gefällt mir gut«, erkläre ich Herrn van Houten diplomatisch. »Allerdings erscheint sie mir etwas zu dunkel.«

»Wie Recht Sie haben! Ich glaube, ich weiß, was Ihnen besser gefallen wird.«

Herr van Houten fährt mit mir zu den Kalenderpanden-Gebäuden in einer zwangsgeräumten Hafenstraße von Amsterdam. Hausbesetzer – die hier Kraken genannt werden – haben die alten Lagerhäuser jahrelang bewohnt. Vor drei Jahren wurden sie hinausgeworfen.

»Gut, dass die so *lekker* lang drin waren«, erklärt Herr van Houten mit zynischem Unterton. »Die haben dafür gesorgt, dass das Gebäude bis heute gut erhalten ist.«

Wir fahren mit dem Aufzug in den dritten Stock des Hauses. Ich bin begeistert. So stelle ich mir eine Wohnung vor! Aus dem hinteren Drittel des Hauses haben die Architekten einen Dachgarten gemacht, der von der Außenmauer begrenzt wird. Die abgeschnittene Wand wurde komplett verglast. Von der anderen Seite des Lofts hat man einen Blick über die Gracht und den Zoo. Mir gefällt es hier sehr gut – aber etwas fehlt: das typische Amsterdam-Gefühl. Ein aufsehenerregendes Loft kann man schließlich auch in New York oder London bekommen.

»Nein«, sage ich, »das hier ist auch nichts für mich.«

»Machen Sie sich keine Sorgen – ich habe noch ein paar *lekker* Angebote für Sie.«

In den nächsten Stunden schaue ich mir unter anderem noch eine Vierzimmerwohnung im Szeneviertel Oud-Zuid an, das mir viel zu laut und hektisch ist, und ein dreieckig geschnittenes Appartement mit Vollverglasung in der Nähe des Tropenmuseums, bei dessen Bau die Architekten offenbar das Wort Möbel aus ihrem Sprachschatz gestrichen haben. Oder sie wollten den Trend »Schrank verstellt Aussicht« etablieren. Allerdings eigne ich mich nicht als Versuchskaninchen.

ｏ ｏ ｏ

Abends um neun komme ich zurück ins Hotel.

»Waren Sie erfolgreich, Sir?«, fragt mich der Concierge.

»Nein, leider nicht.« Sechs Wohnungen oder zwei Häuser habe ich mir heute angesehen. Manche sind mir fremd geblieben, andere waren mir zwar sympathisch, Freundschaft wollte ich trotzdem mit keiner dieser Immobilien schließen. Aber muss eine Wohnung nicht genau das sein? Ein Freund, auf den man sich jeden Tag freut und zu dem man sich zurückzieht, wenn das Leben wieder einmal schlechte Laune hat. Ich wünsche dem Concierge einen schönen Feierabend und gehe in mein Zimmer. Aus der Minibar hole ich mir eine Piccoloflasche *Moët et Chandon*. Ich lasse mich auf mein Bett fallen und zappe durch die Programme. Auf vier holländischen Kanälen gibt es zeitgleich Verschönerungsmagazine der unterschiedlichsten Art: In einem wird die Möblierung einer Neubauwohnung komplett verändert, beim Konkurrenzsender geht es um eine Frau, die sich vier Schönheitsoperationen unterzieht. Sie ist wirklich alles andere als attraktiv, und ich will schon weiterschalten, doch ihre Augen halten mich gefangen.

Nachdem ich nicht nur Zeuge wurde, wie eine hässliche Frau zu einem Schwan wird, sondern auch noch miterlebe, wie eine langweilige Wohnung »witzig umdekoriert« wurde, stehe ich auf und putze mir die Zähne. Dabei überlege ich, wo ich schon einmal so traurige Augen gesehen habe wie bei der Schönheitspatientin. Wo war das doch gleich? Hier in Amsterdam?

Richtig! Mein Herz klopft schneller. *Daher kenne ich diese Augen!*

Ich spüle die Zahnpasta aus, ziehe mich wieder an und nehme den letzten Schluck Champagner. Ich weiß jetzt, wo ich wohnen will.

○ ○ ○

Ich bin mir ziemlich sicher, dass es hinter der nächsten Brücke war … genau, diese Kneipe hier an der Ecke kommt mir bekannt vor. Ich laufe durch die Straßen, die mich wieder in den warmen Orangetönen der Straßenlaternen willkommen heißen. Hier muss es doch sein … Stopp!

Ich stehe vor jenem herrschaftlichen Haus, an dem ich vor einiger Zeit schon einmal vorbeigelaufen bin und beobachtet habe, wie eine in Schwarz gekleidete Frau Umzugskisten packte. Jetzt ist die untere Wohnung leer geräumt. *Te koop* steht auf einem Schild im Fenster. Ich notiere mir die Nummer. Von der anderen Straßenseite aus schaue ich mir das Haus noch einmal genauer an. Zur Haustür führt eine breite Treppe, die von zwei Seiten aus benutzt werden kann. Zwei alte Lampen, sicher mannshoch, stehen neben dem Eingang. Das Haus hat vier Stockwerke, am Dachgiebel prangt ein weißer Marmorkopf, der angestrahlt wird. Die Fenster gehen alle vom Boden bis zur Decke, offenbar Standard bei dieser Art von Gebäuden. Jedes Fenster hat wunderschöne weiße Holzrahmen. Auf dem Dach scheint sich eine Terrasse zu befinden, ein weißes Marmorgeländer wird von Efeu umrankt, dahinter sieht man Gräser und kleinere Bäume stehen. Die leer stehende Wohnung befindet sich offensichtlich im ersten Stock, die Küche ist im Hochparterre. Vieles erinnert an die Raumaufteilung in der Prins Hendrikkade. Dennoch sehe ich das hier nicht als Problem. Dieses Haus ist ein Traum. Mein Traum von Amsterdam!

○ ○ ○

Am nächsten Morgen bekommt meine Euphorie erst mal einen Dämpfer. »Tut mir Leid«, sagt die Dame am andere Ende der Leitung. »So wie es aussieht, ist die Wohnung in der Keizersgracht verkauft. Eine Familie hat bis morgen früh eine Kaufoption. Und soweit ich weiß, geht es nur noch um einige Formalitäten. Aber darf ich Ihnen vielleicht einige andere Objekte zeigen?«

Ich bedanke mich bei ihr, gebe ihr meine Mobilnummer und sage, dass ich mich morgen noch einmal bei ihr melde werde, weil ich die Hoffnung auf den Keizersgracht-Traum nicht aufgeben möchte. Verdammter Mist.

Enttäuscht fahre ich mit dem Taxi zum Van-Gogh-Museum. Eine lange Schlange wartet vor den Kassen. Dauert sicherlich eine Stunde, bis ich erst mal drin bin. Was soll's. Ich habe Zeit. Bis zum frühen Nachmittag bleibe ich im Museum. Vor den bekannten Bildern van Goghs drängeln sich die Massen in Zweierreihen. Wahrscheinlich muss ich mir die Ausstellung noch einmal frühmorgens ansehen. Im Buchladen des Museums kaufe ich einen Bildband über holländische Architektur. Draußen schalte ich mein Handy wieder an. Es piept. *»Sie haben eine neue Sprachnachricht.«* Die Frau vom Maklerbüro. Gibt's ja nicht.

Dag menheer Schmetter. Es tut mir wahnsinnig Leid. Ich

melde mich noch einmal wegen ihres Interesses an der Wohnung in der Keizersgracht. Ich habe da einen Fehler gemacht. Ein Missverständnis, verstehen Sie. Wir vermitteln zwei Objekte an der Keizersgracht. Und das Objekt, das ihnen gefällt, ist noch zu haben. Melden Sie sich doch bitte bei mir. Wir können dann einen Termin vereinbaren. *Tot ziens.*«

○ ○ ○

Zwei Wochen später jogge ich die Keizersgracht hinunter. Was für eine anstrengende Zeit! Fast jeden Tag muss ich etwas für meine neue Wohnung erledigen, und ein neues Bett habe ich auch gebraucht. Einen ganzen Tag war ich damit beschäftigt, auf den Elektriker zu warten. Der kam dann auch irgendwann – allerdings erst einen Tag später. Dafür war der Mann von der holländischen Telekom einen Tag zu früh da, während ich gerade im Einrichtungshaus nach einem neuen Esstisch Ausschau gehalten habe. Selbst meine Möbel aus München sind vorhin in aller Herrgottsfrühe unbeschadet in Amsterdam angekommen. Das Umzugsunternehmen hat für ein Vermögen meine alte Wohnung aufgelöst und hier alles aufgebaut. Nun muss ich nur noch die Kisten auspacken, dann habe ich das Gröbste überstanden.

Ich bin gespannt, was mich in dem Haus alles erwarten wird – scheint ja eine Art *Melrose Place* zu sein. Hoffentlich komme ich mit den anderen Mietern klar. In München hatte ich wie gesagt überhaupt keinen Kontakt zu meinen Nachbarn. Höchstens zu Frau Reppenhagen, der alten Dame unter mir, die mich immer abgepasst hat, um mich an die knarrende Tür zu erinnern und mir stundenlang von früher zu erzählen, als selbstverständlich alles besser war.

Morgens um halb acht ist noch nicht viel los auf den Straßen Amsterdams. Ab und zu radeln Geschäftsleute an mir vorbei. Die Müllabfuhr sammelt die grauen Säcke ein. Am Muntplein reinigt ein Marokkaner seinen Falafel-Laden, indem er einfach Eimer um Eimer mit heißem Wasser über den Boden kippt, der bereits dampft und glänzt.

Entlang der Amstel jogge ich über die mit vielen Glühbirnen beleuchteten Grachtenbrücken. Ein Dalmatiner nimmt die Verfolgung auf und springt fröhlich bellend neben mir her.

»Sammie!«, schreit sein Herrchen, der sich seine Wollmütze tief ins Gesicht gezogen hat. *»Kom hier, nu!«*

Sammie denkt kurz nach und beschließt, sicherheitshalber zurückzulaufen. »Mach's gut!«, rufe ich ihm fröhlich hinterher.

Erst als ich das Klappern von Eisenstangen höre, wird mir bewusst, wo ich mich gerade befinde: auf dem Flohmarkt am Waterlooplein. Die Händler bauen ihre Zelte auf, aus Containern holen sie ihre Waren. Auch der T-Shirt-Verkäufer vom letzten Mal ist schon da. *»Gude morge«,* begrüßt er mich. Nicht, dass er sich noch an mich erinnern würde. Aber in Amsterdam grüßt man sich eben. Sofort muss ich an »Mücke« denken. Ich hätte sie längst anrufen sollen, doch nach dem Tod meines Großvaters war ich zu sehr mit anderen Dingen beschäftigt. Und irgendwann war es mir unangenehm, nach Wochen einfach eine SMS zu schicken.

Aber vielleicht ist es kein Zufall, dass mich meine Joggingroute hier vorbeigeführt hat?

Ich trabe zum T-Shirt-Mann. *»Wij open erst om tien uur«,* grinst er mich an.

»Sorry«, hechele ich, noch ganz außer Atem. »Ich will nichts kaufen. Ich … ich suche jemanden.« Mein Herz rast, mein Kopf glüht, meine Haare sind verschwitzt. Nicht unbedingt der schönste Anblick, aber egal.

Der Typ legt einen Stapel T-Shirts zur Seite und sieht mich neugierig an. »Und ich kann dir helfen?«

Wahrscheinlich nicht, denke ich. Hier gibt's Tausende Frauen, die sich jeden Tag seine T-Shirts anschauen. Aber der Versuch ist es wert. Ich beschreibe Muk so genau wie möglich, doch mein Gegenüber hebt nur bedauernd die Schultern. Jung, blond, Pferdeschwanz, fröhlich gekleidet – die Beschreibung scheint auf alle seine Kundinnen zuzutreffen.

»Sorry, my friend!«, antwortet er mir. »Ich habe keine Ahnung, wen du meinst.«

Ich zucke mit den Schultern. *»Jammer.* Hätte ja sein können. Es soll ja Zufälle geben. *Dui!«*

Auf dem Weg Richtung Hotel fluche ich über mich selbst: Warum habe ich ihr nicht gleich eine SMS geschickt? Wo habe ich nur ihre Telefonnummer hingelegt? Ob ich Muk irgendwann zufällig wiedertreffen werde? In einer pulsierenden Millionenstadt wie Amsterdam?

Erst die heiße Dusche macht mich wieder etwas entspannter. *Wenn es sein soll,* denke ich, als ich vom Badezimmer aus in die Küche gehe, *sehe ich Muk wieder.* Außerdem gibt es im Moment ein paar Dinge, die meine volle Aufmerksamkeit erfordern. Um mich herum stehen immer noch unzählige Kisten. *Geschirr, zerbrechlich* steht auf einer. Vielleicht sollte ich damit anfangen und das weiße Service in die Küchenschränke einräumen? Ich steige über Körbe voller Töpfe und bahne mir einen Weg ins Wohnzimmer. Die Bücher habe ich bereits alle in die deckenhohen Regale eingeräumt, die CDs sind an ihrem Platz, die Stereoanlage funktioniert, der Breitwandbildschirm hängt bereits. Eigentlich fühle ich mich schon sehr wohl hier.

Meine neue Wohnung ist etwas kleiner als die in München. Sie hat vier Zimmer, das Wohnzimmer geht zur Keizersgracht hinaus, das Schlafzimmer habe ich mir auf der Empore eingerichtet. Im hinteren Teil der Wohnung, der an einen kleinen Innenhof grenzt und ein wenig an ein Klostergewölbe erinnert, befindet sich das Bad mit den weißen Kacheln an der Wand und schwarzen Schieferfliesen auf dem Boden. Mein Arbeitszimmer und das Gästezimmer gehen zum Garten hinaus, der von allen Bewohnern genutzt werden darf. Im Erdgeschoss, also unter den Treppenstufen, befindet sich die Küche. Vor den Blicken der Passanten – oder genauer gesagt: der vorbeigehenden Touristen – schützen mich zwei Buchsbäume, die in Dreiecksform geschnitten sind.

Es klingelt an der Tür. Da ich niemanden erwarte, ignoriere ich es und suche den Karton mit meinen Videos und DVDs. Welches Naturgesetz ist eigentlich schuld daran, dass immer die Kiste, die ich gerade benötige, am schwierigsten zu finden ist?

Statt mich weiter dem Ausräumen der Kartons zu widmen, ziehe ich mir eine andere Jeans und einen Pulli an und verlasse die Wohnung. Ich habe verdammt großen Hunger und keine Lust, schon wieder beim Thailänder *Menü 3 mit einer Extraportion Reis* zu ordern. Ich gehe die Keizersgracht entlang bis zur Leidsestraat, die voller Passanten ist. Autos bahnen sich ihren Weg über die Kreuzung, Fahrradfahrer schlängeln sich durch die Massen und irgendwie schafft es sogar die Straßenbahn, ohne nennenswerte Schäden durch die schmale Einkaufsstraße zu kommen. In einer Seitenstraße reiht sich ein Antiquitätengeschäft an das andere. Hinter vergitterten Fenstern funkeln wertvolle Colliers, Kristallgläser und altes Porzellan. Ein Schäferhund knurrt mich von innen an. An einer Ecke entdecke ich *SoupCity*, einen Laden, den ich als Restauranttipp in der Gratis-Stadtzeitung entdeckt habe. Fahrradkuriere haben darin verraten, wo sie am schnellsten, besten und günstigsten essen gehen. Acht von zehn hatten *SoupCity* gewählt. Jetzt, am frühen Abend ist der Laden brechend voll. Junge Leute sitzen auf den tiefen Stühlen, lesen Zeitschriften, hören Musik oder unterhalten sich mit ihren Freunden. Feierabendstimmung. Am Tresen bestelle ich mir eine Kartoffelsuppe mit geröstetem Speck. Am Fenster ist noch ein Platz frei, von dem ich einen wunderbaren Blick auf die Straße habe. Nach und nach schließen die Geschäftsleute ihre Läden ab. Sie verriegeln ihre Türen doppelt, schalten die Alarmanlagen an und gehen nach Hause. Bei *SoupCity* wird die Musik lauter. Ich drehe meinen Sessel Richtung Lokal. Am Ende des Tresens hat ein DJ sein Pult aufgebaut. Das Café wird zum Club. Alle wippen irgendwann mit den Beinen, trommeln mit Fingern auf die Tische. Drei Mädchen stehen sogar auf und tanzen vor ihrem kleinen Suppentisch. Eine von ihnen lächelt mir zu. An ihren Heidi-Zöpfen erkenne ich die Kellnerin aus dem *Blakes*. »He«, rufe ich ihr zu, auch wenn sie mich sicher nicht hören kann. Sie winkt und widmet sich wieder ihren Freundinnen. Ich hole mir einen Wein an der Theke. Wahnsinnsstimmung.

Als es schon dunkel ist, komme ich nach Hause. Von draußen dringt das Orange der Straßenlaternen durch die Fenster. Aus der Wohnung über mir höre ich leise, aber deutlich das lustvolle Stöhnen einer Frau. Zwischendurch höre ich jemanden lachen. Fröhlicher Sex. *Echt gezellig*, das.

144 Tage noch,
dann ist Olivers ganzes Leben gezellig *und* lekker.

9

Kategorie zwei

Die Frau, die so unglaublich viel Spaß am Sex hat, lerne ich einen Tag später im Treppenhaus kennen.

»Hallo, ich bin Tooske«, stellt sich eine kleine Frau vor. »Wir, mein Mann Cees und ich, wohnen über dir!«

Ihr seid das also, wäre es mir fast herausgerutscht. Aber ich kann mich beherrschen und sage lediglich: »Hallo, ich bin Oliver, komme aus München und habe beschlossen, in Amsterdam zu wohnen!«

Tooske nickt: »Ich weiß, Annemie hat mir schon von dir erzählt! Wir haben gestern schon bei dir geklingelt. Aber du hast nicht aufgemacht.« Mit ihrer roten Mütze und dem bunt gestrickten Mantel sieht sie ein bisschen aus wie ein Klabautermann. Ihre Augen strahlen und auch ihr Lachen ist unglaublich einnehmend. Ich bin froh, Tooske kennen zu lernen. »So, ich muss jetzt los«, entschuldigt sie sich. »In die Schule. Cees und ich sind beide Lehrer. Ich unterrichte Sport, er Erdkunde. Komm uns doch mal abends auf ein *weintje* besuchen. Mach's gut. *Dag!*« Tooske springt die Treppe hinunter, schließt ihr verrostetes Rad auf und düst davon.

Den Tag verbringe ich damit, die restlichen Kartons auszuräumen, für Ordnung zu sorgen und alle Überreste im Keller zu verstauen.

Abends klingelt es wieder bei mir an der Tür. Ich öffne.

Ein Mann mit braunen Haaren und akkuratem Seitenscheitel steht vor mir und streckt mir die Hand hin.

»Hallo, ich bin Cees. Der Mann von Tooske.«

»Freut mich, schön, auch Sie, *sorry,* dich kennen zu lernen«, antworte ich freundlich.

Cees ist das genaue Gegenteil von Tooske. So flippig, wie sie ist, so spießig wirkt er im ersten Moment auf mich. Er trägt diese langweiligen *Timberland*-Schuhe, dicke Wollsocken, eine braune Bundfalten-Cordhose, dazu ein kariertes Hemd, das bis auf den letzten Knopf geschlossen ist.

»Cees, dann werden wir uns jetzt sicherlich häufiger mal sehen. Es gibt mir ein gutes Gefühl, dass offenbar sehr nette Menschen um mich herum wohnen!«, begrüße ich ihn. Da ich aber heute Abend noch die Kristallgläser spülen möchte, wirke ich offenbar ein bisschen ungeduldig. Zumindest verabschiedet sich Cees rasch und steigt kurz darauf die quietschende Holztreppe hinauf. Später besuche ich ein Straßenfest im Jordaan. Trotz der Kälte haben alle Lokale und Galerien Stände im Freien aufgebaut.

Ich genehmige mir einen Grog und höre der Lesung eines Schriftstellers zu. Leider verstehe ich kein Wort, dafür redet er viel zu schnell. Außerdem nuschelt er in seinen grauen Bart hinein. Es scheint aber eine lustige Geschichte zu sein. Die Menschen, die sich im Kreis vor seinem Hochstuhl, wie sie für die Schiedsrichter bei Tennisturnieren benutzt werden, versammelt haben, kriegen sich gar nicht mehr ein vor Lachen. Zu mir dringen nur Wortfetzen wie »Beatrix«, *»marokans«* und »Albert Hijn« durch. Ob die Königin im Supermarkt Albert Hijn einen Marokkaner anspricht? Meine Fantasie geht beim zweiten Grog langsam mit mir durch. Ich kaufe mir noch eine Waffel mit Kirschsirup und schlendere wieder nach Hause. In meiner Straße höre ich eine laute Frauenstimme. *»Ophaue«,* ruft sie. »Aufhören!«

Braucht etwa jemand Hilfe? Zumindest nicht die Verursacherin des Bohais. Eine alte Frau am Stock führt ihre beiden Hunde, zwei apricotfarbene Zwergpudel, spazieren. Sobald einer von ihnen sich weigert, weiterzulaufen oder mit einem anderen Hund spielen will, ruft sie laut los, was ungefähr alle 30 Sekunden der Fall ist. Ich muss lachen und schließe die Haustür auf.

o o o

Zwei Tage später treffe ich nachmittags Tooske am Gebäckregal im Supermarkt.

»Hallo, Oliver«, begrüßt sie mich und gibt mir einen Kuss auf die Wange. »Suchst du auch noch etwas Leckeres für den *koffie?«* Heute hat sie zu ihrem dunkelblauen, sehr schlichten Mantelkleid alle Accessoires in Pink gewählt. Schuhe, Tasche, selbst die Haarspangen – Tooske gibt heute *Pretty in Pink*.

Zusammen stellen wir uns an der Kasse an.

»Weißt du eigentlich, dass du bei uns im Haus zur Kategorie zwei gehörst?«, fragt sie mich.

Nein, natürlich habe ich davon keine Ahnung. Vor allem: Um welche Bewertung handelt es sich eigentlich? Ich lege meine Lebensmittel auf das Laufband an der Kasse und schaue sie überrascht an.

»Es geht darum, wie offen man gegenüber den Nachbarn ist«, erklärt mir Tooske. »Wir Holländer gehören zur Kategorie eins. Kommt Besuch, und sei er noch so unerwartet, bitten wir ihn in unsere Wohnung und bieten ihm einen Tee oder eine Tasse *koffie* an. Der Deutsche dagegen öffnet zumindest die Tür, bittet den Besuch aber nicht rein.«

Stimmt. Allerdings war mir diese offenbar elementare Landessitte nicht bekannt.

»Hauptsache, du bist lernfähig«, beruhigt mich Tooske und erklärt mir, dass es in Holland sogar ein Radrennen gibt, für dessen Teilnehmer es völlig normal ist, bei dringenden Bedürfnissen wie leerem Magen oder voller Blase, vom Rad abzusteigen und beim nächstbesten Haus anzuklingeln und um Abhilfe zu bitten.

»Habt ihr denn auch noch schlimmere Fälle im Haus als mich?«, frage ich Tooske auf dem Weg nach Hause.

»Klar, die Amerikanerin unterm Dach macht nicht mal auf, sondern ruft nur durch die Tür, wer da sei und was man von ihr wolle.«

Beruhigt schließe ich meine Wohnungstür auf und wünsche Tooske und Cees noch einen schönen Abend. Einen Tee biete ich ihr erst beim nächsten Mal an – so schnell klappt das mit der Anpassung nun auch wieder nicht.

Kategorie drei treffe ich eine Woche nach dem Gespräch mit Tooske vor der Haustür. Sie heißt Joan, sieht ein bisschen aus wie die junge Liz Taylor, über die Richard Burton einmal sagte: »Liz kann nicht kommen. Sie liegt auf dem Bett und spielt mit den Diamanten.« Der Vergleich mit der Taylor ist gar nicht so abwegig. Joan und die Hollywood-Diva kennen sich persönlich. Sie hatten in der Betty-Ford-Klinik ihre Zimmer gegenüber.

Joan trägt ihre dunkelbraunen Haare hochgesteckt, an ihren Ohren baumeln riesige *Chanel*-Ohrringe.

»Entschuldige mein Outfit«, sagt sie so freundschaftlich, als würden wir uns seit Jahren kennen. »Ich habe mir nur schnell etwas übergeworfen!«

Ich versichere ihr, dass sie für den Weg zum Mülleimer keinesfalls underdressed sei.

Sie greift sich mit beiden Händen an die Schläfen. »Ich habe einen wahnsinnigen *hangover.* Ich konnte von dem Champagner gestern einfach nicht genug bekommen. *But it was fun, you know!«* Diesen Satz werde ich noch häufiger hören. Seit einem Jahr lebt die Liz Taylor der Keizersgracht in Amsterdam. Wegen ihres Freundes ist sie aus New York hierher gezogen. »Kaum hatte ich meine Schrankkoffer ausgepackt«, erzählt sie mir, während sie die grauen Müllsäcke noch einmal zuknotet, »hat er mich sitzen lassen.« Sie seufzt und schüttelt den Kopf. »Er war wirklich ein Arsch. Aber der Sex war fantastisch. *It was really fun, you know.«* Joan mustert mich. Und lächelt mich an. Flirtend. »Komm, Darling, ich muss dir etwas Umwerfendes zeigen.« Mit diesen Worten hakt sie sich bei mir unter und schließt die Haustür auf. »Ich koche uns jetzt erst mal bei mir einen Tee. Oder willst du lieber Champagner?«

»Nein, lass mal. Ist noch etwas früh. Aber einen Tee trinke ich gerne mit dir!«

Joan hat ihre Wohnungstür nur angelehnt. Wir gehen hinein. Unter dem Dach hat sie sich ein Appartement im Stil eines Schweizer Chalets aus den Sechzigern eingerichtet. Überall stehen antike Möbel, auf einem alten Holztisch stapeln sich Massen von Bildbänden. Kristallleuchter und Duftkerzen machen das Ambiente noch heimeliger. Auf Joans Sofa liegt eine Pelzdecke.

»Die habe ich aus meinen alten Nerzen arbeiten lassen«, erklärt sie mir.

»Wir beide sind im Haus ja schon verrufen«, verrate ich ihr und studiere ihr Bücherregal an. Jede Menge Biografien und Taschenbuchausgaben von Jackie Collins und anderen glamourösen Schundromanautorinnen.

»Warum das denn?«, ruft mir Joan aus ihrer offenen Küche zu. Sie stellt Geschirr auf ein silbernes Tablett. »Zucker?«, fragt sie.

»Nein, danke. Na ja, wir beide öffnen wohl den Holländern nicht so schnell die Tür, wie sie es selbst tun.«

»That's so funny«, amüsiert sich Joan. »Warum sollte ich auch alle in mein Nest bitten. Aber du bist ja der beste Beweis dafür, dass ich mich nicht ganz verbarrikadiere. Würdest du das bitte gleich allen hier im Haus erzählen, damit ich mein Image wieder ein wenig aufbessern kann?« Gekünstelt theatralisch fasst sie an die Schläfen. Wir müssen beide lachen.

»Bist du abgehärtet?«, fragt sie mich, nachdem sie Teekanne, Tassen und Gebäck auf dem Tablett platziert hat.

»Ich weiß zwar nicht, was du mit mir vorhast, aber eine Frostbeule bin ich nicht!«

»Great«, jubelt Joan, wirft sich ein Pelzcape über und gibt mir das Tablett. »Komm, wir gehen aufs Dach«.

Sie führt mich aus der Wohnung und schließt eine kleine Tür gleich daneben auf. Wir steigen eine schmale, knarrende Holztreppe hinauf.

»Willkommen in unserem kleinen Paradies«, sagt meine Nachbarin strahlend und öffnet die verrostete Eisentür.

Wir treten auf unseren Dachgarten, der von allen Hausbewohnern benutzt werden darf. In der einen Ecke befindet sich eine kleine Sitzgruppe mit vier Stühlen, daneben eine fliederfarbene Hollywoodschaukel. Überall stehen Töpfe mit vertrockneten Pflanzen. Ich entdecke ein paar Buchsbäume in einem kleinen Trog. Selbst ein Miniahorn wächst hier. Joan und ich schauen uns um. Ganz nah wirkt das spitze Dach des Muntturms mitten in der City. Schräg dahinter kann ich die Markisen des Hotels *de L'Europe* sehen. Unter uns auf der Gracht gleiten die flachen Boote entlang. Touristen fotografieren durch die Glasscheiben Erinnerungen fürs Fotoalbum. Selbst mein geliebtes *Blakes* kann ich von hier oben aus erkennen. Ganz hinten liegt das Nemo-Museum. Weiter links muss auch das China-Restaurant sein, das ich neulich bei meiner Wohnungsbesichtigungstour mit dem Makler gesehen habe.

Der heiße Tee tut gut. Wir essen Kekse und unterhalten uns ein wenig über Amsterdam und mein neues Zuhause. Joan erzählt mir von den vier Parteien, die außer uns und dem Lehrerpaar hier wohnen. Eine ältere, verwitwete Dame, die so gut wie nie aus ihrer Wohnung geht und sich ihre Lebensmittel von einem der teuersten Feinkostgeschäfte der Stadt liefern lässt. In der Wohnung neben mir wohnt ein Fotograf, der kaum zu Hause ist, da er meistens in seinem Loft in Stockholm lebt. Unter Joan lebt Familie Oliversen. »Geldgieriger Typ mit Minnie-Maus-Gattin und verwöhnter Tochter Maxima. Am besten, du ignorierst sie völlig!«, rät sie mir, und ich muss grinsen.

»Tea, darling?«, fragt sie mich dann, doch ich antworte nicht. So richtig kann ich mich allerdings nicht auf Joans Geplapper konzentrieren. Viel zu sehr genieße ich diesen herrlichen Ausblick. »Warte einen Moment«, ruft sie unvermittelt und stöckelt die Wendeltreppe wieder hinunter.

Ich setze mich auf die Hollywoodschaukel und bin ein wenig gerührt. Genau das gleiche Modell hatte mein Großvater auch. Ob er zufrieden mit seinem Enkel wäre, wenn er sehen könnte, dass ich nun wieder darauf schaukele – Amsterdam zu meinen Füßen?

Joan kommt mit ihrer Pelzdecke und zwei weiteren Wolldecken, einer Flasche *Taittinger* und zwei Champagnergläsern wieder. Wir kuscheln uns in die Decken. »Wir sollten anstoßen!«, schlägt sie vor.

»Aber auf was?«, frage ich sie.

»Auf das Glück von Amsterdam!« *Cheers.*

Lange sitzen wir noch auf der Schaukel und sehen wortlos über die Dächer. Überall gehen langsam die Lichter an, ab und zu hören wir das Hupen eines Autos. Dennoch wirkt alles sehr weit weg. Überhaupt strahlt Amsterdam auch aus der Vogelperspektive eine gewisse Ruhe aus. Steht man in New York am schallgedämpften Dreifachglasfenster eines Wolkenkratzers, spürt man dennoch die Hektik der City. Selbst Paris wirkt auf dem Eiffelturm laut und hektisch. Nicht so Amsterdam. Die Stadt ist eine erwachsene Form von *Legoland:* ein bisschen unwirklich und verspielt.

Zu oft hat sich Joan im Laufe des Nachmittags die Haare gerauft. Ihre Hochsteckfrisur wirkt inzwischen ein wenig derangiert. Sie erinnert an einen Papagei nach einer Bruchlandung.

»Du bist wirklich *sweet«,* sagt mir Joan und umarmt mich. Aber gegen Richard kommst DU nicht an. *I'm sorry!«* Richard ist Joans Nachbar, ein glatzköpfiger Hüne mit den Schultern eines niederländischen Bauernschranks. »Es heißt, er sei DJ«, verrät sie mir und flüstert, obwohl wir alleine auf dem Dach sitzen. »Aber ich glaube, er handelt mit ...« Joan schnieft laut und macht eine eindeutige Geste. »Auf jeden Fall soll er immer ein paar Lines zum Cocktail anbieten, heißt es.«

»Offenbar fasziniert er dich. Wäre der nichts für dich?«, stelle ich trocken fest.

»Darling, ich bin über vierzig«, erwidert sie augenzwinkernd. »Rich könnte mein Sohn sein.« Ihr Blick verrät, dass ihr dieses Argument so fremd ist wie ein Tag ohne Champagner.

Am nächsten Morgen klingelt Joan an meiner Tür.

»Ich habe einen wahnsinnigen *hangover.* Ich konnte von dem Champagner gestern einfach nicht genug bekommen. *But it was fun, you know!«* Sie gibt mir einen Kuss auf den Mund. »Ich wollte dich fragen, ob du heute Nachmittag

Lust hast, mit zum Yoga zu kommen«, redet sie munter weiter. Ohne meine Antwort abzuwarten – sie muss mein entsetztes Gesicht doch bemerkt haben –, stöckelt Joan wieder die Treppe hinauf. »Gegen drei Uhr hole ich dich ab. Nimm *easy* Kleidung mit.« Keine Widerrede.

In 143 Tagen wird Oliver den Sonnengruß beherrschen wie ein 100 Jahre alter indischer Yogi.

10

Surya Namaskara

Früher war alles besser. Ich habe den ganzen Tag gearbeitet, abends war ich mit Kollegen eine Kleinigkeit essen, und wenn ich noch Zeit hatte, ging ich in den angesagtesten Fitnessclub der Stadt. Man traf sich vor dem Workout erst mal an der Juice Bar, trank einen Bananen-Vanille-Shake mit fettarmer Milch und plauderte ein wenig mit Oliverina, der Kellnerin aus Brasilien, über Strings, das Wetter und die wilden Partys in Rio. Die Mitglieder des Clubs waren alle so attraktiv, dass man sich ein bisschen vorkam, als würde man in einer *Gucci*-Anzeige Gewichte stemmen. Die Männer hatten die neuesten Sportschuhe an, dazu die richtige Trainingshose aus der angesagtesten Retrokollektion. Ihre Haare hatten sie vorher in der Umkleidekabine noch einmal perfekt durchgewuschelt.

Alle waren sie wie ich.

Die Frauen trugen Schminke und zeigten voller Stolz ihre großen, prallen Brüste. »Schau mal, die hat mir mein Mann zum Hochzeitstag geschenkt«, hörte ich einmal eine Brünette sagen, die dabei auf ihr immenses Dekolleté deutete. Es roch hier nicht nach Schweiß, sondern nach *Rive Gauche* von Yves Saint Laurent oder *Chanel No. 5.* Aus den aluminiumverkleideten Lautsprecherboxen klang immer Kruder und Dorfmeister oder irgendwelche Elektro-Dance-Musik. Mein Fitnessclub war die mit aparten dunkelbraunen Furnierholzwänden getäfelte After-Work-Lounge der Kreativen, in der selbst auf dem Männerklo seltene Orchideenarten in Glasvasen standen. Sicher, eigentlich waren wir hier alle zum Trainieren, aber das erledigte man so nebenbei. Zwischen Active-Müsliriegel und Power-Juice.

Und jetzt das.

Alle meine Erwartungen erfüllen sich. Leider hatte ich nur schlechte. Das hat Joan wirklich geschickt angestellt. Mein entsetztes Gesicht hat sie ignoriert, meine Widerworte, ich sei sicher nicht geschaffen für so etwas, hat sie mit einem verächtlichen Handschlag als *bullshit* abgetan. Wehren war also zwecklos – und ich muss zugeben, Joan fasziniert mich so sehr, dass ich gerne Zeit mit ihr verbringe. Ich habe das Gefühl, in ihr eine Vertraute gefunden zu haben. Jemand aus einer anderen Welt, aus einer Traumwelt vielleicht. Solche Menschen kannte ich bisher nicht. Menschen wie die hier in der Yoga-Schule allerdings auch nicht ...

Es riecht nach Schweißfüßen und Räucherstäbchen. Die Dame neben mir hat sich die Achseln nicht rasiert und ihre Freundin trägt Pferdeschwanz. Auch die anderen fünf TeilnehmerInnen (außer mir allerdings nur -Innen) scheinen direkt von ihrem viermonatigen Rucksackurlaub durch Papua-Neuguinea ungeduscht in *Evas Yoga School* gekommen zu sein. Nur Joan fällt mit ihren *Pucci*-Leggings und der Yoga-Matte von *Louis Vuitton* ein wenig aus der Reihe. Aber die anderen bemerken Joans Fashion-Items gar nicht. Wahrscheinlich haben sie sogar Mitleid mit der alten Lady, die noch immer das altmodische bunte Zeug zum Yoga-Kurs anziehen muss. Nein, sie machen sich einfach keine Gedanken über ihr Äußeres. Nur die inneren Werte zählen, du. *You're right ...*

»Wir ziehen uns alle gemeinsam um«, erklärt mir Eva die Rituale in ihrem Etablissement.

Über dem Yoga-Raum befindet sich ein Zimmer mit einer Bank, auf die alle TeilnehmerInnen ihre Kleider geworfen haben. Niemand stört es, den anderen seine Brüste zu zeigen oder sich in Unterwäsche vorzustellen.

»Hi, ich bin Oliver«, sage ich, als ich den Raum betrete.

Im Yoga-Raum selbst läuft bereits ein indischer Singsang. Eva steckt drei weitere Räucherstäbchen an, so dass ich schon befürchte, sie durch den Rauch gar nicht mehr erkennen zu können. Dann bittet sie mich, meine Yoga-Matte, die ich freundlicherweise leihen konnte, in der ersten Reihe auf den Boden zu legen. Am liebsten würde ich wieder gehen. Ich hätte mir die indischen Verrenkungen lieber aus der sicheren letzten Reihe angesehen. Doch Widerstand ist bei der resoluten Eva zwecklos. Wahrscheinlich würde ich bei Missachtung den Zorn des Buddhas hinter ihr erregen und im nächsten Leben als Holzkäfer reinkarniert werden. Oder als RucksacktouristIn mit Achselhaaren. Ich beeile mich also, meine Matte direkt vor den Augen der Kursleiterin zu drapieren. Sie lächelt gütig. Im Grunde besteht sie lediglich aus extrem kurzen Beinen, einem sehr kleinen Körper und einem überdimensional riesigen Lockenkopf, wie ihn der junge Michael Jackson hatte. Eva verbeugt sich und summt ein Mantra vor sich hin. Die anderen TeilnehmerInnen folgen ihr. Ich bleibe stumm und wundere mich.

»Sehr gut«, lobt ihn Eva. »Gehe deinen Weg, folge nicht den anderen« ermahnt sie mich, als ich beim Sonnengruß immer wieder nach meiner Nachbarin schiele, um meine eigenen Bewegungen zu korrigieren. Leichter gesagt als getan. Ich stelle mich an wie ein ungelenkiges Kind, zwölf Jahre Workout haben nichts gebracht. Frustrierend. Doch es macht mir Spaß, mich auf das Atmen zu konzentrieren und den Anweisungen Evas zu folgen. »Chatvari, ausatmen.« Wir springen aus einer gebückten Haltung und legen uns mit dem gesamten Oberkörper auf den Boden, so als wollen wir Liegestütze machen – ich mit leichtem Zeitabstand zu den anderen. Nach drei Minuten bin ich nass geschwitzt, als wäre ich vier Stunden um die Grachten gejoggt. »Dasa, fünfmal einatmen«, spricht Eva im Singsang. Ich mache Bekanntschaft mit schmerzenden Muskeln, von deren Existenz ich bis vor einer halben Stunde nichts geahnt habe. »Saptadasa, einatmen.« Im Spiegel beobachte ich Joan, deren Outfit in diesem kargen Raum wirkt wie eine Leggings auf LSD. Mit geschlossenen Augen atmet sie kräftig ein und aus und dehnt ihren Körper wie ein Gummiband. Beeindruckend.

Nach einer Stunde schlafe ich bei der entspannenden Meditation ein.

Eva weckt mich mit einem Kuss auf die Stirn. »Du hast es geschafft«, flüstert sie mir zu. »Du kannst sehr stolz auf dich sein. Hast du die zehn Euro passend?« An der Tür gibt sie jedem einen Kuss auf die Stirn. Die Frau mit der beeindruckenden Achselbehaarung sagt, sie habe Angst vor dem Alltag. Alles sei so anstrengend.

»Auch in der dunkelsten Straße brennt ein Licht«, philosophiert Eva und versucht ihre Locken zu bändigen.

Nach der Yoga-Stunde sind Joan und ich der Meinung, wir sollten uns einen Champagner im *Blakes* gönnen.

»Gute Idee«, sage ich. »Ich lade dich ein. Dafür musst du mich nachher beim Fahrradkauf beraten.«

»Deal«, sagt Joan.

Nach einem Glas *Taittinger Brut Rosé* und einem Lachsomelette mit Kaviar-Crème-fraîche laufen wir entlang der Amstel. Joan weiß, wo man die richtigen Räder für diese

Stadt findet. Hier sind sie nämlich reine Gebrauchsobjekte und kein Statussymbol. Fährt man doch mit einem teuren Bike durch die Stadt, wird man sofort für den Protz bestraft. Es wird einem nämlich innerhalb von Minuten geklaut. Auch ich habe nach einem Restaurantbesuch lediglich das Vorderrad meines Mountainbikes am Fahrradständer wieder gefunden.

In einer kleinen Gasse, hinter einem Holzverschlag, verkauft ein bärtiger, zugedröhnter Langhaariger seine Räder. *»Fiets, zwanzig Euro«* hat er auf eine Kreidetafel geschrieben.

»Alles geklaute Räder«, flüstert mir Joan zu. »Aber musst kein schlechtes Gewissen haben. Hier kaufen alle Amsterdamer!«

Ein Kater verfolgt vom Sattel eines roten *fiets* das Geschehen. Ich suche mir ein typisches Hollandrad mit Dreigangschaltung und bequemem Sattel aus, gebe dem Händler mein Geld und schiebe das Rad nach Hause.

Kürzlich habe die Amsterdamer Polizei beschlossen, erzählt mir Joan, härter gegen Fahrraddiebe durchzugreifen, und Händler wie diesen bestraft. Ein Aufschrei sei durch die Stadt gegangen, da plötzlich niemand mehr wusste, wie er an ein günstiges neues Rad kommen sollte, wenn sein eigenes gestohlen wurde. Seit kurzem sieht die Polizei wieder über den Schwarzhandel hinweg.

Typisch Amsterdamer Polizei. Sie gucken so streng wie ihre Kollegen in New York, sind aber genauso hart wie die Uniformierten in einer Operette. Zum Glück kann man sie meistens davon überzeugen, doch noch mal ein Auge zuzudrücken. Und wahrscheinlich ist die Amsterdamer Polizei die einzige, bei der man selbst nach einem Raubüberfall Geduld mitbringen sollte. Wenn man eine Straftat anzeigen möchte, lässt man sich auf der zuständigen Wache nämlich erst mal einen Termin geben. Ordnung muss sein. Und genügend Zeit sollte man erst recht mitbringen. Überfallen wurde man ja sowieso, ist jetzt ohnehin zu spät …

Auf dem Nachhauseweg biegen wir auf die Haarlemmerstraat. Es dämmert bereits. Einer Eingebung folgend wechsle ich die Straßenseite und stehe wenig später wie ein kleines Kind vor einem erhellten Schaufenster. »In der dunkelsten Straße brennt ein Licht«, orakelte Eva vorhin. Sie hat Recht. Mein Glück liegt in Form von Sauerteig-Brotlaiben vor mir. Daneben stapeln sich Vollkornbrote. Die Roggenbrötchen rufen aus mir ihrem Binsenkorb zu: »Hol uns hier raus!« Ich bin begeistert und kaufe eine kleine Brotauswahl. Selten habe ich so ehrlich »Auf Wiedersehen« gesagt wie gerade eben.

Abends treffe ich Cees und Tooske vor meiner Wohnungstür. Die beiden unterhalten sich wirklich die ganze Zeit miteinander. Im Treppenhaus, auf der Straße, selbst aus ihrer Wohnung höre ich einen steten Geräuschepegel. Wahrscheinlich haben sie sich sogar im Schlaf noch etwas zu erzählen. Und wenn sie nicht reden, lachen sie. Über sich, andere, das Leben, den Orgasmus. Einen Grund gibt es eigentlich immer.

»Alles goed?«, erkundigt sich Tooske.

»Best, dank je wel«, antworte ich und schließe die Tür auf.

Cees und Tooske recken ihre Köpfe, um einen Blick in meine Wohnung werfen zu können.

»Frau Wouters hatte ihre Küche immer so wahnsinnig *gezellig* eingerichtet«, erinnert sich Tooske.

»Willst du uns nicht mal deine zeigen?«, übersetze ich den Satz in Gedanken. »Ach, ich habe noch eine Menge auszupacken«, gebe ich vor – in der Hoffnung, damit um eine Einladung zum Tee herumzukommen. Erst wenn alles eingerichtet ist, werde ich sie mal auf einen *koffie* einladen. »*Jammer*«, findet Tooske. »Wir wollen nämlich heute Abend auch noch ins Kino und hätten dich gerne mitgenommen. Heute ist die große Fellini-Nacht.«

»Echt lieb von euch, aber ich muss morgen endlich mal zur Ausländerbehörde und mich anmelden. Und ich habe keine Ahnung, wo meine ganzen Unterlagen sind. Aber …« sage ich, und schließe langsam die Tür, »euch ganz viel Spaß im *bioskoop*. Beim nächsten Mal komme ich gerne mit. *Dui!*«

Geschafft. Ich habe mal wieder alle Vorurteile gegenüber den Deutschen erfüllt. Sicher rutsche ich jetzt noch in dieselbe Kategorie ab wie Joan. Andererseits: Ein wenig dazugelernt habe ich schon. Evas nächste Asthanga-Yoga-Stunde ist bereits notiert, und mein verrostetes Rad, mit dem ich nicht mal im Dunkeln durch München gefahren wäre (wofür gibt es Taxis?), empfinde ich auch schon als riesiges Zugeständnis an das Land – aber spontan einfach so *lekker* mit Fremden ins Kino zu gehen? Außerdem regnet es. Und: Kann eine Fellini-Filmnacht so glücklich machen wie ein Sauerteigbrot? Und die Unterlagen für die Behörde muss ich wirklich noch suchen. Sie können eigentlich nur in einer der Kisten hinterm Schreibtisch sein.

Ich kicke meine Schuhe in die Ecke, ziehe eine Jogginghose an, schenke mir ein Glas Rotwein ein und rufe meine Mutter an. Wir telefonieren mittlerweile nicht mehr jeden Tag, dafür ab und zu etwas länger. An ihrer Stimme höre ich, dass es ihr langsam wieder besser geht. Sie hat nicht mehr diesen bedrückenden, traurigen Unterton. Mit Freundinnen, so erzählt sie mir, will sie Ende des Monats in die Ferien fahren. »Cluburlaub, bestimmt genau das Richtige für mich«, berichtet sie.

Ich wünsche es ihr und schneide mir eine Scheibe Brot

ab, als wir aufgelegt haben. Es ist perfekt. Selbst die Kruste haben sie hinbekommen. Sie ist kross und zerplatzt beim Aufschneiden. Nie mehr *gummibrodjes*. Mein neues Leben beginnt.

Um vor mir selbst nicht als Lügner dazustehen, suche ich die Unterlagen für das Einwohnermeldeamt heraus. In der Kiste mit der Aufschrift *Toilettenpapier, Handtücher, Krimskrams* liegen sie unter den geklauten Hotelseifen der letzten Reisen. Gleich morgen früh werde ich mich auf den Weg zur Behörde machen. Joan hat mich schon vorgewarnt, wie schwer es einem die Holländer machen, in ihrem Land zu leben. Darüber hatte ich bisher so genau noch gar nicht nachgedacht. *Ist doch EU*, habe ich mir eingeredet. Offenbar ein Fehler.

»Du hast keinen Job? *Forget it, darling*«, hatte mir meine gütige Nachbarin Mut gemacht.

Ich sollte nicht enttäuscht werden.

Joan hat mir wirklich nicht zu viel versprochen. Seit 20 Minuten sitze ich in einem Schuhkarton mit einer Stahltür ohne Griff an einem kleinen Tisch. Vor mir liegen ausgebreitet meine mitgebrachten Dokumente: Geburtsurkunde, Reisepass, Kontoauszüge. Zwanzig Minuten, sollte man denken, sind keine lange Wartezeit für eine Behörde. Nun muss ich aber vorwegschicken, dass ich davor bereits zwei Stunden in einem Raum mit blauen Plastikstühlen gewartet habe. Währenddessen habe ich Bekanntschaft mit einer freundlichen Familie aus Ghana, zwei Frauen aus Afghanistan sowie einem Reh namens Bambi gemacht, das im Kinderparadies des Aufenthaltraums spannende Abenteuer im Fernsehen erlebte. Dreimal habe ich nun den Film gesehen, ich werde mich sofort als Synchronsprecher für die Fortsetzung bewerben. Im abgezäunten Kinderparadies spielt kein einziges Kind mit den bunten Plastikbällen. Gut so. Es würde Depressionen bekommen. Aber auch Erwachsene mit einem leichten Hang zur Melancholie sollten den Raum der »*Fremdenpolitie Amsterdam/Amstelland*« besser meiden. Er ist fensterlos. Poster mit touristischen Attraktionen wie Windmühlen und Grachtenbooten ersetzen den Blick ins Freie. Frustriert meditiere ich über die Tulpenfelder »*made in the Netherlands*«. Aufgeschreckt werde ich lediglich durch den schrillen Piepton der Digitalanzeige, die jeweils die Nummer des nächsten »Kunden« anzeigt. Danach öffnet sich automatisch eine der 25 Türen. Wie gesagt: Türgriffe gibt es nicht. Fluchtgefahr.

In meinem Schuhkarton starre ich auf die fünf Beamten, die sich um alles kümmern, nur nicht um mich und ihre Arbeit. Eine Frau mit burschikosem Haarschnitt sortiert Akten, während sie mit einer Bekannten namens Tanja telefoniert. Ein Riese mit grauen Haaren steht hinter seinem Computer und stammelt etwas von »*werkt niet*«. Funktioniert wohl nicht, das dumme Ding. Traurig scheint ihn das nicht gerade zu machen. Auf seinem Regal steht ein altes Radio, dessen Antenne eine Stricknadel ist. In einer Schlagersendung interviewt Toppi – alle fünf Minuten präsentiert ihn ein Jingle als Gute-Laune-Moderator – den holländischen Kinderstar Olivertje Smit, auch in Deutschland in Musikantenstadl-Kreisen ein durchaus bekannter Name. Olivertje erzählt, wie wichtig es sei, auch Kindern in Not zu helfen. »Es geht nicht allen so gut wie uns«, verkündet er weise. Und auch der Moderator hat plötzlich eine viel gedämpftere, fast schon gerührte Stimmlage. Mein Blick wandert weiter zu der blonden Kollegin mit riesiger Oberweite, sicherlich das Häschen des Büros. Sie geht mit einer Liste herum und nimmt Frühstücksbestellungen auf. Die beiden anderen Beamten diskutieren gerade darüber, welches *brodje* sie heute nehmen. Der Dicke entscheidet sich für *»brodje Mais«* mit extra viel Huhn. Der noch Dickere wählt zwei *»brodjes Oriental«. »Jeder muss helfen«,* nervt derweil Olivertje.

»Ich hätte gern ›*brodje Service*‹«, rufe ich in den Raum. Stille. »Ich möchte mich sehr gerne anmelden«, versuche ich den Beamten mein Anliegen zu erklären.

»Oh«, sagt der grauhaarige Riese und ruft dem Häschen zu, sie solle für ihn noch eine Flasche Orangensaft »mit ohne Fruchtfleisch« kaufen.

Das Häschen nickt und hoppelt davon.

Die Kollegin mit der burschikosen Frisur ächzt, legt die Akten zur Seite und bemüht sich zu mir. Grußlos wirft sie einen Blick auf meine Dokumente. Sie füllt einige Unterlagen aus und stempelt viele bunte Stempel in meinen Pass. »Sie haben jetzt eine Aufenthaltsgenehmigung für ein halbes Jahr«, erklärt sie mir mit strenger Stimme. »In dieser Zeit müssen Sie sich eine Arbeit suchen.« »Ich will hier aber gar nicht arbeiten. Zumindest vorerst nicht«, antworte ich.

»Was wollen Sie denn dann bei uns?«, fragt sie zurück.

»Spaß haben! Leben!«

Nun fühlt sich der Bubikopf erst recht provoziert. »Aber Sie müssen doch von etwas leben.«

Richtig, von einer Summe, die du in deinem ganzen Leben nicht auf dem Konto haben wirst. »Ich habe geerbt!«, teile ich ihr mit.

»Das ist ein neuer Sachverhalt. Ich notiere mir Ihre Angaben. Sie hören von uns!«

Olivertje wirbt für sein neues Album, das noch viel persönlicher sei als die vergangenen.

»Leuk, der privateste Olivertje aller Zeiten«, sinniert der

Gute-Laune-Radiomann, bedankt sich und spielt einen echten Olivertje.

Beim Unterschreiben der Unterlagen fällt mir auf, dass die burschikose Frau Smilies aus Strasssteinchen auf ihre Fingernägel geklebt hat. Sie blinzeln mich freundlich an.

Ein wenig versöhnt lächle ich meine Sachbearbeiterin an. Ob sie so ein Manikürset auf dem Wochenmarkt erstanden hat? Beim Gemüsekauf hatte ich das kürzlich am Nebenstand gesehen. Man erhält ein ganzes Sortiment mit Perlen, Steinchen, Lacken und kann »seiner Kreativität freien Lauf lassen«, wie die Händlerin begeistert anpries. Sicher sitzt die burschikose Frau abends nach einem anstrengenden Tag auf dem Amt zu Hause und lässt ihrer Weiblichkeit freien Lauf. Sie ist unter ihren Freundinnen bestimmt die Königin der Maniküre. Alle wollen so sein wie sie. Super Job, attraktiver Mann, Topnägel. Sie hat es geschafft.

»Tot ziens«, sagt Wonderwoman und lässt mich alleine zurück.

Ich verabschiede mich ebenfalls, während der automatische Türsummer das Tor zur Freiheit öffnet. Ich winke meinen neuen Freunden aus Ghana zu. Sie werden sich sicher noch bis zum Ende der Frühstückspause gedulden müssen. Bambi verliert gerade seine Mutter, und ein sehr blasses Kind sitzt im Kinderparadies und lutscht apathisch an den Plastikbällen.

○ ○ ○

Manchmal, wenn das Leben in der Balance ist, wenn man dieses kitzelnde Gefühl im Bauch spürt, wenn sich Gänsehaut ankündigt wie ein lauer Wind, dann erfährt man ihn: den magischen Moment. Wenn man eins ist mit sich, dem

Leben und der Welt da draußen. Man erlebt sie nicht oft, diese Riesenportion Glück, in Amsterdam vielleicht häufiger als anderswo – davon bin ich seit dieser Straßenbahnfahrt überzeugt.

Nach meinem Besuch bei der *Fremdenpolitie Amsterdam/Amstelland* nehme ich die Bahn Richtung City. Der Waggon ist gut gefüllt, alle Plätze sind besetzt, hinten am Fenster haben sich ein paar Jugendliche breit gemacht. Ich glaube, ich bin in einem Film – nicht im falschen, sondern in einem sehr unterhaltsamen, sehr warmen. Alle Fahrgäste plaudern entspannt miteinander. Neue Passagiere steigen ein, lösen beim Schaffner eine Zonenkarte, er stempelt sie ab.

»Bitte durchgehen, nicht so in den hinteren Teil drängeln. Danke schön.«

Hier drinnen findet ein riesengroßer Kaffeeklatsch statt. Und ich bin einer der gut gelaunten Gäste. Von Tag zu Tag taue ich mehr auf. Hätte es ja früher nie gegeben, dass ich öffentliche Verkehrsmittel benutze und fremde Menschen anlächle. Oder die Sache mit dem Yoga. Ich musste wirklich heute Morgen über mich selbst schmunzeln, als ich mir die nächsten Termine in den Kalender geschrieben habe. Kann doch nicht schaden, in eine andere Welt einzutauchen. Selbst Heimweh spüre ich nicht. Sicher, ich denke noch oft an München. Aber eher um die Stadt mit Amsterdam zu vergleichen. Dabei schneidet meine neue Heimat eindeutig besser ab als die alte. Wie schnell so etwas doch geht. Auch die fremde Sprache macht mir nichts aus. Holländisch werde ich lernen müssen, aber irgendwie komme ich ganz gut durch bis jetzt.

Die Straßenbahn hält am Waterlooplein.

»Liebe Fahrgäste«, ruft der Schaffner durch sein Mikrofon. »Heute ist im Stadthaus Tag der offenen Tür. Ich weiß von meiner Frau, dass es dort Kaffee und Kuchen umsonst gibt. Wer also Appetit auf Torte hat, sollte hier aussteigen und mit der nächsten Bahn weiterfahren.« Die Gäste schmunzeln. Es muss wirklich eine freundliche Stadt sein, dieses Amsterdam. Nein, nicht dieses. Mein Amsterdam!

Langsam stellt es sich ein, das Gefühl,
welches Oliver in 141 Tagen
endlich glücklich machen wird.

11

Wiedersehen mit der Stubenfliege

Vielleicht ist es wirklich so: Genau in dem Moment, wenn man denkt, man hat den Weg gefunden, macht das Leben einen Schlenker. Es dreht einfach nach rechts ab, in eine andere Straße, die eigentlich noch viel schöner ist als die, auf der man gerade gefahren ist und von der man gewusst hat, wie sie verläuft. In meinem Fall jedenfalls habe ich heute einen anderen Weg eingeschlagen: den Umweg zum Bäcker.

Nach der Yoga-Stunde – Joan hat ausgesetzt, da sie unter einem unglaublichen *hangover* leidet *(»But it was fun, darling!«)* – möchte ich mich dafür belohnen, dass ich beim Sonnengruß zum ersten Mal den nach hinten blickenden Hund fehlerfrei und ohne umzuknicken hinbekommen habe. Ich radle zu meinem Bäcker, was ein verdammt großer Umweg ist. Dreimal habe ich es mir also überlegt, ob es wirklich nötig ist, zehn Minuten Radlerei in Kauf zu nehmen, nur um drei Rosinenbrötchen zu kaufen. Gewonnen hat schließlich der Gedanke an diese frisch duftenden *krentenbollen,* an das Aufschneiden, an den Geschmack von gesalzener Butter auf weichem Hefeteig. Solche Gedanken haben mich also beschäftigt – und nicht der, ob vielleicht auch Muk Lust haben könnte auf *brodjes.* Relativ überrascht, nein, total erschossen vor Glück, war ich dann also, als ich mein Rad vor der

Bäckerei am Lampenmast angekettet habe. Denn in diesem Moment kommt *Das doppelte Lottchen* aus der Bäckerei.

»Hi«, sagt sie.

»Hi«, freue ich mich. »Gibt's ja nicht. Was machst du denn hier?« Blöde Frage.

Muk hält ihre Brötchentüte hoch. »Habe frische Heringe gekauft. Die schmecken hier am besten.«

Wir müssen lachen. Sie sieht verdammt fröhlich aus.

»Die haben hier wirklich leckere Sachen«, sage ich, um die Stille ein wenig zu unterbrechen.

»Keine Ahnung«, sie zuckte mit den Schultern, »ich war nur zufällig in der Gegend. Was machst du überhaupt hier? Du kommst doch gar nicht aus Amsterdam? Schade übrigens, dass du dich gar nicht bei mir gemeldet hast.«

»Lange Geschichte«, versuche ich mich zu entschuldigen. »Ist ne Menge passiert bei mir. Aber um es kurz zu machen: Ich wohne jetzt in Amsterdam. Und wenn du die restlichen Details wissen willst: Nimm meine Einladung an und geh mit mir abends essen.« Hoppla! Ich bin gerade über mich selbst überrascht. Ist mir ja noch nie passiert, so schnell eine Frau um ein Date zu bitten. Zumindest nicht bei Frauen, die mich interessieren und beschäftigen. Abrufgeliebte fallen da in eine andere Kategorie.

Muk scheint sich zu freuen. »Klar, ruf mich doch einfach heute Abend an. Dann machen wir etwas aus. Würde mich wirklich freuen, wenn wir uns wiedersehen.« Sie legt ihre Brötchen in den gelben Fahrradkorb mit dem bunten Windrad.

Erst jetzt achte ich darauf, wie bunt sie gekleidet ist. Zu Flipflops mit goldenen Pailletten trägt sie eine aufgekrempelte Jeans, die mit vielen Blumen bestickt ist. Ihr blondes Haar ziert eine riesige Blume. Lustig.

»Also, mach's gut«, verabschiedet sich Muk. »Bis heute Abend am Telefon«, sage ich und gehe in die Bäckerei.

Wenn es etwas gibt, was mich von Frauen unterscheidet, dann die Tatsache, dass mein Leben nicht wie in einem Liebesroman verläuft. Ich liege nicht stundenlang in der Badewanne und warte darauf, dass sie mich anruft, oder stelle mir beim Prosecco die Frage, wie lange ich warten muss, bis ich mich bei ihr melden kann. Zu verlieren habe ich nichts, außerdem hat sie mir ihre Nummer gegeben. *Come on,* worauf *wartest du noch?*

Erst mal einen Wein einschenken. Und noch einen. Ach, beim dritten Glas bin ich so gut drauf, dass ich wahrscheinlich sogar auf Holländisch mit ihr spreche. Ich wähle ihre Nummer. *Ich könnte mich mit ihr über die Qualitäten von Stoffen unterhalten und sie fragen, warum die meisten T-Shirts so schnell die Form verlieren.*

Es klingelt.

Oder sie fragen, wo man in der Stadt gerade am besten romantisch essen gehen kann.

Vielleicht ist sie doch nicht zu Hause.

Von meiner Erbschaft erzähle ich erst mal gar nichts. Sie wird nicht so viel Geld verdienen. Aber das Finanzielle spielt hier ohnehin eine eher untergeordnete Rolle. Darüber wird hier nicht gesprochen. Entweder man hat es oder nicht. Gelebt wird auf jeden Fall gut.

»Hallo, bin shoppen. Nachrichten bitte auf Band. *Dag!*«

Soll ich auf ihren Anrufbeantworter sprechen?

Dann müsste sie sich melden. Vorteil: Sie muss sich etwas überlegen. Nachteil: Ich warte auf den Rückruf. Blödes Spiel.

»Hi, Muk mit ü. Hier ist Oliver. Leider erreiche ich dich

gerade nicht, aber wenn du magst, melde dich bei mir. Ich versuche es aber später auch noch mal. Ciao!«

Als ich aufgelegt habe, nehme ich einen großen Schluck Rotwein. Sie hat meine Nummer gar nicht. Wie soll sie mich denn dann erreichen? Ich rufe sie also noch einmal an. Wieder klingelt es mehrmals.

»Hallo! Mit Muk!«, meldet sich eine abgehetzte Stimme.

»Hi, hier ist Oliver«, versuche ich in halbwegs normalem Ton herauszubringen (was mir nicht wirklich gelingt).

»Das ist ja klasse, dass du dich meldest!« Sie scheint sich wirklich zu freuen. Das baut auf.

»Tja, also, ich, äh, wollte, also, hättest du Lust, also, ich würde dich gerne zum Essen einladen!«

»Super, klar habe ich Lust!« Sie macht es einem wirklich leicht. Gut, dass ich mir vorher schon überlegt habe, wo wir hingehen. Eigentlich wollte ich sie ins *Blakes* einladen. Aber da kostet schon die Vorspeise so viel wie ein Stoffballen für Muks T-Shirts. Das fand ich fürs erste Mal dann doch zu protzig. Das *Blakes* hebe ich mir für die erste ganz besondere Einladung auf. Den Abend, an dem ich mit ihr Sex haben will. Oder so.

»Kennst du in Oud-Zuid das *Eetcafé Engel*?«, frage ich sie.

»Klar, das ist doch in einer Nebenstraße vom Concertgebouw?«

»Ja, genau da! Ich finde, der Kneipenname passt zu dir.« Huch, da ist mir jetzt aber etwas rausgerutscht.

Muk lacht. »Alter Charmeur. Wann wollen wir uns treffen?«

»Vielleicht morgen Abend, so gegen acht?«

»Super, ich freu mich. Dein Engel wird einschweben!«

Sie ist zu spät. Moment, der Satz muss anders heißen. Natürlich ist sie zu spät. Alle Frauen kommen zu Verabredungen unpünktlich. Beim ersten Date geben sie sich eventuell noch Mühe, einigermaßen in der Zeit zu liegen. Aber diesen Vorsatz geben sie dann relativ schnell wieder auf. Spricht man Frauen darauf an, sagen sie, so seien sie nun mal, damit müsse man leben. Sie müssen allerdings ganz und gar nicht damit leben, wenn wir samstags die Fußballübertragungen im Radio hören wollen. Sie sagen dann, wenn man mit ihnen zusammen sein wolle, müsse man damit leben, dass sie das nicht mögen.

Würden Frauen ihr Zuspätkommen damit begründen, dass sie besonders hübsch vor uns aussehen wollten und nicht wussten, welches Kleid uns am schärfsten macht, würden wir Männer uns sogar noch geschmeichelt fühlen. Aber das geben Frauen leider nicht zu. Lieber erfinden sie Lügen. Dass der Bus Verspätung hatte, dass der Taxifahrer die Straße nicht gefunden hat (beides interessanterweise Lügen mit Übertragung der Schuld auf andere) oder dass sie noch schnell zum Geldautomaten mussten, weil sie kein Bargeld in der Tasche hatten (dabei gehen sie sowieso davon aus, dass der Mann bezahlt – aber es wirkt gleich viel unabhängiger …).

Eine halbe Stunde Warterei. Nicht, dass mir langweilig geworden wäre. Kaum habe ich etwas bestellt, ruft meine Mutter an, um mir zu sagen, dass der Hausmeister meiner Münchner Wohnung sich bei ihr gemeldet hat.

»Stell dir vor. Sie haben endlich vermieten können«, freut sie sich für mich.

Das Kapitel München ist damit endgültig abgeschlossen. Mein früheres Nest bezieht jetzt jemand anderes. Komischerweise macht mir das gar nichts aus. Ich hätte gedacht, dass ich viel mehr an diesem Teil meines Lebens gehangen habe. Offenbar geht es mir hier in Amsterdam schon sehr gut. So etwas wird einem eben erst klar, wenn man mit derartigen Gefühlen konfrontiert wird.

Da entdecke ich Muk, die gerade ihr Rad vor dem Lokal abstellt.

»Mach's gut, Ma. Ich melde mich wieder!«, mache ich schnell Schluss. Muk kommt durch den Windschutz aus rotem Samt, schaut sich um und winkt mir zu, als sie mich sieht.

»Okay, ne halbe Stunde«, begrüßt sie mich mit verschmitztem Lächeln. Dabei zieht sie kokett die Schultern hoch. Sie liegt also noch eindeutig im Toleranzbereich. Vor allem aber hat sie die allerbeste Ausrede der Welt. Und wahrscheinlich ist die nicht mal gelogen. »Ich hatte Stau vor einer Hängebrücke«, sagt sie und küsst mich dreimal auf die Wangen. »Motorschaden. Irgendetwas mit der Hydraulik. Das dumme Ding wollte einfach nicht mehr runtergehen."

Jetzt ist sie aber erst mal da. Und darüber freue ich mich mehr, als ich gedacht habe.

Muk strahlt. Eigentlich strahlt sie immer. Und sie lächelt. Ihre Haut glänzt, und ihre Augen, also ihre kastanienbraunen Augen funkeln. Wäre sie eine Schauspielerin, würde sie sicher mit Winona Ryder verglichen werden. Muk wirft ihre Trainingsjacke über den Stuhl, hängt ihre Nachkriegshandtasche aus Krokoleder darüber und wuschelt sich durchs Haar. »Ganz schön windig draußen«, sagt sie. Sie selbst sieht heute aus wie eine Wildblumenwiese. Bunter Rock mit Rosenranken, orangefarbene Schuhe, Margarite im Haar. An ihrer Bluse hängt eine Kamelien-Strass-Brosche. Vielleicht von Chanel. Ihre Lippen hat sie rot geschminkt. So rot wie die Tulpenfelder auf dem Poster bei der *fremdenpolitie*.

Sie ruft den Kellner und bestellt sich einen Martini und ein Wasser. Ich könnte sie die ganze Zeit anschauen. Ihre Gestik. So grazil. Ihre Augen. Fröhlich wie bunte Luftballons. Ach, Muk. Sie wühlt in ihrer Tasche und legt mir ein Geschenk hin. »Ich hab dir etwas mitgebracht«, sagt sie.

Ich werde rot. *»Leuk. Dankje wel.«* Ich packe aus. Und muss lachen. Muk hat in eine rosa-weiß karierte Serviette ein kleines braunes Brot verpackt.

»Selbst gebacken«, verkündet sie stolz und setzt sich aufrecht hin. »Du sollst nicht sagen, wir Holländer könnten kein Brot backen!«

Entzückende Idee. Ich beuge mich über den kleinen Holztisch und gebe ihr einen Kuss. »Sehr süß!«

Der Kellner bringt die Getränke und legt uns die Speisekarten hin. Eigentlich habe ich gar keinen Hunger. Ich möchte am liebsten die ganze Zeit Muk ansehen und reden, reden, reden. Trotzdem entscheide ich mich für Rindfleisch mit Sesam-Soja-Soße.

»Ich hätte gerne das Roastbeef mit Bratkartoffeln und Salat«, bestellt Muk. »Sorry, ich hab immer wahnsinnigen Hunger!«

Willst du mich vielleicht heiraten? Jetzt! Auf der Stelle!, denke ich mir. Endlich mal eine Frau, die nicht nur von Suppe und Salat lebt, wovon sie schließlich auch nur die Hälfte isst.

»So«, sagt Muk und schaut mir in die Augen. Ich kann ihrem Blick nicht mehr ausweichen. Gibt's ja nicht. Ich bin ja richtig schüchtern. Verlegen.

»Das hätten wir! Auf einen *lekker* Abend. Schön, dass wir uns sehen!« Sie hebt ihr Glas. Wir stoßen an.

Ich habe feuchte Hände. »Warst du schon häufiger hier?«, frage ich sie.

»Nein, noch nicht so oft. Es gibt einfach viel zu viele Restaurants und Kneipen in dieser Stadt. Ich lebe jetzt seit fünf Jahren in Amsterdam und bilde mir ein, immer noch nicht alles zu kennen.«

»Na, da hast du mir aber ne Menge voraus. Ich bin ja ein Frischling.«

Muk zwinkert mir zu. »Aber doch sicher nicht auf allen Gebieten ...“

Wahnsinn. Dies ist mein erstes Date, bei dem sie mit dem Flirten beginnt. Was ist denn auf einmal los? Ich bin in der defensiven Rolle. Macht verdammt Spaß. »Wahrscheinlich kennst du noch mehr Flohmärkte als Kneipen oder? Du hattest damals am Waterlooplein so einen Kennerblick drauf.“

Muk zieht die Augenbrauen hoch. Ihre zarten Hände umgreifen das Wasserglas. »Kann gut sein. Gehört zu meinem Job. Ich bin T-Shirt-Designerin. Hab vor einem Jahr damit angefangen, weil ich nach der Modeschule in Arnhem keinen Bock mehr hatte, die ganze Zeit nur in Klamottenläden zu jobben. Meine vielen Praktika in Fashion-Firmen haben auch nicht wirklich was gebracht. Jedenfalls hat mich am Ende kein Chef gefragt, ob ich bleiben will. Vielleicht war ich denen auch einfach immer zu aufmüpfig.«

»Aber ich dachte, die suchen so bunte Vögel wie dich?«

»Nee, letztlich geht es denen auch immer nur ums Finanzielle. Also zumindest in den Firmen, bei denen ich war. Na ja, letztes Jahr an meinem Dreißigsten habe ich dann beschlossen, mich selbstständig zu machen. Meine T-Shirts lasse ich in Polen nähen und verkaufe die hier an kleine Shops. Schlecht läuft das nicht.«

Sie klagt nicht. Muk würde wahrscheinlich nie klagen. So fröhlich, wie sie ist.

»Es ist doch ein unglaubliches Glück, genau das machen

zu können, wozu man Lust hat. Da ist der Rest wirklich völlig egal! Und solange ich meine Billigbude bezahlen kann, ist doch alles in Butter.«

Träume hat sie also auch. In diesem Jahr möchte sie einen eigenen Laden eröffnen. Am Konzept arbeitet sie, einen passenden Shop sucht sie noch. Aber das kommt. Bestimmt. Muk ist keine, die so schnell aufgibt. Aufgeben ist ohnehin das falsche Wort. Für sie existieren keine Niederlagen. Aus allem hat sie bisher in ihrem Leben etwas gemacht. Oder zumindest daraus gelernt.

»Jetzt habe ich so viel von mir erzählt«, sagt Muk und legt ihr Besteck auf den Teller. Sie hat wirklich die ganze Portion aufgegessen – bis auf die letzte Bratkartoffel. »Ich weiß überhaupt nichts von dir! Nur, dass du das deutsche Brot vermisst! Außerdem musst du mir noch ein paar Fragen beantworten!« Sie holt aus ihrer Tasche ihr Notizbuch heraus, aus dem sie damals auf dem Flohmarkt eine Seite herausgerissen hat. »Seit ich ein Mädchen bin, schreibe ich mir hier Fragen auf, die mir so einfallen. Ein paar davon will ich dir jetzt auch mal stellen«, erklärt sie mir.

Zwar habe ich die letzte halbe Stunde ohnehin kaum etwas gesagt, aber jetzt bin ich endgültig sprachlos.

Vielleicht ist es eine Art Spiel, eine Neugierde, ein Spaß. Zumindest hat Muk aus ihren Notizen eine Art Fragenkatalog zusammengestellt, den sie jedem Mann beim ersten Date stellt. Drücken kann ich mich nicht. Also atme ich einmal tief durch und stelle mich.

Bist du schon einmal von einer Frau verlassen worden?

Nein. Oder gilt es schon als verlassen, wenn sie nach dem One-Night-Stand als Erste ins Büro muss?

(Muk glaubt, dass Männer, die noch nie verlassen wurden, nichts taugen.)

Was bedeuten dir die Songs von Donna Summer?

Früher: Schlaghosen, erste Knutscherei im *Hippopotamus* auf der Tanzfläche. Mittlerweile: eine Erkenntnis. Vor vier Jahren hat meine Kollegin bei *Happy Food* einen ganzen Sommer lang die neue Live-CD von Donna Summer gehört, weil sie sich in einen DJ verliebt hatte. Wir haben die Texte analysiert und uns bei *MacArthurPark* gefragt, was die Stelle

Someone left the cake out in the rain
I don't think that I can take it
cause it took so long to bake it
And I'll never have that recipe again

wirklich bedeuten könnte. »Das ist eine Metapher auf die Liebe«, tippte meine Kollegin. »Die ist aber den Bach runtergegangen, und jetzt weiß sie nicht mehr, wie sie wieder eine neue finden wird, weil sie das Rezept dafür nicht kennt.« Manche Fragen blieben allerdings offen: Wer hat den Kuchen im Regen stehen gelassen? Und gibt es überhaupt ein Rezept für Liebe? Hatte sie es mal, und es ist es verloren gegangen?

(Mit der Antwort kann sie offenbar nicht viel anfangen. Im besten Fall findet sie mich »ein bisschen verrückt, aber interessant.«)

Nimmst du Drogen oder Psychopharmaka?

Nein, keine. Das heißt: nicht mehr. Früher habe ich ab und zu gekokst. Aber damit war irgendwann auch Schluss.

(Ebenfalls Pluspunkte. Muks letzter Freund war Prozac-Junkie und konnte ohne seine Antidepressiva im Leben nichts mehr auf die Beine stellen. Sie fand seine Phasen, die zwischen absoluter Hochstimmung und tiefster Depression schwankten, zu anstrengend.)

Wie willst du die Welt retten?

Ist sie überhaupt zu retten? Falls du hören möchtest, wie sozial engagiert ich bin, muss ich dich leider enttäuschen. Ich bin kein sozialer Mensch. Es liegt mir nicht, etwas für andere zu tun. Aber rettet man die Welt nicht vielleicht sowieso nur im Kleinen, in seinem eigenen Leben? Wenn sich andere bei dir wohl fühlen, dann ist das doch auch schon ein Schritt zur Rettung der Erde, oder?

(Sicher unzureichend. Sie schaut skeptisch, nickt aber. Puh!)

Wo kommt die Liebe her? Wohin verschwindet sie?

Eine sehr schwierige Frage, die ich nicht beantworten kann. Aber das wird wahrscheinlich sowieso niemand können. Ich denke, dass die Liebe eine Art Anhalter ist. Wir sind die Autofahrer, und wenn sie uns in dem Moment gerade passt, die Liebe, lassen wir sie ins Auto. Um uns besser zu fühlen, zum Zeitvertreib, aus Spaß. Manchmal will die Liebe gar nicht aussteigen, weil man im Auto vielleicht die richtige Musik hört, weil es keinen Stau gibt und man sich auf irgendeine Weise sicher fühlt. Bei einigen Autofahrern aber fühlt sich die Liebe nicht wohl. Sie will ganz schnell wieder raus aus dem Wagen. Bittet den Fahrer, doch anzuhalten, zu stoppen. Manch einer sträubt sich dann, weil er es nicht wahrhaben will. Aber irgendwann fährt er doch rechts ran und lässt die Liebe aussteigen. Macht nichts, denkt er. Irgendwo steht wieder eine da und streckt den Daumen raus. So ist das wohl mit der Liebe. Wenn man genau hinsieht am Straßenrand, dann findet man sie auch. Und wie lange sie mit einem fährt, das weiß niemand.

(Vierfache Punktzahl mit Prämienmeilen. Muk schaut mich nach dieser hochphilosophischen, überaus welterklärenden und lebensverstehenden Antwort so entzückt an, dass darauf eigentlich nur noch eine Frage folgen kann.)

Wie wohnst du?

Schau es dir doch jetzt gleich mal an.

(Test bestanden. Ich zahle. Wir gehen.)

Ich hatte natürlich vorgesorgt: Meine Plattensammlung habe ich aufgeteilt in »die Coolen« und »die Uncoolen«. Supertramp-LPs und Abba-Alben landeten unter meinem T-Shirt-Stapel im Kleiderschrank. Unter den Coolen habe ich selbstverständlich die besonders Coolen nach vorne sortiert: erst Style Council, dann Duran Duran und der Soundtrack zu Saturday Night Fever. Ein letzter Blick ins Bücherregal. Keine Beanstandungen. Mein braunes Cordbett mit eingebautem Digital-Radio-Wecker und Leselampe sollte ich vielleicht noch schnell neu beziehen. Tim-und-Struppi-Bettwäsche wirkt nicht wirklich erwachsen. Fast jede Minute musste ich auf Toilette, warf einen Blick in den Spiegel und vergewisserte mich, dass die Wet-Frisur noch saß. Beinahe hätte ich die Türklingel gar nicht gehört – so laut pochte mein Herz.

So war das, damals mit zwölf, als Babsi von Schmedow mich zum ersten Mal auf einen Jasmintee in meinem Jugendzimmer besuchte. Drei Wochen gingen wir miteinander. Sie verließ mich für Tim aus der Neunten. Aber dieses Gefühl, eine Mischung aus Mathearbeitschreiben und Zeugnissebekommen, hat man irgendwie ein Leben lang, wenn der Schwarm zu einem nach Hause kommt. So ist das nun mal: Wann will anderen gefallen, ihnen imponieren. Man will dazugehören, koste es, was es wolle.

Sicher, meine CD-Sammlung habe ich nicht mehr durchgesehen und auch ein Roman von Rosamunde Pilcher steht im Regal. Aber den *Versace*-Aschenbecher, ein Geschenk von Kollegen, habe ich sicherheitshalber in der Küchenschublade deponiert. Muk raucht sowieso nicht.

Wahrscheinlich wäre aber sogar diese Beseitigung von potenziellem Beweismaterial für schlechten Geschmack gar nicht nötig gewesen. Eine Frau wie Muk beurteilt Menschen nicht nach Quadratmeterzahl, Gehaltszettel oder neobarock anmutenden Wohnaccessoires russischer Zuhälter. Sehr schnell habe ich begriffen, dass es bei ihr einzig darum geht, ob ein Mensch »spannend« ist und Leben in ihr eigenes, schon sehr buntes Dasein bringt. Im Grunde muss ein Mann für Muk die noch fehlende Blume auf ihrem Feldblumenrock sein.

»Wow, das ist klasse hier«, begeistert sie sich, als wir in meine Wohnung kommen. Wir gehen zusammen ins Wohnzimmer. »Ich mag dieses Sixties-Zeug.« Vor einigen Jahren habe ich angefangen, Möbelklassiker zu sammeln. Von Zeit zu Zeit gönne ich mir Designelemente wie Arne Jacobsens *Swan-Sessel* oder die *Barcelona-Chairs* in Dunkelbraun. Meine Wohnung hier in Amsterdam ist perfekt für diesen Wohnstil. Die hohen Wände, die großen Fenster lassen die Möbel noch besser wirken, zumal ich ohnehin kein Freund von zugestellten Räumen bin. Höre ich mich gerade an wie der Verkäufer in einem Möbelhaus?

»Was möchtest du trinken?«, fragte ich Muk. Langsam werde ich wieder lockerer. Schnell verstecke ich noch ein paar alte Socken unter dem Sofakissen. Offenbar gefällt es ihr bei mir. »Ich hätte gerne einen Tee!«

Wir gehen zusammen in die Küche. Muk setzt sich an den abgestoßenen Küchentisch, den meine Vorbesitzerin hat stehen lassen. »Was der wohl schon alles erlebt hat«, philosophiert Muk. Ich lege eine CD von Style Council auf (cool bleibt eben cool). »Mag ich«, sagt sie und pfeift mit.

Überhaupt das Pfeifen: Die Holländer scheinen es zu lieben. Auch auf den Straßen pfeift im Grunde immer irgendjemand irgendetwas. Besonders wenn man mit einigen Radfahrern an einer Ampel steht (oder an einer Hängebrücke mit Hydraulikproblemen) kommt man sich fast vor wie in einer Voliere bei Frühlingsanfang. Trotz des Tirilierens meines Besuchs ist die Stimmung hier im Privaten verändert. Es liegt eine gewisse Spannung in der Luft, etwas Ungewisses. Wir reden über Musik, Kinofilme – oberflächliches Zeug im Vergleich zu der schon intimen Unterhaltung im Restaurant.

Schon nach einer halben Stunde nimmt Muk einen letzten Schluck Tee. »Ich möchte jetzt gehen. Ich hab wahnsinnig viel zu tun.« Sie holt ihre Jacke aus dem Flur. Ich verabschiede sie an der Tür. »Vielen Dank für den wunderschönen Abend. Es war fabelhaft.«

Muk strahlt wieder wie vorhin zur Begrüßung. Erneut küsst sie mich. Nur einmal, dafür aber auf den Mund. »Das fand ich auch!«

Ohne ein Wort darüber zu verlieren, wann wir uns wiedersehen, geht sie aus dem Haus. Sie weiß, dass ich sie vom Fenster aus beobachte, als sie ihr Rad aufschließt. Doch erst nachdem sie schon ein Stück die Gracht entlanggefahren ist, dreht sie sich noch einmal um und winkt. Nein, besser, sie wirft mir eine Kusshand zu. Über mir höre ich Cees und Tooske beim Sex. Ich mache mir Sorgen. Irgendwann lacht sich Tooske dabei noch mal tot.

In 138 Tagen wird er auch jemanden haben,
mit dem er im Bett Glück erleben kann.

12

Grapje

Plötzlich ist sie wirklich da. Sicher, seit einigen Tagen war von nichts anderem mehr die Rede. Aber wenn sie dann überraschend auftaucht, will man es erst gar nicht glauben – und freut sich anschließend noch viel mehr. Wie das eben so ist bei einem lang ersehnten Wiedersehen mit der Sonne.

Nun, man kann nicht behaupten, dass heute, an diesem Samstag, der Frühling beginnt. Es ist mehr so ein kurzes Vorbeischauen, als wolle er uns sagen: »He, mich gibt es noch. Hoffentlich habt ihr mich in diesem kalten, verregneten Winter nicht komplett vergessen. Genießt schon mal ein wenig die ersten Sonnenstrahlen, bald bleibe ich länger.«

Beim Aufwachen merke ich bereits, dass es draußen unglaublich hell sein muss. Grelles Licht dringt durch die Seitenschlitze meiner Vorhänge. Ich ziehe sie auf und muss wirklich nachdenken, ob ich nicht vielleicht mehrere Wochen einfach verschlafen habe. Sicher, das Wetter war in den vergangenen Tagen nicht das Wichtigste in meinem Leben. Kisten auspacken, Organisatorisches erledigen kann man auch an einem Tag, an dem es nur einmal regnet – leider ununterbrochen. Dennoch spüre ich jetzt, dass ich dieses Wetter brauche. Ich öffne die Fenster, atme die Luft ein. Sofort erkenne ich diesen Duft, den man immer riecht, wenn zum ersten Mal nach dem Winter die Temperaturen ein wenig steigen: kalt, frisch, wunderbar. Selbst die Bäume können es wohl kaum abwarten. Die ersten grünen Blätter lugen aus den Knospen hervor. Ich koche mir einen Espresso und stelle das Radio an. Auch der Radiomoderator überschlägt sich mit frohen Nachrichten. »Fünfzehn Grad werden es heute, nutzt das *lekker weer* aus, morgen soll es schon wieder regnen. Also, raus aus den Wohnungen, *ENJOY YOUR LIFE!*« Draußen zwitschern die ersten Vögel. *Feeling Love* von den Soulsearchers läuft im Radio. Fröhlicher Happy-House. Ab jetzt mein Song des Frühlings.

Nach dem Frühstück beschließe ich, auf den Markt zu gehen. Selbstverständlich muss ich mir Tulpen kaufen, Käse, irgendwo einen Kaffee trinken – mein neues Samstagsritual. Ich werde zum Albert-Kaup-Markt radeln, vielleicht treffe ich Muk. Seit unserem Essen vor drei Tagen haben wir uns nicht mehr gesehen. Allerdings täglich telefoniert oder uns SMS geschickt. Sie hat mich beruhigt, dass ihr überstürzter Aufbruch an jenem Abend nichts mit mir zu tun hatte. Offenbar ist sie so sehr in ihre Arbeit, ihre erste große T-Shirt-Kollektion, vertieft, dass sie manchmal einfach nur noch an ihrem Schreibtisch sitzen möchte, um neue Entwürfe zu zeichnen. »Bis morgens um fünf habe ich nach unserem Essen noch gearbeitet. Es hat mir so viel Spaß gemacht.«

Auf dem Markt drängeln sich bereits jetzt um neun die Menschen. Hunde spielen zwischen den Ständen, Kinder sitzen in Fahrradsitzen und wissen gar nicht, wo sie zuerst hinschauen sollen. Zum Fischhändler vielleicht, der auf Eissplittern Fische in der Größe eines Tennisschlägers ausgebreitet hat. Oder zum Süßigkeitenstand. Bunt beleuchtet liegen Dutzende von grellen Bonbons in der Auslage. Mit großen Löffeln füllen die Verkäufer die Drops in Plastiktüten. »Die möchte ich. Und die. Papa, schau doch mal: Tapsi Turtels mit Colageschmack!«

Abdalah, mein türkischer Olivenhändler, winkt mir bereits von weitem zu.

»He, Deutscher«, sagt er und klopft mir auf die Schultern. »Was brauchst du diesmal?« Seit meinem ersten Besuch vor einigen Wochen kenne ich bereits die komplette Lebensgeschichte von Abdalah, seiner Familie samt Großeltern sowie das Schicksal seiner Frau und deren kompletter Dynastie. Vier seiner acht Geschwister Abdalahs in Deutschland. »Ruhrgebiet, tolle Jobs!« Er ist vor drei Jahren nach Amsterdam gezogen und hat seitdem den Olivenstand.

Der Einkauf bei Abdalah läuft jeden Samstag in der gleichen Reihenfolge ab. In Abdalahs Reihenfolge ... Ich kaufe zwei verschieden eingelegte Olivensorten, sage: »Danke, das ist für heute alles!«

Erster Fehler! Abdalah schaut mich gespielt überrascht an, wirft die Hände in die Luft. »He. Das ist alles! Das ist alles? Du hast überhaupt noch nicht meine Käsecremes probiert.«

Ich muss ihn daraufhin wohlwollend ansehen. »Okay, überzeugt!«

Abdalah nickt zufrieden. Er schmiert ein wenig auf eine Baguettescheibe. »Die macht meine Frau alle selbst. Oder versuch diese hier mal!«

Nun ist es mein Part, das Gesicht so zu verziehen als hätte ich noch NIE IN MEINEM LEBEN so etwas Köstliches gegessen. »Abdalah«, sage ich und lecke mir die Finger ab. »Deine Frau ist eine Göttin!« Selbstverständlich nehme ich von diesen Köstlichkeiten auch noch welche mit und erst recht von den in Öl eingelegten Vorspeisen.

Voll gepackt mit Blumen, Abdalahs Oliven und Käsecremes, Brot und Gemüse radle ich nach Hause. Muk habe ich leider nicht getroffen. Ich werde mich später kurz bei ihr melden.

»Hab dich auf dem Markt vermisst. Genieß den Tag. *Kusje* O.«, formulier ich in Gedanken die SMS. Vielleicht können wir uns in der nächsten Woche treffen.

Überall haben die Cafébesitzer schon Stühle herausgestellt. Passanten trinken heiße Schokolade und essen *appeltart* mit *slagroom*. Sicher wird ganz Holland nächste Woche eine Erkältung haben. Aber macht nichts: Heute setzen wir uns schon mal im T-Shirt an die frische Luft.

»Hallo Nachbar, alles klar?«, ruft mir jemand zu, als ich die Haustür aufschließen will. Cees und Tooske stehen in Jeans, dicken Pullis und Gummistiefeln auf einem kleinen Boot und schöpfen Wasser ab.

»Gehört das euch?«, frage ich und gehe zu ihnen hinüber. »Darf ich vorstellen: Das ist *MS Grapje*«, erklärt Tooske.

Cees imitiert einen Fanfarentusch. *Grapje* heißt auf deutsch »Witz« und wahrscheinlich ist das sogar ernst gemeint. Denn die Eisenjolle fasst nicht mehr als vier Personen. Sie ist weiß gestrichen, innen leicht verrostet. Wasserpfützen schwappen auf dem schwankenden Boden.

»Wir machen das Schiff klar für unsere traditionelle alljährliche Jungfernfahrt heute Nachmittag.« Tooske wischt sich den Schweiß von der Stirn. »Hast du Lust mitzufahren?«

Und ob ich das habe. »Klar, wann geht es los?«

Mit einem Korb voller Käse, Brot, Oliven und Wein klingle ich gegen drei Uhr nachmittags an die Tür meinen Nachbarn.

»Auf geht's«, sagt Cees. Er hat eine Wollmütze mit kleinen Hängebrücken auf.

Tooske gibt mir einen Kuss und wickelt sich einen giftgrünen Schal um. »Jetzt zeigen wir dir mal Amsterdam vom Wasser aus.«

Es dauert eine Zeit, bis wir alle Lebensmittel auf *Grapje* so verstaut haben, damit auch wir noch einigermaßen elegant sitzen können. Cees zieht die Schnur, mit einem Aufheulen und dunklen Rauchwolken springt der Motor an. Ich löse das Tau vom Ufer, wir können losfahren.

Gemächlich tuckern wir die Keizersgracht entlang. Vorbei am *Blakes,* in das gerade ein japanisches Paar seine *Louis-Vuitton*-Koffer rollt. Der Wasserpegel ist ungefähr einen Meter unter dem Bürgersteig, wir haben also eine Art Hundeperspektive auf die herrschaftlichen Häuser, die vom Boot aus noch schmaler und höher wirken. Von einer Brücke winken uns Kinder zu. Fröhlich winken wir zurück.

»Was hast du eigentlich vor hier in Amsterdam?«, fragt mich Tooske.

Gute Frage. Richtig beschäftigt habe ich mich damit immer noch nicht. Die ganzen letzten Wochen habe ich mich mit Alltagsdingen abgelenkt, dann trat die süße Muk in mein Leben, und so plätschert jeder Tag vor sich hin. »Ich weiß es noch nicht genau«, antworte ich. »Einen Job werde ich mir sicher erst mal nicht suchen. Aber was ich, sagen wir, in zwei Monaten tun werde? Keine Ahnung.« Ich merke, wie sich wieder mal mein Magen verkrampft. Ich habe Angst davor, in ein Loch zu fallen. Aber anstatt es erst gar nicht so weit kommen zu lassen, trödele ich durchs Leben.

Cees biegt in einen der kleineren Wasserwege ab. Bäume säumen das Ufer. »Viele Äste hängen im Sommer bis ins

Wasser«, erklärt er mir und erzählt gleich noch eine Anekdote aus dem letzten Sommer.

Allerdings höre ich nicht wirklich hin, sondern genieße die Schönheit meiner Stadt. Die Magenschmerzen lassen nach. Ich bin ein Meister im Verdrängen. Wir biegen auf die Amstel, den Canale Grande Amsterdams. Vorbei am *de L'Europe*. Durchs Fenster sehe ich die funkelnden Kronleuchter in der Lobby. »Dort oben habe ich am Anfang gewohnt«, erzähle ich den beiden. Im *Café de Jarren* gleich daneben sind alle Stühle im Freien besetzt. Selbst vom Boot aus ist das Gemurmel der Gäste zu hören. Mit der Sonne hat Amsterdam noch mal an Lebendigkeit dazugewonnen. Die Stopera, ein eigenwilliges rundes Gebäude aus weißen Marmorplatten und Heimat von Stadtbehörde und Oper, liegt auf der Linken, danach das *Carré-Theater*, das allerfeinste Amstel-Hotel, das wie ein Schiffsbug am Fluss liegt.

Cees schenkt mir Wein ein. Ich habe gar nicht mitbekommen, wie ich das erste Glas geleert habe. Oder ist es schon mein drittes? Zumindest bin ich schon leicht angetrunken. Cees und Tooske haben gemerkt, dass ich in mich gekehrt die Fahrt verfolge. Sie selbst sitzen aneinander gekuschelt hinter mir am Motor und unterhalten sich: flüsternd, aber unentwegt. Ab und zu höre ich Tooske lachen. Ein fettes Lachen, wie ich es schon oft auch nachts gehört habe …

In der Nähe des Tropenmuseums im Osten der Stadt legen wir an einem Steg an, der zu einem Café gehört. Viele Ausflügler haben hier festgemacht. Eine Kellnerin kommt zu unserer *Grapje* und nimmt die Bestellung auf. Eine Art Drive-in für Boote. Typisch Amsterdam!

Tooske erzählt mir, dass sie ab nächsten Monat weniger arbeiten wird. »Unsere Wohnung ist fast abbezahlt. Wir brauchen also deutlich weniger Geld. Warum soll ich dann noch so viel verdienen?« Lieber geht sie nur noch dreimal pro Woche unterrichten. Sie freut sich bereits auf die gewonnene freie Zeit. »Ich werde anfangen zu malen. Die Leinwand habe ich schon seit einem halben Jahr in unserem Wohnzimmer stehen, aber ich komme einfach zu nichts.« Außerdem möchte sie wieder häufiger in die Thai-Chi-Gruppe gehen, die sich jeden Morgen – auch im Winter – um acht Uhr im Oosterpark trifft. »Sicher kann man in Amsterdam auch Karriere machen. Aber wozu? Wozu, Oliver? Bringt es nicht viel mehr, hier zu sitzen und Kaffee zu trinken?«

Ich kann ihr nur Recht geben und beneide Tooske. Sie hat wenigstens noch andere Interessen. Meine sind im Lauf der Berufsjahre verloren gegangen. Jetzt, wo ich fast alle Kisten ausgepackt habe, werde ich auf Sinnsuche gehen. Ich merke, wie sich in mir wieder etwas verkrampft. Ich habe Angst, nichts zu finden.

»Weißt du, was uns Holländer von euch Deutschen unterscheidet?«, fragt Cees auf dem Nachhauseweg. »Wir haben eine andere Einstellung zum Leben. Wir sind irgendwie südländischer. Versteh mich bitte nicht falsch: Hier wird es niemanden geben, der den halben Nachmittag Siesta macht. Aber selbst der beschäftigtste Geschäftsmann wird zwischen seinen Terminen immer noch Zeit für einen Kaffee haben. Er setzt sich dann irgendwo hin und genießt es, wieder unter Menschen zu sein.«

Ich erzähle den beiden, dass mir aufgefallen ist, wie selten man hier nach seinem Beruf gefragt wird.

Tooske nickt. »Das interessiert uns erst mal nicht. Wir Holländer finden es schlimm, wenn sich jemand nur über seinen Status definiert. Wie arm ist das?«

Seit knapp zwei Monaten bin ich jetzt in Amsterdam. Bis vor kurzem hätten mich Cees und Tooske sicher nicht in ihr *Grapje* eingeladen. Ich war so ein armes Feindbild.

Als ich ihnen das gestehe, fangen beide an zu lachen. »Wir hätten dich mit auf das Boot genommen und gebrainwashed. Noch haben wir jeden wieder hinbekommen«, freut sich Cees.

Langsam dämmert es. Kühle steigt vom Wasser auf. Tooske gibt mir eine der mitgebrachten Wolldecken. Der Frühling hat sich von seinem Tagesbesuch offenbar schon von uns verabschiedet. Schnell wird es dunkel. Über dem *Carré-Theater* ziehen die ersten Wolken auf, das Dröhnen eines startenden Flugzeugs ist zu hören. Ganz tief fliegt die Maschine über die Stadt. Wir legen vor unserem Haus wieder an, ziehen das Tau fest, holen die leeren Weinflaschen und Tapas-Dosen heraus.

»Wir sollten das häufiger machen«, findet Cees. Tooske und ich können ihm nur zustimmen.

»Auf jeden Fall müssen wir bald mal unseren Dachgarten mit allen einweihen«, schlägt sie vor. »Du könntest dann das hübsche Mädchen mitbringen, das ich letztens aus deiner Wohnung habe kommen sehen.«

Ich muss grinsen. Tooske hat diesen typischen Ich-möchte-bitte-Details-wissen-Blick.

»Du bist unmöglich«, schimpft ihr Mann.

»Sie heißt Muk. Und ist eine tolle Frau. Meine Freundin ist sie noch nicht. Aber wir arbeiten dran«, gestehe ich.

»Typisch deutsch«, regt sich Tooske mit ironischem Ton auf. »An der Liebe wird nicht gearbeitet. Sie kommt oder bleibt weg. So einfach ist das. Es ist wie mit dem Glück. Nur wenn du offen dafür bist, kommt es zu dir.« Wir geben uns einen Kuss. »Schönen Abend, danke noch mal. War echt ein *lekker dag. Tot ziens.«*

In meiner Wohnung stelle ich als Erstes die leeren Weinflaschen auf meinen Küchentisch. Es war ein schöner Ausflug, und ich habe es auch heute mal wieder genossen, in den Tag hineinzuleben. Aber irgendetwas machen möchte ich in Amsterdam schon. Irgendetwas mit Brot, schließlich will ich mir doch einen Traum erfüllen. Was es hier in Holland gar nicht gibt, sind Läden, in denen man leckere belegte Brote kaufen kann. Vielleicht sollte ich mich mal damit beschäftigen. Mein blinkendes Handy reißt mich aus meinem Tagtraum. Verpasster Anruf oder SMS? Eine Nachricht von Muk: »Hätte mit dir gerne den Frühling begrüßt. Schade. Wollen wir morgen beim Regen noch mal von der Sonne träumen? *Kusje,* Muk.«

Wie war das: Nur wenn du offen dafür bist, kommt es zu dir!

In der Nacht habe ich den endgültigen Beweis dafür, dass Abdalahs Lachs-Käse-Creme umwerfend war. Mein Magen grummelt, ich muss mich übergeben – ich verzichte auf Details.

Am nächsten Morgen rebelliert mein Magen noch immer. Mir ist schlecht. Und meinen Gefährten von gestern geht es nicht besser. »Wolltest du uns vergiften?« schreibt Tooske in ihrer SMS.

»Ihr habt mich erwischt«, tippe ich zurück. »Leider habe ich auch davon gegessen. Gute Besserung. O.« Mir geht es so mies, dass ich nicht mal Muk sehen möchte. Als sie von meinem Elend hört, bietet sie mir zwar an, vorbeizukommen und mich zu pflegen. Ich bevorzuge allerdings, im Bett zu liegen, zu schlafen, Tee zu trinken, Zwieback zu essen – und mir selbst sehr Leid zu tun. He, wofür bin ich ein Mann?

Draußen regnet es. Es stürmt so sehr, dass sich die Windjacken der Radfahrer zu kleinen Ballons aufblasen. Überall knicken Regenschirme um. Ich fahre meinen Computer hoch und rufe meine E-Mails ab. Mein Anwalt hat sich endlich mal gemeldet. Allerdings schreibt er, dass es Probleme mit meiner Abfindung gebe. *Happy Food* weigert sich, die von uns geforderte Summe zu zahlen. Ich bitte ihn, sich erst mal auf keinen Kompromiss einzulassen. Schließlich verdankt mir das Unternehmen eine Menge. Und Geld genug haben die auch. Trotzdem ärgere ich mich darüber. Um das Finanzielle geht es gar nicht mal. Wahrscheinlich ist es eine Frage der Ehre, des Respekts. Ich will, dass man mir dankbar ist. Es heißt doch nicht ohne Grund *golden handshake*. Um mich auf andere Gedanken zu bringen, gehe ich hinauf zu Joan. Zunächst reagiert sie gar nicht auf mein Klingeln, doch irgendwann höre ich hinter der Holztür das Klackern von Schuhen.

»Hello?«, sagt sie.

»Joan, ich bin's. Oliver. Wollen wir etwas zusammen trinken?«

Sie räuspert sich. Offenbar hat sie geschlafen. *»Darling.* Das ist lieb von dir gemeint. Aber ich habe wahnsinnige Kopfschmerzen. Ein anderes Mal gern. Lass uns morgen zusammen zum Yoga gehen, okay?«

Es stimmt also: Joan also öffnet grundsätzlich niemandem die Tür. Schon gar nicht, wenn sie die Haare nicht hochgesteckt hat, im vollen Make-up lächelt oder ihre übliche Garderobe trägt. Kaftane für morgens, um die Mittagszeit Tweedkostüm in gedeckten Farben, abends High Heels und Cocktailkleid.

»Eine Lady muss Wert auf ihr Äußeres legen«, pflegt Joan zu sagen. »Man weiß nie, wem man begegnet.«

Bevor die Amerikanerin das Haus verlässt, wirft sie stets noch einmal einen Blick in den Spiegel, zupft ihre Haare zurecht, sprüht sich mit Yves Saint Laurents schwerem Eau de Parfum *Opium* ein und greift sich aus einem Korb voller Klemmschleifchen das Passende für ihre Ballerinaschuhe. Ein bisschen traurig gehe ich zurück in meine Wohnung. Ich habe mich hier in Amsterdam sehr schnell daran gewöhnt, von lieben Menschen umgeben zu sein. Ich bin nicht mehr gerne allein. Umso trauriger, wenn niemand Zeit für mich hat.

Abends meldet sich meine Mutter. Sie hat gerade spontan beschlossen, zwei Wochen in die Karibik zu fliegen.

»Und der geplante Urlaub mit deinen Freundinnen Ende des Monats?«, frage ich sie.

»Ach, das sehen wir dann. Ich muss jetzt weg. Dieses Wetter, mein Junge«, regt sie sich auf, »macht mich fertig. Ich habe übers Internet gebucht. Stell dir vor. Ich und Internet. Wenn wirklich alles geklappt hat, müsste ich morgen mit meiner Kreditkarte am Flughafen einchecken können und losfliegen. Sie haben dort jetzt so Quick-Check-in-Automaten, weißt du?« Natürlich weiß ich. Ich muss schmunzeln: Meine Mutter bucht im Netz eine Karibik-Reise. Ob sie einen halben Tag dafür gebraucht hat? Wäre ja schnell.

»Auf dem Rückweg habe ich einen ganzen Tag Aufenthalt in Amsterdam. Ich möchte dich gerne besuchen. Wäre das okay?«, fragt sie rhetorisch.

»Natürlich ist das okay. Ich freue mich auf deinen Besuch. Du kannst auch länger bleiben und mir beim Vorhängeaussuchen helfen …«

Meine Mutter sagt, sie werde darüber nachdenken, müsse jetzt aber noch packen. »Hach, ich wünschte, das hätte ich schon überstanden«, seufzt sie übertrieben gequält. »Ich weiß einfach nicht, was ich mitnehmen soll. Ich habe doch gar nichts zum Anziehen.«

Ich bedauere sie zutiefst angesichts der Existenz eines überfüllten begehbaren Kleiderschranks. »Flieg vorsichtig!«

Am nächsten Morgen scheint mein Körper die Rebellion gegen den verdorbenen Fisch aufgegeben zu haben. Noch ist mir zwar etwas schwindlig, aber es geht mir besser. Ich ziehe mich an und gehe zum Einkaufen. Supermärkte sind für mich das Größte. Ich glaube nämlich, dort den Charakter eines Landes erkennen zu können. Letztens bin ich extra einen Umweg von einer Stunde gefahren, um den neuen XL-Store einer holländischen Supermarktkette zu bewundern. Großartig. Vorne gab es eine Probierecke, wo chinesische Köche mit großen Mützen und lustigen Uniformen »gartenfrisches Wokgemüse« wokten. Selbstverständlich griff ich zu. Danach probierte ich ein wenig Sushi, trank eine Tasse der neuesten Kaffeespezialitäten und gönnte mir danach noch ein Stück Apfelkuchen »frisch aus dem Ofen, mit Liebe gebacken«. Der Ofen war zwar drei Meter breit, und die Liebe des Personals bestand darin, vorgefertigte Teigklumpen in die Hitze zu schieben und danach auszupreisen. Aber man sollte nicht zu wählerisch sein. Er hat köstlich geschmeckt. Was sagt also der holländische Supermarkt über das Land aus? Dass seine Einwohner praktisch veranlagt sind (hier sei noch mal an die vielen Kombis auf der Autobahn erinnert) und wohlhabend. Indiz: Alle Produkte kann man hier bereits fertig zubereitet kaufen. Geputztes und zerkleinertes Gemüse liegt vakuumverpackt im Regal, selbst Zwiebelwürfel sind garfertig zu haben – und doppelt so teuer wie ungeschnittene Ware. Außerdem sind die Holländer für die internationale Küche sehr offen. Selbst im kleinsten Supermarkt gibt es Rucola zu kaufen und fast jede Filiale hat eine China-Abteilung mit den außergewöhnlichsten Pasten und Gewürzen. Und erst die Auswahl der Nachspeisen. Holländer lieben ihre *toetjes*. Dieses Land hat meiner Meinung nach so lange eine Existenzberechtigung, wie es *vla* gibt.

Vla ist eine süchtig machende Droge in Form von tetraverpacktem Trinkpudding. Nicht so flüssig wie Vanillemilch, aber auch nicht so fest wie gewöhnlicher Pudding. Man gießt ihn in eine Schale und taucht den Löffel langsam in die Masse ein. Seit neuestem gibt es auch *slagroom-vla*, das Kokain unter den Desserts: Es macht glücklich, man kann nicht genug davon bekommen, erlebt nach dem Genuss rauschartige Zustände – und vergisst, dass eine Portion den Kalorienwert eines Sechs-Gänge-Menüs hat. Was es wert ist.

In der Brotabteilung meines kleinen Albert-Heijn-Marktes entdecke ich abgepacktes Vollkornbrot, besser als nichts. Außerdem nehme ich noch ein Aufbackbrot *pain boulogn* mit. Sieht doch verdammt nach ... Ich schaue auf die Plastikverpackung in den französischen Nationalfarben. Hatte ich doch Recht. Meine Teigmischung *Gutsherrenart* von *Happy Food* wird von meiner ehemaligen Firma als »*savoir vivre*« angepriesen. Deutscher Teig verkauft sich auch bei unseren Nachbarn auf Französisch gleich noch besser. Beim *pain naturelle* bleibe ich stehen und tippe der Dame, die gerade den Frischetest mit den Fingern macht, auf die Schulter.

»Entschuldigen Sie bitte, wir verkaufen hier nur Frischware«, erkläre ich streng.

Sie legt das Brot wieder hin und dreht sich um. Muk. »He, wie schön, dich zu sehen.« Sie gibt mir einen Kuss. »Geht es dir wieder besser?«

Jetzt, ein paar Tage nach unserem Treffen, kommt sie mir noch schöner vor. Wie sehr habe ich ihre Fröhlichkeit vermisst. »Kann kein Zufall sein, dass wir uns immer bei den Backwaren treffen. Wir sollten eine Bäckerei zusammen eröffnen«, schlage ich vor.

»Keine schlechte Idee. Ich könnte die Uniformen für das

Personal entwerfen. Zwei Bagels in Höhe der Brustwarzen. Wäre das was?«

Wir lachen so laut, dass sich die anderen Kunden nach uns umdrehen.

»Dieses Brot hier«, ich hebe mein *pain boulogne* hoch, »dauert fünf Minuten, bis es aufgebacken ist. Wenn wir uns beeilen, könnten wir in einer halben Stunde zusammen frühstücken!«

Muk strahlt. »Klar, machen wir. Lass uns zur Kasse gehen, oder brauchst du noch etwas?«

Lachs gab es nicht. Aus nachvollziehbaren Gründen haben wir darauf verzichtet. Aber sonst ist mein Küchentisch mit vielen Köstlichkeiten gedeckt: Früchteteller, italienische Wurstspezialitäten, frischer Quark mit Gartenkräutern, Tomate mit Mozzarella, selbst gemachte Pfannkuchen, eine kleine Gebäckauswahl und selbstverständlich das als Franzose getarnte deutsche Brot.

Muk presst uns Orangensaft aus und setzt sich zu mir auf die Holzbank. »Sieht hier *echt lekker* aus«, freut sie sich und nimmt eine Scheibe aus dem Brotkorb. Wir outen uns beide als Morgenmenschen. »Abends kannst du mich im Grunde vergessen. Meine Zeit ist gleich nach Sonnenaufgang«, beschreibt sie sich. »Und ein ausgiebiges Frühstück ist sowieso das Allerbeste.«

Muk, lass uns heiraten. Du bist perfekt für mich. Aber kann ich dieser Frau einen Antrag machen, bevor ich sie geküsst habe? Wahrscheinlich ginge das dann doch zu schnell. Allerdings lässt sich das ändern – sofort. Ich ziehe Muk zu mir heran und küsse sie.

Sie erwidert den Kuss mindestens so leidenschaftlich. Ihr wildes Züngeln flüstert mir zu: »Na endlich, wurde aber auch Zeit!«

Erst als die CD von Burt Bacharach zu Ende ist, hören wir auf damit.

»Warum hast du die Augen auf?«, fragt mich Muk, als sie ihre kurz öffnet. »Sorry!« Ich fühle mich ertappt und schließe sie schnell. Allerdings nur so lange, wie ich glaube, dass sie ihre noch offen hat.

Ich lasse die Augen immer offen, sonst wird mir schwindlig. Auch fällt es mir schwer, diesen Kuss zu beschreiben. Es war … nun … spannend … umwerfend … einzigartig … geil. Muk küsst wunderbar, nicht zu hektisch. Ich schmecke … Liebe? Nein, eher Himbeermarmelade von Fauchon/Paris auf Muks Frühstücksschnitte. Mir wird ganz warm in der Magengegend. Ein Kribbeln durchfährt mich. Ich glaube, das hatte ich zuletzt auf der Konfirmandenfreizeit. Lange noch sitzen wir eng umschlungen auf der Bank. Muk riecht so unglaublich gut. Süß. Nicht nach einem bestimmten Parfum. Es ist ihre zarte Haut. Besonders hinterm Ohrläppchen. Ich knabbere daran. Draußen wird es immer dunkler. Schwer hängen die Wolken über der Stadt. Es regnet in Strömen. Nur zum Wechseln der CD stehe ich kurz auf, um meine Arme danach wieder um diese wunderschöne, liebe Frau zu legen. Wir schauen uns an. Unterhalten uns über dummes Zeug: ob Liebe sogar Mundgeruch verzeiht und warum man sich überhaupt mit der Zunge liebkosen muss, während man sich gleichzeitig davor ekelt, aus dem Glas eines anderen zu trinken. Drei Regenschauer lang versuchen wir eine Antwort darauf zu finden, ab welchem Moment einem eine fremde Person nicht mehr fremd ist. Wie man ihn merkt, diesen Funken, wenn er übergesprungen ist.

»Ich muss mich wohl fühlen. Sobald ich merke, dass ich mich nicht verkrampfe oder eine Rolle spiele«, versucht

Muk zu erklären, »ist die andere Person mir nicht mehr fremd.«

Ich kann den einen Moment nicht wirklich definieren. »Ich hab's nicht so mit der Erklärung von Gefühlen«, gebe ich zu.

»Das kommt noch«, Muk streichelt mir durchs Haar. »Abwarten!«

Mein Handy klingelt. Ich laufe ins Wohnzimmer und erkenne eine Münchner Nummer auf meinem Display. »Hallo?«, melde ich mich.

»Guten Tag, Friedrich Schenker«, stellt sich ein Mann mit heller, wichtig klingender Stimme vor. Bestimmt hat der Schnösel seine Füße auf dem Schreibtisch und kritzelt mit seinem *Montblanc*-Füller Dreiecke auf ein Notizblock. »Ich bin Headhunter und würde Ihnen gerne ein Angebot machen. Ich muss für ein global arbeitendes Unternehmen in der Food-Branche eine Position besetzen, die Sie interessieren dürfte. Wenn Sie …« Ich schaue Richtung Küche. Muk winkt mir mit grünen Trauben zu. »Herr Schenker, darf ich Sie kurz unterbrechen? Ich freue mich wirklich über Ihren Anruf. Aber: Ich bin nicht daran interessiert. Ich wohne seit einigen Wochen in Amsterdam und habe nicht vor, nach Deutschland zurückzukehren.« Ich höre ein Rascheln durch den Hörer. Wahrscheinlich ist meine Akte gerade in diesem Moment in den Papierkorb gefallen.

»Herr Schmetter, Sie wissen doch gar nicht, um welche Position es geht. Es ist ein Traumjob.«

Ich werde ungeduldig. Muk isst mir noch die ganzen Trauben weg. »Glauben Sie mir: Ich bin zufrieden, nein, ich bin sehr glücklich, so, wie es jetzt ist. Und jetzt entschuldigen Sie mich bitte: Ich muss jetzt in die Küche zurück, um eine wunderschöne Frau zu küssen.« Ich klappe das Handy zu. Keine Minute bereue ich meine spontane

Entscheidung. Zum ersten Mal etwas aus dem Bauch heraus entschieden. Irgendwann schließe ich vielleicht beim Küssen sogar die Augen …

Den ganzen Nachmittag lümmeln wir auf meinem Sofa herum und beobachten das Unwetter draußen in der Welt. Muks Bauch knurrt. Ich lege meinen Kopf auf ihren Nabel. »Hier hat jemand Hunger! Darf ich dich zum Abendessen einladen?« Muk nickt. »Wohin gehen wir?« Ich suche in meinem Handy eine Nummer heraus.

»Lass dich überraschen!«, sage ich nur und buche einen Tisch um halb acht abends.

»Dann gehe ich jetzt noch mal schnell nach Hause und ziehe mich um. In einer Stunde bin ich wieder bei dir!« Muk holt ihre Tasche, gibt mir einen Kuss auf den Mund und verschwindet.

Auch ich will mich umziehen für jenen Abend in diesem Restaurant, das ich mir für ein ganz besonders Ereignis aufgehoben habe: ein Diner im *Blakes,* an dem Abend bevor ich mit Muk zum ersten Mal schlafen werde.

In 106 Tagen
wird dieser Abend für immer unvergessen bleiben.

13

Premierennacht

Sie ist zu früh. Zehn Minuten. Ich konnte gerade noch eine Mail an die Industrie- und Handelskammer schicken, um herauszufinden, wie leicht es ist, eine kleine Snackbar zu eröffnen.

Stimmt meine Theorie, dann ist Muk dieser Abend mindestens so wichtig wie mir. Noch dazu sieht sie umwerfend aus. Sie trägt ein schwarzes, ärmelloses Kleid mit einer Strass-Apfel-Brosche. Dazu silberne High Heels und eine zierliche Armbanduhr. Ihre Tasche, wieder ein Modell aus der Zeit, als Trümmerfrauen das Land aufbauten, ist so klein, dass höchstens ein Lippenstift und ein gefaltetes Stofftaschentuch hineinpassen. Ersteren hat sie bereits großzügig aufgetragen. Ihr Mund glänzt wie eine Sauerkirsche. Sie riecht nach Aprikose.

»Wow!« Ich bin komplett begeistert und küsse Muk auf den Mund.

Sie dreht sich vor mir und lässt sich bewundern. »Du hast dir aber auch Mühe gegeben«, lobt sie mein Outfit. Ich habe mich für einen schwarzen *Dior*-Anzug entschieden, dazu ein weißes Hemd und eine schmale Krawatte, die ich mir nur deshalb in Paris gekauft habe, weil sie mich an meine erste Lederkrawatte, die ich zur Konfirmation trug, erinnert hat.

Arm in Arm spazieren wir die Keizersgracht entlang

zum *Blakes*. Alte Laternen aus den letzten Jahrhunderten strahlen das graue Tor des Hotels an. Wir gehen über den kleinen Innenhof und lassen uns die Eingangstür aufhalten. Muk war noch nie hier, und ich freue mich schon seit Stunden auf ihre Reaktion, auf ihre glänzenden Augen. Ich bin mir sicher, dass es ihr im *Blakes* gut gefallen wird.

Ich soll nicht enttäuscht werden. Ganz besonders mag ich an Muk, dass sie wie eine Prinzessin auftreten kann. Selbst wenn dies ihr erster Besuch hier ist, benimmt sie sich wie eine Blaublütige im Märchen, die ganz selbstverständlich jeden Abend hier im *Blakes* soupiert. Nicht, dass Muk arrogant wäre. Aber sie hat eine *allure,* die jeden fasziniert.

Auch den Empfangschef, der mich mit Handschlag begrüßt und uns die Mäntel abnimmt. Wir setzen uns in den Barraum und bestellen Champagner. Muk kann sich erst mal nicht mit mir unterhalten. Zu sehr ist sie die nächste Viertelstunde damit beschäftigt, jeden Quadratzentimeter des Raumes zu begutachten. »Sieh mal da die vielen Bilder! Und diese stylishe Einrichtung in Schwarz und Weiß. Es wirkt überhaupt nicht kühl hier. Genial!« Der Kellner bringt unseren Champagner und Appetizer, die so hübsch angerichtet sind, dass es fast eine Schande ist, die Kunstwerk zu zerstören. »Genial«, wiederholt Muk. Ich genieße es, ihr dabei zuzusehen. Sie hat manchmal etwas kindlichnaives. Ab und zu erinnert sie mich an Pippi Langstrumpf. So kann sich nur ein Mensch verhalten, dem noch nie Wunden zugefügt wurden. Offenbar hat Muk nie auf die heiße Herdplatte gegriffen und sich verbrannt. Aus ihrer Lebensgeschichte weiß ich auch, dass sie bisher keine Tragödien mitmachen musste. Ich hoffe, sie vor künftigen Schicksalen beschützen oder zumindest in einer solchen

Situation davon überzeugen zu können, dass derartige Schläge dazugehören.

Nach unserer Champagnerstunde geleitet uns der Kellner an unseren Platz. Nicht alle Tische sind besetzt. Ganz hinten am Fenster zum Innengarten diniert eine Gruppe Geschäftsleute. Neben uns bestellt ein schwules Paar gerade sein Menü und hinter uns sitzt eine Familie mit zwei Kindern, die ungefähr im Schulalter sein müssten. Wir nehmen direkt an der massiven Backsteinmauer Platz. Das sanfte Licht einer kleinen Stehlampe beleuchtet den hübsch eingedeckten Tisch.

»Die Küche ist wirklich exzellent. Alles ein wenig asiatisch angehaucht. Ich hoffe, du magst es!« Muk schaut von ihrer Speisekarte hoch. »Da musst du dir keine Gedanken machen.«

Bestellzettel des Kellners für den Küchenchef
Tisch 5
Sie:
In Lapsangtee geräuchertes Rindfleisch mit grünem Misodip
(Wunsch des Gastes: medium mit einem Hang zu roh)
Huhn Fabergé mit Lobster und Ingwer
(Wunsch des Gastes: gerne einen Hauch Ingwer mehr; sie liebt Ingwer …)
Er:
Thunfisch-Sushi mit Ingwer und Ponzu
Kalbsfilet mit gebackenem Shanso Paprice und Udon-Nudeln
(keine Sonderwünsche)
Außerdem:
1982, Chilenischer Shiraz »A Chunto dos?
Stilles Mineralwasser

Bald darauf genießen wir unser Menü. Jedes Gericht wird in quadratischer Form auf weißen Porzellantellern angerichtet. Wir schmecken Gewürze und Kräuter, die wir so noch nirgendwo probiert haben. Bei jedem Gang nimmt Muk einen Bissen und ruft danach: »Das musst du probieren. Unglaublich!«

Ich freue mich darüber, wie sehr sie sich freut und genießt.

»Eigentlich finde ich das ja alles völlig übertrieben«, sagt sie und füttert mich mit einem Stück Fleisch. »Aber ich genieße es total. Es ist einfach wunderbar hier. So wahnsinnig luxuriös. Denk jetzt bloß nicht, ich bin so eine Luxus-Schnecke!«

»Nein, da mach dir mal keine Sorgen, meine kleine Prinzessin!«

Sie grinst mich an und wirft mir eine Kusshand zu. Nach einem Schokoladen-Komma als Nachspeise – wir teilen uns die mächtige Moussemasse mit Vanillesoße – bestellen wir noch zwei Espressi, die mit Pralinen und einem Ensemble aus Trockeneisspektakel serviert werden. In einem Schnapsglas spritzen die Eisbrocken und sprühen zischend Nebel über die Pralinen.

Als ich bezahle, kommt es mir so vor, als hätten wir gerade erst Platz genommen. Ein wunderschöner Abend. Eine bezaubernde Frau, hervorragendes Essen, ein »schöner Wein«, wie mein Großvater immer sagte. Muk und ich haben uns heute Abend lange über ihn unterhalten. Wir haben viel über Menschen gesprochen, die wir bewundern. Bei ihr ist es eine Tante, die sich aus dem Nichts heraus eine kleine Buchhandelskette mit vier Filialen in Holland aufgebaut hat.

»Sie hat sich nicht unterkriegen lassen«, erzählt Muk. Auch als die Bank plötzlich kein Geld mehr geben wollte!«

Muk träumt noch immer davon, in den nächsten Monaten ihren eigenen Laden zu eröffnen.

Ich biete ihr an, gerne bei der Suche und den Vertragsverhandlungen zu helfen. »Wir wären ein tolles Team!«, sagt sie. Ich nehme ihre Hand. »Sind wir das nicht bereits?«

Wir verlassen das *Blakes* und spazieren Hand in Hand die Gracht entlang. Plötzlich biegt sie rechts ab.

»Ich hätte gerne, dass du heute Nacht bei mir schläfst. Ich will dich in mein kleines Reich entführen«, flüstert mir Muk ins Ohr.

»Graag«, flüstere ich zurück.

»Heb je eve voor mei?«, dröhnt es im ganzen Haus. Menschen johlen, singen den Gassenhauer von Frans Bauer, dem holländischen Wolfgang Petry, mit.

»Biertje?«, grölt jemand. »Ja«, ruft ein anderer. Nun, Muks Wohnung über der geselligen Kneipe *Witte Paard* ist ein wenig hellhörig. »Hast du das jeden Abend?«, frage ich sie. »Ja, aber nur bis eins in der Woche!« – »Na, wenn das so ist, lerne ich jetzt noch rund 90 Minuten etwas über das holländische Liedgut. Ist doch auch was.«

Muk macht eine Flasche Wein auf, während ich mich in ihrer Bude umsehe. Klein ist es hier. Sehr klein. Eine Einzimmerwohnung mit offener Küche und einer Schlafecke. Das Bad besteht zu einer Hälfte aus einer Badewanne, zur anderen aus Waschbecken und Toilette. Direkt vor dem Fenster des Zimmers, auf einem beigefarbenen Flokati, steht Muks riesiger Tisch mit Nähmaschine und Aussicht auf die goldenen Jugendstillettern der *brouwerei* Heineken. Überall liegen Papierblätter mit Skizzen herum. Stoffballen lehnen in der Ecke direkt neben dem Zweisitzersofa aus braunem Cord. Der riesige Tisch mit Murano-Glas-Optik ist in Violett und Orange. Licht spendet eine Glasperlenlampe.

»Fühl dich bei mir wie zu Hause!«, ruft sie aus dem Bad. Offenbar legt sie noch ein Make-up auf, zieht ihren Lippenstift nach. Die Farbe hat doch sehr gelitten nach unserer Knutscherei vorhin an der Gracht.

Ich hole Gläser aus der Küche und schenke uns Wein ein. Wir legen uns zusammen auf das enge Sofa und schmusen. He, wie soll ich mich auf das Küssen konzentrieren, wenn mich dabei ein heruntergekommener Schlagersänger mit großem Hut belästigt. Die Premierennacht gestaltet sich etwas schwierig. Hoffentlich wollen die Gäste des *Weißen Pferds* nach eins keine Zugabe.

»Du bist wunderschön«, flüstere ich Muk zu und öffne den Reißverschluss ihres Cocktailkleids. Er hängt. Ich muss drei Anläufe nehmen, bis ich ihr das Kleid ausziehen kann. Sie löst meine Krawatte, öffnet das Hemd, streichelt meine Brust. Leicht ungeschickt versuche ich die verdammt fest geschnürten Schuhe abzustreifen. Muk muss grinsen, hilft mir dabei. »Danke«, sage ich ganz schüchtern. Ich glaube, ich werde rot. Mein Kopf glüht jedenfalls.

»Ich bin so schön. Ich bin so toll!«

Muk lässt sich nicht beirren, öffnet meine Hose und zieht sie langsam aus. Sie selbst steht nun in Unterwäsche vor mir: ein hübsches, mit Rosen besticktes Set. Zum Glück trägt sie keinen String, sonst wäre es mit der Sinnlichkeit bei mir ohnehin zu Ende gewesen. Wir setzen uns im Schneidersitz voreinander, bewundern zum ersten Mal den Körper des anderes.

Wir trinken einen Schluck Wein, schauen uns in die Augen. Wie groß ihre sind. Einige Gassenhauer später sitzen wir noch immer auf dem Boden, die Flasche ist längst leer, ich streichle ihren Körper, küsse sie auf die Schulter, den Hals, die Brüste. Sie genießt mit geschlossenen Augen, streichelt dabei meinen Oberkörper.

»Country Roads, take me home ...«

»... to the place I belong«, singe ich versehentlich mit.

»Sorry!« Sie öffnet die Augen, wir müssen beide lachen und singen laut das Lied der Hermes House Band mit.

»West Virginia, mountain momma, take me home, country roads.« So kommt es, dass auch ich in meiner ersten Nacht bei Muk einen Lachanfall bekomme habe, wie ich ihn sonst nur bei Tooske höre.

Kurz nach eins hört tatsächlich die Musik auf zu spielen, wir müssen uns jetzt nur noch gedulden, bis die betrunkenen Gäste sich von ihren Freunden verabschiedet haben, als sei der letzte Tag angebrochen. Einige Bierflaschen klirren auf der Straße, grölend zieht eine Gruppe weiter. Ihre Stimmen verhallen langsam in den Straßen Amsterdams.

So richtig bekomme ich das Chaos auf der Straße gar nicht mit. Ich schwebe. Bin taub vor Glück. Muk legt eine CD von Maria Callas auf. Sofort verändert sich die Stimmung. Vom billigen Charme einer drittklassigen Kneipe auf Mallorca wechseln wir in die sinnliche Atmosphäre einer gemütlichen Einraumwohnung in Amsterdam-Mitte. Muks Nest. Sie zündet Kerzen an, öffnet eine zweite Flasche Wein, schenkt ein, gibt mir das Glas, prostet mir zu. Sie nimmt mich an den Händen und führt mich zu ihrem Bett in der Nische des Zimmers. Wir lassen uns fallen. Zärtlich beginne ich, ihren Körper zu erkunden. Küsse sie. Sie stöhnt leise. Genießt es. Ich streichle sie. Langsam. Überall. Lege mich auf sie. Küsse sie sanft. Sie erwidert meinen Kuss. Wir werden leidenschaftlicher. Ihre Augen sagen mir, dass jetzt der Augenblick gekommen ist, der Augenblick, in dem das passiert, was wir beide wollen. Sie kramt in ihrer Schublade, holt ein Kondom heraus, öffnet die Verpackung (kann bitte mal jemand den Herstellern sagen, dass sich die Dinger besser öffnen lassen müssen!), streift ihn mir über – während Maria Callas gerade die Todesarie der Violetta aus *La Traviata* in C-Moll schmettert …

Es klingelt an der Tür. Einmal. Pause. Zweimal. Noch eine Pause. Jetzt ein ungeduldiges, schnelles Klingeln hintereinander.

Mir pocht das Herz, ich werfe Muks Weinglas um. »Shit«, fluche ich und schaue auf die Uhr. Zehn Uhr morgens.

Die Sonne scheint durch den dünnen, weißen Vorhang. Muk springt auf, wirft sich ihren seidenen Morgenmantel (richtig getippt: mit Blumen bestickt) über und rennt zur Tür. »Sorry, ich habe ganz vergessen, ihm abzusagen.«

Schnell streife ich mir meine Boxershorts über und ziehe ein T-Shirt an. Wem hat sie verdammt noch mal nicht abgesagt? Wer hat bei Muk das Recht, in aller Herrgottsfrühe Sturm zu klingeln? Ich höre, wie jemand mit schweren Schritten die Treppe herauf läuft, sehe überrascht, wie Muk der noch nicht sichtbaren Person ZULÄCHELT und ZUWINKT. Was geht hier vor? Über uns fliegt ein riesiger Jumbojet sehr tief über das Haus.

»*Morge*, Schatz!«, begrüßt Mister Unbekannt meine Muk. Sie gibt ihm einen Kuss.

Ich erkenne einen gut aussehenden Mann mit blonden Locken. Er trägt Flipflops, eine ausgewaschene Seventies-Jeans, die ihm an den Hüften hängt, und ein enges T-Shirt. Er sieht aus wie die wunderschöne Reinkarnation des jungen Björn Borg. Ich dagegen sehe aus wie die heruntergekommene Version von Michael Stich.

Mister Borg mustert mich von oben bis unten. Ich gehe zu ihm, gebe ihm die Hand. »Darf ich vorstellen«, sagt Muk mit verschlafener Stimme, »das ist mein allerliebster Ron!«

Weniger als 105 Tage, und Oliver wird wissen,
welches Geheimnis Ron und Muk miteinander verbindet.

14

Der Unbekannte aus Texas

Ungefähr zur selben Zeit setzt Flug Nummer KL 662 aus Houston/Texas auf der Polder-Landebahn von Amsterdam Schiphol International Airport auf. Der Mann auf Platz 4A in der World Business Class schaut aus dem Fenster und hört das laute Dröhnen des Gegenschubs der Triebwerke. Er sieht grüne Felder, eine nagelneue Startbahn und im Hintergrund den Tower und das Flughafengebäude.

»Herzlich Willkommen in den Niederlanden«, begrüßt die charmante Chefstewardess durch das Mikrofon die Passagiere. »Bitte bleiben Sie noch so lange angeschnallt sitzen, bis wir unsere endgültige Parkposition erreicht haben. Auch Ihre Mobiltelefone müssen bis zum Betreten des Flughafengebäudes ausgeschaltet bleiben. Achten Sie beim Öffnen der Handgepäckfächer darauf, dass kein Gepäckstück herausfällt. KLM bedankt sich bei Ihnen, dass Sie mit uns geflogen sind. Wir wünschen Ihnen einen angenehmen Aufenthalt in Amsterdam oder eine sichere Weiterreise.«

Eine Stewardess kommt auf den Mann auf Platz 4A zu. »Darf ich Ihnen Ihr Sakko geben, Mister Smith?«

Er nimmt es ihr ab und bedankt sich. »Sehr freundlich.«

Smith schlüpft in seine mokkafarbenen Ralph-Lauren-

Slipper, fährt sich noch einmal durch seine grauen Haare und wirft die ausgelesenen Zeitungen und Magazine auf den Boden.

»Meine Damen und Herren, die Außentemperatur beträgt zehn Grad, wir haben jetzt 9.15 Uhr Ortszeit.«

George Smith streift die goldene Rolex vom Handgelenk und stellt sie um. Seltsam, *denkt er*, genau heute vor zwei Wochen um diese Uhrzeit haben sie sie abgeholt.

Es war nichts mehr zu machen. Nach jahrelangem Kampf gegen den Krebs ist Georges Frau Vanessa in ihrem Haus in der Nähe von Dallas gestorben. Er hat ihr in ihren letzten Minuten die Hand gehalten, der Arzt gab Vanessa noch eine Beruhigungsspritze, Schmerzen hatte sie zum Schluss keine mehr. Die konnte man ihr ersparen, nach den vielen Qualen der Therapie in den letzten Jahren. Als Vanessa gestorben war, kurz vor Mitternacht an einem Mittwoch im Frühling, hatte er keine Trauer verspürt. Seltsamerweise hatte er sich schon vorher damit abgefunden, dass es zu Ende gehen wird mit Vanessa und einer zweiundzwanzigjährigen Ehe. Kinder hatten sie keine, am Anfang hatten sie es oft probiert, aber offenbar hatte die Natur ein Kind für die Smiths nicht vorgesehen. George war damit beschäftigt, seine eigene Fleischfabrik aufzubauen, Vanessa machte die Buchhaltung. Zumindest zu Beginn, als der Betrieb noch klein und überschaubar war. Heute besitzt George Smith in mehreren texanischen Städten eigene Metzgereien, die alle von seiner Fleischfabrik beliefert werden. Ganz hat er sich noch nicht aus dem Geschäft zurückgezogen, auch wenn die Knochen längst schmerzen vom Herumstehen in der trockenen Kälte des Kühlhauses. Viermal pro Woche muss er morgens um fünf Uhr in seiner Fabrik sein. Dann bringen sie in riesigen Lastwagen Rindfleisch aus Argentinien. Und meistens ist er auch der Letz-

te, der abends noch Rechnungen schreibt und ein letztes Mal nach dem Rechten sieht.

Nach Vanessas Tod vor knapp 14 Tagen hat er sich sofort zwei Wochen freigenommen. Zunächst musste die Trauerfeier organisiert werden, enorm war die, sicher über 200 Menschen waren dabei, die meisten kamen danach noch mit auf einen Drink zu ihm nach Hause. Die ersten Tage konnte er nicht im Ehebett schlafen. Er zog sich ins Gästebett zurück. Eigentlich lag er die ganze Nacht wach und überlegte, was er mit seinem restlichen Leben noch anfangen könne. Jetzt, wo er alleine war. Sicher, die so genannten Freunde versuchten ihn zu trösten und sagten Dinge wie: »Du kannst dich jederzeit melden!«, oder: »Wir kommen gerne mal auf einen Kaffee vorbei.« Doch über eines war sich George schnell klar: Worthülsen waren das. Nichts als Geplauder, weil sie nicht wussten, was sie sonst hätten sagen sollen in so einer Situation.

Mit seinen 56 Jahren war George seiner Meinung nach zu alt dafür, noch einmal eine Frau finden zu können oder zu wollen. Er werde sich in die Arbeit stürzen, nahm er sich vor. Die Firma ist jetzt meine Familie. Hier werde ich gebraucht, sie ist mein Kind, ich habe sie aufgebaut. Doch vorher wollte er wenigstens einmal in seinem Leben eine Reise durch Europa machen. Urlaub hatte er sich in den letzten Jahren, ach was Jahrzehnten, eigentlich kaum gegönnt. Vanessa und er sind einmal im Jahr eine Woche auf die Bahamas geflogen oder in die Karibik. Wenn sie wieder herumgenörgelt hat, er zeige ihr nie die Welt, bestellte er telefonisch bei Harry Winston einen Hochkaräter und überraschte sie damit. Schnell war sie wieder beruhigt und zufrieden. Ja, wahrscheinlich war das Wort »Zufriedenheit« ohnehin die richtige Beschreibung für die Ehe der beiden. Glücklich waren sie vielleicht am Anfang gewesen. Doch schnell wurde daraus eine Art Arrangement. Man fand sich im Laufe der Zeit miteinander ab. Wahrscheinlich konnten beide gar nicht sagen, ob sie einander überhaupt je geliebt haben. Das Leben brachte sie zusammen, und die vielen Dinge, die sie erlebten, schweißten sie so aneinander, dass sie gar nicht mehr voneinander loskommen konnten.

Denn die Ehe von Vanessa und George war eine Vernunftentscheidung. Sie waren damals dem Wunsch von Georges Eltern gefolgt, die darauf bestanden hatten, dass er eine Frau aus einer Metzger-Dynastie heiraten solle. Die Hochzeit, ein Geschäftsarrangement. So war das seinerzeit. George heiratete Vanessa, und seine Eltern bekamen bessere Konditionen beim Schweinefleischlieferanten, Vanessas Vater. Eine Woche vor der Verlobung trennte sich George von seiner großen Liebe, der Nachbarstochter. Diesem bezaubernden Geschöpf, das überhaupt nicht verstand, was da gerade passierte. Doch selbst in dieser Situation des ungerechten Abschieds handelte sie noch mit aller Größe.

»Ich wünsche dir alles Glück der Welt! Denn ich liebe dich und möchte nur das Beste für dich!«

Die beiden haben sich nie wieder gesehen. Zunächst vermieden sie ein Zusammentreffen, irgendwann verloren sich die Spuren.

George öffnet den Anschnallgurt, zieht sein Sakko an und verlässt das Flugzeug. Drei Wochen lang wird er durch Europa reisen. Von Amsterdam aus bringt ihn ein Fahrer nach Paris, von dort fliegt er weiter nach Rom, einige Tage wird er auf Capri bleiben und sich danach noch Berlin ansehen. Schließlich geht es von London zurück nach Amsterdam, wo er heute in drei Wochen zurück nach Texas fliegen wird.

Eine halbe Stunde muss er auf sein Gepäck warten. Klar,

seine Koffer kommen wieder mal als letzte. Wie immer, aber das sagen ja ohnehin alle Passagiere. Er passiert den Zollbereich und sucht in der Empfangshalle nach einem Angestellten des Hotels de L'Europe, der ihn zu seiner ersten Herberge bringen wird. Vier Tage hat das Reisebüro für Amsterdam vorgesehen. George schaut sich um. Vor dem Dessousgeschäft in der riesigen Empfangshalle Schiphol Plaza sieht er schließlich einen Fahrer mit Schnurrbart und grauem Anzug. Mr Smith, Dallas steht auf einem Papierschild mit dem Logo des Hotels.

»Das bin ich«, stellt er sich vor.

»Herzlich Willkommen, Sir«, begrüßt ihn der Fahrer, nimmt ihm das Gepäck ab und bringt ihn zu der polierten schwarzen S-Klasse.

Auf der Fahrt zum Hotel blickt George Smith aus dem Fenster. Ich weiß gar nicht, warum ich diese Reise überhaupt mache, denkt er und fühlt sich plötzlich sehr alleine. Warum? Draußen kommt die Sonne hinter den Wolken hervor.

Weniger als 100 Tage,
und George Smith hat darauf eine Antwort gefunden.

15

Eifersucht zum Frühstück

So ein Schatz! Muks allerliebster Ron sitzt mit uns am Frühstückstisch und isst mit Genuss und Gier unsere Aufbackcroissants so hastig auf, dass ich mir beinahe schon Gedanken um seine Lebensumstände mache. Hat er etwa in den letzten Tagen nichts zu essen bekommen? Vielleicht. Noch mehr beschäftigt mich allerdings dieser Blick, den er pausenlos meiner süßen Muk zuwirft. Jeden Satz von ihr kommentiert der allerliebste Ron mit einen Lächeln und Zwinkern. »Du hast ja so Recht«, will er ihr damit suggerieren.

Und Muk? Sie fällt auf ihren allerliebsten Ron komplett rein. Nein. Nicht dass ich eifersüchtig wäre. Warum sollte ich? Zwischen Muk und mir herrscht eine ganz bestimme Magie. Ein Knistern, das nicht aufhört. Und daran kann auch dieser Gigolo nichts ändern. Muk und ich gehören zusammen. Dieser Ron wird im allerbesten Fall eine Nebenrolle spielen. Im allerschlimmsten Fall wird er hier häufiger frühstücken und seine Croissants handflächendick mit Marmelade bestreichen.

Der allerliebste Ron leckt seine marmeladenbeschmierten Finger ab. »Ihr müsst mir die Daumen drücken«, nuschelt er und greift nach einer Scheibe Brot. »Vielleicht bekomme ich den Job.«

Muk streichelt ihm die Hand. Warum tut sie das? Fällt

sie etwa auf diese Mitleidstour herein? Warum bekomme ich nicht die Hand gestreichelt? Hat man nicht etwa gerade mir ein kuscheliges, romantisches Frühstück zu zweit im Bett vermasselt? Wer zieht hier gerade verdammt den Kürzeren? Muk versteht das alles nicht. Sie hat nur Augen für den allerliebsten Ron. Ihren allerliebsten Ron, der so gerne die Stelle als Assistenzarzt an der Uniklinik in Amsterdam hätte.

»Sie können froh sein, wenn sie dich bekommen«, muntert sie ihn auf.

Ron nickt und zwinkert ihr zu.

»Hast du etwas im Auge?«, frage ich ihn voll gespielten Mitleids.

»Nein«, antwortet er. »Wie kommst du denn darauf?« Sicherheitshalber reibt er sich die Augen.

Muk, die offenbar genau weiß, worauf meine Bemerkung gezielt hat, schaut mich mit strengem Blick an. »Lass das«, flüstert sie mir tonlos zu. »Wann erfährst du«, fragt sie dann ihren allerliebsten Ron, »ob das mit dem Job klappt?«

Ron leckt seine fettigen Finger ab. »Ach, das kann sich schon noch über einige Tage hinziehen. Aber ich habe wirklich ein gutes Gefühl. Ich glaube, der Professor mochte mich.«

Nun blinzelt Muk ihren Freund an. »Davon bin ich überzeugt. Du hast doch selbst meine Mutter dazu gebracht, dich als eventuellen Schwiegersohn zu akzeptieren.« Offenbar merkt Muk, dass sie mit dieser Bemerkung einen Fehler gemacht hat. Rasch gibt sie mir einen Kuss und beginnt beruhigend auf mich einzureden. »Meine Eltern kennen wirklich keinen meiner Freunde. Und sie waren so froh, als ich Ron an Heiligabend zu unserem Familienfest mitgebracht habe. Er wäre sonst alleine gewesen. Er hat doch zu niemandem in seiner Familie Kontakt.«

Ron küsst sie. Offenbar hat er die Situation damals sehr genossen. Und auch jetzt setzt er irgendwie einen triumphalen Blick auf. Er schaut mich an. »Keine Angst, wir haben das Aufgebot noch nicht bestellt.« Oh, unser allerliebster Ron fühlt sich siegessicher. Eindeutig, er will etwas von Muk und versucht nun, mich irgendwie aus diesem Spiel wieder herauszuboxen. Ich ärgere mich, dass ich noch nicht einschätzen kann, was er für einen Plan hat.

Nach unserem ausgiebigen Frühstück zu dritt räumt Muk den Tisch ein wenig auf und stellt das Geschirr in die Spüle.

»Lass doch, das kann ich machen«, bietet sich ihr Hausfreund an.

»Nein«, widerspricht sie. »Das bleibt alles so stehen. Ich gehe nur kurz zum Zeitungsladen und hole mir die Tageszeitung mit den Anzeigen. Vielleicht ist ein interessanter Laden für mich dabei.« Schnell zieht sie sich ihren Kapuzenpulli über, gibt mir einen Kuss, Ron ebenfalls, setzt einen Hut auf, zieht die Tür hinter sich zu und lässt Ron und mich alleine.

Stille. Unendlich lange Minuten sprechen wir kein Wort miteinander. Ich trinke noch eine Tasse Kaffee, Ron blättert in ausländischen Modezeitschriften, die stapelweise auf der Holzbank herumliegen.

»Sie ist umwerfend«, sagt er irgendwann zu mir.

»Was sagst du?«, spiele ich den Desinteressierten.

»Muk, natürlich. Eine umwerfende Frau, oder?«

Blöde Frage. Selbstverständlich trifft sich ein Mann nur mit Frauen, die langweilig, hässlich und total dumm sind. »Klar ist sie das!«

Ron gibt nicht auf. »Man kann so viel Spaß mit ihr haben. Wir waren ja auch schon oft zusammen im Urlaub und haben uns dabei immer fast tot gelacht. Wir liegen wirklich auf einer Wellenlänge. Na ja«, rammt er das Messer noch mehr in die Wunde, »ihr kennt euch natürlich noch nicht so lange. Da muss man erst mal eine Verbindung aufbauen.« Er nippt an seinem Tee. »Und so was kann Jahre dauern.«

Der Stich sitzt. Doch obwohl verwundet, ergebe ich mich selbstverständlich noch nicht. »Ach, manchmal kommt es aber schon vor, dass man extrem schnell merkt, wie sehr man zusammengehört. Dafür braucht man nicht immer Jahre.«

Ron schweigt und blättert die Seiten der Illustrierten etwas hektischer um. Offenbar steht es bei unserem kleinen Spielchen unentschieden. Ich schalte das Radio ein und spreche ab sofort kein Wort mehr. Mit einem Strauß pinkfarbener Tulpen und einer Tageszeitung unterm Arm kommt Muk nach Hause. Sie legt die Zeitung auf den Tisch und sucht in ihrer Besenkammer nach der richtigen Vase. Sie entscheidet sich für eine verschnörkelte rote, die ihrer Meinung nach perfekt zu den grellen Blumen passt. Während Muk die Tulpen anschneidet und in der Vase arrangiert, spüle ich das Geschirr ab. Im Gegensatz zu ihrem allerliebsten Ron bin ich nicht durch ein schnödes »Ach, lass mal!« davon abzubringen. Ein Kavalier spült.

Ron scheint zu verstehen, dass heute nicht unbedingt sein Tag ist. Völlig überraschend steht er auf und verabschiedet sich. »Schatz«, küsst er Muk auf den Mund. »Wenn du …«, er blickt mich verächtlich an. »Sorry, wenn ihr Lust habt, mit ins Kino zu kommen, ruf mich einfach an. Ich würde mich freuen.«

Ich nicke. »Ciao, klar, machen wir. Aber wahrscheinlich

werden den ganzen Abend auf dem Sofa liegen und kuscheln!«

Muk umarmt mich. »Ach«, sagt sie lachend. »So ist das also. Nicht mal in seiner eigenen Wohnung kann man noch selbst beschließen, was man macht.«

Ron knallt die Wohnungstür eindrucksvoll zu und unterstreicht damit seinen dramatischen Abgang. Armer Kerl.

»Netter Typ«, lüge ich Muk an.

»Ja, Ron ist echt umwerfend. Und er wird bestimmt ein großartiger Arzt. Er kann so gut mit Menschen umgehen.«

Ich enthalte mich einer Wertung und beschließe, mich sicherheitshalber nicht von ihm behandeln zu lassen. Falsche Medikamentierung ist als Mordindiz sicherlich nur schwer nachzuweisen.

Muk geht zu ihrem Fenster, schaut auf die Straße und winkt Ron zu.

»He, der Typ ist erwachsen,« möchte ich am liebsten sagen, »er weiß, wie er nach Hause kommt.« Ich verkneife mir den zynischen Kommentar und flöte beiläufig: »Woher kennt ihr euch eigentlich?«

Muk nimmt sich noch eine Tasse Tee und freut sich, mir zu erzählen, wie sie ihren allerliebsten Ron kennen gelernt hat.

Im Sportstudio hat er sie angesprochen. Er war sich ganz sicher, dass er sie irgendwo schon einmal gesehen hat und fragte, ob sie vielleicht Model sei. (Nichts gegen den allerliebsten Ron. Aber muss ich mir nicht jetzt vielleicht eher um die geistige Naivität von Muk Gedanken machen?) Nein, natürlich hatte er sie noch nirgendwo vorher gesehen. Und selbstverständlich wurde Muk auch bisher nicht als Model gebucht, um eine Karriere auf dem Titelblatt der italienischen *Vogue* zu beginnen. Ron jedenfalls studierte zu diesem Zeitpunkt. Viel Zeit hatte er nicht, aber zwischen Muk und ihm entwickelte sich eine Freundschaft, die bis heute anhält.

Selbstverständlich gebe ich mir keine Blöße und lüge ihr vor, dass alles okay sei und ich mich sehr darüber freue, wenn eine Freundschaft derart lange anhält. »Er scheint ein wirklich guter Mann in deinem Leben zu sein.« Wenn ich mir es richtig überlege, ist der Typ sowieso perfekt für sie. Wie sie ihn auch immer ansieht. Heititei. Schrecklich! In mir steigt eine riesige Wut hoch. Nein, das kann ich doch nicht. Quatsch! Das war ich noch nie. Mist. Ich bin tatsächlich eifersüchtig. Mensch, Muk, was stellst du mit mir da an …

Natürlich will ich, dass Ron aus Muks Leben verschwindet. Nur weiß ich noch nicht, wie ich diesen Plan in die Tat umsetzen kann.

Den Nachmittag verbringen wir damit, den Anzeigenteil der Zeitung durchzuarbeiten.

»Sollen wir nicht auch mal den Stellenteil für dich durchgehen?«, fragt Muk fast beiläufig.

»Warum das denn?«, erwidere ich.

»Na ja, hast du denn keine Lust, dir hier langsam mal einen Job zu suchen?«

Gute Frage. Ich weiche ihr aus. Wahrscheinlich werde ich sogar ein wenig unruhig und miesepetrig. »Jetzt lass uns erst mal einen Laden für dich finden. Danach klären wir den Rest.«

Muk hat meinen etwas härteren Ton zweifelsohne bemerkt. Sie nickt, und wir widmen uns schnell wieder den Wohnungsanzeigen. Überraschend viele interessante Angebote gibt es diesmal. Muk sucht ein kleines Geschäft, möglichst in einem der Amsterdamer Szeneviertel. Am liebsten im Joordan, dem ältesten Stadtviertel, oder in der Nähe der Utrechtsestraat, einer Gegend mit vielen Galerien, Cafés und kleinen Boutiquen. Mich wundert, wie gelassen Muk an die Sache herangeht. Mit einer Bank hat sie bisher noch nicht gesprochen, dennoch ist sie fest davon überzeugt, dass sie bereits in wenigen Wochen ihren eigenen Laden haben wird. Vor einigen Jahren hat sie von ihrer Großmutter eine kleine Summe geerbt, mehr als 15 000 Euro werden es sicherlich nicht sein. Aber ob das reichen wird, um ein eigenes Unternehmen aufzubauen?

»Du denkst einfach in ganz anderen Dimensionen. Für dich ist es doch völlig normal, in einer riesigen Wohnung zu leben, die dir sogar gehört. Und mal eben so ins *Blakes* essen zu gehen. Wir Holländer haben ein anderes Verhältnis zum Geld«, versucht sie mir meine Zweifel zu nehmen. »Mein Unternehmen ist ein kleines T-Shirt-Atelier. Ich brauche nicht viel Platz, Fantasie kostet nichts, und für was habe ich mir dich denn sonst angelacht, wenn nicht fürs Streichen und Renovieren?«

Wahrscheinlich hat sie Recht. Ihre ersten Kollektionen sind in Amsterdam bereits ein Geheimtipp und werden von immer mehr Kleidergeschäften bestellt. Umso besser, wenn sie zusätzlich in ihrem eigenen Dreißig-Quadratmeter-Flagship-Store die Ware zeigen kann. Vor allem, weil Muk nicht wenige Ideen und Marketingkonzepte entwickelt hat. Sie möchte jeden Monat eine Ausstellung organisieren und für diese Events spezielle Limited-Edition-Shirts herausbringen, die nur bei der Vernissage zu kaufen sind. Außerdem plant sie, eine Art Top Ten an Produkten anzubieten, die sie jede Woche verändern will. Taschen, Bücher, CDs – lustiger Kleinkram, den vor allem Frauen immer wieder »mal eben so« mitnehmen.

»Klingt clever«, lobe ich und beschließe, mir weniger Gedanken über die Probleme und dafür mehr über den Erfolg einer Sache zu machen. Im schlimmsten Fall ist die

Erbschaft futsch. Aber dann hat Muk es wenigstens mal ausprobiert.

Bis zum Abend haben wir vier interessante Angebote aus der Zeitung ausgeschnitten und bereits mehrere Termine mit Maklern vereinbart.

»Ich melde mich bei dir. Morgen, im Laufe des Tages. Erst mal muss ich mit Joan zum Yoga!«, verabschiede ich mich schließlich von ihr.

Mehr als vierundzwanzig Stunden habe ich jetzt mit Muk verbracht. Keine einzige Minute war langweilig oder irgendwie fremd – von der lausigen Stunde mit dem allerliebsten Ron selbstverständlich abgesehen. Ich genieße es, wie vertraut wir schon jetzt miteinander umgehen. Und spüre, wie sehr ich Muk mag. Vielleicht sogar liebe. In jedem Fall bin ich verknallt. Dieses Unternehmen namens Muk und Oliver wird eine riesige Erfolgsstory. Davon bin ich überzeugt.

Auf dem Weg zu meiner Wohnung komme ich an einem quadratisch gebauten, sicherlich vier Stockwerke hohen Backsteingebäude vorbei. Die großflächigen Glasfenster sind erleuchtet. Vom Licht her wirkt das Gebäude wie ein riesiges Windlicht, in das man kleine Kerzen gestellt hat. Ich erkenne goldene Leuchter, die in dem beeindruckenden Raum hängen. Vor der Tür stehen zwei schrankgroße Männer mit Kopfhörern im Ohr. Die Hände haben beide in ihre Ledermäntel gesteckt. Familien strömen hinein. Sie sind fein gekleidet, man sieht, dass die älteren Damen extra noch einmal beim Frisör waren und sich schön haben machen lassen. Die Männer tragen Anzug und Hut, die Kinder Lackschuhe. Ich bleibe vor dem Gebäude stehen und erkundige mich bei einem Passanten, ob das Haus ein Konzertgebäude sei.

»Nein«, erklärt mir der Mann freundlich. »Das ist die

portugiesische Synagoge. Wir haben heute eine Feier der Gemeinde, mein Herr.« Ich wünsche ihm viel Spaß und bleibe noch einen Moment vor der Synagoge stehen. Jetzt entdecke ich an den Mauern auch die Kameras, die das Gebäude schützen müssen. Ich gehe weiter und spüre ein warmes Gefühl in meinem Herzen. Es ist schön, zu wissen, dass Menschen noch Gelegenheiten kennen, die für sie etwas Besonderes sind. Für die sie mit ihrer Familie und mit ihren Freunden zusammenkommen und sich sogar fein machen. Früher waren das die Feste, für die Großmütter das gute Geschirr herausgeholt und die weiße Bluse noch einmal sprühgestärkt haben. Ein schöner Brauch.

Am nächsten Nachmittag *fietse* ich mit Joan zu unserer Yoga-Stunde.

Erst hatte sie mal wieder überhaupt keine Lust, mitzukommen. »Habe gestern eine alte Freundin getroffen«, erzählt sie mir und fasst sich dabei theatralisch an die Schläfen. »Ist wieder viel zu spät geworden. *But it was fun, you know.*«

»*Come on.* Die Gruppe ist doch richtig nett zurzeit«, versuche ich sie zu überzeugen. »Ich war jetzt fünfmal mit dir dort. Und hab die Mädels echt lieb gewonnen.«

Joan seufzt theatralisch. »Okay, *sweetie*. Überzeugt!« Ihr Haar hat sie unter einem riesigen Seidenturban versteckt, zur auberginefarbenen Leggins trägt sie die passenden Ballerinas und ein Sweatshirt, auf dem aus Strasssteinen das Wort *bitch* steht. Wir beide sind die Letzten.

Eva begrüßt uns mit einem Kuss auf die Stirn. »Beeilt euch«, sagt sie. »Die anderen sind alle schon auf ihren Matten.«

Joan und ich rennen die Treppe zur Umkleide hinauf, ziehen uns hastig um und setzen uns danach zu den anderen. Eva zündet die Räucherstäbchen *Sunset Power* an und nimmt im Lotussitz vor uns Platz.

»Oliver«, sagt sie in ruhigem Ton. »Du siehst unglaublich befreit aus. Dein Karma, ich spüre es. Irgendwas hat sich in deinem Leben verändert seit dem letzten Mal.«

Die anderen in der Gruppe schauen mich an. Joan muss lachen. »*Darling*, hast du etwa Geheimnisse vor mir?«, fragt sich mich gespielt entrüstet.

»Sieht man mir das wirklich an?«, versuche ich meine Überraschung in Worte zu fassen. »Ich, also ich habe jemanden kennen gelernt.« Die Frauen mustern sich vielsagend. Lächeln. Cybil, die Schwangere, klatscht in ihre Hände. »Wow, das ist ja klasse! He, Girls, wollt ihr nicht auch mehr wissen über die Frau, die unserem Deutschen das Herz gebrochen hat?«

»Moment mal«, versuche ich mich zu wehren. »So weit ist es mit Muk und mir noch lange nicht.«

Eva und Joan zwinkern sich zu. »Neeeeiinn, *of course not. Darling,* uns musst du nichts vormachen. Das sehen wir dir doch an.«

Von der meditativen Ruhe ist plötzlich nichts mehr zu spüren. Typisch. Geht's um Liebesklatsch, werden selbst Asthanga-Yogis zu schnatternden Enten.

Eva klatscht in die Hände. »Lasst uns trotzdem anfangen. Oliver wird uns sein Mädchen schon vorstellen. Einatmen. Ohhhmmm.«

Nach der Stunde kann Joan es nicht mehr abwarten. »Also, wann treffen wir SIE?«, fragt sie mich in der Umkleidekabine.

»Ja«, beschweren sich die anderen gemeinsam. »Wir wollen Muk – so heißt sie doch? – mal kennen lernen.«

Ich gebe auf, mich zu wehren, und fasse einen spontanen Entschluss. Die Mädels sind mir in den letzten Wochen richtig sympathisch geworden. Warum also nicht wie ein echter Holländer reagieren? *Cees und Tooske wären echt stolz auf mich,* denke ich, bevor ich sage: »Okay, wenn ihr Zeit habt, dann gehen wir jetzt einfach alle zu mir. Muk kommt gegen Mittag vorbei. Dann kann ich euch gleich vorstellen, ihr Biester!«

»Strike«, freut sich Joan und klatscht sich mit den anderen ab. »Die Zeit nehmen wir uns.«

Nachdem wir uns angezogen haben – und natürlich am längsten auf Joan gewartet haben, die nie ohne Tages-Make-up auf die Straße gehen würde, radeln wir zu mir.

Sollte ich Muk vielleicht vorwarnen?, frage ich mich. *Quatsch*, verwerfe ich schnell den Gedanken.

Joan biegt an der Rozengracht rechts ab. *»Girls,* ich hole uns noch ein bisschen was zum Frühstück«, ruft sie uns hinterher.

Vor dem Haus wartet bereits Muk, die offenbar beweisen will, dass auch sie einmal überpünktlich sein kann. Sie trägt ein dunkelblaues Hemdblusenkleid mit einer Federbrosche und die obligatorischen Flipflops. Um ihre Handtasche hat sie bunte Bänder gewickelt. Als sie uns sieht, steht sie von der Treppenstufe auf und kommt auf mich zu.

»He, hast du Konkurrenz für mich mitgebracht?«, begrüßt sie mich, nachdem sie mir einen Kuss gegeben hat.

»Nein, keine Sorge«, ruft Anne. »Wir sind seine Yoga-Mädels und haben ihn überfallen. Er musste uns einfach das *meisje* zeigen, das ihn so strahlen lässt.

»Anne«, »Petra«, »Fabien«, »Cybil«, »Carolyn«, »Kim«, »Eva«, stellen sich alle nacheinander vor.

»Und Joan«, flötet plötzlich jemand hinter uns und steigt vom Rad. »Nehmt mir mal die Tüten ab.« Typisch Joan. Neben Baguette, verschiedenen Weichkäsen und Salami hat sie auch zwei Flaschen Champagner besorgt. »Wollen wir uns nicht oben auf die Dachterrasse setzen?«, schlägt sie vor, und alle sind begeistert. Bis in den Nachmittag hinein sitzen wir auf der Dachterrasse, verteilt auf Hollywoodschaukel, Wolldecken und Klappstühlen. Von meinem Schaukelstuhl aus genieße ich die Atmosphäre. Es tut gut, dass sich alle so wunderbar verstehen. Muk passt bestens in mein Leben, genauso wie die Yoga-Mädels – eigentlich alles Frauen, die bisher überhaupt keinen Platz bei mir gefunden haben.

Irgendwann, als selbst die Krümel des köstlichen Baguettes aufgefuttert sind, übt Anne mit Muk den Sonnengruß. Wie zwei Kinder kichern sie, weil Muk ständig vergisst einzuatmen und die einzelnen Schritte verwechselt. Irgendwann bricht Muk vor Lachen zusammen und rollt sich auf die Decke. Ich lege mich zu ihr. Wir küssen uns. Ich rieche ihr nach Pfirsichöl duftendes Haar. »Schön, dass du hier bist.«

»Was ein wunderschöner Tag«, antwortet sie und schließt die Augen. »Eigentlich wollten wir heute mal auf Ladensuche gehen. Aber jetzt ist es irgendwie gerade so wahnsinnig gemütlich.«

Joan hat sich auf der Hollywoodschaukel breit gemacht und ihre Füße auf Fabiens Oberschenkel gelegt. Nur das Streiten zweier Amseln unterbricht die Stille. Irgendwo bellt ein Hund. *»… but it was fun«,* höre ich Joan leise erzählen. Ein gutes Karma.

Wenn es wirklich stimmt, dass man am Glanz der Augen erkennt, wie es einem Menschen geht, scheint meine Mutter gerade durchaus glücklich zu sein. Am nächsten Morgen kommt sie mich für einen Tag nach ihrem Karibik-Urlaub besuchen. Morgens um acht Uhr höre ich, wie ein Taxi vor meinem Fenster hält. Annemarie steigt aus, lässt sich vom Fahrer ihr Gepäck in meine Wohnung bringen und strahlt mich an.

»So schön, dich zu sehen«, freut sie sich und drückt mich ganz fest.

»Du siehst fantastisch aus«, freue ich mich ebenfalls, als ich in ihre strahlenden Augen sehe. Selbst die dunklen Ränder sind fast verschwunden, und sie wirkt unglaublich entspannt, was ich ihr sofort sage.

»Es geht mir auch gut. Der Urlaub war perfekt. Genau das Richtige für mich.« Sie blickt sich in meiner Wohnung um, verkneift sich sicherlich einige Kommentare und sagt schließlich: »Doch, gefällt mir. Wirklich hübsch.« Auf der nach oben offenen Richterskala entspricht diese Aussage bei meiner Mutter ungefähr einer Drei plus.

Nachdem sie sich im Bad frisch gemacht hat, trinken wir einen Kaffee in der Küche. Bemerkungen wie »also dieser Juan war wirklich ein toller Mann« und »nur gute Leute im Hotel« oder »ich bin mal so richtig aus mir herausgegangen!«, hinterfrage ich sicherheitshalber nicht. Die Fotos hat sie schon entwickeln lassen. Gemeinsam sehen wir sie durch und bald weiß ich über jeden Quadratzentimeter des subtropischen Paradiesgartens der Hotelanlage Bescheid (der Schwarm meiner Mutter stand immer direkt neben dem Flamingoteich). Danach beschließen wir, in die Stadt zu gehen und einen Lunch im Hotel *de L'Europe* zu nehmen.

»An deiner Stelle würde ich mir hier solche dünnen Vorhänge anbringen lassen«, sagt sie unvermutet beim Verlassen meiner Wohnung. Drei Stunden, 34 Minuten: absoluter Rekord. So lange hat sie mit den Nörgeleien selten gewartet.

»Ich überlege es mir«, beende ich das Thema.

Sie kann es einfach nicht lassen.

Während unseres Spaziergangs durch die Grachtenstraßen überlege ich, ob ich Annemarie von Muk erzählen soll. Längst hat sie es aufgegeben, mich nach einer Freundin zu fragen. Manchmal denke ich sogar, sie hält mich für schwul, da ich nie von einer Frau in meinem Leben erzählt habe. Nun, Frauen gab es natürlich schon. Aber stellt man seiner Mutter eine Affäre vor? »Darf ich bekannt machen: Das ist die Abrufgeliebte! Und das ist meine Mutter, Frau Annemarie Schmetter«? Ich fürchte, unser Verhältnis wäre für längere Zeit etwas gestört.

Meine Mutter holt ihre kleine Pocketkamera aus ihrer *Louis-Vuitton*-Tasche und bittet ein japanisches Touristenpaar, ein Foto von uns zu machen. Die Japaner nicken freundlich, wir stellen uns auf eine Brücke und lächeln.

»Thank you«, bedanke ich mich.

»Ich schicke dir einen Abzug«, verspricht sie mir.

»Damit du deiner Liebsten mal zeigen kannst, wie deine alte Mutter so aussieht.«

Ich schaue sie überrascht an. »Wie jetzt?«

Annemarie hakt sich bei mir unter. »Hör mal, ich bin deine Mutter. Wir verstehen und kennen uns so gut, dass ich natürlich merke, wenn mein Sohn verliebt ist. Wie heißt sie denn?«

Ich gebe ihr einen Kuss auf die Wange und erzähle ihr von Muk. Es sprudelt nur so aus mir heraus.

Annemarie lächelt, wahrscheinlich amüsiert es sie, wie ihr eher introvertierter Sohn sich in einen Zustand nahe der Euphorie versetzen kann. »Ich würde sie gerne kennen lernen«, überlegt sie, nachdem ich mein Referat über die tollen Holländerinnen und die bezauberndste aller Frauen beendet habe.

»Schade, dass du in ein paar Stunden schon wieder zum

Flughafen musst. Aber wie wäre es denn, wenn du uns im Sommer besuchst. Dann stelle ich dir Muk vor.«

Meine Mutter nickt: »Bis dahin kannst du dir ja noch einmal überlegen, ob du das Sofa nicht lieber in die andere Ecke deines Zimmers stellen willst. Nur so eine Idee«.

Ich lache. Wir betreten das Hotel *de L'Europe*. Der Oberkellner erkennt mich wieder, gibt meiner Mutter einen Handkuss und begrüßt mich sogar noch mit meinem Namen. Wir bekommen einen fabelhaften Tisch mit Blick auf die Gracht.

»Zwei Champagner, bitte«, bestelle ich.

»Ein traumhafter Tisch. Wie schön, hier zu sein«, freut sich meine Mutter. Sie schaut sich um und wirft einen Blick in die Lobby mit dem riesigen Kronleuchter. »Schau mal«, sagt sie und nickt in die Richtung der Empfangshalle. »Die Amis erkennt man doch wirklich immer auf Anhieb«, lästert sie.

Ein Mann in Jeans, Cowboystiefeln, kariertem Hemd und einem Gürtel in der Größe eines T-Bone-Steaks steht an der Rezeption. Offenbar wartet er auf jemanden. Als der Oberkellner die Getränke bringt, kann er offenbar unsere Gedanken lesen. »Ich dürfte es Ihnen ja eigentlich nicht sagen«, beginnt er mit einem verschmitzten Grinsen. »Aber gut. Das ist ein texanischer Beef-Baron. Kein Geschmack, aber wahnsinnig nett. Er macht eine Tour durch Europa und wartet gerade auf seinen privaten Fremdenführer. Santé!«

Wir stoßen an und bemerken nicht, wie auch der Cowboy uns von weitem mustert. Viel Zeit bleibt ihm dafür jedoch nicht, da ihn in diesem Moment eine kleine, zierliche Frau mit einem roten Hut und einem Seidentuch in den niederländischen Landesfarben abholt.

»Hallo«, begrüßt sie George Smith, »mein Name ist Antje. Ich bin Ihre Führerin für den heutigen Tag und freue mich, Ihnen ein wenig von unserem wunderschönen Land zeigen zu können.«

Unterdessen essen wir unsere Vorspeise, ich blicke aus dem Fenster und beobachte, wie eine schwarze S-Klasse über die kleine Brücke fährt.

Nachdem ich meine Mutter zum Flughafen gebracht habe, besuche ich Muk. Als ich ihre Wohnung betrete, bereue ich schon, spontan vorbeigekommen zu sein. Alleine ist sie nämlich nicht. Ron ist bei ihr. Er lümmelt im engen T-Shirt und einer Armeehose auf dem Sofa. Seine Flipflops liegen weit voneinander entfernt auf dem Boden.

»*Hej*, schön, dass du da bist«, sagt Muk und gibt mir einen Kuss.

Sie hat lediglich ein Neckholder-T-Shirt an, so dass ich ihre wunderschönen, grazilen Arme sehen kann. Ihre Brüste liegen wie zwei Mandarinen im Netz gut versteckt in dem goldenen Oberteil. Dazu trägt sie einen knappen Cordrock. Irgendwie habe ich den Verdacht, dass ich hier zwei Party-People kurz vorm Ausgehen besuche.

»Setz dich zu uns, wir schauen gerade *Moulin Rouge* auf DVD.« Ich hole mir ein Glas Wein aus der Küche, gieße es besonders voll und setze mich neben Muk auf den Boden. Ron nickt mir kurz zu. Ein Anstandsgruß, mehr nicht. Was macht dieser Idiot schon wieder bei meiner Muk? Ich kenne solche Typen nur zu gut. Die lassen nicht locker.

Nachdem der Film zu Ende und Nicole Kidman einem wunderbaren Tod erlegen ist, habe ich bereits mein drittes Glas Wein getrunken. Ich bin müde und plötzlich wahnsinnig schlecht gelaunt. Ron durchstöbert Muks CD-Sammlung, legt House auf und verlässt kurz das Zimmer.

»Bleibt er auch über Nacht?«, frage ich Muk zynisch in Rons Toilettenpause.

»Klar, hast du nicht seine Zahnbürste im Bad stehen sehen?“, Muk schaut mich genervt an, während sie überall Kerzen anzündet und den Vorhang zuzieht.

Ich koche vor Wut. Oder ist es Eifersucht? »Ist nicht dein Ernst? Na wunderbar! Er hat hier also schon seine Sachen deponiert, und ich kann bei euch im Bett in der Ritze schlafen oder wie?«

»Selbstverständlich nicht«, versucht mich Muk zu beruhigen. »Das war ein Scherz. Aber gewöhne dich endlich daran, dass Ron eine sehr wichtige Rolle in meinem Leben spielt. Als ich darauf etwas erwidern will, kommt Ron zurück. Unter uns in der Kneipe hat die Party offenbar bereits ihren ersten Höhepunkt erreicht. Das Grölen der Gäste dringt durch den Boden.

Ron geht ans Fenster und gibt eine John-Travolta-Einlage. »So, gehen wir jetzt aus?« Er wippt mit den Hüften. »In einer Nebenstraße sollen sie einen neuen Club eröffnet haben. *Come on,* Schatz. Wir hatten es so ausgemacht.«

Muk schaut mich an. Ich nehme ihr die unangenehme Entscheidung nicht ab. »Nein«, sagt sie. »Lass mal. Wir beide bleiben glaube ich besser zu Hause. Aber hab du da ganz viel Spaß. Wäre doch gelacht, wenn so ein fescher Arzt lange alleine bleiben würde.«

Ron gibt Muk einen Kuss, wie immer auf den Mund. »Mit niemandem würde ich mich besser amüsieren als mit dir«, schleimt er. »Sorry, mit euch natürlich. Habt viel Spaß in eurem Kerzenlichtnest!«

»Ciao«, verabschiede ich ihn kurz und emotionslos. Idiot! Kaum ist der Kerl verschwunden, pruste ich wütend los: »Sag mal: Der will doch was von dir?«

Muk kommt aus der Küche zurück. Eigentlich wollte sie

Geschirr spülen, aber offenbar muss sie erst mal mir den Kopf waschen. »Drehst du jetzt völlig durch? Selbstverständlich will Ron nichts von mir. Er ist einfach mein bester Freund, und wir haben viel Spaß miteinander. Niemand kann etwas dafür, dass du eifersüchtig und beleidigt bist und mich noch nicht so lange kennst, um eine gemeinsame Geschichte mit mir zu haben.« Sie setzt sich neben mich aufs Sofa und knöpft mir das Hemd auf. »Aber«, fügt sie hinzu und streichelt meine Brust, »mach dir da mal keine Sorgen. Noch habe ich keine Lust, dass du irgendwann nur noch Vergangenheit für mich bist.“

Ich nehme dieses Statement als Zeichen ihrer Liebe an und gebe mich durchaus gerne geschlagen. Etwas anderes bleibt mir sowieso nicht übrig. Ich bin wehrlos. Muk sitzt auf mir, mein Hemd ist längst ausgezogen und ihre Hand ist in meiner offenen Hose. Mit einem Griff öffne ich ihr Neckholder-Top. Raffiniert, die Kleine. Sieht ganz so aus, als müsste ich mich ergeben …

Gewinnt Ron doch noch das Spiel?
Nicht mal 25 Tage, und der Sieger steht fest.

16

Ladeneröffnung

Viele sagen, ein großer Park sei die Lunge einer Stadt. Ich glaube das nicht. Sicher, es gibt jede Menge Bäume in einem Park, und okay, die Rasenflächen sind meistens auch nicht zu verachten. Aber ich glaube, die Menschen lieben es aus einem ganz anderen Grund, dort ihren Tag zu verbringen. Ein großer Park ist nämlich die Seele einer Stadt. Und wenn ich damit Recht habe, dann hat Amsterdam eine besonders internationale Seele, eine, die noch in jedem Menschen etwas Gutes findet und die davon ausgeht, dass selbst der größte Außenseiter irgendetwas zur Gemeinschaft beiträgt. So ist das hier in Amsterdam. Niemand weiß genau, wie das Leben richtig funktioniert. Aber, he, einen Versuch ist es sicher wert.

Genau so eine Stimmung herrscht an diesem Morgen im Oosterpark hinter dem Tropenmuseum. Er ist so etwas wie der kleine chaotische Bruder des Englischen Gartens. Der immer vergisst aufzuräumen und der schon von Anfang an der Chaot in der Familie war. Aber den stets alle mochten, weil er ein verdammt guter Kumpel ist.

Muk und ich spazieren am kleinen Teich vorbei und scheuchen die Enten ins Wasser. In einer Stunde haben wir einen Besichtungstermin für ein Ladenlokal gleich um die Ecke. Genau wie ich liebt Muk es, morgens früh aus dem Haus zu gehen und dabei zu sein, wenn die Stadt erwacht.

Hier im Park sind schon einige Leute aktiv. Gleich neben dem Kinderspielplatz mit den schreiend rot angestrichenen Schaukeln praktiziert eine Gruppe von älteren Chinesen Thai Chi. Wie in Zeitlupe folgen sie den Anleitungen ihres Meisters und bewegen sich wie Skulpturen. Nur ihr kalter Atem verrät, dass sie keine Puppen sind. Erst beim dritten Hinsehen merke ich, dass auch Tooske als einzige Frau unter den Chinesen ist. Richtig, sie hat ja davon erzählt, im Oosterpark an einer Thai-Chi-Gruppe teilzunehmen. Muk und ich gehen Hand in Hand weiter. Ein kleiner Golden Retriever rennt an uns vorbei, ohne die Rufe seines Herrchens aus weiter Ferne zu beachten. Kurz darauf hastet auch das genervte Herrchen an uns vorbei. Mit einem kleinen Gehwagen tippelt eine alte Frau mit hochgesteckten Haaren an uns vorüber. »Guten Morgen«, grüßt sie freundlich. »Sie sind ein schönes Paar, wenn Sie mir erlauben, das zu sagen.«

Wir bedanken uns und schauen der Dame noch ein wenig nach. »Sie braucht sicher Stunden, um den Teich zu umrunden«, überlegt Muk.

»Sie hat ja auch jede Menge Zeit«, mutmaße ich.

Muk schaut einem Jogger, der uns bereits dreimal begegnet ist, aufmerksam hinterher. »Mein Gott, hat der einen geilen Arsch«, sagt sie.

»Erlaube mal!«, lache ich und schubse sie ein wenig zur Seite.

Wir setzen wir uns ins benachbarte Café *Arena* und trinken einen Cappuccino. Gerade als wir noch einmal durchrechnen, wie viel Miete Muk für ihren Laden maximal ausgeben könnte, ruft jemand durch den ganzen Raum: »Muk! Ich glaub's ja nicht.«

Eine dunkelhaarige Frau kommt auf uns zu. Eine andere mit kurzen, blonden Haaren folgt ihr. Muk flüstert mir fast unhörbar zu: »Oje. Die blöde Kuh hat mir gerade noch gefehlt.« Sie steht auf und quiekt genauso euphorisch zurück: »Marina, nein, dass ist ja eine nette Überraschung.« Die beiden fallen sich in die Arme. »Marina, das ist mein Freund Oliver«, stellt sie mich vor.

Während Marina uns ihre Freundin Susanne präsentiert (»Wir sind schon zwei Jahre zusammen. Sie lebt als Topfotografin in Paris«), merke ich, dass Marina einen Sprachfehler hat. Die beiden plaudern ein wenig über dies uns das, jeder verkauft sein Leben als einzige Pralinenschachtel, in der wirklich alle Naschereien nur vom Feinsten sind. »Du hast aber sicher zurzeit eine Menge Stress«, hält Marina es offenbar nicht länger aus und holt unbemerkt zum Dolchstoß aus. »Du siehst wahnsinnig schlecht aus.« Wie freundlich von ihr. Ich schaue Muk an, dann Marina.

Muk blickt mich ebenso überrascht an und bemerkt trocken: »Marina, Schatz. Ich sehe morgen wieder gut aus! Du lispelst dagegen immer noch!«

Klatsch, die Ohrfeige sitzt. Marina bemerkt, dass sie ohnehin gerade zahlen wollten, und wünscht uns noch einen schönen Tag.

Nachdem die beiden zur Theke gegangen sind, regt sich Muk auf, wie eifersüchtig Marina immer auf ihr Leben gewesen sei. Ich amüsiere mich prächtig und muss feststellen, dass auch meine allerliebste Muk offenbar über ein Zickengen verfügt. Marina und Susanna verlassen Arm in Arm das Café.

»Könntest du dir vorstellen, eine Frau zu küssen?«, frage ich Muk.

»Klar!«, antwortet sie mir. »Ich denke nicht, dass ich da festgelegt bin. Außerdem glaube ich nicht, dass wir noch lange in Kategorien wie hetero, homo oder bi denken werden. Wir werden uns in Menschen verlieben, das Geschlecht spielt dann keine Rolle mehr.«

Ich überlege. »Heißt das, Sex wird nur noch eine untergeordnete Rolle in einer Beziehung spielen?«

Muk nimmt einen Schluck Cappuccino. »Das kommt auf die Gründe der Liebe an.«

»Was meinst du damit?«

»Wir haben doch alle eine Erklärung dafür, warum wir einen Menschen lieben. Und das ist für jeden etwas anderes. Wenn jemand eine Frau verurteilt, die mit einem alten Sack zusammen ist, dann ist das doch nur zynisch. Das junge Ding wird einen Grund haben und der alte Mann auch. Weißt du, letztlich kommt es nur darauf an, dass es beiden gut geht. Und wie wir diese Zufriedenheit erreichen, müssen wir eben herausfinden.«

Wir bestellen uns noch etwas zu trinken und schreiben in Muks Notizbuch, das sie immer dabeihat, Gründe der Liebe auf.

Vertrauen: Jemanden zu haben, mit dem man alles besprechen kann.

Humor: Egal ob der Partner hässlich, alt oder arm ist – wenn er einen zum Lachen bringt, ist das mehr wert als ein faltenfreies Gesicht.

Macht: Sie will eine bessere Stelle. Er ist der Boss. I love you.

Sex: Sie wollen beide die ganze Zeit vögeln. Auch ein Grund für Glück.

Zärtlichkeit: Sicher, im Bett geht bei ihnen nicht mehr viel. Aber jeden Abend schläft sie an seiner Schulter ein. Er will beschützen – und holt sich lieber in der Dusche einen runter.

Wir könnten noch wesentlich mehr Gründe finden, warum Menschen zusammen sind. Sicherheit zum Beispiel oder Angst vor der Einsamkeit. Doch wir müssen gehen. Eine Frage traue ich mich Muk jedoch nicht zu stellen: Was ist der Grund unserer Liebe? Ich weiß darauf selbst noch keine Antwort, und erst wenn ich die gefunden habe, spreche ich auch Muk darauf an.

An der Straßenbahnhaltestelle vor dem Oosterpark sind wir mit dem Vermieter des Ladens verabredet.

Muk hatte die Anzeige in der Zeitung entdeckt und rot markiert.

3-Raum-Ladenlokal mit großer Fensterfläche und zwei Ebenen, Holzfußboden, hohe Decken, renovierungsbedürftig.

»Hört sich super an«, freute sie sich.

»Klar, lass uns mal hinfahren!«, schlug ich vor.

Der Vermieter also ist ein kleiner Mann, er reicht mir gerade mal bis zur Schulter. Er trägt einen alten Tweedanzug, den passenden Hut und Budapester. Ein bisschen sieht er aus wie Prinz Klaus der Niederlande.

»Hans Groot«, stellt er sich vor und fügt gleich hinzu: »Dann wollen wir mal.« Wir gehen die Hauptstraße entlang. Die Maximilianstraße ist es sicher nicht. Und selbst mit einer gewöhnlicheren Einkaufsstraße hat die Vrolikstraat so viel gemeinsam wie eine *Louis Vuitton*-Boutique mit einem Schnäppchenmarkt. Natürlich weiß ich, dass es gerade unter diesen wahnsinnig hippen Szenemenschen total angesagt ist, coole Läden in heruntergekommenen Stadtteilen zu eröffnen. Wo sie dann ganz lässig in einer Bar stehen in ihren Armeeparkas und mit ihrer britisch angehauchten Frisur. Aber selbst auf der Hitliste der »Demnächst angesagten

Stadtteile Amsterdams, denen man die Coolness noch nicht ansieht« rangiert der Osten höchstens auf Platz vier.

Wir reden kein Wort miteinander. Groot telefoniert die ganze Zeit mit seinem Handy. Und Muk ist viel zu aufgeregt. Sie hält meine Hand und knibbelt die ganze Zeit an meinem Daumen herum. Ich gebe ihr einen Kuss!

»Momentje«, sagt Groot in sein Telefon und hält die Muschel zu. »Hier wären wir. Kleinen Augenblick noch. Ich bin gleich so weit.«

Muk und ich schauen uns um. Neben dem leer stehenden Laden befindet sich eine Art *Douglas* Zentralafrikas. Spezielle Kosmetik für Schwarze steht im Regal, auf Styroporköpfen sitzen bunte Perücken mit kleinen Zöpfen. In bunten Tiegeln mit Zeichnungen von Afrofrisuren wie zu Michael Jacksons besten Zeiten verbirgt sich Haarwachs so fest wie Zement. Gegenüber ist das *Kaufhaus Birger,* besser gesagt, das war mal das *Kaufhaus Birger.* Die Fenster sind eingeworfen, die Arme einer Schaufensterpuppe liegen in der Ecke. *Te koop* schreit ein Schild mit riesigen grellroten Buchstaben gelangweilt den Passanten zu. Außerdem gibt es diverse Imbissbuden aus Asien und Afrika in dieser Gegend, einen chinesischen Juwelier, der offenbar besonders in Jade macht, sowie ein Pfandhaus und einen Waschsalon. Selbst die Stadtwerke machen sich nicht mal die Mühe, zumindest mit modernen Straßenbahnwaggons Glanz ins Viertel zu bringen. Die ältesten Modelle aus Vorkriegszeiten quietschen über die Gleise der engen Straße.

Ich mustere die Passanten und schlage Muk vor, dass sie vielleicht eher einen Laden für Übergrößen eröffnen sollte. »Wie wär's, wenn du Kaftane entwirfst? Die gehen hier bestimmt unglaublich gut. *Muks Schnäppchenmarkt* wäre natürlich auch noch eine Möglichkeit der Gewinnpotenzierung.«

Mit anderen Worten: Muks Geschäftsidee, einen Laden für Designer-T-Shirts zu eröffnen, passt in diese Gegend wie ein Currywurststand. Andererseits wäre ihr Shop sozusagen die Perle auf einem Wühltisch voller Modeschmuck. Denn die Räumlichkeiten wären ideal, um einen wunderschönen, einzigartigen Shop zu eröffnen.

»Ich mache mir eigentlich überhaupt keine Sorgen«, bleibt Muk ganz locker. »Mittlerweile habe ich einen Namen in der Stadt, die nächste Kollektion wird super, und ...«, sie klopft mir auf die Schulter, »ich habe ja dich als Unternehmensberater.«

»So ist das also gedacht von meinem Schatz!«

Endlich hat Groot sein Telefonat beendet und schließt uns das Geschäft auf. Überall stehen noch Kisten voller Müll und Tapeten herum. Wir steigen über riesige Wannen mit eingetrockneter Farbe. Bis vor zwei Monaten befand sich hier ein Esoterikladen. Doch offenbar standen die Sterne schlecht für Pendel und Tarotkarten. Bereits nach einem halben Jahr musste *Bernies Wunderwelt* aufgeben. Der riesige Raum ist sicher zehn Meter hoch.

Muk stellt sich in die Mitte des Raums, breitet die Arme aus und dreht sich im Kreis. »Wahnsinn«, jubelt sie. »So hab ich mir das vorgestellt. Ideal! Guck mal hier.« Sie deutet auf die große Holztreppe, die an der rechten Seite nach oben zur Galerie führt. »Da könnte ich mein Atelier einrichten!« Das Treppengeländer erinnert mit seinen schmalen Eisenstangen und den versetzt angebrachten Kugeln verdammt an eine Eisdiele im Rimini der sechziger Jahre. Auch der mit Keramikrosen umrankte Leuchter, der noch immer an der Decke hängt, verströmt den Charme der verkitschten Petticoatzeit. »So schön, gefällt es dir auch?«, fragt mich Muk. »Doch, schon«, weiche ich aus.

Noch kann ich mir nicht vorstellen, wie man dieses heruntergekommene Ding in eine hippe Boutique verwandeln will. Muk bekommt von meinen Zweifeln nichts mit. Wahrscheinlich hört sie nicht mal etwas. Sie ist längst in ihre eigene Welt eingetaucht. Im hinteren Teil des Ladens gibt es einen geschwungenen Tresen aus dunklem Furnierholz.

»Hier können die Kunden warten, wenn ich ihnen ein Shirt umändern muss. Oder so.«

Groot kommt zu uns. »Es scheint Ihnen ja sehr gut zu gefallen hier!«

»Ja, es ist verdammt klasse hier.«

»Wie hoch soll eigentlich die Miete sein?«, frage ich den Vermieter und reiße Muk aus ihren Träumen heraus.

»2000 Euro plus Nebenkosten. Außerdem fallen noch 18 000 Euro Abstand an. Schließlich habe ich das alles hier vor zwei Jahren renovieren und umbauen lassen.«

Glatte Lüge. Nichts sieht hier wirklich neu aus.

»Verdammt viel Geld. Wenn ich ehrlich bin, sieht der Laden ziemlich heruntergekommen aus«, sage ich.

»Niemand zwingt Sie, den Laden zu nehmen. Es gibt hier genügend türkische Händler, die hier sofort einziehen würden. Mit denen gibt's keinen Stress«, wehrt sich Groot genervt.

Muk ist blass geworden. Ich lege einen Arm um ihre Schulter. »Kann man denn am Preis gar nichts machen?«, fragt sie Groot.

»Nein, *meisje*, ganz bestimmt nicht!«

Muk setzt sich auf die Treppe und muss mit den Tränen kämpfen. »Wow. Das wäre genau das Richtige!« Wie sie so weinend auf der Treppe sitzt, hat Muk plötzlich etwas von einem kleinen Mädchen, dem versehentlich der Luftballon weggeflogen ist.

»Aber so viel Geld habe ich nicht. Mein Erspartes reicht

nicht mal für die Abstandszahlung. Und wie soll ich das denn mit der Miete machen? Was für ein Mist. Ach Schatz, ich könnte heulen. Das ist hier doch mein kleiner T-Shirt-Traumpalast«, sagt sie so leise, dass der Vermieter sie nicht hören kann.

Mir wird ganz flau im Magen, wenn ich Muk so leiden sehe.

»Ach, Süße, beruhige dich doch erst mal. Wir fahren jetzt nach Hause und gehen noch mal alle Zeitungsanzeigen durch. Wäre doch gelacht, wenn da nicht noch ein Palast dabei wäre.«

Muk seufzt. »Bleibt mir ja wohl nichts anderes übrig!« Sie steht auf. »Warte bitte hier auf mich. Ich muss mich mal kurz auf der Toilette richten. Das Klo ist doch da hinten oder?«

Groot nickt.

Als ich höre, dass Muk die Tür abgeschlossen hat, gehe ich auf den Mann zu. »Sind Sie so in einer Stunde erreichbar?«, frage ich. »Ich melde mich dann gleich bei Ihnen.« Ich schaue Groot geheimnisvoll an.

Er nickt. Wissend.

Abends sitzen wir bei mir in der Küche und schauen die Tageszeitung durch.

Muk sieht verzweifelt aus. »Mist, das ist alles nichts für mich«, sagt sie und fährt mit dem Finger die nächste Anzeigenspalte entlang. »Wahnsinn«, grummelt sie manchmal oder: »Die spinnen ja mit den Preisen!«

Plötzlich höre das Faxgerät anspringen. Es piept. Kurz darauf ist das Rattern des Druckers zu hören. »Schatz, für dich«, sage ich.

Muk schaut mich an. »Wie, jetzt?«, fragt sie verwirrt.

»Geh mal zum Faxgerät. Da ist gerade was für dich gekommen.«

Muk zieht die Augenbrauen hoch und geht nach nebenan. Kurze Zeit ist es still. Plötzlich quiekt sie. Ich höre, wie sie angelaufen kommt. »Oliver«, sagt sie und strahlt mich an. »Das ist … das ist ein Mietvertrag. Für den Laden von heute Mittag. Du hast doch nicht etwa …«

»… das Ding gemietet. Meinst du, ich lasse zu, dass meine Prinzessin ohne T-Shirt-Schloss leben muss?«

Sie küsst mich. »Warum hast du das getan?«, fragt sie ungläubig.

»Lass dich überraschen. Ich habe da eine Idee!«

Am nächsten Tag meldet sich der Frühling zurück. Plötzlich steht er vor der Tür wie die reiche Erbtante und gibt sich alle Mühe, einen guten Eindruck zu hinterlassen. Nun muss man aber auch sagen, dass die Amsterdamer sehr angenehme Gastgeber sind und zutiefst dankbar auf die ersten T-Shirt-Temperaturen reagieren. Die Frauen tragen kurze Röcke und dünne Blusen – so als hätten sie die Sommerkleider sicherheitshalber schon die ganze Zeit vorne in den Kleiderschrank gehängt, um wirklich den ersten richten Moment für ihre bunten Outfits nicht zu verpassen.

Muk und ich spazieren von ihrem Laden zu mir nach Hause. Es ist früher Nachmittag, die Stadt voller Menschen. Offenbar nehmen es die Amsterdamer heute nicht so genau mit dem Arbeiten. Lieber setzen sie sich auf eine Bank am Dam vor dem *Konigspaleis* und befolgen den Spruch von Charlie Brown: *Das Leben ist wie eine Tüte Eis. Du musst es aufessen, sonst hast du nichts davon.*

Wir stellen uns in eine Schlange vor der Eisdiele und entscheiden uns für Joghurt-Kirsch mit einer Extraportion Schlagsahne, die sie hier viel mehr süßen als in Deutschland. Selbst auf den Brücken zwischen Keizersgracht und Prinsengracht stehen Stühle. Sie sind alle besetzt. Die holländische Piazza wird zum Flanierboulevard. Statt Vespas gibt es Räder, die allerdings auch knattern, weil sie schon so verrostet sind. Meistens sitzt ein Mädchen auf dem Gepäckträger und lässt sich von seinem Freund mitnehmen. Ihr Rock weht im Wind, um den Kopf hat sie ein Tuch gebunden.

»Das Problem ist«, beginne ich typisch deutsch, »dass dein Zielpublikum nicht automatisch im Osten einkauft. Noch ist die Gegend dort nicht hip.«

Muk fängt mit ihrer Zunge das herunterlaufende Eis auf. »Aber die Gegend hat was. Du darfst einfach nicht so negativ denken. In New York fahren die Jet-Set-Ladys sogar ins Schlachthofviertel, um sich Manolos zu kaufen.«

Ich gebe ihr Recht. »Das heißt ja auch nicht, dass du die Leute da nicht hinbekommst. Sie müssen es nur wissen, und du musst sie anlocken. Und zwar nicht mit T-Shirts.«

Muk wischt sich einen Klecks Schlagsahne von der Nase. »Aber genau die will ich doch verkaufen.«

»Ja, aber du musst mehr bieten. Du könntest Ausstellungen veranstalten, DJs bei dir auflegen lassen. Diese Idee hattest du doch sowieso schon. Daran musst du arbeiten. T-Shirts entwerfen kannst du. Da wird nicht das Problem liegen. Aber ich glaub, ich weiß, wie es funktionieren könnte. Lass dich überraschen.«

Wir schließen unsere Räder auf und fahren in den Osten. In der Utrechtsstraat stehen die Menschen mit ihrem *biertje* in der Hand vor den Kneipen und genießen den ersten lauen Feierabend des Jahres. Muk und ich nehmen die Abkürzung über die Magere Brug, deren Silhouette abends von Hunderten Glühbirnen beleuchtet wird. Die rotten Lettern des *Carré*-Theaters spiegeln sich in der Amstel. Hinten ist das herrschaftliche Hotel *Amstel* zu sehen. Wir radeln vorbei an der Universität, am Zoo *Artis* lassen wir das Tropenmuseum rechts liegen. Schon befinden uns in einer anderen Welt. Türkische und marokkanische Familien bevölkern die Straßen, überall dröhnt orientalische Musik aus den Boxen der Autos. Es riecht nach ungewöhnlichen, süßlichen Gewürzen. Kinder toben mit zerzausten Hunden auf der Straße. Man ist hier für sich. Am Ende der Straße mischt sich das Publikum ein wenig. Wir sind da.

Während der ganzen Fahrt habe ich kein Wort mit Muk gesprochen. Ich wollte mir erst noch einmal klar darüber werden, ob der Vorschlag, den ich ihr gleich unterbreiten werde, wirklich das ist, was ich tun möchte. Ob es sinnvoll ist, ob hier tatsächlich mein Glück von Amsterdam zu finden ist.

Doch ich bin mir ganz sicher. Die Zeit in Amsterdam hat mich verändert. Einen Job wie früher will ich nicht mehr anfangen. Das wäre mir auch zu einfach: die Stadt wechseln – und sonst bleibt alles beim Alten? Nein, dass ich etwas mit meinem Leben anfangen muss, weiß ich. Und hier bietet sich eine Chance für mich. »Werde Schuster, dann lieben wir dich immer noch!«, hat mir mein Großvater mit auf den Weg gegeben. Diesen Satz habe ich auf der Fahrt hierher die ganze Zeit im Ohr gehabt. Schuster also?

Muk schließt den Laden auf. Sie zittert vor Spannung, weil sie keine Ahnung hat, was ich ihr gleich anbieten werde.

Es ist dunkel. Muk zündet mehrere Teelichte an, die sie mitgebracht hat, und stellt sie auf die Treppe. Wir setzen uns. Baustellenromantik: Schutt und Müll im Kerzenschein.

Ich nehme Muk in den Arm, küsse sie. »Schatz. Ich würde gerne einen Teil dieses Raums von dir mieten. Dann wärst du weiterhin die Inhaberin und hättest schon mal einen guten Teil der monatlichen Unkosten wieder drin. Ich denke, der Raum ist ideal dafür, ihn aufzuteilen. Oben kannst du entwerfen und im vorderen Teil am Fenster muss natürlich deine Kollektion präsentiert werden. Aber hier hinten, unter der Galerie am Tresen, könnte man doch noch etwas anderes auf die Beine stellen.«

Muk schaut mich fragend an.

»Was hast du vor?«

Ich nehme sie an der Hand und gehe mit ihr zum Tresen. Wir stehen ganz im Dunkeln, da der Schein der Teelichte so weit nicht reicht. Nur Muks Silhouette ist zu erkennen. Selbst als Scherenschnitt wäre sie wunderschön. »Muk. Ich möchte eine Brotbar eröffnen.« Nach einer kurzen Pause hole ich einen Brief aus der Jackentasche und beginne vorzulesen.

Sehr geehrter Herr Schmetter,
anbei übersenden wir Ihnen die Ergebnisse unserer Untersuchung, die wir für Sie im Auftrag von *Happy Food* durchgeführt haben. Den Untersuchungen zugrunde liegt eine Umfrage von eintausend Männern und Frauen im Alter zwischen zwanzig und fünfunddreißig Jahren, die sich selbst als trendorientiert und lebensbejahend ansehen. Es handelt sich dabei um Studenten, Berufsanfänger in kreativen Tätigkeiten sowie erfolgreiche, karriereorientierte Personen.
Ziel der Untersuchung war es, herauszufinden, wie man Brotprodukte im Szenebereich etablieren kann.
Hintergrund der Untersuchung: Lebensmittelkonzerne wie *Happy Food* haben festgestellt, dass die Käufer von Backwaren immer älter werden, während die junge Käuferschicht kaum ein Interesse zeigt. Dieser Verdacht wur-

de bei unserer Umfrage bestätigt. Diese Zielgruppe empfindet das Image von Brot als »traditionell, langweilig« und isst Brot nur als Grundnahrungsmittel. »Man muss es essen, es schmeckt, aber mehr auch nicht«, lautete eine viel geäußerte Meinung. Als »in« und »trendiger« werden dagegen Sandwichs angesehen, von denen die Zielgruppe jedoch weiß, dass diese längst nicht so gesund sind wie traditionelles Brot.

Schlussfolgerung/Ergebnis: Um eine junge, trendorientierte Zielgruppe anzusprechen, müssen neue Wege der Vermarktung gefunden werden. Back-Shops müssen sich an ungewöhnlichen Orten ansiedeln, dort, wo man sonst eher Sandwichs in der Mittagspause kauft (Coffee-Shops o. Ä.) Wir empfehlen traditionelle Brote durch Verpackung, Werbung und Marketing als gesunde, aber genauso schicke Alternative zu Sandwichs anzubieten. Vorstellbar wäre, in den Back-Shops ausschließlich belegte Brote anzubieten, die durch ihre ungewöhnliche Aufmachung überraschen. Die Unternehmen, denen dieser Imagewechsel gelingt, können sich einer erfolgversprechenden Marktlücke sicher sein.

Muk ist sprachlos. Sie schluckt, im Dunkeln kann ich ihr Gesicht nicht richtig erkennen. Irgendwann findet sie ihre Worte wieder. »Wie bist du denn auf die Idee gekommen?«

Wir setzten uns noch einmal auf die Treppe.

»Kurz vor meinem Rauswurf bei *Happy Food* habe ich eine Studie in Auftrag gegeben, deren Ergebnisse mir meine frühere Assistentin Marianne heimlich kopiert und zugeschickt hat. Vorhin im Café ist mir die Idee gekommen, die Ergebnisse dieser Studie im Kleinen umzusetzen. Sicher, da steht auch 'ne Menge Marketingdeutsch drin. Aber warum sollte ich nicht einfach versuchen, deutsches Brot an den Mann zu bringen? So richtig lecker knuspriges. Das bekommt man hier in Holland nur in ganz wenigen Bäckereien. Euer Supermarktbrot ist immer so weich. Aber beim Italiener stürzen sich immer jedes Mal alle auf das Brot mit der leckeren Kruste.« Muk fällt nichts mehr ein. Sie hat wohl nicht geahnt, wie viel von einem Unternehmer in mir steckt. »Meinst du, das geht gut?«

Muk denkt nach. »Eigentlich hört sich das ganz gut an. Du hast da natürlich auch mehr Erfahrung als ich. Aber dass wir den Laden zusammen eröffnen, finde ich super.«

»Schatz, das finde ich auch. Ob es klappt, weiß ich natürlich auch nicht. Wir betreten beide Neuland. Lass es uns doch einfach mal zusammen ausprobieren.«

Längst sind die Teelichte erloschen. Noch immer sitzen wir auf den Stufen und blicken aus dem Dunkeln auf das bunte Treiben draußen. Selbst nach elf Uhr hat hier offenbar niemand Lust, nach Hause zu gehen. Das Leben, so scheint es, spielt sich erst mal wieder auf der Straße ab. Amsterdam im Frühling – eine Postkartenidylle.

In wenigen Tagen wird Oliver erfahren,
wie schrecklich daneben er bei Muk gerade liegt.

17

Rons Geheimnis

Natürlich soll er hellhörig machen, er muss eingängig sein, genau das aussagen, worum es geht und ausländische Touristen sollen ihn sich ebenfalls merken können, wenn sie ihn als Tipp in einem Einkaufsführer lesen. Sicher, leicht ist das nicht mit dem Namen für Muks Laden. Aber irgendetwas wird uns schon einfallen. Vor allem: Wie packt man T-Shirts und *brodjes* in einen Begriff?

In solchen Fällen hilft nur eins: Alkohol. Bisher immer noch die beste Methode, sich inspirieren zu lassen. Beim Supermarkt um die Ecke finanziere ich uns eine Kiste *Heineken,* die vierte Flasche haben wir jeweils gerade vor uns stehen. Und selbst Muks Zunge wird lockerer. *Simply Muk*, *Shirt-Shop* oder *Unlimited Fun* waren unsere Ideen bei 0,1 Promille. *Brot und Blumen* nach dem dritten Bier. Mittlerweile steigern wir uns.

»Irgendwas wie *Frühstück bei Tiffany*«, schlägt Muk vor und kichert. »Das hat Stil, macht gute Laune und weist gleich auf deine alten Brote hin.«

Ich öffne noch zwei Flaschen nach. »Erlaube mal!« Sie hat natürlich Recht. Ein wenig Holly-Golightly-Appeal wäre sicher nicht schlecht und würde das amüsante Konzept eigentlich ganz gut umschreiben. »Du könntest natürlich auch den Laden im Golightly-Stil einrichten und mit dem Sixties-Appeal spielen«, schlage ich vor. Ich denke eher in die Richtung von Blumen, da diese nun wirklich zu Muk gehören wie die Grachten zu Amsterdam. »Flowerpower«, murmele ich vor mich hin.

Muk greift nach ihrem *Heineken.* »Pink«, ruft sie. »Irgendetwas mit Pink. Das ist schließlich meine Lieblingsfarbe.« Nicht schlecht.

»Pink Power.« Quatsch.

»Pink Champagne.« Gut, aber zu weit weg vom Thema.

»Pink Flowers.« Langweilig, geht aber in die richtige Richtung.

»Pink Tulip«, schlägt Muk schließlich vor.

»Pink Tulip«, wiederhole ich. »Passt zu dir, passt zu Amsterdam und klingt noch dazu klasse.« – »Pink Tulip – inspirated by Muk« schreibt sie mit ihren Fingern in die Luft. »Finde ich gut. Lass uns darauf anstoßen.«

Wir öffnen die nächste Flasche und feiern die Geburt der pinkfarbenen Tulpen.

Am nächsten Morgen fahren wir mit einem ordentlichen Kater in den Laden. Joan habe ich eine SMS geschickt: *Darling, komme nicht mit zum Yoga. Habe Migräne. But it was fun ... kisses. O.*

Kurz darauf kommt ein *Of course you had fun ...* zurück.

Muk hat Metermaß, Block und Bleistift eingepackt. Ich bin beladen mit dem neuen Ikea-Katalog und anderen Wohnambientebroschüren. Muk möchte die Wände weiß streichen, und die Treppe zum Atelier in Pink. Sie will Sixties-Lampen aufhängen und auch meine Brotbar soll stark an die Flughafen-Lounges von früher erinnern, als man sich noch elegant anzog, um von hier nach dort zu kommen, und eine kalte Limonade in der Lobby getrunken hat. Meine Brotbar, in der ich belegte *brodjes* und orientalischen Kaffee und verschiedene Teesorten anbieten möchte, wird ungefähr ein Viertel des Ladens einnehmen. Fünf Tische werde ich hinstellen, vielleicht auch ein Sofa mit einem kleinen Couchtisch. Das müsste erst mal reichen. Die meisten Kunden werden sich die *brodjes* sowieso mitnehmen. Gleich hinter unserer Straße ist eine U-Bahn-Station, an der viele Pendler aus den Vororten aussteigen, um die Straßenbahn ins Zentrum zu nehmen. Die müssen morgens alle an unserem Laden vorbei. Perfekt. Hinter der Brotbar wird das Lager sein. Im vorderen Teil verkauft Muk ihre T-Shirts. Auf Sideboards aus Furnierholz möchte sie Accessoires, Bücher und CDs präsentieren. »Und Blumen natürlich!«, überlegt Muk. »Es soll hier aussehen wie in unserer Wohnung. Die Kunden können immer reinkommen und ein wenig an unserem Leben teilnehmen, Musik hören, Schinkenbrote essen und mit mir quatschen, wenn ich oben in der Galerie neue Designs entwerfe.«

Grandiose Idee. Die Zeit der normalen Boutiquen ist ohnehin vorbei. Und wenn die Zielgruppe es versteht, dass sie hier einfach mal eben so auf einen Sprung vorbeikommen kann, wird sie uns auch im Osten besuchen.

»Klar«, stimmt Muk mir zu, als ich ihr meine Überlegungen mitteile. »Zu guten Freunden nimmt man doch auch jeden Weg in Kauf. Und jeden Monat machen wir eine Party. Ron kennt so viele Künstler und DJs, die klasse Musik auflegen, aber eben noch nicht so etabliert sind, um für die bekannten Clubs und Galerien arbeiten zu können. Sie sind bei uns herzlich willkommen.«

Das hätte auch niemand gedacht, vor allem ich selbst nicht, dass ich irgendwann zum Bäcker und Partyveranstalter mutiere. Aber ich freue mich auf meine neue Ausgabe. Es wird ja auch nicht so sein, dass ich mit weißem Backmützchen und Bäckereifachverkäuferkittel hinterm Tresen stehe. Die Brote lassen wir von Studenten backen und belegen.

Da fällt mir ein, dass ich dringend ein paar deutsche Bäckereien im Ruhrgebiet kontaktieren muss. Eventuell würde eine davon eine Liefervereinbarung mit mir eingehen. In einer Statistik über Deutschlands erfolgreichste Bäckereien habe ich nämlich mal gelesen, dass viele im Ruhrgebiet die holländischen Urlaubsgebiete mit deutschen Brötchen beliefern.

»So, mein Schatz. Unser Budget ist klein«, erkläre ich Muk, nachdem sie alles ausgemessen hat. »Wir werden den Laden selbst streichen und renovieren.« (Höre ich mich da gerade sagen, dass ich mich für handwerkliche Arbeiten hergebe?) »So viel ist nun wirklich nicht zu tun. Aufräumen können wir in den nächsten Tagen, die Kabel lassen wir von einem Elektriker verlegen. Und Wände pinseln ist ja 'ne witzige Arbeit.« Sicher, wahnsinnig amüsant. »Ron hilft bestimmt gerne.« Klar, jetzt wird die Arbeit erst recht lustig.

Drei Tage später lässt es sich Ron selbstverständlich nicht nehmen, den Laden selbst noch einmal gründlich unter die Lupe zu nehmen, um eigene Vorschläge einzubringen, wie er was, wo und warum anders platzieren würde. Wichtig läuft er durch den Laden. Seine viel zu weite Hose rutscht ihm fast vom Hintern. Ich kann den Markennamen seiner Unterhose erkennen. So soll das wohl sein. Das Polohemd in Giftgrün sitzt dafür extrem körperbetont. Die riesige Sonnenbrille mit dunkelblau getönten Gläsern nimmt er nicht ab. Selbstverständlich nicht. Wir sind doch so unglaublich lässig heute.

Von meiner Idee, eine Brotbar zu eröffnen, hält er – was für eine Überraschung – gar nichts.

»Wenn du meinst, dass das läuft!«, sagt er in respektlosem Tonfall. »Dann kann ich ja auch gleich noch 'ne Arztpraxis hier aufmachen!«, lacht er zynisch.

»Sei mir nicht böse, aber ich finde, dass dich das überhaupt nichts angeht«, herrsche ich ihn an.

»Oh«, stichelt er zurück. »Da verträgt einer wohl keine Kritik.«

Muk versuchte die Wogen wieder zu glätten und verpackt durchaus geschickt unsere Bitte, Ron möge sich künftig um die Akquise von DJs und Künstlern kümmern.

»Klar, mach ich doch gerne«, sagt er und fühlt sich durchaus geschmeichelt.

Muk gibt ihm einen Kuss. »Bist ein Schatz. Und zum Streichen übermorgen bist du auch schon eingeteilt. Fahren meine beiden Männer denn zusammen zum Baumarkt?«

»Ich muss noch mal weg«, entschuldige ich mich bei Muk. »In den Plattenladen. CDs kaufen.«

Muk schaut mich an. »Und das muss jetzt sein?«, fragt sie überrascht.

»Ja, jetzt!« Schließlich muss ich mich ein wenig beruhigen. Und vielleicht ist der Typ ja nachher weg. »Bis gleich!« Ich knalle die Tür hinter mir zu und radle Richtung City.

Knapp zwei Stunden später komme ich zurück. Muk und Ron sind nicht zu sehen. Ich schließe mein Rad ab und gehe in den Laden. Offenbar sind die beiden oben in der Galerie. Ich höre sie leise reden. Sie haben mich offenbar nicht bemerkt. Ich sage nichts und gehe leise die Treppe hoch. Irgendwas stimmt hier nicht, bilde ich mir ein. Der Magen dreht sich mir gerade um. Ich ahne Schlimmes, obwohl ich nicht weiß, woher dieses Gefühl kommt. Ron und Muk stehen hinter einer Kleiderstange.

»Wir müssen Geduld haben …«, höre ich Muk sagen. Ich sehe, wie sie Ron über die Wangen streichelt. »Vertrau mir da mal. Das wird schon noch was …“

»Stör ich?«, überrasche ich die beiden.

»Da bist du ja«, begrüßt mich Muk und kommt auf mich zu. »CDs gekauft?«

Ich bin völlig verwirrt. Warum sind die beiden so zärtlich miteinander? Was geht hier vor?

»Nein, die neue Gwen Stefani war ausverkauft.« Ich traue mich nicht, Muk und Ron auf die Situation anzusprechen. Ron ist knallrot im Gesicht. Muk tut ganz normal. Wahrscheinlich will sie die peinliche Situation überspielen.

»Dann könnt ihr ja jetzt zum Baumarkt fahren! Na los jetzt«, sagt sie in gespielt barschem Ton.

Was für ein blöder Tag!

Kurze Zeit später sitzen wir beiden Männer in einem gemieteten Kleinlaster und fahren Richtung Baumarkt. Und: Wir geben uns redliche Mühe, während der Fahrt auch wirklich nur die oberflächlichsten Themen anzusprechen. »Echt schlimm, dieser Verkehr auf der Ringautobahn!«, sage ich.

»Ich weiß gar nicht, wo das hinführen soll«, antwortet er.

Pause. Im Radio läuft gerade ein fürchterlicher Song von Phil Collins.

»Ich glaube, wir bekommen heute noch ganz schönes Wetter«, sagt er.

»Ja, sieht so aus«, antworte ich.

Im Industriegebiet in der Nähe der Arena, dem gigantischen UFO-Fußballstadion von *Ajax Amsterdam*, suchen wir zwischen Papiergroßhandlungen, Lebensmittelgiganten und Bürohochhäusern den Weg zum Baumarkt. Eigentlich muss man gar nicht auf die Beschilderung achten, sondern auf die anderen Kleinlaster oder Kombis, an deren Steuer übergewichtige, patente junge Männer sitzen, die sich vorgenommen haben, ihr Reihenendhaus in eine Großgrundbesitzervilla umzubauen. Auf dem riesigen Parkplatz haben sich bereits Schlangen gebildet. Klar, sind ja auch Frühjahrsferien. Offenbar liegt Heimwerken gerade im Trend. In einer der hinteren Parkplatzreihen in der Sektion »Fische« – zum Wiederfinden haben die einzelnen Parkplatzreihen Tiernamen mit hübschen Illustrationen bekommen – quetschen wir unseren Kleinlaster in eine Lücke.

Auf meiner Hitliste von Orten, an denen ich mich liebend gerne aufhalte, liegt auf Platz drei, direkt hinter Bäckerei und Supermarkt, der Baumarkt. Stundenlang könnte ich durch die langen Gänge der Betonhallen laufen und mir die Errungenschaften der Handwerkskunst ansehen. Nicht, dass ich mich damit auskenne. Aber mich fasziniert der Gedanke, dass Männer in meinem Alter sich Wochenende für Wochenende damit beschäftigen, ihr Haus auseinander zu nehmen. Ist mir ein völliges Rätsel. Dafür gibt's doch geschultes Personal. In meiner jetzigen Situation ist das natürlich anders. Klar könnte ich Muk und mir einen Handwerker gönnen. Doch wir haben uns nun mal darauf verständigt, dass das Budget klein ist. Also muss ich selbst mithelfen. Kann ja auch Spaß machen. Mit Muk macht mir ja sowieso alles Spaß. Selbst wenn es nervig ist, Hauptsache ich bin bei meiner Stubenfliege. Besonders beeindruckt bin ich – durchaus weltweit – von der gigantischen Lampenabteilung. Auch in Holland scheint man einen Sinn für ausgefallene Illuminationen zu haben. So gibt es neben einem beleuchteten Schwan auch zahlreiche Halogenlampenlösungen in exklusiven Designs. Ich überlege mir, wie Wohnzimmer aussehen, an deren Decke ein zehn Meter langes Kabel hängt, auf dem Punktstrahler wie Hochseilakrobaten tanzen. Auch der Kronleuchter, dessen Kristalle eher an Altglasscherben erinnern, passt sicher nicht in jedes Haus – zumindest nicht in die Eigenheime jener Kunden, die heute Morgen den Baumarkt bevölkern.

Wenn Marsmenschen auf einem Baumarktparkplatz in der Sektion »Ente« landen und denken, dass so die Erdbevölkerung aussieht, bekommen sie vielleicht das wahre Bild der Menschheit gezeigt – für uns spricht das allerdings nicht. Objektiv gesagt muss man nahezu alle Kunden als hässlich und übergewichtig bezeichnen. Die Frauen tragen meistens bequemes Schuhwerk mit Gummisohlen, Bundfaltenjeans und über den Po reichende Jacke mit lustigem Muster, das sehr an die psychedelischen Sitzbezüge in U-Bahnen erinnert. Ihre Begleiter beeindrucken durch Schnauzbart, eine modische Kombinationsjacke, ebenfalls Jeans und Turnschuhe. Nicht wenige der Paare streiten sich. Zumindest aber gibt *sie* in 80 Prozent aller Fälle den Ton an, und *er* ist eher für den ausführenden Teil zuständig. Besonders großen Zulaufs erfreut sich die Gartenteichabteilung, in der um einen Miniteich ungefähr zwei Dutzend verschiedene Marmorstatuten stehen. Ein Paar mit Kinderwagen kann sich offenbar nicht entscheiden, welche Figur am besten zu ihrem Heim passt. Der Mann muss also jede Figur hochhalten. Er nimmt sie mit einer Hand, als handele es sich um einen Pokal zur Erinnerung an den Heimsieg der Kegelmannschaft. Seine Gattin wirft einen kritischen Blick auf die Objekte. Sie scheint sich nicht sicher, ob Kakadus aus Stein oder Göttinnen aus Carrara-Marmor besser passen. »Ich mag das Verspielte lieber«, sagt sie. Und ihr Mann ahnt, dass weder Vogelvieh noch die in Marmor verewigte göttliche Allmacht seine anspruchsvolle Frau zufrieden stellen. Später sehe ich die beiden in der Abteilung mit den Toiletten-Schränken wieder. Sie haben sich für einen putzigen Schimmel aus Marmor entschieden.

In der »Streichbedarfstraße« (merke: Egal, ob Parkplatzbuchten mit Tiernamen oder Regalstraßen – in Baumärkten muss alles leicht zu finden sein), die sich direkt neben der »Putzmittelstraße« befindet, entdecken wir unsere Pinsel. Eine »Straße« weiter (Schmutzvermeidungsbedarf) liegen die zusammengerollten Abdeckplanen. Fehlt nur noch die Farbe. Längst habe ich die »Farbstraße« am anderen Ende der Halle ausgemacht. Doch ich möchte Zeit gewinnen, schließlich muss ich mir noch die neuen Waschbecken- und Badezimmertrends ansehen. Wir laufen also einen Umweg durch die »Relexa Badewelt – Das Spa für zu Hause«.

»Möchten Sie nicht mal?«, spricht mich eine als Nixe verkleidete Frau an.

Da wir am heutigen Aktionstag im Baumarkt sind, könnten Ron und ich uns umsonst vom Nutzen der Aquamassagegeräte überzeugen. Wir lehnen ab. Lassen es uns aber nicht nehmen, den beiden anderen Freiwilligen, einem älteren Paar, die beide karierte Hütchen im Partnerlook tragen, bei ihrem Weg zur totalen Entspannung zuzusehen. Bekleidet legen sie sich in eine Art Plexiglassarg, die Nixe knöpft eine wasserabweisende Folie zu, schließt den Deckel und legt die Hüte akkurat auf einen Klappstuhl. Wie bei einem Messertrick von David Copperfield schauen nur noch die beiden Köpfe aus dem Aquamassagegerät heraus. Brummend setzen sich Wasserstrahlen im Gerät in Bewegung, um die Körper der Probanden zu traktieren.

»Sieht aus wie eine Geschirrspülmaschine«, findet Ron trocken.

Ich muss lachen und lächle den eingeschlossenen Rentnern zu.

»Top«, sagt der Mann begeistert. »Echt top!«

Vom Erfolg des Aquamassagegerätes überzeugt, lassen wir uns Prospekte geben, wünschen der Nixe noch einen schönen Tag und drücken in der »Toilettendeckel- und Zubehörstraße« den Hochglanzkatalog einem Kleinkind in die Hand. Vielleicht kann das Mädchen seine Eltern davon überzeugen, jeweils 2459 Euro für eine Plexiglassarg-Geschirrspül-Kombination auszugeben.

In der »Farbenstraße« suchen Ron und ich einen Verkäufer, da wir unsere Wandfarbe für Muks Laden mischen lassen müssen. Das Weiß soll strahlen wie Wäsche in der Fernsehwerbung. Und das Pink muss mit Neonpigmenten versetzt und mit einem Karminrot angereichert werden. Drei Verkäufer stehen gelangweilt am *helpdesk* herum. Sie unterhalten sich gerade darüber, was sie am Wochenende vorhaben. Einer geht zum Fußball und danach einen trinken. Der andere fährt mit seiner Familie in die Heide, und der dritte kommt nicht mehr dazu, von seinen Plänen zu berichten, da ihn Ron bereits angesprochen hat.

»Kannst du uns bei den Farben helfen?«, fragt Ron. »Eine Freundin von uns eröffnet einen Laden, und wir wollen mehrere Wände pink streichen.« Piet, wie er laut Namensschild heißt, nickt. Er wirkt sympathisch. Dunkle kurze Haare, Dreitagebart – netter Junge von nebenan mit gewissem Prollcharme. »Kein Problem.« Er läuft mit uns zu einer Wand mit verschiedenen Farbtuben. »Nehmt die hier! Da macht ihr nichts verkehrt!«

Ron schaut überrascht. »Nein, das ist ein zu eingeschlafenes Pink. Wir wollen es greller! Du musst uns etwas mischen.«

Piet versteht. Offenbar ein anspruchsvoller Kunde mit Sachverstand. »Okay, das wird dann aber teurer.«

»Wenn sich das Ergebnis sehen lassen kann, ist der Preis Nebensache!« Wir begleiten Piet zur Farbmischmaschine. Ron erklärt ihm, wo *Pink Tulip* bald eröffnet werden wird. Er erzählt so begeistert vom Konzept des Shops (»So was gibt's in ganz Amsterdam noch nicht. Club, Café und Boutique in einem«), als wäre er der Teilhaber und nicht ich. Piet holt einen Farbkatalog heraus. »Sucht euch mal 'ne Kombination aus. Wie viel Neonanteil wollt ihr denn haben, und welches Rot soll ich beimischen?«

Auch da hat Ron längst eine Antwort parat. »Du bist der Experte in Sachen Neon. Es soll flashy sein, weißt du. Und beim Rot will ich es ...« Er kramt in seiner Kuriertasche herum. »Moment ... ich hab's gleich ... Hier!« Ron gibt Piet ein kleines Glasfläschchen mit schwarzem Deckel.

Ich sehe Ron überrascht an. Piet starrt entgeistert erst ihn und dann mich an. Und wird rot.

»Is was?«, fragt Ron überrascht. »Habt ihr noch nie Nagellack gesehen? Das hier ist einer von *Chanel. Chanel Rouge*. Und genau dieser Ton muss dem Pink beigemischt werden.«

Mein Gesicht färbt sich – *Chanel Rouge.*

Auf der Fahrt nach Hause sprechen wir nicht miteinander. Ich kenne keinen Mann, der eine Farbe mit dem Ton eines Nagellacks vergleichen würde. Ron schaut künstlich konzentriert auf die Straße. Er versucht meinen Blicken von der Seite auszuweichen. Selbst als wir im Stau stehen, bringen wir beide kein Wort heraus. Spannung liegt in der Luft. Etwas Unausgesprochenes muss dringend gesagt werden. Rons Geheimnis steht kurz vor dem Ausbruch – so wie Regen, der zwischen dunklen Wolken hängt.

»Ich brauche jetzt ein Bier«, bricht Ron irgendwann das Schweigen.

Es ist Nachmittag geworden, als wir von unserer Tour zurückkehren. Muk wollte heute mit Joan und meinen Yoga-Mädels zum Rollerbladen. Seit dem Nachmittag auf dem Dach haben sich die Girls ein wenig angefreundet. Manchmal gehen sie zusammen ins Kino. Heute skaten sie durch den Vondelpark – ohne Joan. Sie will die Zeit der Mädels stoppen.

Ron schließt den Laden auf, wir räumen den Wagen leer und setzen uns auf die Eimer mit Wandfarbe. Er sitzt auf Pink, ich auf Weiß.

»Muk und ich haben uns letztens betrunken. Falls der Kühlschrank mittlerweile seinen Geist nicht aufgegeben hat, müssten noch ein paar Flaschen *Heineken* übrig sein. Hast du noch ein bisschen Zeit?«, frage ich Ron, der völlig verschüchtert wirkt.

»Klar!« Mit seinen Baggy Pants, dem heraushängenden Schlüsselband, den Turnschuhen und der alten Trainingsjacke verkörpert er wirklich das Ideal unserer Zielgruppe. Genau solche Jungs mit den passenden Mädchen wollen wir in unserem Laden haben.

»Cheers«, proste ich ihm zu. »Auf *Chanel Rouge!*«

Ron lächelt. »Du weißt es, oder?«

Ich schaue ihn an. »Kommt drauf an, was du meinst.«

Ron nimmt einen Schluck aus der Flasche. »Vorhin im Baumarkt hatte ich wohl das glamouröseste Coming-out der Welt«, lacht er.

Also doch. Ron ist schwul. Mir fällt noch in der Sekunde dieser Bemerkung ein Stein vom Herzen, da mein Machogen natürlich sofort den Sieg um Muks Gunst beansprucht.

»Ich hab's mir gedacht«, sage ich in einer Stimmlage, die ihm das Gefühl von »War mir von Anfang an klar, sonst wäre ich ja eifersüchtig auf dich gewesen« geben soll. Ron und ich stoßen noch einmal an.

»Aber warum hast du das die ganze Zeit für dich behalten?«

Ron zuckt mit den Schultern. »Ich dachte, es würde sich ein Moment ergeben, dir das zu sagen. Muk und ich sind seit Jahren befreundet. Sie ist der wichtigste Mensch in meinem Leben. Und als du aufgetaucht bist, hatte ich Angst, sie an dich zu verlieren. Nicht sexuell, da läuft nichts. Aber für den Rest. Wahrscheinlich war es ihr zu blöd, dir das zu erzählen. Es spielt ja eigentlich auch keine Rolle.«

»Na ja«, antworte ich, »ich dachte, dass du mir Muk ausspannen willst und ich um sie kämpfen muss.«

Ron lacht. »Quatsch!«

Ich proste ihm mit meinem Bier zu. »Aber was war denn da gestern oben auf der Empore? Habt ihr gekuschelt?«

Ron überlegt. »Ach, als du plötzlich vor uns gestanden hast?« Er lacht. »Nein, ich warte auf die Ergebnisse einer Prüfung und habe Angst, durchgerasselt zu sein. Da hat mich Muk ein wenig getröstet! Natürlich hast du uns davon abgehalten, wie die Karnickel übereinander herzufallen. Danke, Kumpel!« Wir lachen. »Und Muk ist für dich die einzig wichtige Person gerade?«

Ron erzählt, dass er seit langem keinen Freund mehr gehabt habe, höchsten mal eine kurze Affäre, mal da Sex im betrunkenen Zustand auf einem versifften Klo in einer Kneipe. »Aber das will ich alles nicht mehr. Den Mann, den ich suche, der ist nicht in der Schwulenszene unterwegs. Da hüpfen nur die ganzen Sex-Maniacs herum, in ihren engen T-Shirts und den Armeeklamotten.« Rons Stimme hat plötzlich ihre Zickigkeit verloren. Das ist kein arroganter Unterton mehr, den er sonst immer mir gegenüber hatte.

Es ist dunkel im Raum, Kerzen haben wir keine angezündet.

»Ich glaube, wir sollten langsam los. Den Wagen lassen wir besser hier stehen, wir sollten beide nicht mehr fahren.«

Wir laufen durch den Oosterpark Richtung Innenstadt. Enten quaken. Kids sitzen auf der Wiese. Ich klopfe Ron auf die Schulter. »Mensch, Ron, du kannst ja echt ganz nett sein. Und ich dachte wirklich erst, du willst was von Muk.«

Ron schaut mich an. »Nein, da mach dir mal keine Sorgen. In sie bin ich nicht verknallt.« Er bleibt stehen und dreht sich zu mir um. So nah ist er mir, dass ich seinen alkoholisierten Atem spüren kann. »Sondern in dich, mein Lieber!«

Selbst in 75 Tagen wird niemand wissen,
ob Oliver je gespürt hat,
wie ein Kuss mit einem Mann schmeckt.

18

Was der andere nicht weiß …

Wir haben es Muk einfach nicht gesagt. Es irgendwie ausgeklammert. Aus ihrem Leben, aus unserem Alltag sowieso. So ist das eben, manchmal läuft einem eine Chance über den Weg wie ein Jogger frühmorgens im Oosterpark. Dann hat man zwei Möglichkeiten: Entweder man rennt ein Stück mit, oder man schaut ihm nur hinterher. Was an jenem Abend vor zwei Wochen im Oosterpark in Bierlaune passiert ist, war einmalig. Ron und ich haben ein Stillschweigeabkommen getroffen, besiegelt mit einem – lassen wir das. Muk jedenfalls ist glücklich, dass sich ihre beiden Männer nach dem Ausflug in den Baumarkt plötzlich so prächtig verstehen.

»Warum hätte ich dir sagen sollen, dass er schwul ist?«, fragt sie mich ganz unschuldig. »Erstens ist das keine Weltsensation. Und zweitens hättest du fragen können, was das für eine Beziehung zwischen uns ist. Ich dachte, Ron sei dir auch nicht so wichtig. Und falls du eifersüchtig gewesen sein solltest, kann ich nur eins sagen: Schatz«, sie drückt mich an sich. »Gewöhn dir das mal ganz schnell ab. Das ist was für Unsichere. Hast du gar nicht nötig.«

Muk küsst mich. Sie sieht heute wieder so bezaubernd aus. Ihre enge Jeans trägt sie in hohen, spitzen Stiefeln. Ihr pinkfarbenes T-Shirt ist vorne gerafft. Eine rote Rosenranke umspielt Muks Dekolleté. »Ich finde, man sieht Ron gar nicht an, dass er schwul ist«, stelle ich fest.

»Das ist wieder typisch Heteromann«, regt sich Muk auf. »Als ob man den Kerlen immer ansieht, ob sie auf Frauen oder Männer stehen. Ihr habt noch so viele Klischees im Kopf. Es ist unglaublich.« Sie nimmt mich in den Arm. »Heute Abend gehen wir mal aus, und du bekommst von mir einen Grundkurs in Sachen *Die Zukunft des Sex*. Einverstanden?«

Ich habe keine andere Wahl. Allerdings eine andere Vorstellung von dem, was Muk mit mir vorhaben könnte. Ist es jetzt schon wieder typisch heterosexuell-chauvinistisch, dass ich selbstverständlich davon ausgegangen bin, dass Muk mit mir ins Bett will? Offenbar. Denn Muk hat etwas ganz anderes mit mir vor. Feldbeobachtung nennt man das wohl.

Gegen elf Uhr abends, Schlafenszeit also, holt sie mich ab. Zum Glück haben wir vor einer Stunde noch einmal kurz telefoniert, sonst hätte ich gar nicht daran gedacht, dass wir noch ausgehen werden. Ich hatte also genügend Zeit, ein weißes T-Shirt, Jeans und Turnschuhe anzuziehen, darüber meine schwarze *Gucci*-Lederjacke, die mich vor fünf Jahren ein Vermögen gekostet hat.

Mit einer halben Stunde Verspätung trifft Muk bei mir ein. Da Amsterdam gerade von einem Gewitter heimgesucht wird, nehmen wir das Taxi in die *NL*-Lounge, direkt gegenüber des *Magna Plaza,* eines zum Einkaufszentrum umgebauten Postamts. Das *NL* ist gerade einer der angesagtesten Clubs der Stadt, was man von außen nicht wirklich erkennen kann. Die rote Markise hängt schief, der ebenfalls rote Teppich wirkt vergilbt und hatte seinen besten Tage wohl irgendwann in den Siebzigern. Muk begrüßt die beiden Männer, die an der Tür stehen. Ein groß gewachsener Wichtigtuer im schwarzen Anzug mit Hörknopf im Ohr. Und ein schmaler Mann mit tief hängenden Augen, dessen Haare wild auf seinem Kopf tanzen.

»Willkommen, mein Schatz. Habt ganz viel Spaß«, begrüßt er uns. Seine Augen blicken durch uns hindurch. Offenbar ist er auf Droge.

»Das war der Boss«, schreit Muk im *NL*, das aus einer Bar im vorderen Bereich und einer kleinen Tanzfläche im hinteren Bereich besteht. Es ist voll. Sehr voll. Zu voll. Und verraucht. Ich überlege, wie lange ich schon nicht mehr in einem Club war. Zu lange. Irgendwie fühle ich mich – alt. Warum soll ich eigentlich ausgerechnet hier etwas über die Zukunft des Sex erfahren? Ich drängle mich bis zur Bar durch und bestelle zwei *Martini Bianco* auf Eis mit Zitrone. Während der Bartender die Getränke zubereitet, schaue ich mir die anderen Gäste an. Die meisten sind jünger als ich. Auf den ersten Blick könnte hier gerade auch ein Casting stattfinden. Die Männer bewerben sich für die Nachfolger von Oasis oder Blur. Die Mädchen wollen Atomic Kitten beerben. Doch wenn man sich ein wenig länger umsieht, fällt auf, dass zwischendrin immer wieder ganz normale Menschen herumstehen. Dicke. Alles andere als Coole. Frauen im Kostüm.

Der DJ, der irgendwo im hinteren Teil durch den Rauch zu erkennen ist, legt Electro auf. Ein kalter Beat. Ich mag es hier. Die Stimmung wirkt nicht so angespannt wie in deutschen Clubs, wo es meistens nur darum geht, so lässig wie möglich in die Menge zu schauen. Und wo man selbstverständlich niemals jemanden ansprechen würde, sehr wohl aber hinterher genervt ist, den ganzen Abend nicht angesprochen worden zu sein. Hier im *NL* ist das anders. Jeder tanzt mit jedem. Man spricht miteinander. Nach zwei Stunden habe ich bereits so viele Leute kennen gelernt wie im Münchner Nachtleben nicht in drei Jahren. Im Grunde ist es hier wie letztens in der Straßenbahn – nur mehrere Dezibel lauter …

Ich stelle mich an den Rand der Tanzfläche und beobachte Muk. Ihre Haare hat sie mit viel Wetgel gestylt, sie trägt ein goldenes Kleid im Charleston-Look, dazu Unmengen von Ketten und Armbändern. Ihre niedlichen goldenen Sandalen bringen ihre Füße zum Glitzern. Am Tanzstil erkennt man den Charakter einer Person, heißt es. Da ist etwas dran. Ich sehe sofort, ob Frauen nur lasziv tun oder wirklich mit ihrer Erotik spielen. Ob sie gehemmt sind oder sich gehen lassen. Ob mit Attitüde oder nicht. Muks Tanzstil ist manchmal leicht abgehackt, aber dafür ehrlich. Echt. Sie hat die Augen geschlossen. Dabei lächelt sie. Nein, sie lacht. So, als hätte sie Drogen genommen. Hat sie nicht, sie nimmt nie welche, hat auch noch nie welche probiert. Muk ist auch keine Frau, die ihre Arme in die Luft wirft und so die Aufmerksamkeit auf sich ziehen will. Muks Bewegungen erinnern eher an eine Schlange, die sich mit ihrer ganzen Energie windet.

Schweißgebadet kommt Muk irgendwann zu mir. »Langweilst du dich?«, fragt sie mich.

»Nein, ich könnte hier stundenlang stehen und dir zusehen.« Wir küssen uns. Mit Zunge.

»Ich liebe dich«, schreit sie mich an.

»Ich dich auch«, schreie ich zurück. »Viel mehr!« Wir lachen.

»Aber, was lerne ich denn hier über die Zukunft des Sex?« Muk zieht mich zum Tresen. Wir bestellen uns noch Martinis und Mineralwasser. Von einer Stufe oberhalb der Bar können wir den ganzen Raum überblicken. Muk deutet auf einen Mann an der anderen Seite des Tresens. »Siehst

Du den Typ in der Levis und dem schwarzen, offenen Hemd? Vorhin hat er noch mit einer Blonden geflirtet, jetzt knutscht er mit dem Glatzköpfigen.«

Stimmt. Mir ist er natürlich deshalb aufgefallen, weil ich mich gefragt habe, was die blonde Schönheit von einem wie ihm wohl will.

Muk hat offenbar doch nicht die ganze Zeit mit geschlossenen Augen getanzt. Auch andere Gäste im *NL* sind ihr aufgefallen. »Die Frau da vorne mit den kurzen, schwarzen Haaren und der Armeejacke kenne ich. Wir haben mal im selben Haus gewohnt. Damals war sie mit einem Kameramann zusammen. Und jetzt geht sie seit ungefähr einem halben Jahr mit der Blonden neben ihr.«

Ich lasse den Blick schweifen und kann nicht glauben, dass diese atemberaubenden Frauen lesbisch sein sollen. »Die sind echt zusammen?«, frage ich Muk skeptisch.

»Ja, glaub mir. Und davon gibt es hier eine Menge Beispiele. Komm endlich weg von deinem Schubladendenken, mein Lieber«, ermahnt sie mich ironisch. »Heute geht es nicht mehr nach schwul, hetero oder lesbisch. Man entscheidet sich für einen Menschen, weil man seine Art mag, seinen Charakter, weil er irgendetwas hat, das einen anmacht. Und ob das nun ein Kerl ist oder eine Frau, spielt bei den meisten überhaupt keine Rolle. Sie denken nicht mehr in sexuellen Kategorien. Glaub mir!«

Vielleicht hat Muk Recht. Ich denke zu sehr in Schablonen. Vielleicht weil München nicht so offen ist wie Amsterdam. Weil ich mich aber in Amsterdam so wohl fühle, muss ich da wohl umdenken. Denn es scheint mir ja auch deswegen hier so gut zu gefallen, weil alles freier ist und konservative Lebenseinstellungen in Frage gestellt werden. Selbst das Clubleben ist eine ganz andere Welt für mich. Sicher keine, in der ich mich sofort wohl fühle. Aber ich merke, dass ich lockerer werde. Mehr akzeptiere. Weil ich sehe, dass es den Menschen eben besser geht, wenn jeder so lebt, wie er will.

Es wird schon hell, als wir das *NL* verlassen. Zum ersten Mal in diesem Jahr höre ich frühmorgens die Vögel zwitschern. Blaue Stunde. Wir laufen zu mir nach Hause. Auf einer Bank an der Gracht knutschen zwei Männer. Still schlendern wir an der Gracht entlang. In manchen Fenstern brennt schon (oder noch?) Licht. Hinter einer Milchglasscheibe kann man die Silhouette einer Frau erkennen, die sich offenbar gerade die Haare föhnt. Vielleicht hat Muk Recht. Wir denken zu sehr in überholten Kategorien. Aber könnte ich mich auch in Ron verlieben? Mit ihm vielleicht sogar Sex haben? Sicher nicht.

»Sag mal, Liebes«, unterbreche ich die Morgenstille. »Vielen Dank für die erste Stunde des Grundkurses. Kann ich eigentlich auch die Fortsetzung buchen.«

Muk lacht. »Klar, warte mal ab, bis wir bei dir sind«, sagt sie verheißungsvoll und greift mir zwischen die Beine.

»Ich liebe dich«, flüstere ich ihr ins Ohr. »Ich bin nämlich gar nicht hetero. Ich bin Muksch!«

Nach einer kurzen Nacht mit mehreren Orgasmen besucht uns gegen Mittag Ron. Seit dem Abend im Laden und dem knisternden Parkspaziergang haben wir uns angefreundet. Wir telefonieren häufiger mal. Auch als wir einen Tag später die Wände gestrichen haben, hatten wir eine Menge Spaß. Ron hat einen klasse Humor. Er ist ein guter Typ. Ich mag ihn, weil er bodenständig ist und eben nicht die Klischees eines Schwulen erfüllt. Man kann wunderbar mit ihm reden. Außerdem ist er der beste Freund von Muk. Er kann also gar kein Idiot sein.

Ron will uns abholen und mit zum Laden nehmen. Die Wände müssten mittlerweile trocken sein. Heute wollen wir die Regale für die T-Shirts aufbauen und Muks Atelier einrichten. Die Möbel wurden bereits geliefert. Zu dritt radeln wir in den Osten der Stadt. Auf den Grachten drängeln sich bereits die Sonntagsausflügler. Kleine Boote wie Tooskes *Grapje* kämpfen gegen die Wellen der großen, flachen Touristenschiffe an, auf denen jeder Platz von fotografierenden Besuchern besetzt ist. Die Sonne werden wir heute nur aus dem frisch geputzten Fenster sehen. Viel zu sehr sind wir damit beschäftigt, alles aufzubauen, abzustauben und zu dekorieren. Muk plant, *Pink Tulip* in drei Wochen zu eröffnen. Dass der Laden bis dahin fertig ist, dürfte kein Problem sein. Wahrscheinlich sind wir mit allem bereits Mitte der Woche so weit. Danach beginnt die intensivere Arbeit. Wir müssen die Eröffnungsparty organisieren, Pressemappen zusammenstellen und verschicken. Vor allem aber muss *brodje*-Experte Oliver einen Lieferanten finden, der uns jeden Morgen frisches deutsches Brot liefert.

Ein Problem hat sich Gott sei Dank in Luft aufgelöst. Ich muss mich nicht mehr um eine Konzession für meine Brotbar kümmern. Vor dem Esoterikladen befand sich in dem Geschäft ein türkischer Imbiss, dessen Genehmigung noch für fünf Jahre gültig ist. Die Unterlagen habe ich bereits abgeschickt. Damit sollte die Sache erledigt sein.

»Könnt ihr mir mal helfen?«, ruft Muk von oben herunter.

Ron und ich laufen die Treppe nach oben und sehen nur noch nackte Beine unter dem riesigen Holztisch herausschauen. Ich muss lachen. Selbst bei Handwerksarbeiten trägt meine Muk High Heels.

»Knöchelverletzung, aber wenigstens mit Stil«, lache ich und ziehe ihr die Schuhe aus.

»Lass das, *lievert!* Hilf mir lieber beim Zusammenschrauben.« Auch ich krieche unter den Tisch.

»Dass ihr mir da nichts Unanständiges anstellt«, fordert Ron, der von oben die Tischplatte anhebt.

»Ach, Muk. Du hast wirklich keine Ahnung«, erkläre ich ihr. »Du hast ja auch die falschen Schrauben aus dem Päckchen genommen. Hast echt keine Ahnung von Technik. Lass mich mal!« Muk knallt mir die kleine Plastiktüte mit Schrauben und Nägeln vor die Füße. »He, dann mach es doch gleich selbst. Wie alles hier. Besserwisser!«

Ron steckt den Kopf unter die Tischplatte. *»Cool down*, ihr beiden. Lasst uns lieber zusammen das Ding hier aufbauen.«

Zu dritt gelingt uns tatsächlich das Kunststück, eine zu klein geratene Schraube einigermaßen in die Tischbeine zu drehen, um so die Platte zu fixieren. »Fertig«, sagt Muk. Ich gebe ihr einen Kuss. Muk schaut uns an. »Jetzt hätte ich Lust auf ein Bier«, gelüstet es sie. »Eigentlich muss doch noch welches im Kühlschrank sein.«

Ron und ich schauen uns an. »Äh, nein«, lügt er wie aus der Pistole geschossen, während er mit seinem Rosenkranz spielt. »Das haben die Möbellieferanten gestern getrunken.«

Notlügen sind erlaubt.

»Wisst ihr was«, schlage ich vor. »Lasst uns doch ins *Blakes* fahren und dort irgendwas trinken.«

Muk und Ron schauen erst sich, dann mich an.

Theatralisch greift sich Ron an die Stirn. »O Gott, aber dafür bin ich doch gar nicht richtig gekleidet.« Muk lacht. »Mein ganzes Ensemble hier kostet so viel wie im *Blakes* ein Glas Moët. Nimmst du uns trotzdem so mit, *sugar daddy.«*

Es ist mir ein Vergnügen.

Wieder ist es spät geworden heute. Die vielen Besprechungen in der Kanzlei lassen den Tag so schnell vorbeigehen wie einen Hundertmetersprint. Dabei hat er sich heute fest vorgenommen, seinen kleinen Sohn ins Bett zu bringen. Auf der Fahrt nach Hause Richtung Elbvororte dreht er die Stereoanlage in seinem schwarzen BMW-Touring auf. Draußen sieht er Containerschiffe im Hamburger Hafen liegen. Robbie Williams *singt* Let me entertain you. *Genau das braucht er jetzt zum Abreagieren. Eine halbe Stunde später ist er zu Hause. Seine Frau öffnet ihm die Tür des zweistöckigen Backsteinhaus.*

»Sei leise«, sagt sie und gibt ihm einen Kuss. »Christoph schläft schon.«

Er hängt seinen Burberry-*Trenchcoat auf, schnürt seine Schuhe auf, zieht einen Schuhspanner ein und geht die Treppe hoch in das Kinderzimmer seines Sohns. Eine kleine Monduhr erleuchtet das Zimmer im sanften Beige. Vom Fenster aus kann man auf die Elbe sehen. Im weißen Gitterbett schläft Christoph. Sein Christoph. Sein Schatz, der schon so groß geworden ist in diesem einem Jahr.* Ich bekomme eigentlich gar nichts mehr mit, *denkt er sich und gibt dem Kleinen einen Kuss. Er stellt die Spieluhr an, die leise* Lalelu *spielt, und schließt die Tür.*

Unten wartet bereits seine Frau mit dem Abendbrot. Es gibt Pasta mit einer scharfen Ruccola-Tomaten-Soße. Italienisch kochen kann seine Frau sehr gut. Er öffnet einen 92er Montepulciano, etwas Kräftiges. Das kann er jetzt gebrauchen. Er schenkt seiner Frau ein Glas ein. Sie trägt ein Kaschmirtwinset, Perlenkette, eine beigefarbene, enge Hose und Tod's-*Slippers. Ihre blonden Haare hat sie zu einem Pferdeschwanz zusammengebunden, so macht sie das neuerdings immer. Sie mag gerade »praktische Frisuren«, wie sie das nennt. Beide prosten sich zu.*

»Schöner Wein«, sagt sie.

»Ja, wirklich, ein guter Jahrgang«, stimmt er ihr zu. Draußen fängt es an zu regnen. Sie essen die Pasta auf, je-

der einen Teller. Beide wollen nicht zunehmen. Durch das Terrassenfenster sieht man die Blitze, die sich langsam der Elbe nähern. In immer kürzeren Abständen donnert es.

»Ich geh mal zu Christoph«, sagt sie. »Er wird bei Gewitter immer so unruhig.« – »Mach das«, antwortet er und setzt sich auf die weiße Ledercouch im Wohnzimmer.

Er greift aus der Frankfurter Allgemeinen Zeitung *den Wirtschaftsteil heraus und schenkt sich noch ein Glas Wein ein. Wirklich ein Spitzending, denkt er und wundert sich selbst über seinen vulgären Wortschatz. Er überfliegt den Wirtschaftsteil, »Bäckereikette eröffnet neue Lifestyle-Shops« liest er da. Konzentrieren kann er sich nicht. Er ist verunsichert. Irritiert. Er versteht sich selbst nicht mehr. Das ist ihm doch früher nie passiert. Er hat doch eine Familie. Warum fühlt er plötzlich so? Warum ist er auf einmal erregt, wenn er – wie heute Morgen im Fitnessstudio – einen nackten Mann unter der Dusche sieht? Ausgerechnet ihm muss so etwas passieren. Der »Frauenheld«, auf den sie in der Kanzlei alle neidisch sind, weil er so einen »Schlag« hat bei den Frauen. Ihm, dem Macho, der es genießt, wenn er von seiner hübschen Frau bedient wird. Ausgerechnet ihm. Sicher, in seiner Ehe stimmt es schon lange nicht mehr. Sie will keinen Sex, er findet sie nicht mehr attraktiv. Irgendwie ist die Luft raus aus der Beziehung, und er hat keine Lust, den platten Reifen wieder aufzupumpen.* Ich muss es für mich selbst herausfinden, ob ich auf Männer abfahre, *denkt er. Irgendwo in einer Stadt, in der ich anonym sein kann. Draußen prasselt der Regen gegen die Scheibe. Er überlegt. Hat ihm ein Mandant nicht letztlich eine »Ich bin umgezogen«-Karte geschickt und geschrieben, dass er mittlerweile in Amsterdam lebe? Hoffentlich hat er sie nicht weggeworfen. Er muss sie sofort morgen suchen und den jungen Schmetter in den nächsten Tagen einfach einmal anrufen.*

Seine Frau setzt sich zu ihm auf die Couch. »Er schläft ganz ruhig«, sagt sie ruhig und nippt an ihrem Weinglas.

»Schön«, antwortet er. »Das Gewitter ist auch schon fast vorbei.«

○ ○ ○

Es hat dann doch alles etwas länger gedauert. Erst nach zwei Wochen war der Laden endlich komplett renoviert. Wir haben einfach nicht damit gerechnet, dass sich unter einer Lage noch eine weitere und noch eine – und überhaupt acht Lagen Tapete befinden könnten. Zumindest haben wir eine Menge über die Tapetenmode der vergangenen Jahre gelernt. Besonders beeindruckend war eine Fototapete, die eine grasende Schafherde vor einer Windmühle zeigte. Uns ist nicht eingefallen, welcher Laden sich wohl damit eingerichtet haben könnte.

Heute aber ist es so weit. Muk und ich sind früh aufgestanden, haben in unserem Lieblingscafé gegenüber dem Zoo gefrühstückt und sind jetzt auf dem Weg ins *Pink Tulip*. Muk ist seit gestern Abend bereits wahnsinnig unruhig. Ihre Hände sind seitdem kalt. Sie zittert leicht.

»Endlich geht mein Traum in Erfüllung«, sagt sie, als wir an einer roten Ampel stehen. Ich ziehe aufmunternd die Augenbrauen nach oben. »Und das auch noch mit dir. Einem deutschen Karrieremacker, den ich vor ein paar Monaten noch gar nicht gekannt habe.«

Ich schubse sie. »Frechheit. Den Karrieremacker nimmst du zurück«, echauffiere ich mich künstlich. Wirklich: So wie ich mittlerweile aussehe, habe ich überhaupt nichts Karrieremäßiges mehr an mir. Meine *Prada*-Anzüge hängen im Kleidersack verstaut im Schrank. Meistens trage ich Jeans, Turnschuhe und T-Shirts. Selbstverständlich nur die guten von Muk ... Aber es stimmt schon. Kleidung ist immer Ausdruck der Persönlichkeit. Und die hat sich in meinem Fall vom toughen Manager zum lässigen Freizeittypen gewandelt. Früher waren für mich die Anzugträger diejenigen, zu denen ich aufgeschaut habe, mit denen ich mich verglichen habe. Die Baggy-Pants-Generation waren eher arbeitslose Dot.coms, die ihren Tag bei einem Milchkaffee im portugiesischen Stehcafé begonnen – und auch beendet haben.

Als wir vor dem *Pink Tulip* ankommen und unsere Räder anketten, quiekt Muk begeistert. Über der riesigen Glasfront bringen Handwerker gerade das Ladenschild an. In einer klaren, pinkfarbenen Schrift steht auf einem weißen Hintergrund *Pink Tulip* und darunter *Inspirated by Muk*. »Sieht super aus«, freut sich Muk und schließt zitternd den Laden auf.

Ganz bewusst haben Ron und ich gestern noch die letzten Kleinigkeiten erledigt, damit sich Muk heute vom Ergebnis überraschen lassen kann. Die Überraschung ist uns offenbar gelungen.

»Tätä«, posaune ich und mache das Licht an.

»Wow«, schreit Muk und dreht sich im Kreis. »Wow.« Immer schneller. »Wow. Wow.«

Ich fange sie auf und küsse sie. Es macht mich so glücklich, sie so happy zu erleben.

»Der Leuchter ist klasse!«, sagt sie und bewundert den Deckenlüster aus den Sechzigern, dessen Kristalle tropfenförmig nach unten hängen.

»Komm, ich zeig dir meinen Bereich«, nehme ich Muk an die Hand und führe sie »zu mir«. Mit braunem Cord bezogene Arne-Jacobsen-Stühle stehen um runde Plastiktische. Für die dunkle Ecke habe ich eine Cordcouch gefunden, die mit einem kleinen Nierentisch und einer Leselampe einladend wirkt. Hinter dem Tresen steht eine Espressomaschine, die mich ein Vermögen gekostet hat.

»Sieht super aus«, findet Muk. »Aber war das nicht alles viel zu teuer? Unser Budget ist doch total klein?«

»Jetzt fang nicht immer mit der Kohle an. Das hab ich von meinem Geld bezahlt!« Ich bin ein wenig sauer, dass Muk gleich aufs Finanzielle zu sprechen kommt. »Bewundere lieber mal die Kaffeemaschine!«

Sie glänzt, als sei sie aus kostbarem Silber. Für die Brote konnte ich bei einem Großhändler für Restaurantbetriebe mehrere Etageren finden, die in den Zeiten der Kellerpartys meiner Eltern immer für opulente Käse-Igel-Buffets und für mit Mayonnaise gekrönte Russische-Eier-Platten herhalten mussten.

»Das sieht super aus«, freut sich Muk. An der Wand sorgen Spiegellampen für angenehmes Licht. Wir laufen die pinkfarbene Treppe nach oben.

»Mein Reich«, sagt Muk und lehnt sich übers Geländer. »Von hier kann ich auch alles super überblicken. Und bei unseren Partys steht hier der DJ.« Muk rennt die Treppe wieder herunter und bewundert die Regale aus braunem Furnierholz. »Da werden meine T-Shirts aber bestimmt perfekt drauf aussehen.«

»Streng dich bloß an mit den Entwürfen. Bei so einem stylishen Laden. Ich gebe mir beim Brotebelegen auch Mühe.«

Muk beschließt, bereits morgen ihre Stoffe und Zeichnungen herzubringen und ab sofort von hier aus zu arbeiten. In rund drei Wochen werden wir eröffnen. Wir suchen uns den 16. Juli aus.

»Freitag ist immer gut«, glaubt Muk. »Da können die Leute schon mal bei der Party gucken und samstags wieder vorbeikommen und shoppen.«

Seht her: Mein Schatz ist geschäftstüchtiger, als ich gedacht habe.

○ ○ ○

Seepferdchen schlängeln sich um riesengroße Muscheln, die eine funkelnde Perle beschützen. Die Sonne geht hinter einem Feld voller Klatschmohnblumen unter. Zickzackstreifen in allen Farben des Grundschulmalkastens wirken wie Gewitterblitze im LSD-Rausch. Japanische Comicfiguren mit Schleifchen im Haar oder Hündchen an der Leine küssen sich unter einer Neonreklame mit asiatischen Schriftzeichen.

Stundenlang könnte ich mir die Drucke von Muks Stoffballen ansehen. Sie erzählen Geschichten. Alle eine andere. Doch jede lässt meine Fantasie sofort in Gang kommen, was hier passiert sein könnte. (Und darüber nachdenken, welche Drogen die Kreateure solcher Materialien wohl genommen haben.) Muk bestellt ihre Stoffe mittlerweile beim »lachenden Inder«, wie sie ihn nennt. Einem Großhändler aus Bombay, der in Amsterdam West eine alte Fabrikhalle gekauft hat, in der er Tausende von Stoffen beherbergt. Muk wühlt sich immer stundenlang durch das riesige Lager. Er hat genau das Sortiment, das sie für ihre eigenwilligen Entwürfe braucht. Denn Muks T-Shirts sind keine normal bedruckten Baumwollteile mit durchaus kreativen Sprüchen wie »Hamburg« oder »Luder«. Sie legt Wert auf außergewöhnlich bedruckte Stoffe, die sie bestickt. Strasssteine sehen auf den T-Shirts aus wie Schmetterlingsbroschen (dass die in der Natur nicht zwischen Seesternen fliegen, lassen wir hier mal außen vor). Perlen drapiert sie so um den Ausschnitt des Shirts, als ob es ein Collier sei. Der Inder gibt Muk immer Stoffproben mit nach Hause, sie probiert ihre Idee aus und lässt dann die Stoffballen nach Polen schicken, wo die T-Shirts genäht werden.

»Wenn das so weitergeht, muss ich mir bald 'ne Näherin suchen«, überlegt mein Schatz, während sie schwitzend Stoffballen, Kisten und Büromaterialien die Treppe im *Pink Tulip* heraufträgt. »Du kannst dir natürlich auch überlegen, ob du deine Kollektion teilst«, schlage ich vor. »Es gibt weiterhin hier im Laden die teuren Einzelstücke. Und nebenbei bietest du hier – aber eben auch in den anderen Boutiquen günstigere, bedruckte T-Shirts an.«

Muk überlegt. »Mal sehen.«

»Vor allem kosten die Dinger dann wirklich nur ein paar Euro in der Produktion. Da wäre die Gewinnspanne wenigstens richtig hoch. Bei diesen hier«, ich zeige auf Muks Shirt, das sie gerade trägt, »machst du ja letztlich keinen Gewinn, wenn du deine Arbeitsstunden auch berechnen würdest.«

Muk stellt sich betont gerade hin und präsentiert sich. »Aber es sieht wahnsinnig geil aus, oder nicht?«

Natürlich sieht ein Shirt mit riesigem V-Ausschnitt, das die Brüste von der Seite ein klitzekleines bisschen entblößt, und einem bestickten Rosenkranz aus bunten Strasssteinen grandios aus.

»Darum geht es nicht. Wir wollen doch auch Geld verdienen.«

»Ich habe doch von Anfang an Geld mit meinen T-Shirts verdient. Hör bitte auf, immer gleich in großen Dimensionen zu denken. Es lief bisher auch ohne dich gut«, sagt Muk unvermittelt.

Der Tiefschlag hat gesessen. Verteidigen kann ich mich nicht mehr, da ich die Treppe herunterrennen muss, um mein klingelndes Handy zu suchen. »Mist«, fluche ich, als ich mir das Knie am Tresen anstoße. »Hallo?«, rufe ich abgehetzt ins Telefon und massiere dabei meine Kniescheibe.

»Guten Morgen, Herr Schmetter«, meldet sich eine mir im ersten Augenblick unbekannte Stimme. »Ralf Servantis hier. Ich bin der Kollege von Rechtsanwalt Dr. Pfeifer. Wir haben uns bei der Testamentseröffnung Ihres Großvaters kennen gelernt.«

Ich muss kurz überlegen. Wer war das noch mal schnell? Richtig, der moderne Typ mit den guten Schuhen. (Ich achte immer zuerst auf Schuhe, sie sagen alles über einen Menschen aus.) Ja, jetzt erinnere ich mich. Wie geht es Ihnen?«

Die Stimme von Servantis wirkt ein wenig unruhig. »Doch, ganz gut.«

Hoffentlich ist nichts passiert. Würde mir noch fehlen, dass jemand meine Erbschaft anficht. Ich könnte das Geld nur in Form von bestickten Strassshirts und Arne-Jacobsen-Stühlen zurückzahlen.

»Sie müssen sich keine Sorgen machen«, erahnt Servantis meine Gedanken. »Ich rufe aus privaten Gründen an. Sie hatten uns eine Karte geschickt und mitgeteilt, dass Sie jetzt in Amsterdam wohnen. Ich bin nächste Woche in der Stadt und wollte Sie fragen, ob Sie mir ein Hotel empfehlen können.«

Sehr merkwürdig. »Kommt drauf an, wie viel Sie ausgeben möchten. Ich würde Ihnen das *Blakes* empfehlen. Aber das zählt sicher zur Luxusklasse.«

Ich höre am anderen Ende der Leitung das Klicken der Computertastatur. »Doch, sieht angenehm aus«, sagt Servantis nach einer Weile. »Ich sehe gerade im Internet nach. Vielleicht darf ich Sie zum Essen einladen?«

Muk kommt die Treppe herunter und schaut mich fragend an. Ich ziehe die Schultern hoch. »Ja, sehr gerne. Melden Sie sich, wenn Sie in der Stadt sind?« Servantis verspricht, dies zu tun, bedankt sich und legt so überraschend auf, wie er angerufen hat.

»Wer war das denn?«, fragt mich Muk.

»Ach, ein Anwalt, der mit der Erbschaft meines Großvaters beschäftigt war. Netter Typ, aber ich kenne ihn nicht wirklich. Er hörte sich merkwürdig an. Na ja, du wirst ihn nächste Woche sehen. Er kommt nach Amsterdam. Möchtest du auch eine Latte?«, frage ich Muk.

»Ja, eine ganz große. Weißt du doch ...« Schon beim Aufschäumen der Milch habe ich den Anruf von Ralf Servantis wieder vergessen.

Der Abend verläuft dann doch anders, als ich mir das vorgestellt habe. Was der Anlass war, dass Muk so vollkommen ausgerastet ist, weiß ich gar nicht mehr. Jedenfalls hat sie mitbekommen, dass ich mit drei verschiedenen T-Shirt-Produzenten in Polen über Muks erste Kollektion verhandle. Sicher gibt es da doch günstigere Angebote als das von ihrem jetzigen Hersteller.

»Was machst du denn da eigentlich die ganze Zeit?«, fragt mich Muk, als sie mich auch nach mehreren Stunden noch immer nicht vom Computer weglocken kann.

Locken ist sicher das richtige Wort. Denn sie trägt einen leicht durchsichtigen Kaftan im Zebralook. Ihr Haar hat sie mit einer Feder geschmückt. Ihre Zehen sind rot lackiert. Sie riecht nach Mango, ihrer aktuellen Lieblingskörpermilch aus dem *Bodyshop*.

»Was ich hier mache? Ich maile die ganze Zeit mit Herrn Kowalsky und versuche ihn davon zu überzeugen, dass wir noch keine zehntausend T-Shirts bestellen wollen, sondern erst mal tausend Stück.«

Muk setzt sich auf die Tischkante. »Du machst was?«

Ich versuche sie ein wenig zur Seite zu schieben, da sie

den Blick auf meinen Computer verstellt. »Habe ich doch gerade gesagt. Kannst du bitte …“

»Nein, kann ich nicht.«

Als ich Muk ansehe, merke ich, wie blass sie plötzlich geworden ist. Auf ihrem schlanken Hals haben sich rote Stressflecken gebildet. Ihre Stimme zittert. »Oje, Schatz. Du siehst ja schrecklich aus. Geht es dir nicht gut? Soll ich dir einen Tee kochen? Na ja, ist eben alles zu viel!«

»Ja, Oliver, du hast Recht.« Ihre Stimme wird zunehmend fester – und lauter. »Es wird alles zu viel. Vor allem wirst du mir zu viel. Spinnst du denn? Seit Tagen höre ich von dir nichts anderes mehr als die Sache mit der Massenproduktion. Ich will das nicht, verstehst du?«

Ich schaue sie an. Offensichtlich ist es ihr gerade sehr ernst. »Du bist stolz, dass du nicht mehr in deinen beschissenen *Gucci*-Anzügen …«

»Prada«, unterbreche ich sie.

»… herumläufst und glaubst, du bist plötzlich lässig. Aber du hast dich überhaupt keinen Schritt weiterentwickelt. Du denkst falsch, Oliver. Du glaubst, mein Laden sei ein Produkt, das du vermarkten musst. Groß vermarkten musst. Aber darum geht es nicht. Ich bin dabei, mir einen Traum zu erfüllen, endlich das zu tun, worauf ich Lust habe. Ich will T-Shirts entwerfen. T-Shirts, die fröhlich machen. Klein anfangen, Spaß haben, mehr nicht. Du kapierst überhaupt nichts.« Muk geht zum Kühlschrank und schenkt sich ein Glas Milch ein.

Minutenlang sagt keiner ein Wort. Ich bin völlig überrumpelt worden von der Situation. »Ich will dir doch nur helfen. Ich dachte, du brauchst mich«, stottere ich.

»Ich brauche dich überhaupt nicht. Und ich will auch nicht mehr, dass du mir hilfst. *Pink Tulip* ist mein Laden, meine Idee, mein Konzept – mein Traum. Ich will da kein

Peek & Cloppenburg mit *Starbucks*-Filiale daraus machen!«

»Jetzt übertreibst du aber!«, widerspreche ich. »Wir müssen ja auch Geld verdienen.«

»Oliver, klar müssen wir Geld verdienen. Aber erst mal müssen wir klein anfangen. Mir geht es nicht um Vermögen. Ich möchte mit mir eins sein. Ich möchte für so Frauen wie die Yoga-Mädels Kleider designen, die so bunt sind wie deren Leben. Das ist alles.« Sie geht ins Wohnzimmer und holt ihre Tasche. »Oliver, ich gehe jetzt. Ich muss mich erst mal wieder beruhigen und darüber nachdenken, ob das überhaupt gut gehen kann mit uns. Wir denken nicht gleich. Wir stammen aus zwei verschiedenen Welten. Vielleicht ist es ja so: Ich bin eine Träumerin. Aber niemand hat mir gesagt, dass man als kalter Denker weiterkommt im Leben.«

Ich nehme Muk an der Hand. »Lass uns drüber reden. Es tut mir Leid, wenn ich dich verletzt habe. Ich ... ich wollte das nicht. Ehrlich.«

Muk reißt sich los. »Nein, Oliver, so einfach ist das nicht. Du redest gerade anders, als du handelst. Ich melde mich bei dir. Keine Ahnung, wann.« Ohne Abschiedskuss stürmt Muk aus der Wohnung.

Ich gehe zum Fenster. Sie dreht sich nicht mal um und winkt mir zu, wie sie es sonst immer tut.

Muk und Oliver –
ziehen sich Gegensätze wirklich an?

19

Die Yoga-Girls greifen ein

In einem gemieteten dunkelblauen Golf fahre ich zwei Tage später zu einem Termin nach Köln. Ich bin mit dem Besitzer einer Bäckerei verabredet, der im Internet damit wirbt, auch holländische Restaurants zu beliefern. Zwar hätte ich das auch telefonisch regeln können, aber von Angesicht zu Angesicht verhandelt es sich dann doch besser. *Bäckerhandwerk mit dem Charme der Frische und Tradition* stand in Schreibschrift über zwei Brezeln auf der Website. Das Foto darunter zeigte die gemütlich wirkende, komplett übergewichtige Familie Würtenberger mit roten Wangen und weißer Bäckerbekleidung. Die Frauen hielten einen Korb mit diversen Brotspezialitäten in den Armen, als würden sie Säuglinge in den Schlaf wiegen. Die drei Männer standen hinter ihnen und hatten große Holzschaufeln in der Hand. Vor Familie Würtenberger stand ein Holztisch, auf dem die Backzutaten attraktiv dekoriert waren. Zwischen Mehl und Gerste lagen (niemand weiß, warum) aufgeschnittene Radieschen. Vielleicht haben sie den Tisch danach noch für Fotoaufnahmen für Schlachtplatten benutzt.

Ich weiß es nicht. Sowieso kann ich mich nach dem Streit mit Muk auf nichts mehr konzentrieren. Sie hat sich seitdem auch nicht bei mir gemeldet. Ich habe verdammt viel Angst davor, dass sie uns keine Zukunft gibt. Auf meine SMS hat sie nicht reagiert. Ich versuche sie auf dem Handy zu erreichen. Schon beim Wählen ihrer Nummer bekomme ich Herzrasen. Es tutet. Sie nimmt nicht ab. Wie immer. Auf die Mailbox spreche ich ihr aber auch nicht. Sie muss meine Nummer auf dem Display gesehen haben.

Anrufe in Abwesenheit: 8.

Den Termin mit den Würtenbergers wollte ich nicht absagen. Und noch habe ich Hoffnung, dass Muk und ich einen gemeinsamen Weg finden werden. In vielen Dingen hat sie Recht. Ich mische mich zu sehr in ihre Angelegenheiten ein, dafür kümmere ich mich kaum um meine eigene Geschäftsidee. Die Brotbar muss auch vorangetrieben werden. Ich habe beschlossen, damit nun richtig loszulegen, um Muk zu beweisen, dass ich sehr wohl an eine gemeinsame Zukunft im Laden und im Leben denke. Dafür halte ich mich bei ihr zurück. Aber wie soll ich ihr das beweisen, wenn ich sie nicht mal ans Telefon bekomme? Ich probiere noch einmal, sie anzurufen. Diesmal springt die Mailbox sofort an. Sie hat den Anruf also vorhin mitbekommen und das Handy ausgeschaltet.

Zum ersten Mal seit meinem Umzug nach Amsterdam bekomme ich auf der Fahrt Richtung Köln einen Eindruck von dem provinziellen Holland. Erst jetzt fällt mir auf, wie flach das Land ist. Und grün. Kilometerlang fahre ich nur an Wiesen und Feldern vorbei. Im Hintergrund entdecke ich eine ganze Armada riesiger Windkrafträder. Am Autobahnring Utrecht selbst wurden in den letzten Jahren offenbar riesige Neubauviertel hochgezogen. Die Häuser hier sind alle überraschend modern – sehen jedoch alle gleich aus. Ganze Siedlungen bestehen lediglich aus einem einzigen Haustyp. Nur wenige Holländer mieten ihr Heim. Viele kaufen bereits nach dem Auszug von zu Hause ihre erste Immobilie. Ein Hexenhäuschen vielleicht, bestehend aus gerade mal zwei Zimmern. Ein paar Jahre später vergrößert sie sich dann. Die deutsche Mentalität, ein Haus kauft man fürs Leben, ist den Holländern völlig fremd.

Nach zwei Stunden Fahrt und lediglich einem Stau begrüßt mich Heinz Würtenberger in seinem Büro in Köln-Portz. Sein Händedruck ist fest, ein bisschen erinnert er mich an den Dicken von *Klaus und Klaus*, einem Frohsinnensemble aus den Neunzigern. Es gibt Filterkaffee aus diesen fürchterlichen Pumpthermoskannen, die sich bei der Benutzung immer anhören, als würden sie unter einem asthmatischen Anfall leiden. Auf den kleinen Tisch am Fenster hat die Sekretärin, Fräulein Kampf-Sonder, ein Tablett mit belegten Brötchen gestellt. Würtenberger pumpt uns Kaffee ab und setzt sich zu mir. Hinter ihm hängen zahlreiche Urkunden sowie ein gerahmtes Titelbild der Bäckerblume.

»Die haben damals 'ne riesige Story über uns gemacht«, erklärt er mir in gemütlichem Kölsch. »Wir waren nämlich die Ersten, die sich auch den grenznahen Gebieten angenommen und erkannt haben, dass Deutsche im Ausland nicht auf ihr Brot verzichten wollen. Dat kriejen die Holländer ja gar nicht hin.«

Er ahnt nicht, wie sehr er mir aus dem Herzen spricht.

Seit mehr als drei Jahren liefern die Würtenbergers an rund hundert Hotels an der holländischen Nordseeküste täglich frische Backwaren.

»Kein Problem, machen wir«, wiederholt Würtenberger immer wieder, während ich ausführlich von meiner Idee erzähle, dass ich gerne täglich frische Brötchen und Brote bei ihm bestellen möchte. Zum Abschied bringt mir seine »liebe Gattin«, wie er sie vorstellt, einen Korb mit Mohnstangen, Laugenbrezeln, Vital- und Sechskornkrachern.

»Lassen Sie es sich schmecken«, wünscht Würtenberger

zum Abschied. Er und seine Gattin winken mir zum Abschied, als ich hupend durch die Ausfahrt fahre. Schon jetzt weiß ich, dass wir nicht ins Geschäft kommen werden. Würtenberger liefert erst ab fünfhundert Brötchen nach Holland. Pro Tag. Viel zu viel für den Anfang. Einerseits würde mich das schon reizen, gleich groß einzusteigen und aus dem Nichts ein Brotbarimperium zu schaffen. Hinbekommen könnte ich das, ohne jeden Zweifel, und es juckt mich tatsächlich ein wenig in den Fingern. Doch nach dem riesigen Krach mit Muk sollte ich mich vielleicht erst mal um unsere Beziehung und auf den einen Laden konzentrieren. Falls sie mich überhaupt noch mitmachen lässt.

Verdammt, was fehlt sie mir.

○ ○ ○

»Ich könnte da wirklich nicht mehr leben.«

Joan und ich radeln, nachdem ich den Mietwagen wieder zurückgebracht habe, zu unserer Yoga-Stunde. Ich erzähle ihr von Köln. Die Story mit Muk lass ich erst mal weg. Obwohl: Sie ahnt etwas. Schon zu oft hat sie mich heute gefragt, wie es mir geht.

»Nach dem Termin in der Bäckerei bin ich noch mal in die Kölner City gefahren. Bin durch die Ehrenstraße gelaufen, war in den Geschäften und habe bei irgendeinem Italiener an der Ecke *saltimbocca* gegessen und einen Wein getrunken. Danach wieder Fußgängerzone, später noch einen Cappuccino. Früher hat so für mich ein normaler, freier Tag ausgesehen – der nicht unter fünf Einkaufstüten geendet hat«, erzähle ich Joan. Wir fahren nebeneinander die Keizersgracht entlang.

»Was war heute anders?«, fragt sie mich.

»Ich habe einfach gemerkt, dass die Deutschen mehr

jammern. Immer, wenn ich beruflich in Köln war, ist mir die Stadt so vorgekommen, als würden hier die lebenslustigsten Menschen leben. Sone Art Rom Nordrhein-Westfalens. Da standen in Deutschland immer als Erstes im Frühjahr die Tische auf der Straße – und im Sommer am längsten nachts draußen. Aber selbst hier ist die Alltagsstimmung eher grau wie eine Regenwolke. Die meisten jammern. Über ihr Gipsbein, über die teure Sahnetorte – eigentlich über alles.«

Joan hält vor der Yoga-Schule. Die Bremsen quietschen fürchterlich.

»Und das war früher nicht so?« Ich überlege. »Doch, sicher auch. Wahrscheinlich ist mir das nur nicht aufgefallen, weil ich das Spiel mitgespielt habe. Aber es war schon so, dass man unter Kollegen erst mal darüber gesprochen hat, was gerade nicht so läuft. Und das ist offenbar noch schlimmer geworden. Neben mir haben sich im Café zwei Frauen wirklich über eine Stunde nur darüber unterhalten, was gerade schief geht. Der einen droht eventuell die Kündigung. Die andere hatte Kataloge von einem Schönheitschirurgen dabei, weil sie sich das Kinn verkleinern lassen will.«

Ich schaue Joan an. Sie schaut mich an. Wir lachen. *»Darling*, das Problem kenne ich aber nun auch. Dafür muss ich nicht nach Köln fahren. *Hurry up, we are late.«*

Wirklich: Wie immer sind wir zu spät. Die Yoga-Girls sitzen schon alle auf ihren Matten.

»Na endlich«, rufen sie im Chor, als wir auf Socken in den Raum kommen.

Eva schaut mich an. »Oliver, was ist denn los mit dir? Seit ich dich kenne, warst du noch nie so blass.« Auch den anderen scheint etwas aufzufallen an mir. »*Schatje*, stimmt etwas nicht mit dir?« Eva streichelt mir über die Wangen. »Du hast Stress mit Muk, *toch?«*

Jetzt hilft wohl kein Abstreiten mehr. Ich rolle meine Matte aus und erzähle den Girls von Muks Vorwürfen, gebe zu, dass sie ihn vielen Punkten richtig liegt und ich Angst habe, sie zu verlieren. »Verdammte Angst, wisst ihr. Sie ist doch die Richtige.«

Joan nimmt mich in den Arm. »*Darling,* du hättest doch was sagen können.«

Eva steht auf, macht die Musik leiser und zündet Räucherkerzen an. »Legt euch alle mal auf eure Matten. Wir machen jetzt als Erstes eine inspirative Entspannungsübung. Danach reden wir weiter.«

Es ist weit nach Mitternacht, die Asche des vierten Räucherstäbchens fällt auf den Boden. Es riecht süßlich, wir trinken Kräutertee. Es tut gut, hier zu sein.

»Du musst mit Muk reden«, rät Fabien, deren brauner Lockenschopf mit einem karierten Band zusammengehalten wird. »Beweise ihr, dass du dich ändern willst.«

Kim nickt. »Oliver, du hast uns doch am Anfang erzählt, warum du in Amsterdam bist. Du hattest keine Lust mehr auf diesen ganzen Ehrgeiz und Karrierestress. Du hast Träume. Dieselben wie Muk. Sie sind nur ab und zu verschüttet von deinem alten Leben. Hol sie raus. Und verfolge sie endlich wieder. Der Oliver, der mit China mailt, weil er *H&M* Konkurrenz machen will – das ist der alte Oliver. Wir kennen aber den neuen, der ist uns viel lieber.«

Ich nehme sie in den Arm. »*Dank je wel.* Das hat gut getan. Aber es gibt noch ein anderes Problem.«

Joan liegt mit geschlossenen Augen auf der Matte.

»Was denn noch?«

»Ich habe keinen Brötchenlieferanten. Ich habe keine Ahnung, wie ich für meine Brotbar an deutsches Brot kommen soll.«

Eva muss lachen. »Oliver, frag mal Cybil. Die sucht gerade einen Job.«

Ich schaue sie überrascht an.

»Ich bin mit meiner Therapeutenausbildung fertig und finde keine gute Stelle«, bestätigt sie.

»Kannst du denn Brot backen?«, frage ich sie.

»Na ja, nicht wirklich.«

Ich bin skeptisch. Wenn holländische Bäcker mit Diplom kein anständiges Brot hinbekommen, warum sollte es dann einer Rückentherapeutin gelingen. »Aber man kann doch alles lernen. Also, versuchen würde ich es gerne. Traust du mir das zu?«, fragt mich Cybil.

Ich nicke.

»Doch, wir probieren es aus. Ich zeige es dir. So schwer kann das nicht sein«, mache ich ihr – und mir – Mut. »Zusammen werden wir da schon etwas auf die Beine stellen.«

Kim schnippt mit den Fingern. »He, da mache ich mit. Mittwochs und freitags habe ich an der Uni frei. Da suche ich sowieso einen Job. Und morgens ganz früh kann ich sogar jeden Tag. Oliver, deine Yoga-Girls werden bald deine Brotbrigade sein. Wie gefällt dir die Idee?«

Fantastisch. »Ihr seid unglaublich. Jetzt müsst ihr mir nur noch die Daumen drücken, dass mir Muk eine zweite Chance gibt.«

Es ist halb zwei in der Nacht. Wortlos radeln Joan und ich nach Hause. Vor meiner Wohnungstür gibt sie mir einen Kuss.

»*Darling*, mach dir keine Sorgen. Du und Muk, ihr seid füreinander bestimmt. Hör auf dein Gefühl. Lebe danach. Sie macht es nicht anders. Und wenn sie erkennt, dass auch du deine Träume lebst, kommt ihr wieder zusammen. *Good night!*« Auf Zehenspitzen schleicht Joan die Treppe hinauf. Leise höre ich noch einige Minuten das Klappern ihrer High Heels. Was für ein Tag. Hoffentlich haben meine Mädels Recht.

○ ○ ○

Den gestrigen Abend hätte er sich schenken können. Es war wirklich das letzte Mal, dass ich mich mit allen getroffen habe, *denkt Ron, als er an der Hängebrücke vorm Nemo-Museum warten muss. Neben ihm hält ein Taxi. Ron wirft nur einen kurzen Blick zum Fahrer, der einen Anzug trägt und mit seinem akkuraten Haarschnitt und dem perfekt rasierten Bart wunderbar normal aussieht.* Warum lerne ich nicht mal so jemanden kennen?, *fragt sich Ron.* Die Heteros sind einfach die besseren Männer! Ich sollte mich einfach mehr auf meinen Job konzentrieren, *beschließt Ron und wird langsam ungeduldig, weil nun schon das dritte Schiff die Hängebrücke passieren will.*

Ein riesiger Ladekahn rangiert langsam durch die schmale Gracht. Am Steuer steht ein dicker Mann mit langem Bart und Lederweste. Seine Frau hängt auf dem Oberdeck Wäsche zum Trocknen auf: Hawaiihemden, Feinrippunterwäsche, rote Socken und jede Menge Stringtangas, die wie Fähnchen fröhlich im Wind wehen.

Ach, es wird schon mal klappen mit einem Typen, *tröstet sich der Wartende, der sich heute besonders viel Mühe mit seinem Outfit gegeben hat. Weiße Tennisschuhe, kurze Shorts von* Lacoste, *dazu ein passendes Langarm-Polohemd. Ron sieht heute wieder einmal aus wie Björn Borg. Dank der riesigen Sonnenbrille mit den orangefarbenen Gläsern allerdings eher wie ein Björn Borg, der auf die schiefe Bahn geraten ist und sein Geld im Zuhältermilieu verdient. Ziemlich lässig. Seit drei Jahren hat er keinen*

Freund. Ab und zu mal eine Affäre. Meistens hat er sich nach den One-Night-Stands in die Typen verliebt. Gefährliche Sache.

Mit einem dumpfen Geräusch fällt die Brücke in die Verankerung. Die Schranken heben sich. Ron wirft einen letzten Blick zum Taxifahrer. Echt ein lekker Ding, *denkt er.* Sonen Hetero sollte ich mir eigentlich angeln. *Begeistert vom Taxichauffeur, achtet er nicht auf den Mann auf dem Rücksitz, der ihn seit geraumer Zeit beobachtet.*

○ ○ ○

Natürlich bin ich vor ihr da. Schon zehn Minuten vor zehn warte ich im Café *Kosje* auf Muk. Müde poliert der Kellner die Espressomaschine. Mein Herz pocht bis zum Hals. Ich bin nervös. Habe Angst. Ich nehme mir eine Zeitung und trinke einen *koffie verkeert.* Meine Hände zittern. Per SMS habe ich Muk heute Morgen um sieben gefragt, ob wir uns treffen könnten, weil ich zu feige war, sie anzurufen.

»Muss dich sehen. Wollen wir zusammen frühstücken? O.«

Sekunden später vibrierte mein Handy. *Okay, zehn Uhr im* Kosje. *CU. Muk.* Verdammt emotionslos. Aber beschweren darf ich mich nicht, schließlich hätte ich ihre Stimme am Telefon hören können. Draußen bildet sich an der Ampel ein Stau von Radfahrern. Jeder will als Erster über die Straße kommen. In einem *fietsback,* einem Dreirad mit großer Kiste vorne dran, sitzen zwei Kinder mit pinkfarbenen Schulranzen, die von ihrer Mutter zur Schule gebracht werden. Sie reiben sich die Augen, zu müde für den Tag.

Kurz nach zehn, gerade als im Radio der Wettermann einen sonnigen Tag vorhersagt, kommt Muk ins *Kosje.* Sie trägt einen türkisfarbenen, bis zum Knie gehenden Rock, Stiefel und einen dünnen Pulli mit türkis-grauem Rhombenmuster. Dazu jede Menge Perlenketten und einen grauen Fünfziger-Jahre-Hut. In der Hand hält sie eine ihrer vielen Vintagetaschen, die heutige ist aus grauem Krokoleder.

»Gude morge«, begrüßt sie einer der Kellner.

»Hej«, sagt Muk und kommt an meinen Tisch. »Hallo Oliver«, begrüßt sie mich.

Wir geben uns einen Kuss. Ich drücke sie an mich. Verschüchtert, leicht angespannt erwidert sie die Umarmung.

»Schön, dass du da bist«, sage ich das, was man in solchen Momenten eben sagt. Zumindest glaube ich das. Sicher, ich habe mich schon oft mit Frauen gestritten, aber noch nie hatte ich solche Angst, eine von ihnen zu verlieren. Weil ich sie ja nicht einmal für mich gewinnen wollte. Sie waren mir nicht wichtig. Das ist seit Muk anders.

Muk setzt sich hin und liest erst mal die Frühstückskarte. Wir reden kein Wort. Der Kellner kommt an unseren Tisch. »Einen *koffie verkeert*, ein Croissant, Butter und Pfirsich-Vanille-Marmelade, *as je belieft«,* bestellt sie.

»Du siehst schlecht aus«, sagt Muk, nachdem der Kellner gegangen ist.

»Dank je, Schatz, mir geht es auch schlecht.«

Muk schaut mich an. »Na ja, gut geht es mir auch nicht. Ich streite mich nicht gern. Warum hast du mich hierher bestellt?«

Ich ziehe meine Lederjacke aus, damit Muk mein T-Shirt sehen kann.

»Hell«, liest sie vor. »Was soll das bedeuten?«

Ich hebe meinen linken Arm hoch, auf dessen Ärmel ein »P« aufgedruckt ist und der bei dieser Geste das letzte »L«

verdeckt. *»Help«,* sage ich. »Muk, ich brauche dich.« Sie zieht die Augenbrauen hoch.

»Auf einmal. Ich dachte, ich brauche dich, damit ich endlich meine Einzelhandelskette landesweit eröffnen kann. Oh, sorry, europaweit natürlich.«

»Muk. Genau das ist der Punkt. Ich weiß, dass ich dich verletzt habe. Ich habe alles daran gesetzt, dir deinen Traum kaputtzumachen. Das tut mir unglaublich Leid. Denn ich will nicht mehr sein wie früher. Es kommt eben einfach nur manchmal durch. Ich denke dann, ich müsste mich vor anderen noch beweisen, und vergesse dabei, mich um die Dinge zu kümmern, die eigentlich wichtig sind. Und das ist unser kleiner Laden. Ich möchte morgens dort sein und den Duft von frischem Brot riechen. Und dich falsch singen hören, wenn du deine Kollektion entwirfst. Muk, bitte gib mir noch eine Chance. Lass uns zusammen träumen und unsere Visionen gemeinsam verwirklichen.« Ich hole aus meiner Tasche ein kleines Päckchen, das ich in ein pink-weißkariertes Handtuch gepackt habe. »Für dich.«

Muk lächelt. Lange kann sie einem offenbar nicht böse sein. Langsam entspanne ich mich ein wenig. Zum ersten Mal in den letzten Tagen nehmen auch meine Magenschmerzen ab.

Muk knotet die Schleife auf. »Oh, ein Briefbeschwerer aus Naturstein«, freut sie sich und hält den braunen Klumpen hoch.

»Sehr witzig«, kontere ich. Das ist mein erstes selbst gebackenes Brot«, erkläre ich ihr.

»Da müssen wir aber noch ein wenig üben! Meines, das ich dir bei unserem ersten Date mitgebracht habe, sah leckerer aus.« Sie gibt mir einen Kuss. *»Heel lief van jou.«*

Ich erzähle Muk von der Idee, die Yoga-Gruppe als Brotbrigade einzustellen.

»Klasse Idee.« Offenbar glaubt sie immer mehr daran, dass ich es ernst meine mit meiner Wandlung zum »neuen Oliver«.

Wir sprechen über meine Fahrt nach Köln und ich erzähle ihr, wie klar mir geworden ist, dass ich so nicht mehr sein will. Ich drücke Muk ganz fest an mich. »Schatz, weißt du eigentlich, wie gut wir es zusammen haben?«

Muk schaute mich an. »Klar weiß ich das. Vielleicht sogar mehr als du, da du dir auch keine Sorgen ums Geld machen musst, was die Sache um einiges erleichtert. Trotzdem: Man kann immer was aus seinem Leben machen. Und das haben viele junge Holländer hier begriffen. Uns macht es nichts aus, drei Jobs zu haben, wenn wir uns damit das Leben finanzieren können, das wir führen möchten. Vor allem aber wollen wir mit dem Geld unsere Träume erfüllen. Du wirst hier nur wenige in unserem Alter finden, die nicht noch irgendetwas neben der Arbeit tun. Die ein Hobby haben, sagen wir mal. Irgendetwas Kreatives. Oder Abenteuerliches. Etwas, das Spaß bringt und das Leben bereichert.«

Auch mir ist aufgefallen, dass die meisten unserer Generation immer etwas zu erzählen haben, etwas, das sie gerade erlebt haben. In meinem früheren Münchner Bekanntenkreis bezog sich das meistens auf die Arbeit. Hier ist das anders, und ich bin froh, heute gemerkt zu haben, dass ich langsam die Mentalität der Holländer – nein, wohl eher die der Amsterdamer – annehme. Ich habe heute Morgen zum ersten Mal auf dem Rad gepfiffen. Sicher, eher ein trauriges Lied, weil ich so Angst hatte vor dem Treffen mit Muk. Aber immerhin: gepfiffen ... Sicher kann ich mich darüber echauffieren, wenn eine Frau sich bei Apfelkuchen mit Schlagsahne darüber Sorgen macht, ob sie morgen noch Arbeit hat. Aber ich habe vor einigen Monaten auch keinen

Job mehr gehabt und dennoch schnell begriffen, dass ich etwas aus meinem Leben machen muss. Vielleicht ist das der große Vorteil der Menschen hier in Amsterdam. Sie fallen zwar ebenfalls auf die Schnauze. Wollen aber wieder ganz schnell aufstehen. Muk packt mein Brot wieder in das Handtuch und ruft den Kellner. »Komm, *liefert.* Lass uns in den Laden fahren und versuchen, Brote zu backen ...«

»Mist«, fluche ich. »Warum muss ausgerechnet jetzt jemand anrufen.« Seit zwei Stunden versuche ich, außergewöhnliche Brote zu belegen. Und während ich die in Limonenolivenöl eingelegten Tomaten auf mein italienisches Landbrot lege, muss mich jemand am Telefon stören. Ich wische mir die Finger an meiner weißen Schürze ab und renne zur Treppe, wo meine Tasche steht. Zu spät. Das Telefon hört genau in dem Moment auf zu klingeln, als ich es im Dunkeln der Tasche ausfindig gemacht habe. Ich schaue auf das Display. Keine Nummernanzeige. Meine Mutter kann es nicht sein. Die hat sich heute Morgen schon bei mir gemeldet, um mir zu erzählen, dass sie in eine Jazztanzgruppe für die Generation »50 Plus« eintreten will und einen Internetkurs belegen möchte. »Damit ich auch durchs Internet spazieren kann.«

»Mami, das heißt surfen!«

Muk hört mein Fluchen wegen des verpassten Anrufs. »Wenn es wichtig war, wird sich die Person schon noch mal melden«, ruft sie mir aus dem Atelier zu. Hinter einem riesigen Stoffballen erahne ich die glitzernde Strassschleife in ihrem Haar.

Zurück am Tresen der Brotbar mache ich mit meiner kleinen Digitalkamera Fotos von meinen Kreationen. Wie bei diesen billigen Restaurants am Bahnhof, die mir gleich bei meiner Ankunft aufgefallen waren, möchte auch ich meine Speisen auf Fotos vorstellen. Das darf natürlich nicht so eklig aussehen wie dort. Aber die Idee, dass man seinen Gästen Fotos mit den einzelnen Gerichten zeigt, finde ich nett. Meine Gäste können aus acht verschiedenen Brotsorten und unterschiedlichen Aufstrichen wählen.

Brodje Pink Tulip (Lachscreme mit Dill)
Brodje La Gondola (Rucola, sonnengetrocknete Tomaten, Parmaschinken)
Brodje Máxima (Eisbergsalat, Salami, Avocado)
Brodje Moulin Rouge (Peperoni-Salami, Tomatenpaste, Kräuterquark)
Brodje Holly Golightly (Thunfisch und Zwiebeln)
Brodje Mao Tse-Tung (Huhn, Reis-Curry-Salat)

Außerdem biete ich jeweils ein Brot des Tages an und verschiedene Suppen.

Muk kommt die Treppe herunter und zeigt mir stolz das erste Limited-Edition-T-Shirt, das anlässlich der Eröffnungsparty verkauft werden soll. Es hat einen ziemlich weiten V-Ausschnitt. Der Stoff hat die typischen Delft-Blau-Motive, die man auf Topflappen und Holzschuhschlüsselanhängern überall in den Souvenirläden finden kann: In quadratischen Kästen sind Windmühlen, Mädchen im Frau-Antje-Look aus der Käsewerbung, Holzschuhe und Tulpenfelder zu sehen. Muk hat nun Teile dieser Motive mit pinkfarbenen Strasssteinen bestickt.

»Wow«, sage ich begeistert. »Das sieht echt klasse aus!«

Muk zieht spontan ihr eigenes T-Shirt aus und wirft ihre Kreation über. »War auch echt 'ne Menge Arbeit!«

»Das kann man aber auch sehen. Wie viele willst du davon machen?«

Muk überlegt. »Na ja, das ist der Prototyp. Meine Näherinnen sollen mal hundert Stück produzieren. Ist ja limitiert. Aber fünfundvierzig Euro möchte ich schon für so ein Teil haben, oder nicht?«

Ich nicke. »Klar, das kann man dafür wirklich verlangen.« Mein klingelndes Handy unterbricht unser Gespräch. »Hallo?«, rufe ich.

»Ja, hallo. Hier ist Ralf. Ralf Servantis. Ich bin jetzt in Amsterdam und wollte mich doch mal melden bei dir, sorry, bei Ihnen!« Der Anwalt war also wirklich in der Stadt.

»Meinetwegen können wir uns gerne duzen«, schlage ich vor. »Wo bist du gerade?«, fragte ich ihn.

»Im Moment stehe ich an einer Hängebrücke direkt am Hafenbecken an diesem Museum, das aussieht wie ein riesiger Schiffsbug«, erklärt er mir. Ich höre, wie der Taxifahrer ihm erklärt, das sei das Nemo-Museum. Ralf Servantis plant, ungefähr eine Woche in der Stadt zu bleiben. Möglicherweise werde er aber auch noch ein paar Tage verlängern, schließlich sei eine Menge Resturlaub angefallen im letzten Jahr. Er hat sich tatsächlich im *Blakes* eingebucht, was ihn mir sofort sympathisch macht.

Ich schlage vor, dort zu essen. »Bist du denn alleine hier?«, frage ich ihn.

Seltsamerweise überlegt er kurz, bevor er diese harmlose Frage beantwortet. »Ja«, stottert er sichtlich nervös. »Doch, doch. Ich bin alleine hier. Meine Frau ist zu Hause. Sie denkt, ich sei auf Geschäftsreise.«

Ich will nicht näher auf diese Bemerkung eingehen. Offenbar trägt Ralf ein Geheimnis mit sich herum, und ich merke schon jetzt, dass offenbar ich derjenige sein werde, dem er davon erzählen möchte. Noch habe ich keine Ahnung, was da auf mich zukommt. »Eigentlich musst du länger in der Stadt bleiben, weil meine Freundin und ich einen T-Shirt-Shop mit einer Brotbar eröffnen«, schlage ich vor.

»Mal sehen, klingt jedenfalls sehr vielversprechend«, höre ich ihn durchs Telefon sagen. »Okay, ich melde mich morgen bei dir«, sagt er zum Abschied. »Ich freue mich jedenfalls sehr, mit dir im *Blakes* essen zu gehen. Soll ja ein super Restaurant sein, habe ich gehört.«

Nachdem ich aufgelegt habe, setzt sich Muk zu mir an einen der kleinen Tische. »Wer war das denn?«, fragt sich mich.

»Ach, wieder der Typ aus der Anwaltskanzlei. Ich werde mal mit ihm im *Blakes* essen gehen, und danach wissen wir mehr.«

Ich hätte ihn wirklich nicht erkannt. Zum Glück bin ich mit Ralf Servantis in diesem wunderbaren Hotel verabredet. Der Concierge im schwarzen Anzug wählt also an seinem schwarzen Schreibtisch, der von riesengroßen zylinderartigen Lampen in – nun ja Schwarz – beleuchtet wird, auf einem schwarzen Telefon die Zimmernummer von Servantis und gibt mir den Hörer.

»Hallo, Ralf, Oliver hier! Ich wollte dich fragen, ob wir bei dem schönen Wetter nicht lieber irgendwo draußen etwas essen wollen?« Ralf ist einverstanden und verspricht, in wenigen Minuten unten zu sein.

Schade eigentlich, dass wir nicht doch im Hotel essen. Ich bin heute ganz in Weiß gekleidet, farblich würde ich einen wunderbaren Kontrast zu den Sofakissen in der Lounge abgeben – und hervorragend mit den weißen Orchideen in den riesigen Zylindervasen harmonieren.

Kurz darauf kommt ein Mann die Treppe herunter, den ich bei genauerem Hinsehen als den Rechtsanwaltassistenten bei der Testamentseröffnung identifiziere. Ralf trägt

Cowboystiefel, Jeans, ein dunkelbraunes Hemd, einen Dreitagebart und ganz kurze Haare. Selbst an einem *Casual Friday* im Büro wäre er so nicht am Portier der Kanzlei vorbeigekommen. Vor allem aber wirkt Ralf befreit. Wie sich das genau bemerkbar macht, kann ich gar nicht so genau sagen. Mir fällt nur auf, dass er längst nicht mehr so angespannt aussieht wie damals in der Kanzlei. Er hat etwas Frisches, Lockeres. Einen wie ihn könnte ich mir gut als Kumpel vorstellen. Ich denke, man kann eine Menge Spaß mit ihm haben.

»Hallo, Ralf, freut mich, dich zu sehen«, sage ich zu ihm, als würden wir uns seit Jahren kennen.

»Freut mich auch total«, erwidert er und klopft mir auf die Schulter.

Wir laufen die Keizersgracht Richtung Bahnhof hinunter. Die Sonne scheint, keine Wolke ist am Himmel zu sehen, es weht ein leichter Wind. Sommer in Amsterdam. Es gibt nichts Schöneres. Ich erzähle Ralf ein wenig von meinen vergangenen Monaten in der Stadt, von meinem neuen Leben, das um einiges besser ist als mein früheres. An seinen interessierten Fragen merke ich, dass er meinen Ausstieg offenbar nachvollziehen kann. Was nicht oft vorkommt. Erst Montag habe ich mit meiner früheren Assistentin Marianne gemailt, die meinen »Schritt in die Verwahrlosung« überhaupt nicht verstehen konnte und mich in eine Reihe mit Drückebergern oder Versagern gestellt hat.

»Lass sie«, hat damals noch Muk gesagt. »Das ist alles Neid!«

Ralf erzählt mir, dass in der Kanzlei gerade »die Hütte brenne«. Er komme abends nie vor neun nach Hause, was zu leichten Spannungen zwischen ihm und seiner Frau führe.

»Sie hat den ganzen Tag mit niemandem geredet und sich um unser Kind gekümmert. Ich bin abends müde und will meine Ruhe. Klar wird man dann aggressiv und geht ungerecht miteinander um.«

Wir laufen zur Haarlemmerstraat und setzen uns in einer Eckkneipe an einen langen Holztisch. Neben uns trinken vier Männer ihr Feierabend-*pilsje*. Im Haus gegenüber schüttelt eine alte Frau mit hochgesteckten Haaren ihre Sofakissen aus. Der aufgewühlte Staub rieselt herunter, illuminiert von den letzten Sonnenstrahlen des Tages. Die schmale Straße ist voller Fahrradfahrer. Hunde toben in den Innenhöfen. Auf einer Bank vor uns sitzt ein älterer Herr, der die Tageszeitung liest. Ralf und ich bestellen uns ebenfalls zwei Biere.

»Warum bist du eigentlich hier in Amsterdam?« Wir stoßen an.

»Ich muss etwas für mich herausfinden«, sagt er geheimnisvoll. Sein Blick schweift plötzlich nervös ab. Er ringt damit, mich in sein Leben einzuweihen.

Es braucht schließlich noch drei Bier, bis Ralf schließlich anfängt zu erzählen. Warum er sich ausgerechnet mir anvertraut, einem Mann, den er gerade einmal gesehen hat, werde ich sicher niemals begreifen.

Ralfs Monolog dauert den ganzen Abend. Ich wage es nicht, ihn zu unterbrechen. Ab und zu kommt die Kellnerin an unseren Tisch und fragt, ob wir noch etwas bestellen möchten. Irgendwann gehen wir zu stillem Mineralwasser über. Die Sonne ist längst untergegangen. Auf dem kleinen Platz vor der Kirche spielt ein magerer Herr mit Baskenmütze auf seinem Akkordeon französische Chansons. Ab und zu werfen ihm Passanten einige Münzen in den Schuhkarton. *»Merci«*, bedankt sich der magere Herr dann immer artig und nickt. Kerzen stehen auf unserem langen

Holztisch, an dem mittlerweile sicher 30 Gäste sitzen. Das Wachs tropft auf die massive Platte, in die manche Gäste ihre Namen eingeritzt haben. Doch niemand nimmt Notiz von uns; und schon gar nicht achtet jemand auf das, worüber hier die beiden Deutschen den ganzen Abend reden.

Ralfs Beichte wird in einigen Wochen
sein Leben verändert haben.

20

Zufälle gibt es nicht

Nachdem mir Ralf gestanden hat, wie schlecht es um seine Ehe steht, wie sehr er sich zu Männern hingezogen fühlt und dass er hier in Amsterdam in der Schwulenszene »austesten« möchte, ob »die Küsse von Männern« besser schmecken, sitzen wir lange still am Holztisch. Er trinkt sein Bier aus und will gehen, so als ob er den ersten Teil einer Mission erfüllt hätte. Ralf will nun zum zweiten Teil aufbrechen, um endlich zu erfahren, was er braucht, was ihn erregt und wie er damit umgehen muss. Wir zahlen.

»Ich kann dir doch voll vertrauen?«, fragt er leicht zögernd. Wir laufen die Haarlemmerstraat zurück Richtung *Blakes*.

»Mach dir keine Sorgen«, beruhige ich ihn.

An einer Ecke verabschieden wir uns. Er hat nasse Hände, weicht meinem Blick aus, als er verspricht, sich morgen bei mir zu melden. Ralf biegt in eine Seitenstraße ein. Er stolpert über den Asphalt. Nervosität und das viele Bier machen seine Schritte schwer.

Ich höre mein Handy ab und freue mich, dass Muk mir aufs Band gesprochen hat, sie erwarte mich in meiner Wohnung. Ich muss jetzt dringend mit ihr reden.

Als ich die Wohnungstür aufschließe, rieche ich bereits den Kräuterduft aus dem Bad. Muk liegt in der Badewanne. Sie hat Kerzen aufgestellt, trinkt Wein und liest ein Buch.

»He, *schatje«*, begrüßt sie mich. »Ich bin hier!«

Wir küssen uns. Ich ziehe mich aus und lege mich zu ihr in die Wanne. Ein warmes Bad ist für mich so etwas wie eine flüssige Bettdecke. Sofort fühle ich mich darin geborgen und geschützt.

»Wie war es mit dem Typ?«, fragt mich Muk.

»Glaubst du, man kann ein Doppelleben führen?«, frage ich zurück, nachdem ich ihr Teile aus Ralfs Leben erzählt habe.

»Das geht bestimmt«, antwortet sie mir und tupft mir dabei Badeschaum auf die Nase. »Eine Freundin von mir hatte vier Jahre lang eine Affäre mit einem verheirateten Mann in Rotterdam. Sie haben sich zweimal in der Woche gesehen; und niemand von ihren Freunden oder Partnern hat davon etwas mitbekommen. Sie sagte zu mir, dass man irgendwann auch aufhört, ein schlechtes Gewissen zu haben. Man lebt zwei Leben und ist mit beiden sehr glücklich. Wahrscheinlich erfüllt man sich zwei völlig unterschiedliche Wünsche. Im einen Leben findet man Geborgenheit und sitzt gemeinsam in der Badewanne. Im anderen spürt man mehr Erotik, mehr Sinnlichkeit. Also ich kann mir das gut vorstellen!«

Erschrocken schaue ich sie an. »Erlaube mal. Erotik kannst du mit mir auch in der Badewanne haben«, entrüste ich mich leicht gekünstelt.

»Weiß ich doch. Mir wäre das auch viel zu anstrengend. Mach dir da mal keine Sorgen!«

Ich lasse mehr warmes Wasser in die Wanne laufen. Die ersten beiden Teelichte gehen aus. Wir beenden den Badewannenplausch und trocknen uns mit riesigen Handtüchern ab. Sie riechen nach dem Weichspüler, den früher immer meine Großmutter benutzt hat. Nach Frühlingsfrische und Waldspaziergängen. Im Bademantel gehe ich ins Wohnzimmer. »Muk, was ist denn hier passiert?«

»Was meinst du?«, fragt sie mich und streichelt mir den Nacken. »Ach so. Das brauche ich zur Inspiration.«

Zweifelnd schaue ich sie an. »Nee, is klar!« Hunderte von verschiedenen Stoffmustern liegen überall im Zimmer verteilt. Meine Bücherwand hat sie mit einer Collage aus herausgerissenen Modeartikeln zugehängt. Wo sich bis vor wenigen Stunden noch Vorhänge befanden, wehen nun Stoffballen mit Wolkendekor.

»Pass auf«, warnt mich Muk. »Tritt bitte nicht auf die Kiste mit den Knöpfen.« Auf das Sofa kann ich mich aber auch nicht setzen, weil dort Tüten voller roter Federn liegen. Muk hat mein Wohnzimmer in ein Atelier, in das offensichtlich eine Bombe eingeschlagen hat, verwandelt. »Gut, dass wir so eine große Wohnung haben«, freut sie sich. »Bei mir wäre dafür einfach kein Platz gewesen.«

Ich nehme Muk in den Arm. »Du kleine Chaos-Queen. Ich lieb dich so.«

Wenn ich nicht so schrecklich aufpassen müsste, um in keine Sicherheitsnadeldose zu treten, würde ich tanzen vor Glück. Glücklich sein, weil ich ohne Lebenslüge auskomme und einen Wirbelwind in meinen Armen habe, der die Welt viel fröhlicher und bunter sieht als wir alle.

Am nächsten Morgen ruft mich Ralf gleich um neun Uhr früh an. Ich freue mich, dass er noch in Amsterdam bleibt.

»Ich möchte wenigstens eure Eröffnungsfeier miterleben!« Ich wünsche ihm viel Spaß an den nächsten Tagen und verspreche, mich diese Woche noch einmal bei ihm zu melden. Seltsamer Kerl. Ob er hier jemanden finden wird, der zu ihm passt? Man weiß nie. Ich bin dafür nun wirklich das beste Beispiel. Wäre ich damals nicht über den Flohmarkt geschlendert, hätte ich niemals Muk kennen gelernt. Hätten die Deutschen mehr *Landbrot Thüringen* gekauft, wäre ich nicht mal nach Amsterdam gefahren und würde wahrscheinlich noch immer mein altes anonymes Leben führen.

Wie ist das nun mit dem Schicksal oder dem Zufall? Gibt es sie, diese Fügung? Diesen Weg, der eigentlich sowieso schon feststeht. Müssen wir tatsächlich nur auf unsere Gefühle hören, damit wir uns nicht verfahren? Ich glaube an diese Form von Schicksal. Es kann kein Zufall sein, dass ich hier in Amsterdam gelandet bin und mit meiner Freundin, he, mit MEINER Freundin!, einen Laden eröffne. Diesen Weg hatte ich mir nun wirklich nicht bewusst ausgesucht, und hätte ich von ihm gewusst, hätte ich mir tausend Umwege überlegt, um ihn nicht gehen zu müssen. Sicher, ich wäre ihm ausgewichen. Ganz bestimmt. Doch wahrscheinlich haben wir gar keine andere Wahl. Irgendwer hat einmal gesagt, dass unsere Seele ein Kompass sei, der ausjustiert, wohin uns das Leben bringt. Nur das Steuer müssen wir noch selbst in die Hand nehmen. Ja, so ist es. Es ist Schicksal, was das Leben mit uns vorhat. Und wir müssen danach streben, unsere Bestimmung herauszufinden, damit wir die richtige Abzweigung nehmen und nicht plötzlich in einer Sackgasse feststecken.

Was wird das Leben meinen Freunden und mir in den nächsten Wochen bringen? Fahren wir alle zusammen auf einer mehrspurigen Straße, oder nehmen manche eine Abkürzung, kommen nicht mehr mit oder verlassen uns gleich ganz? Ich bin gespannt.

Solche Gedanken gehen mir durch den Kopf, als ich unter der Dusche stehe. Würde ich in einem Fragebogen gefragt werden, an welchem Ort ich am kreativsten sei, ich würde »unter der Dusche« schreiben. Die ganze Wahrheit ist das nicht. Eigentlich müsste ich auch »auf dem Klo« notieren. Aber das wäre mir nun doch etwas zu geschmacklos. Andererseits: Es fragt mich sowieso keiner. Niemand möchte, dass ich einen Fragebogen für das Magazin einer Tageszeitung ausfülle. Das Klo oder die Dusche sind beides Orte, an denen ich meinen Gedanken freien Lauf geben kann. Das war schon, als ich noch bei *Happy Food* gearbeitet habe. Die tollsten Ideen kamen mir an einem der beiden Orte. Vielleicht liegt es daran, dass man dort für sich ist.

Die gläserne Duschkabine ist vom heißen Wasserdampf beschlagen. Es riecht nach Muks süßem Vanilleduschgel. Offenbar fühlt sie sich hier schon verdammt zu Hause. Meine Kräuterduschgels hat sie jedenfalls irgendwann durch blumig riechende Showergels ausgetauscht. Ihre Zahnbürste steht ohnehin schon lange in meinem Zahnputzbecher aus gebürstetem Edelstahl. Meine Zahnbürste ist die mit den schrägen Borsten und dem Schwingkopf. Ihre ist vor allem pink. Die Funktion ist Muk offenbar nicht so wichtig wie die Farbe.

Pink wird auch die Pressemappe sein, die ich heute an alle holländischen und belgischen Zeitschriften verschicke. Auch einige deutsche Frauenzeitschriften sollen erfahren, auf was sie in ihrer Rubrik »Tipps und Trend« künftig hinweisen sollen. *Pink Tulip* schreibe ich auf die beschlagene Duschscheibe. In meinem Magen kribbelt es.

Muk kommt ins Bad. Sie hat sich nur ein dünnes Leinentuch umgewickelt. Auf ihren Haaren thront eine geraffte Badehaube. Sie könnte in diesem Look sofort die Hauptrolle in einem Sixties-Revue-Film übernehmen und lasziv das Tuch fallen lassen – bevor sie eine Runde im erwärmten

Pool schwimmt, um danach an einen Cocktail am Beckenrand zu nippen.

Sie ist wunderschön. So natürlich. Selbstverständlich tut sie so, als würde sie meine Blicke gar nicht bemerken. Aber zweifellos schaut sie ab und zu durch den Spiegel in meine Richtung. Ich komme aus der Dusche, trockne mich ab und lege von hinten einen Arm um sie.

»Weißt du eigentlich, wie sehr ich dich liebe?«, frage ich sie. Wir schauen uns durch den Spiegel an.

»Ach ja, das habe ich durchaus schon mitbekommen«, versucht sie mich zu ärgern.

»Bald werden wir den ganzen Tag miteinander verbringen«, überlege ich. »Soll ich dir den Rücken eincremen?«

Muk gibt mir ihre Bodylotion. »Sei so lieb.«

Während ich ihren Rücken massiere, sprechen wir darüber, wie gut es doch das Leben mit uns meint.

»Gott sei Dank habe ich damals in der Bäckerei eingekauft. Eigentlich hatte ich nämlich noch Brot zu Hause«, überlegt Muk.

»Und dann hast du den Deutschen wieder gesehen.« Ich gebe ihr einen Kuss auf die Schulter.

»Ja, wie konnte das nur passieren!« Muk beginnt sich zu schminken. Sie schüttet ihre kleine Kosmetiktasche aus und sucht Lippenstift und Nagellack heraus. Heute in Apfelgrün. Zum Anbeißen, meine Kleine.

Ich ziehe Jeans, T-Shirt und Flipflops an, verwuschele mir die Haare. »Ich hole schnell Brötchen. Bis gleich«, verabschiede ich mich und werfe die Tür hinter mir zu.

»Huch«, quiekt es im Flur, als ich Joan fast überrenne. »*Darling,* du bist heute aber wirklich ein ganz Flotter«, begrüßt sie mich.

»Du siehst umwerfend aus«, spreche ich ihr ein Kompliment aus und küsse sie auf die Wange.

»Seit du mit deinem T-Shirt-*Sweetie* zusammen bist, sehen wir uns gar nicht mehr«, flüstert sie mir zu und wirft böse Blicke in Richtung meiner Wohnung.

»Joan, du musst nicht eifersüchtig sein. Du weißt: In Wahrheit verehre ich nur dich.«

Joan zieht ihre Sonnenbrille ein wenig nach vorne und schaut mir tief in die Augen. »Nicht lügen. Davon bekommt man graue Haare. Lade mich lieber zum Essen ein.«

Eine gute Idee. Ein Lunch mit der verrückten Nachbarin ist immer mindestens so unterhaltsam wie eine Talkshow mit Joan Rivers. »Wie wäre es mit übermorgen?«, schlage ich vor. »Hast du Zeit?« Eine rhetorische Frage. Joan hat immer Zeit. Wenn sie nicht malt, geht sie shoppen, trinkt Champagner oder telefoniert mit alten Freundinnen aus *A Chorus Line,* um sie mit ihren Alkoholproblemen an die Betty-Ford-Klinik zu verweisen.

»Lass mich nachdenken«, sagt Joan. Sie wäre keine Diva, wenn sie sofort Ja sagen würde. So weit kommt's noch: einem Mann auf der Stelle zusagen. »Doch, da dürfte ich noch nichts vorhaben. Sagen wir gegen eins?«

Ich verspreche ihr, einen Tisch zu reservieren, und betone mehrmals, wie sehr ich mich auf ein Date mit ihr freue.

Joan hat so etwas umwerfend Ehrliches. Sie macht, was sie will. Und hat dabei immer diesen Hauch von Hollywood.

»Ich weiß das wirklich zu schätzen, dass du bei deinen vielen Terminen Zeit für mich hast.«

Joan gibt mir einen Kuss. »Freu dich nicht zu früh. Ich bestehe auf *Roederer Crystal* Champagner. So billig kommst du mir nicht davon.« Sie trippelt die Treppe hinauf.

Noch auf dem Weg zum Bäcker, rufe ich im *Blakes* an, um einen Tisch zu reservieren. Leider haben sie keinen Platz mehr. Ich entscheide mich fürs *de L'Europe*, obwohl Joan mir einmal gesagt hat, dass ihr dort die Quote an gelifteten Frauen zu hoch ist. »Da läuft keine herum, die nicht irgendetwas an sich hat machen lassen. Fürchterlich.« Joan schwört auf Botox und ist stolz darauf, als eine der Ersten in New York eine Botoxparty veranstaltet zu haben. Das *de L'Europe* also. Ich werde Joan einfach sagen, dass es im *Blakes* kein *Roederer Crystal* gibt. Das wird sie garantiert milde stimmen ...

Wie jeden Morgen hat sich wieder eine Schlange vor der kleinen Bäckerei gebildet. Rund ein Dutzend Menschen warten geduldig, bis sie an der Reihe sind, um knusprige Maisbrötchen oder Roggenmischbrot zu kaufen. Die Betonung liegt in diesem Fall eindeutig auf knusprig, da die meisten holländischen Backwaren wie erwähnt die Konsistenz einer Mullbinde haben. Es wundert mich also überhaupt nicht, dass in der Warteschlange viele deutsch sprechen. So ist das eben mit den Ausländern. Sie rotten sich überall zusammen. Die Türken in der Teestube. Wir Deutschen eben beim Bäcker. Einen deutschen Metzger mit Blutwurst und geräucherter Leberwurst habe ich jedenfalls noch nicht entdeckt. Wie sehr sich die Deutschen jeweils schon assimiliert haben, ist einfach herauszufinden: Wenn sie mit anderen ihnen Fremden sprechen, wohnen sie schon länger in Amsterdam. Ich belausche das Gespräch der süßen Blondine mit Pferdeschwanz, die ihre Krallen ganz eindeutig nach dem sympathisch aussehenden Mann mit Kleinkind auf dem Arm ausgefahren hat. Sie klimpert mit den Augen, dass ich mich nur schwer zurückhalten kann, sie zu fragen, ob ihr eine Blütenpolle ins Auge geflogen sei. Sie lächelt, sie quiekt. Alles zu laut und zu übertrieben. Dem Familienvater aber scheint es zu gefallen.

»Es ist immer wieder der Höhepunkt des Sommers«, sagt der Pferdeschwanz.

»Ja, also wir gehen jedes Jahr wieder hin. Wir nehmen ein Picknick mit aufs Boot.«

Die Blondine reißt die Augen auf. »Nein, du hast ein Boot? Ich möchte mir mit meiner Mitbewohnerin auch unbedingt eins kaufen. Vielleicht kannst du mir Tipps geben?«

Das Luder. Sie bekommt wirklich von ihm die E-Mail-Adresse. Erst als ich mich ganz unauffällig umdrehe, verstehe ich, wovon die beiden sprechen. Ein bärtiger Mann hängt auf der anderen Straßenseite an die Glastür des Olivenölladens ein Plakat auf. *Prinsengrachtfestival* steht auf einer Partitur, die über der Gracht schwebt. *Klassische Konzerte in beeindruckender Atmosphäre.* Und dann noch ein paar Namen von Dirigenten und Interpreten. Ich erinnere mich daran, dass Muk und Ron neulich über das Festival gesprochen haben. Auf dem Wasser wird ein Ponton aufgebaut, und zum Abschluss des Festivals am Samstagabend liegen die Boote vor der Bühne, Tausende stehen am Ufer und hören dem Konzert zu. Die beiden waren ganz begeistert, und das soll etwas heißen, da Ron und Muk klassische Musik sonst höchstens in einem Chill-out-Remix dulden.

Mehr Gedanken kann ich mir nicht darüber machen, da ich beinahe von einer Bande Skater überfahren werde. Den rebellischen Haarschnitt noch rebellischer hinzubekommen hat sie sicherlich mehrere Stunden vor dem Spiegel gekostet. Auch an den Ghetto-Outfits mit überweiten Sweatshirts und *Adidas*-Trainingshosen hängt doch der sprühgestärkte Duft einer Vorstadt-Reihenhaus-Siedlung.

Trotzdem kurven sie über die Straße und glauben, anderen Angst einjagen zu können. Sie sind cool. Sehr cool. Ich schmunzle. Und kann glücklicherweise in die Bäckerei flüchten, wo mich eine Verkäuferin mit Pferdeschwanz fragt, was sie mir Gutes tun könne.

»Hast du mitbekommen, dass wieder Prinsengrachtfestival ist?«, frage ich Muk beim Frühstück.

Sie nickt mit vollem Marmeladenbrötchenmund. »Klar«, erahne ich ihre Worte.

»Da müssen wir unbedingt hin.«

Ich freue mich auf meinen ersten Sommer in Amsterdam. Nur schöne Dinge werden wir unternehmen, jede Menge *Taittinger* trinken und den Laden zum Laufen bringen. Auch meine geliebte Muk hat sich schon auf den Sommer eingestellt. Sie trägt Flipflops mit kleinen Äffchengesichtern der Marke *Paul Frank,* einen mit Pailletten bestickten Hirsch sowie eine eng geschnittene Bluse – beides in Violett. Um den Hals hat sie ein schon leicht vergilbtes *Hermès*-Tuch gewickelt. Auf der Holzbank liegen die passenden Accessoires: eine Krokodil-Ledertasche mit Bambusgriffen, mehrere Perlenketten und eine Seepferdchenbrosche aus Strass. Ach ja, und natürlich Audrey, die Sonnenbrille, so groß und schwarz, das man sofort das Frühstück zu *Tiffany's* verlegen möchte.

Wir wollen gleich in die Stadt gehen und ein wenig Leute beobachten. »Szene-Check« habe ich das früher bei *Happy Food* genannt. Sehr oft konnte ich damit unglaublich hohe Rechnungen in Restaurants absetzen und die Summen damit begründen, dass ich schließlich wissen müsse, wo und wie die Zielgruppe genießt. Muk und ich verzichten allerdings auf Gourmet-Restaurant-Chic, und werden uns auf eine Mauer in der City setzen und über Vorbeiflanierende sprechen.

»Warum legen eigentlich so viele Leute Wert auf Mode?«, fragt mich Muk.

»Wir wollen eben alle irgendwo mitspielen«, versuche ich meine Theorie über Mode zu erklären. »Jeder gehört irgendeiner Mannschaft an, und niemand will als Letzter noch auf der Bank sitzen, wie früher im Sportunterricht, wenn man seinen Turnbeutel vergessen hatte und von den anderen nicht ins Team gewählt wurde, weil man schlecht war und überhaupt sehr peinlich aussah in der Feinrippunterhose und dem Trägerhemdchen.«

Muk muss lachen.

»Was hat das mit Mode zu tun?«, fragt sie mich.

»Nun, Mode ist unser Mannschaftstrikot«, antworte ich ihr. »Wir zeigen dadurch, welchem Team wir angehören. Die mit den High Heels spielt bei den J Los mit. Und der Typ da drüber mit seiner alten Trainingsjacke und der Schlaghosenjeans wird auch in irgendeiner Liga mitspielen. So ist das im Leben. Wir wollen dazugehören. Nur darauf kommt es an. Warum bringen sich so viele Leute aus dem Türkeiurlaub eine gefälschte Plastiktasche von *Louis Vuitton* mit? Nur weil sie anderen zeigen wollen, dass auch sie Klasse haben. Mode ist das Erkennungszeichen für andere. Die Trikotnummer entscheidet, in welcher Liga man der Player ist. Ob man absteigt oder in die *Champions League* kommt.«

Wir holen uns im Coffee-Shop einen großen Caramel Macchiato und kehren zurück auf unsere Mauer.

»Du meinst also, ich muss bei meiner Kollektion immer vor Augen haben, welche Mannschaft ich anziehen möchte?«

Ich nicke. »Klar, du musst dir genau überlegen, wer deine T-Shirts tragen soll.«

Muk legt ihre Stirn in Falten, was kaum möglich ist, da

sie so zarte Haut hat. Selbst im angespannten Zustand sind kaum Falten zu sehen. Muk ist sozusagen naturgeliftet. »Ich entwerfe die Mode, die mir gefällt. Und ich hoffe mal, dass es eine Menge Mädchen gibt, die mich wahnsinnig gerne als ihren Kapitän ansehen.« Muk ist ein echtes Holly-Golightly-Mädchen. Von allen Holly-Golightly-Mädchen ist sie sicherlich die hübscheste, auf jeden Fall aber diejenige, die dann doch alles hinbekommt in ihrem Leben. Weil sie es einfach macht und auch mit einer Fünf-Euro-Tasche und einem Kaffee in der Hand so unglaublich glamourös und stilsicher wirkt. Vom Geschäft hat sie wirklich keine Ahnung. Aber trotzdem gewinnt sie jedes Spiel. Weil sie vom Leben dafür umso mehr versteht.

»Welcher Mannschaft gehörst du an?«, fragt mich Muk als wir zurücklaufen. Händchen haltend, was ich eigentlich albern finde. Genauso wie knutschen auf der Straße. Das hat immer so etwas Herzeigendes. Ich mochte das nie. Aber Muk mag es. Und weil hier in Amsterdam alle Händchen halten, selbst die dicken Schwulen mit dem fiesen Schnauzbärten und der peinlichen Lederimitathose, die ihnen sowieso viel zu eng ist, machen wir es eben auch.

»Liebe ist … Kompromisse zu machen«, würde über Muk und mir stehen, wenn wir dieses nackte Comicpärchen wären, das seit Jahrzehnten in der *Bild* den Hausfrauen täglich ein Schmunzeln schenkt. Bestimmt gibt es viele Hausfrauen, die nachmittags *Bild* lesen, sich ein Stück Apfelstreuselkuchen gönnen und eine Tasse Filterkaffee trinken und als Erstes die letzte Seite aufschlagen mit dem Klatsch, der In-Out-Liste und dem »Liebe ist …"-Pärchen. Anschließend regen sie sich auf über die nackten Möpse der Stars auf den Klatschseiten, lächeln dann aber wieder, wenn sie das nackte Pärchen sehen, weil es ihnen so vertraut ist und ihnen jeden Tag das Gefühl gibt, dass die Liebe doch etwas Schönes sei. Danach trinken sie ihren Filterkaffee aus und bereiten das Abendbrot vor, weil sie sich einbilden, dass sie irgendwann auch mal das nackte Pärchen gesehen haben beim Abendbrotessen und da stand so etwas wie »Liebe ist ... ihm das Brot zu schmieren« drüber. So funktioniert das nämlich.

Muk und ich laufen also Händchen haltend durch die Stadt, und ich frage mich, welchem Team ich angehöre. »Nun, ich habe für eine hohe Ablösesumme gerade den Verein gewechselt«, versuche ich eine Erklärung. »Den *FC Ich-bin-wichtig-im-Anzug* habe ich verlassen, da war für mich nichts mehr zu holen. Ich genieße das Leben jetzt viel mehr als früher. Aber ein Dandy bin ich irgendwie auch nicht, weil ich ja nicht nur den ganzen Tag abhänge. Vielleicht möchte ich diesen Look aus den Sechzigern verkörpern, als sie alle in Marrakesch oder St. Tropez abhingen, die Männer im weißen Anzug, Champagner trinkend das Leben genossen und trotzdem Geschäfte auf die Reihe bekommen haben. So ein Gunther Sachs. Und dann würde ich den Himmel Rosen regnen lassen.«

Wir spazieren über die Rasenfläche hinter dem herrschaftlichen Reichsmuseum Richtung Out-Zuid, einem gerade sehr angesagten Stadtteil, dessen Backsteinhäuser eher nach London-Kensington passen. Die Leute hier sind steif und vornehm und längst nicht so trendy und jung wie beispielsweise in Muks Wohngegend De Pijp. Jede Menge Cabrios flanieren über die Straßen, Frauen mit *Hermès*-Tüchern um den Kopf und großen Sonnenbrillen sitzen am Steuer, neben ihnen wahlweise ein Hund oder ein braun gebrannter Mann mit Polohemd. Pastellfarben, natürlich von *Ralph Lauren.* Sicher trägt er Jeans und Collegeschuhe, die ganz Spießigen mit den Troddeln vorne drauf. Auch in den Cafés sitzen fein frisierte Frauen, blättern gelangweilt Zeitschriften durch, trinken Champagner oder telefonieren mit ihren Handys.

Muk und ich beeilen uns also, Oud-Zuid schnellstmöglich zu durchqueren, nehmen eine Abkürzung, bewundern die Schaufensterauslagen eines Floristen, dessen Gestecke so dramatisch inszeniert sind wie eine Oper, in der sich ein Avantgarderegisseur ausgelebt hat. Eine Wasserrose schwimmt in einer Schale aus Schieferstein. Ein schwarzer Lavastein wird von einem Deckenspot angestrahlt und befunkelt die auberginefarbene Blüte. Daneben steht ein Ensemble kleiner Vasen aus Milchglas. In jeder einzelnen blüht eine Orchidee. Auch diese werden von Spots illuminiert.

»Wäre auch mal was für unser Schaufenster«, überlegt Muk und scheint in Gedanken bereits den Laden wieder umzuräumen.

Wir sind auf dem Weg zu einem arabischen Händler, der sich auf orientalische Kunststeine, Stoffe und Dekorationsartikel spezialisiert hat. Sein Geschäft liegt im Hinterhof eines Abrisshauses. Im Vergleich zum feinen Oud-Zuid könnte auch das hier das Bühnenbild eines Theaterstücks sein – allerdings eher für das Werk eines progressivschlecht gelaunten Regisseurs. Wir steigen über modrig riechende Holzlatten. Muk flucht, da sie mit ihren Schuhen immer wieder zwischen dem Schutt irgendwo hängen bleibt. *Oriental World* steht über der golden angemalten Holztür. Das Schild *Geöffnet* hängt schief. Als wir die Tür öffnen, ertönt eine fremde Melodie, die sehr nach den Rufen eines Muezzins klingt. Es ist aber lediglich das Zeichen für den Besitzer, dass Kunden gekommen sind. Behäbig kommt ein dicker Mann mit Vollbart, kurzem, schwarzem Haar, grauer Hose und einem gestreiften Hemd aus einem kleinen Raum im hinteren Teil des Geschäfts. Er grüßt freundlich, bietet uns sofort Tee an.

»Das ist aber freundlich von Ihnen«, sagt Muk.

Der Mann schenkt heißen Tee aus einer Messingkanne, aus der Pfefferminzsträucher herausschauen, in zwei bunt verzierte Teegläser. Er stellt die Gläser auf ein Messingtablett, nimmt ein paar sehr süß aussehende Kekse aus einer Gebäckdose und kommt zu uns. Es duftet wunderbar nach Minze. Gemischt mit dem süßlichen Geruch der Räucherstäbchen fühle ich mich in eine andere Welt versetzt. Ich bin versucht zu fragen, ob wir zu dritt eine Wasserpfeife rauchen möchten. Nicht, dass ich das schon einmal getan hätte. Aber während meines Aufenthaltes in Dubai habe ich in den Cafés immer bewundernd zu den in weiße Gewänder gekleideten Männern hinübergesehen, die bei großer Hitze im Schatten lagen und gemeinsam ein Pfeifchen rauchten. Bei diesem Gedanken fällt mir auch ein, wieso der Ladenbesitzer auf mich so sympathisch wirkt. Es ist sein Duft. Auch er scheint sich mit Weihrauch eingesprüht zu haben. Ich kenne diesen Geruch ebenfalls aus Dubai. Mein Geschäftsfreund hat mir damals erklärt, dass sich die Männer bei großer Hitze mit Weihrauch desinfizieren. Es mache sie rein.

Muk, der Besitzer und ich trinken einen Schluck Tee. Frischer Pfefferminztee.

»Genau das Richtige bei der Hitze da draußen«, sage ich.

Der Mann nickt. »Wie kann ich Ihnen helfen?«

Muk erzählt ihm, dass sie T-Shirt-Designerin sei und für ihre nächste, limitierte Kollektion Stoffe mit orientalischen Steinen besticken wolle.

»Oh«, sagt der Mann und hat auf einmal diesen sehr zufriedenen Blick. »Da sind Sie bei mir ganz sicher richtig. Kommen Sie mal mit.«

Wir folgen ihm. Erst durch den Laden, der voll gestellt ist mit Teppichen, Geschirr und kleinen Mosaiktischen. Eigentlich sieht es hier genauso chaotisch aus wie vor seiner Tür. Wahrscheinlich ist das sowieso alles eine einzige große Inszenierung. In diesem Fall kenne ich nur den Regisseur noch nicht. Der Mann geht mit uns durch sein kleines Büro. Auf seinem Schreibtisch türmen sich Aktenberge. Der Aschenbecher ist voll, die Tastatur des kastigen Computers eingeascht. Der Mann kramt unter den Aktenbergen und Rechnungen einen Schlüsselbund hervor. Er schließt eine kleine Tür auf, macht Licht an. Eine grelle Neonlampe springt an. Eine Röhre flackert. Der Mann schließt einen großen, schon leicht verrosteten Schrank auf, dessen Tür ein wenig ausgebeult ist. Ich bin überrascht, dass die Tür nicht knarrt. Hätte irgendwie ins Bild gepasst. Und ein wenig an Alibaba und die 40 Räuber erinnert. Allerdings müsste dann auch noch die Bürotür zufallen. Für immer. Das wäre nicht schön. Muk sagt die ganze Zeit gar nichts. Sie staunt. Und sieht wahrscheinlich schon einen Flaschengeist aus den leeren Karaffen neben dem Schrank aufsteigen …

»Kommen Sie«, sagt der Mann. Wir treten vor den Schrank, der aus unzähligen Schubladen besteht. Es sind sicherlich einige hundert. Man muss ihn sich so vorstellen wie einen riesigen Schrankkoffer, sagen wir von *Louis Vuitton*. So, wie früher die Passagiere auf der *Titanic* welche hatten. Eine riesige Kiste mit vielen Schubladen, in denen sie ihre Habseligkeiten verstauen konnten.

»Dann fangen wir mal an.« Er zieht eine Schublade heraus und legt sie auf den Tisch. »Nehmen Sie Platz. Es könnte länger dauern.«

Sieht ganz so aus. Drei Stunden bleiben wir im Tresorraum der *Oriental World* mit dem flackernden Neonlicht.

Muk durchsucht alle Schubladen, die gefüllt sind mit Ziersteinen, Pailletten, funkelnden Kristallen und Muscheln. Zu Tausenden, wahrscheinlich sogar Hunderttausenden liegen sie farblich sortiert im Safe. Bis zu diesem Besuch war mir gar nicht bewusst, wie viele Nuancen von Rot, ja selbst von Gold es gibt. Viele der Steine kommen aus dem Iran, dort wo die Freitagsmoscheen mit Millionen von kleinen Steinchen verziert sind und aussehen, als ob sie ein einziges Blumenmeer wären. So vielfältig und bunt sind die Steinchen. Ein wenig muss ich Muk beim anschließenden Kauf zurückhalten. Wahrscheinlich hätte sie sonst ein Vermögen in dem Laden gelassen. Bei einem weiteren Glas frischen Pfefferminztees konzentriert sie sich und stellt ihre Einkaufsliste zusammen.

»Ist ganz schön schwierig, mit hungrigem Magen in einem Lebensmittelladen nur das Nötigste zu kaufen«, sagt der Mann.

Muk entscheidet sich schließlich für die prunkvolle, glamouröse Variante und kauft Goldsteine, matte und glänzende, dunkle und rote Mosaiksteine und Pailletten. Ein paar beigefarben schimmernde Perlmuttknöpfe müssen auch mit. Nach der Auswahl stellt der Besitzer die einzelnen Plastikbeutel mit der funkelnden Ware auf eine Waage. Der Preis ist günstig. Der Mann akzeptiert nur Bargeld, begleitet uns zur Tür, wünscht einen schönen Tag und hängt das *Geöffnet*-Schild ab.

Am nächsten Tag führe ich die Liz Taylor der Keizersgracht aus. Joan. Nun, sie ist eher eine Mischung aus dem frühen Liz-Look und dem alten Taylor-Gesicht welches aber recht vorteilhaft von Chirurgenhand modelliert wurde. Irgendwie kommen mir heute auch Joans Lippen wieder ein wenig voller vor.

»Klar«, gesteht sie, als ich nachfrage. »Ich habe sie wieder aufspritzen lassen. Ein Raketenabwehrsystem können sie entwickeln. Aber dass dieses Zeug in meinen Lippen für Jahre drinbleibt, darum kümmert sich niemand.« Joan trägt ein weißes, eng geschnittenes Twinset, dazu dunkelblaue, enge Hosen und *Gucci*-Slipper.

»Wow, dein Look ist fantastisch«, spreche ich ihr wie immer ein Kompliment aus.

»Ach, *Darling*. Du bist süß. Aber ich weiß gar nicht, ob man dieses Woll-Setchen schon Vintage nennen kann. Es ist irgendwann aus den Achtzigern. Habe ich damals mit Liza gekauft, als wir wieder mal in der Betty Ford waren.«

Ich nicke und gehe einfach davon aus, dass es sich bei Liza um die Minelli handelt.

Joan riecht nach sehr schwerem Parfum. Frauen wie sie besprühen sich selbstverständlich noch äußerst üppig mit Parfum. Sie wollen Duftmarken setzen. Ich glaube es ist *Cashmir* von *Chopard*. Das mochte ich schon an meiner Mutter nicht leiden. Joan schaut auf ihre goldene Cartier-Uhr, die schon etwas mitgenommen aussieht. Das Gold glänzt nur noch matt, die Ecken sind ein wenig abgestoßen. »Du bist wirklich sehr pünktlich. Dafür liebe ich euch Deutsche. Man muss nie warten!« Sie wirft sich einen Pashminaschal in Mauve über, setzt ihre überdimensionale Sonnenbrille mit dem *Chanel*-Logo an der Seite auf und hakt sich bei mir unter.

»Wir gehen falsch, *Darling*. Zum *Blakes* müssen wir hier rechts.« Joan will mich in die andere Richtung ziehen. »Die haben dort keinen *Roederer*.« Dachte ich es mir doch, dass diese Ausrede zieht.

»Na, wenn das so ist«, grummelt Joan und wir spazieren zum Hotel *de L'Europe*.

»Gute Leute«, flüstert mir Joan zu, als wir am Eingang

des Restaurants auf den Oberkellner warten. Fast an jedem Tisch sitzen grau melierte Herren mit ihresgleichen. Altes Geld. Geschäftsleute. Nichts Geliftetes weit und breit zu sehen. Reine Luft also für Joan. Ich würde bei Dreiviertel aller Gäste als Sohn, eventuell sogar als Enkelkind durchgehen. Einen Kommentar verkneife ich mir. Sonst denkt Joan noch, alle gingen hier davon aus, dass sie mit ihrem Sohn verabredet sei. Joan genießt die Blicke der Männer. Sie lächelt, formt ihre neuen Lippen zum Schmollmund, streckt ihren mächtigen Busen heraus. Das Defilee durch den großen Speisesaal kann beginnen. Ob sie vorher den Ober bestochen hat, uns unbedingt einen Tisch am anderen Ende des Saals zu geben? Zumindest könnte der Laufsteg für Diva Joan nicht länger sein. Und sie genießt es, wirft hier und da ein »Guten Appetit« in die Menge, lächelt, zwinkert. Ich dagegen trotte ein wenig hinterher und bin zumindest froh, einen meiner braunen *Prada*-Anzüge mit einem beigefarbenen Hemd gewählt zu haben. Andererseits: Die Gäste sind so damit beschäftigt, Joan zu beobachten, dass ich gar nicht auffalle. Ich bin eher eine Art junges Accessoire. Lässig wirft Joan ihre kleine Handtasche auf den Stuhl neben ihr. »*Darling*, vielen Dank«, sagt sie, als ich ihr den Stuhl zurechtrücke. Dabei streichelt sie leicht meine Hand. »Hoffentlich bleibt das *de L'Europe* das einzige Hotel, in dem es *Roederer* gibt. Das ist doch eine wunderbare Ausrede dafür, nur noch hier zu lunchen.« So ist sie: Schnell wirft sie ihre eiserne Regel, hier niemals essen zu wollen, in die Gracht vor uns.

Wir bestellen zwei Champagner und werfen einen Blick auf die Speisekarte. Sicher wird sich Joan Kaviar bestellen. Ich entscheide mich für den Lobster, danach ein Chateau Briand. Joan nimmt Austern – »Kaviar hatte ich erst gestern Abend als leichten Snack vorm Einschlafen« –, danach den Fisch im Salzteig.

Wir plaudern. Über meinen neuen Job und natürlich über Muk.

»Süßes Girl«, sagt sie. Aber natürlich klingt in ihrer Stimme die Frage nach, warum ich eigentlich nicht auf ältere Frauen stehe und mit ihr etwas anfange. Joan verspricht zur Einweihungsparty des *Pink Tulip* zu kommen. Sofort holt sie ihren lachsfarbenen Timer heraus und trägt sich den Termin ein. Ich bin überrascht, wie viele Verabredungen bereits in ihrer Agenda stehen. Offenbar hat Joan wirklich eine Menge zu tun. Lunches mit Freunden und Dinners mit eventuellen Lovern nehmen natürlich Zeit in Anspruch, und der Körper muss zwischendurch ja auch noch gepflegt werden …

Nachdem wir die Vorspeise zu uns genommen haben, trinken wir weiter Champagner, und ich frage Joan, ob sie sich eigentlich in Amsterdam wohl fühle. »*Darling*, ich bin ein Zirkuskind. Ich würde mich überall wohl fühlen. Man kann an jedem Ort Spaß haben. Das ist in dir drin.« Joans Handy klingelt. Vivaldis *Vier Jahreszeiten*. *»I'm sorry«*, sagt sie, steht auf und verlässt das Restaurant, um in der Lobby weiterzutelefonieren.

Es wird eine Zeit dauern, bis Joan zurückkommt.

Der Gruß aus der Küche in Gestalt eines Trüffelpastetchens mit Ochsenschwanzjus auf Kressebett bleibt unbeantwortet. Denn meine Tischdame ist verschwunden. Zunächst denke ich mir noch gar nichts dabei. Man kennt Frauen: Gerne telefonieren sie mal ein Stündchen länger, und Frauen wie Joan traue ich zu, dass sie dabei irgendwann sowohl Zeit als auch den eigentlichen Grund, warum sie sich im Hotel *de L'Europe* befindet, vergisst. Oliver *who?* Nachdem ich inzwischen das dritte Glas *Roederer* fast alleine getrunken habe und sich der Tag – zumindest in meinem Kopf – eine sehr angenehme Champagner-Laune zugelegt hat, mache ich mir ein wenig Sorgen. Ich rufe den Ober zu mir und frage, ob die Lady mit der großen Sonnenbrille eventuell in der Lobby gesichtet worden sei. Er schaut nach und berichtet, dort Joan nicht gefunden zu haben. Nach einer Dreiviertelstunde mutiert die Sorge in Genervtheit. Selbstverständlich, so weise ich den Herrn Ober an, möge man mir nun bitte mein Filet bringen. Ich lasse es mir schmecken.

Auf den Grund, warum Joan unauffindbar ist, wäre ich nie gekommen. Während ich mein Chateaubriand genieße, ein wunderbar zartes Stück Fleisch mit kräftigem Geschmack und feiner Soße sowie einem hervorragenden Kartoffelgratin – sitzt sie zwei Stockwerke über mir in Suite 003 und kann das alles gar nicht glauben.

o o o

Als Joan zum Telefonieren in die Lobby geht, kommt zur selben Zeit ein Mann in das Hotel, der mit Handschlag vom Portier begrüßt wird. Joan nimmt den Herrn zunächst gar nicht wahr. Sie achtet nur auf dessen Gepäck. Mehrere Reisetaschen und Koffer liegen auf dem messingfarbenen Rollwagen des Pagen. »Hatten Sie schöne Wochen in Europa?«, hört Joan den Concierge fragen.

Der Mann, der mit dem Rücken zu Joan steht, nickt. »Great!«, *hört sie ihn sagen.* »Really great!« *Texanischer Akzent denkt Joan noch, so etwas hört sie sofort. Danach muss sie sich wieder auf ihr Telefonat konzentrieren. Die Sprechstundenhilfe ihres Schönheitschirurgen will neue*

Termine mit ihr abmachen. Nachsorge und ein weiteres Beratungsgespräch darüber, wie Herr Doktor van der Lauder ihr zu einer hübscheren Nase verhelfen könnte.

»Doch, nächste Woche Mittwoch müsste ich Zeit haben«, erklärt Joan dem jungen Ding aus der Klinik. »Aber auf keinen Fall vor elf. Ich will dem Herrn Doktor ja nicht als Gespenst unter die Augen treten müssen.« Sie hört, wie das Mäuschen lacht. Falsches Luder. Wahrscheinlich verdreht sie gerade die Augen. Sie verspricht, Joan eine E-Mail mit allen Terminen zu schicken, wünscht einen schönen Tag und legt auf. All das bekommt Joan allerdings nur noch nebenbei mit. Sie hat plötzlich nur noch Augen für jenen Mann mit dem breiten texanischen Akzent, der sich mittlerweile umgedreht hat und sich vom Pagen zum Aufzug bringen lässt. Joans Herz pocht schneller. Nein, es rast, und zwar über dem gesundheitlich unbedenklichen Geschwindigkeitslimit. So laut und hart, dass sie Angst hat, es würde rausspringen. Oder stehen bleiben, was in diesem Moment wirklich das Unpassendste wäre, was sich Joan vorstellen könnte. Sie hier tot auf dem Boden, und er bekäme es wahrscheinlich gar nicht mehr mit, weil er längst im Aufzug steht und nach oben fährt. Doch Joan fällt nicht tot um – sie läuft nur rot an. Schluckt. Und ruft: »George?« Offenbar hört der Mann sie nicht. »George!«, ruft sie jetzt bestimmender. Mit Ausrufezeichen in der Stimme, weil sie sich plötzlich ganz sicher ist. Die Aufzugtür geht langsam zu. Sie ist aus Spiegelglas, so dass Joan sich selbst auf den Aufzug hinrennen sieht und im letzten Moment die Taste drücken kann. Die Tür ging wieder auf. »George«, ruft Joan noch einmal. »Erkennst du mich nicht mehr?«

Der Mann in seinen Jeans, dem dunkelblauen Hemd mit weißem Kragen und kleinem Polopferd auf der Brust schaut sie an. »Joan?«, fragt er sichtlich unsicher – wäh-

rend er sich in Gedanken diese Frau vor sich ohne aufgespritzte Lippen vorstellt. Könnte hinkommen. Großer Gott, ist sie es wirklich? God bless America. *George fühlt sich, als würde er in einem offenen Wagen durch die Avenues von Texas fahren und ein einziger Konfettiregen würde auf ihn herunterregnen. So ist er eben. Ganz Amerikaner. Das Leben ist eine Show. Und George ist gerade der allergrößte Star.*

Ein amüsantes Bild. Er steht im Aufzug, sie davor. Immer wieder versucht die Tür sich zu schließen, was Joan mit einem Tritt ihrer High Heels zwischen die Lichtschranke verhindert. »My girl, *was machst du denn hier?«, fragt George, der plötzlich Tränen in den Augen hat.*

»Ich«, stottert Joan, »ich wohne in Amsterdam und bin hierher gegangen, um zu telefonieren.« Blöde Antwort.

»Wow, das ist nobel. Du gehst extra zum Telefonieren ins Grand Hotel. Good girl! *Du hattest wirklich schon immer Klasse.«*

Joan lachte. George lachte. Die vier Japaner im Lift mit ihren überdimensionalen Einkaufstüten lachen nicht. Sie sind sichtlich genervt, dass dieser große Mann sie nicht endlich nach oben fahren lässt. Natürlich sagen sie jedoch nichts. Vielleicht ist er der Präsident der Vereinigten Staaten von Amerika. Sie können ja kein Englisch. Und genau wissen sie auch nicht mehr, wie der aussieht.

Irgendwann stieg Joan in den Lift, da George sie fragt, ob sie nicht mit ihm nach oben kommen wolle. Er braucht jetzt verdammt dringend einen Whiskey aus der Minibar. Joan kommt mit – und tritt erst wieder aus der Suite, als Oliver nach der Rechnung fragt.

○ ○ ○

Sie strahlt. Happy. Aber es ist mehr als das. Happy ist Joan auch mit einem Glas Champagner. Nein, Joan strahlt glücklich, zufrieden. Irgendwie hat ihr Gesichtsausdruck plötzlich etwas Ruhiges bekommen. George und sie sitzen mit mir im Restaurant des *de L'Europe*.

Die Rechnung habe ich dann doch noch einmal zurückgehen lassen, als ich die beiden in den Raum kommen sah.

»Oliver«, sagte sie zu mir. »Darf ich dir meine Jugendliebe George vorstellen.«

Ich war sprachlos. Und eigentlich bin ich das noch immer, wenn ich die beiden sehe und erfahre, wie das damals war, als ihnen von seiner Mutter der Kontakt verboten wurde, weil Joan eben nicht aus einer Fleischerdynastie stammte. Wie er richtig gegen seinen Drang ankämpfen musste, ihr keinen Brief mehr zu schreiben, und versuchte, sie einfach nur zu vergessen.

»Aber mir war klar, dass wir uns irgendwann wieder sehen würden«, sagt er mit jener amerikanischen Theatralik, mit der Hollywood-Filme gedreht und Präsidentenreden geschrieben werden. »Wir sind füreinander bestimmt.«

George streichelt Joans Hand. Sie sagt gar nichts. Was wirklich etwas heißt. Noch kann sie es gar nicht glauben. Ausgerechnet in Amsterdam. Und nur deshalb, weil es im *Blakes* keinen Champagner gibt und George seine Europa-Reise verlängern musste, da ihm in München sein Computer gestohlen wurde und er deswegen ein paar Tage länger in Deutschland bleiben musste – und sich danach eine Kur in Baden-Baden gegönnt hat. Hier in Amsterdam ist er noch zwei Tage. Vielleicht auch länger. Joan ist sich verdammt sicher, dass nun alles gut wird. Dass sie nicht mehr suchen muss. Ja, vielleicht macht sie das plötzlich so entspannt und glücklich. Joan muss nicht mehr suchen. So etwas macht verdammt ruhig.

George bestellt noch eine Flasche *Roederer* und erzählt uns, wie schlecht es ihm nach dem Tod seiner Frau ging. Die Europa-Reise hat ihn abgelenkt. Mehr nicht. »*My God*. Ihr habt in Deutschland wunderschöne Schlösser. Aber letztlich war auch Neuschwanstein nur eine Betäubung für mich. Wie ein Glas Whiskey haben mich die Sehenswürdigkeiten abgelenkt von dem, was mich eigentlich beschäftigt. Dass ich bald wieder zurück nach Texas fliegen muss und alleine bin.«

Joan küsst ihn auf die Wange. »*Sweetie*, wie gerne würde ich dich betäuben!«, flüstert sie mit erotischem Unterton.

Welcome back. Joan findet langsam zu ihrer gewohnten Form zurück. George lacht. Ziemlich dreckig sogar. Ich ahne, was die beiden noch verbindet außer Erinnerungen und der Spaziergang durch einen angenehmen Lebensherbst.

Unglaublich betrunken laufe ich nach dem Mittagessen, das am späten Nachmittag ganz anders endete als erwartet, nach Hause. Offenbar fügt sich im Leben doch alles. Vielleicht muss man sich wirklich gar keine Sorgen darüber machen, wo man sein Glück im Leben finden wird. Wahrscheinlich ist es tatsächlich so, dass wir viel zu oft darüber nachdenken, was wir noch alles anstellen müssen, um endlich den Richtigen zu finden, wie wir noch schneller Karriere machen können. Alles ergibt einen Sinn. Und wir haben überhaupt keinen Einfluss darauf. Noch weiß ich nicht, ob mich diese Wahrheit beruhigt. Sie verunsichert uns doch im Grunde ein ganzes Leben lang. Die ganze Zeit haben wir Angst davor, dass etwas passiert, was wir nicht kontrollieren können. Und irgendwann lassen wir los, geben uns dem Lauf der Dinge hin und finden das Glück. Ja, so muss es sein.

Daran möchte ich so lange glauben, bis ich vom Gegenteil heimgesucht werde. Aber erst mal glaube ich daran, dass es im Leben immer so sein wird wie bei Joan und George. Irgendwann verliert man das Glück aus den Augen. Aber das Glück hat uns immer im Kopf. Und irgendwann meldet es sich wieder bei uns wie eine alte Jugendliebe. Denn das Glück, so viel steht fest, hat ein verdammt gutes Gedächtnis.

Auch Oliver wird in ein paar Wochen begreifen,
wie das geht mit dem Glück in Amsterdam.

21

Eröffnungsangebote

Ja, so muss es sein bei der Liebe. Je mehr man die Unterschiede des anderen zu schätzen weiß, umso intensiver wird das Prickeln, dieses Gefühl, füreinander geschaffen zu sein. Manchmal sind die Unterschiede so groß wie bei Joan und George, die mittlerweile schon zwei Wochen lang durch Amsterdam turteln und ihre Wohnung entweder gar nicht oder nur eng umschlungen verlassen. Er, so deftig wie ein T-Bone-Steak. Sie so elegant und luxuriös wie ein Silberlöffel Kaviar. Ab und zu aber liegen zwischen zwei Menschen auch nur Feinheiten des Verschiedenseins. Zwischen Muk und mir, das kann ich seit heute wirklich behaupten, liegen lediglich Nuancen. Nuancen von Pink beispielsweise.

Es ist Mittag. Die Sonne brennt auf den Asphalt, und die Stadt ist voller Touristen. Überall stehen sie ein wenig im Weg herum, kommen mit ihren roten Mieträdern nicht klar oder schwanken schon morgens um zehn torkelnd aus den Bars im Rotlichtviertel. Muk und ich müssen die letzten Besorgungen für die morgige Eröffnungsparty erledigen. Nun, viel steht nicht auf unserer Einkaufsliste. Das meiste lassen wir von einem Cateringbetrieb vorbeibringen. Aber bei einer Frau wie Muk zählen die Details. Papierservietten in einer Farbe, die eventuell nicht mit dem Ambiente ihres Ladens harmonieren? *Mon dieu.* Selbstverständlich müssen die Servietten pink sein. Genau wie das Knabbergebäck, die Knabbergebäckschalen und die Kerzen, die das Knabbergebäck in den Knabbergebäckschalen illuminieren sollen. Papierservietten haben wir bereits nach zwei Stunden gefunden. Nun diskutiert meine Geliebte mit einem Blumenhändler an der Bloomengracht darüber, wie es angehen kann, dass pinkfarbene Rosen nicht identisch pink sein können.

»Sehen Sie denn nicht, dass in diesem Strauß die Blüten alle unterschiedlich pinkfarben sind?«, regt sich Muk auf. »Nö«, sagt der Blumenhändler durchaus gelangweilt, was Muk erst recht in Rage bringt.

»Ich möchte, dass Sie die Rosensträuße öffnen und ich mir 50 Rosen aussuchen kann, die zueinander passen.«

Der Blumenhändler nickt, greift die Blumen aus den Zinkvasen und wirft sie auf den großen Tisch im Gewächshaus. »Dann fangen Sie mal an«, pampt er Muk an und lässt uns alleine. Das kann man ihm wirklich nicht verübeln, da es hier drin sicherlich 40 Grad heiß ist. Nur Kakteen bewahrt er hier auf. Alle anderen Blumen würden längst eingehen. So, wie ich das wahrscheinlich auch gleich werde. Vertrocknen werde ich, wie eine Primel auf dem Balkon. Denn Muk prüft jede Blüte einzeln, vergleicht sie mit der anderen, murmelt etwas von »Die ist zu hell. Aber die hier passt wunderbar zu dieser.« Vieles scheint meine Kleine zu stören, nur nicht, dass ihr Freund gleich zusammenbrechen und einen qualvollen Tod sterben wird. Na ja, wenigstens hat sie dann schon ein Bouquet für die Trauerfeier …

»Sehen Sie«, verabschiedet sich Muk nach einer Dreiviertelstunde in der Blumensauna. »Die passen nun alle zusammen. Sie müssen da einen Blick dafür entwickeln.«

Der Florist nickt, wünscht ihr wahrscheinlich eine Rosenallergie an den Hals, steckt das Bargeld in ein Bündel voller Scheine und wünscht uns einen angenehmen Tag.

Wir radeln Richtung Chinatown. Muk ist sich sicher, dass sie dort in einem der Supermärkte Reisgebäck in Rosé oder Pink gesehen hat. Dummerweise ist sie sich allerdings nicht mehr ganz so sicher, in welchem der Läden das war. Und nach der erfolglosen Inspektion der ersten beiden kommt sie ins Grübeln: »Oder war das vor einem Jahr in London?« Wenigstens haben wir ein passendes Dekorationsobjekt für das noch zu findende Gebäck entdeckt. Eine vierteilige Etagere aus pinkfarbenem Plastik. Die einzelnen, nach oben kleiner werdenden Schalen sind mit winkenden Kätzchen verziert, offenbar irgendein Symbol aus der chinesischen Mythologie. Zumindest winken diese Kätzchen auch aus dem Asia-Imbiss neben Muks Wohnung. Es könnte aber auch ein Zeichen an die Mafia sein, dass dieser Laden zahlt. Oder sich weigert und den Verbrechern mit den Kätzchen sagen will: »Winke, winke, haut bloß ab.«

Auf der Hauptstraße von Chinatown treffen wir Ron.

»Hej«, sagt er mit einer Stimme, die ganz offensichtlich in der vergangenen Nacht wenig Schlaf und dafür umso mehr Rauch und Alkohol abbekommen hat.

Seine Augen verdeckt er hinter einer riesengroßen Sonnenbrille mit Goldrand. Auch sonst würde der modische Laie Rons Outfit eher als »schlampig« bezeichnen. Kenner wie Muk und ich erkennen natürlich, dass Ron länger vor dem Kleiderschrank gestanden als heute Nacht im Bett gelegen hat. Er trägt ein enges Feinrippunterhemd, das seine muskulösen Arme perfekt zur Geltung bringt. Außerdem eine knallgrüne Trainingshose aus Jersey mit weißen Streifen an der Seite. Dazu Sneakers und ein verdammt protziges, aber schon wieder sehr lässiges Silberarmband, dessen Glieder aus einzelnen Totenköpfen bestehen. Ron gibt Muk einen Kuss auf den Mund. Mir wirft er ein Bussi durch die Luft zu.

»Unglaublich, was die Kleinen alles so essen«, flüstert er uns zu, und deutet auf eine Chinesin, die einen riesigen Kugelfisch in einer Tüte nach Hause trägt. »Ich glaube, das ist zu viel für mich. Bin gestern total abgestürzt. Party im *Powerzone.*«

Viel Zeit zum Small Talk haben wir nicht. »Jungs, ich geh mal kurz da vorne in den Krämerladen. Vielleicht haben die noch etwas, was ich suche! Wartet ihr hier?«

Ron und ich nicken. »Wie läuft's im Laden?«, fragt er mich.

»Hör bloß auf!«, antworte ich. »Die Yoga-Mädels bekommen das Brot nicht so hin, wie ich es gerne hätte!«

Ron lacht. »Man sollte Holländer wohl doch keine Brote backen lassen!«

»Da scheint was dran zu sein. Irgendwie kriegen wir das mit der Kruste nicht so richtig hin. Die Laibe lassen sich einfach nicht kross backen. Deshalb muss ich auch nachher noch mal in den Laden. Die Brotbrigade macht gerade Überstunden und übt eine andere Mischung!«

Muk kommt zurück, einen Korb voller Reisgebäck, das wirklich ihre Lieblingsfarbe hat. Dazu in einen pinkfarbenen Sud eingelegten Ingwer, Reiswein in pinkfarbenen Flaschen. Meine Muk strahlt.

»Lasst uns noch mal schnell da hinten in den China-Fashion-Store gehen«, ruft sie euphorisch und zieht uns die schmale Treppe in den ersten Stock eines kleinen Grachtenhauses. Seidig glänzende Kimonos hängen an riesigen Kleiderstangen, überall stehen Körbe voller Accessoires aus Seide herum. »Diese Stoffe liebe ich. Schau mal, die Stickereien. Ganz billig gemacht. Sicherlich in unglaublich großen Fabrikhallen. Aber doch erzählt jeder Kimono eine Geschichte.« Auf einem Kimono skizziert der weiße Faden zwei Frauen, die vor einer Pagode stehen. Sie tragen typische flache Sonnenhüte. Hinten geht die Sonne auf. Vögel scheinen über die Szene zu fliegen.

»Du hast Recht«, sage ich zu Muk. »Auch wenn man eigentlich nur schlecht verarbeitete Nähte sieht, fängt sofort die Fantasie an zu spielen.«

Schnell steigen wir noch eine Treppe nach oben. Hier gibt es Möbel, die aus jeder Zweizimmerwohnung ein China-Restaurant machen könnten. Windspiele hängen von der Decke. Überall stehen Plastikbuddhas herum, jadefarben verzierte Stühle und Tische. Kitsch pur in Schweinefleisch-süß-sauer-Optik.

»So«, verabschiedet sich Ron. »Ich muss los! Lasst uns telefonieren!«

Muk und ich geben ihm einen Kuss und laufen die autofreie Zone durch Chinatown entlang. Chinesische Ärzte haben hier ihre Praxen. Selbst ein Spezialgeschäft für Woks gibt es. Sogar exklusive Kimono-Haute-Couture aus schweren, kostbaren Stoffen, deren Verzierungen sicherlich noch per Hand aufgebracht werden, scheinen ihre Käufer zu haben. Das kleine Geschäft ist voller Frauen, die alle Kimonos anprobieren. Eine andere Welt.

»Schau mal«, sagt Muk und geht auf die andere Straßenseite.

Hinter dem Schaufenster sitzt ein alter Mann mit grauen Haaren und Ziegenbart vor einer Wand voller Gläser. Sie sind gefüllt mit den unterschiedlichsten Gewürzen, Hölzern – wahrscheinlich auch getrockneten Tigerpenissen, aber das kann ich von hier aus nicht sehen. Der Mann liest, nickt immer wieder kurz ein, schreckt auf, liest weiter. *Fußreflexzonenmassage* steht auf Englisch und in chinesischer Schrift an der Tür des kleinen Ladens, bei dem es sich offenbar um eine Mischung aus Apotheke und Massagepraxis handelt.

»Lass uns reingehen«, schlage ich vor. »Ich spendiere uns eine Fußreflexzonenmassage.«

Muk schaut mich überrascht an. »Wir haben doch gar keine Zeit. Morgen ist die Eröffnung! Ich muss noch den Laden schmücken, einmal alles durchputzen, aufräumen und die Schürzen für deine Girls nähen.«

Ich öffne die Tür. »He, das dauert höchstens eine Stunde. Aber danach haben wir wieder eine Menge Energie. Das ist 'ne echte Investition.«

Muk nickt. »Überredet!«

Wir betreten den Laden. Der schrille Ton der Türglocke lässt den Mann hochschrecken.

»Guten Tag«, begrüßen wir fast synchron den Chinesen in seinem weißen, akkurat gebügelten Kittel.

Er nickt, steht in Zeitlupentempo auf und fragt, wie er uns helfen könne. In einer Ecke räuchert ein Duftstäbchen vor sich hin. Es riecht süßlich. Irgendwie aber auch herb. Zumindest sehr anders.

Ich frage, ob er jetzt zwei Termine frei habe für eine Fußreflexzonenmassage. Der Mann schlägt seine uralte, zerfledderte Kladde aus schwarzem Leder auf. Er geht mit dem Finger die Liste durch, schaut auf die Wanduhr, radiert ein chinesisches Schriftzeichen aus und sagt. »Ja, Sie können hier bleiben. Meine Schwester und ich hätten jetzt Zeit für sie. Möchten sie ein Glas heißen Tee?«

Gern nehmen wir das Angebot an. Eine zierliche Frau mit schwarzem Pagenkopf tippelt die Treppe herunter. Sie nickt freundlich, gibt uns den Tee und sagt zu Muk, sobald sie bereit sei, könne sie nach oben kommen. Muk und ich sprechen kein Wort miteinander. Offenbar haben wir beide das Gefühl, dass eine Plauderei die heilige Ruhe stören würde. Sicher würde der Jade-Buddha, der über den Glasgefäßen steht, bei Lärm grollen. Wir trinken den Tee aus und gehen beide die schmale, knarrende Treppe nach oben. Der alte Mann schließt die Eingangstür ab und folgt uns. Das Zimmer im ersten Stockwerk wird durch zwei Papierwände abgetrennt. In jedem Behandlungsraum befinden sich eine Massagebank sowie ein bequemer Sessel. Alles ist sehr spartanisch eingerichtet. Diese Massagepraxis hat so gar nichts von den heutigen Spas, die ebenfalls mit asiatischer Wohlfühlwelt werben. Über der Massagebank und dem Sessel liegen weiße Bettlaken. Ich lasse mich auf den Sessel fallen, der Mann setzt sich vor mich auf einen kleinen Hocker, wäscht mir mit heißem Wasser die Füße und beginnt mit der Massage. Wir sprechen kein Wort miteinander. Er drückt sehr fest mit der Fingerkuppe in meinen Fuß. Es schmerzt. Doch ich weiß, wie gut es mir nach dieser halbstündigen Reflexzonenquälerei gehen wird.

Vor zwei Jahren habe ich mit meiner unglaublich charmanten Kollegin Natascha einige Tage in Shanghai verbracht. Wir mussten für *Happy Food* den chinesischen Markt erkunden und logierten daher vier Tage im unglaublich luxuriösen *Hyatt* Hotel, das sich in den oberen 30 Stockwerken des höchsten Hauses der Stadt befindet. Ich weiß noch, dass ich die Abende immer in meinem Bett verbrachte, da eine Wand meines Zimmer komplett verglast war und ich einen direkten Blick auf die Skyline der Stadt hatte. Eines Nachmittags wollte Natascha unbedingt ein Massagestudio aufsuchen, um »die Verstopfungen in ihrem Energiefluss« lösen zu können. Ich glaubte ihr kein Wort.

»Komm mit«, sagte Natascha. »Probier es einfach aus. So etwas hast du noch nicht erlebt.«

In einer kleinen, dunklen Seitenstraße entdeckten wir das gelbe Neonschild des Massagestudios. Wir mussten unsere Schuhe ausziehen und uns auf eine der sechs nebeneinander stehenden Massagebänke legen. Es herrschte die gleiche Stille wie hier jetzt in Amsterdam. Plötzlich hörte ich das Tippeln eines Mannes, der von einer Frau an meine Bank geführt wurde. Er war blind. Alle Masseure waren hier blind. Später erfuhren wir, dass blinde Männer in China als die besten Masseure gelten. Und ich kann das nur bestätigen. Mit der Hand klopfte er meinen Körper ab. Er spürte genau, wo die Verspannungen saßen, und bohrte seine Finger tief in meinen Körper. *»Relax«* rief er ab und an. Ein Tonbandgerät, das er um seine Hüfte gebunden hatte, sagte ihm immer wieder die Zeit an. Nach einer halben Stunde musste ich mich aufsetzen und bekam eine Fußreflexzonenmassage. Ich schrie auf, zuckte, zog die Füße weg. Die Chinesen um mich herum kicherten und flüsterten sich etwas zu. Wahrscheinlich machten sie über die europäischen Weicheier Witze.

Wie gesagt: Es war eine Tortur. Aber danach war mein Körper entspannt und gelöst wie seitdem nie wieder. Nie wieder bis heute. Denn auch der chinesische Herr ist ein Gott der Fingerfertigkeit. Am Ende der Behandlung klopft er fest gegen meine Fußsohlen.

»Lassen Sie die Energie frei«, empfiehlt er mir zum Abschied, cremt mir die Füße ein und sagt noch, ich solle mir ruhig Zeit lassen mit dem Herunterkommen.

Ich nehme ihn beim Wort und nicke auf den Sessel ein.

Irgendwann steht Muk vor mir, lacht und meint: »Wir sollten jetzt besser mal nach unten schweben und bezahlen.«

Zum Abschluss serviert uns der alte Masseur mit den Teufelsfingern einen Grüntee. Ich höre meine Mailbox ab.

Eine Nachricht von meiner Mutter, die sich gerade in Abano Terme mit Heilschlamm verwöhnen lässt. *Hallo, Oliver. Schöne Grüße aus dem Urlaub. Sitze gerade bei einem Campari im Barsalon des Hotels. Wirklich gute Leute hier. Melde mich morgen noch mal. Viel Glück bei der Eröffnung.*

Im Hintergrund höre ich eine Harfespielerin und kann mir vorstellen, welcher Altersdurchschnitt um meine Mutter herum Cocktails – bestimmt mit Cocktailkirschen verziert – schlürft. Ich muss lachen.

Wir verlassen den Laden und laufen über das Kopfsteinpflaster – wie barfuß über eine weiche Mooswiese. Die Straße ist voller Menschen. Ich beobachte einen vielleicht Fünfzigjährigen, der ein türkisfarbenes Fahrrad mit kleinem Windrad schiebt. Seine dunkelbraune Hose hat er mit einer grünen Wäscheklammer an seinen Socken befestigt. Er dreht sich einen Joint, spricht mit sich selbst. Chinesen tragen ihre Plastiktüten nach Hause. Gruppenweise verschwinden englische Männer in den Seitenstraßen. Sie grölen und begaffen die Huren in ihren weiß gekachelten Schaufenstern. Ein akkurat gekleideter Mann im Nadelstreifenanzug huscht aus einem schwulen Pornokino. An einer Straßenecke steht eine Frau, die eine Marionette Geige spielen lässt. Hinter ihr ein kleiner Kassettenspieler, der Vivaldis *Vier Jahreszeiten* dudelt. Kinder bestaunen die Vorstellung. Ein kleiner weißer Hund wedelt mit dem Schwanz und will mit der Puppe spielen. In den Auslagen der chinesischen Spezialitätenrestaurants hängen marinierte Enten nebeneinander wie Hühner auf der Stange.

Auch Muk und ich sind voll bepackt – und gut gelaunt. Bis auf eine pinkfarbene Fußmatte, die Muk glücklicherweise nun nicht vor unsere Tür legen kann, haben wir alles bekommen. Selbst Pappe in ihrer Lieblingsfarbe gab es. Muk kann also sogar die Preisschilder selbst basteln. Langsam verwandelt sich die Anspannung in eine unglaublich angenehme Vorfreude. Ab morgen haben Muk und ich einen eigenen Laden.

»Nun kann die Eröffnung kommen«, juchzt Muk voller Energie.

Erst jetzt fällt mir auf, dass es angefangen hat zu regnen. Es stürmt sogar. Ein Gewitter zieht auf. Wir beeilen uns, schnell zum Laden zu gelangen.

Klatschnass kommen wir dort an. Die Scheiben des *Pink Tulip* sind beschlagen. Als wir den Laden betreten, riecht es nach verbranntem Brot. Mist!

»Girls, was ist passiert?«, rufe ich Richtung Brotbar. Ich sehe, dass auf dem Kaffeetisch vier verbrannte Brotlaibe liegen.

»Sorry«, entschuldigt sich Kim. »Wir haben die Temperatur etwas zu hoch eingestellt.«

Kann man wohl sagen. Bis zur Eröffnung bleibt nicht mehr wirklich viel Zeit, und wir kriegen das mit dem Brot nicht hin.

Muk hat sich nach oben verzogen. Ich höre, wie sie Kisten verschiebt, flucht und gleich danach irgendein Lied vor sich hin pfeift. Draußen donnert es.

Den ganzen restlichen Tag knete ich mit den Girls Brotlaibe. Die weiteren Versuche schlagen wieder fehl. Das Brot schmeckt zwar großartig. Die Kruste ist aber längst nicht so, wie ich mir das vorstelle. Irgendwann verliere ich die Geduld.

»Was für ein Mist. So wird das nie was mit meiner Brotbar. Und die Zeit drängt doch jetzt wirklich«, fluche ich panisch.

Muk kommt die Treppe heruntergelaufen. »Jetzt reg dich

mal nicht so auf. Hättest dich ja auch wirklich schon mal früher mit so etwas auseinander setzen können.«

Jetzt bitte nicht auch noch Kritik. »Ich bin nun mal der Auf-den-letzten-Drücker-Typ«, versuche ich mich zu rechtfertigen.

»Ruf doch mal Cees an. Die nehmen doch immer selbst gebackenes Brot mit, wenn sie mit *Grapje* unterwegs sind!«, schlägt Muk vor.

»Ist mir noch gar nicht aufgefallen«, sage ich. »Aber ist ein super Tipp!« Ich suche aus meiner Agenda die Telefonnummer heraus. Früher hätte ich selbst versucht, eine Lösung zu finden – und wäre vielleicht gescheitert. Mittlerweile nehme ich gerne die Hilfe anderer an.

»Hallo Cees, hier ist Oliver. Alles *goed?«*

»Bestens, *dank je wel. Leuk,* dass du dich mal wieder meldest!«

»Cees, ich brauche deine Hilfe. Ich stehe hier bei uns im Laden, und wir kriegen das mit unseren Broten nicht hin. Hast du einen Tipp, wie wir die Kruste knusprig bekommen?« Ich höre gebannt zu.

»Echt, das soll helfen? Na, wir probieren es mal aus. Vielen Dank, Cees. Sehen wir uns morgen zur Eröffnung? *Dank je wel. Groetjes!«*

Eine halbe Stunde später schieben wir die Brote in den Ofen. Mit einer Blumenspritze haben wir sie mit Wasser eingesprüht und eine andere Temperatur eingestellt. Viel höher, als in meinem Rezeptbuch stand. Dafür sollen die Laibe nicht so lange backen. Schon nach wenigen Minuten duftet es wunderbar nach frisch gebackenem Brot. Zu viert schauen wir durch das Glasfenster des Ofens und können es gar nicht abwarten. Als die Uhr piept, reiße ich den Ofen auf.

»Wow«, freut sich Muk. »Die sehen ja super aus!«

Als sie auch noch den Messerdurchschneidetest bestehen und die krosse Kruste abspringt, jubeln die Yoga-Girls. Und ich freue mich. Mein erstes selbst gebackenes Brot.

Es ist schon komisch, das Leben. Da freut man sich wochenlang auf die großen Ferien, weil man dann endlich an die Adria fährt und jeden Abend nach dem Stand in der Eisdiele *Dolce Rimini* einen Spaghettieisbecher essen darf und sich eigentlich schon die ganze Zeit darauf freut, die angefrorene Sahne, die sich unter dem Vanilleeisberg befindet, zu löffeln. Irgendwann fährt man dann nach Italien, man bekommt seinen Eisbecher – und schon sitzt man wieder zu Haus und das Einzige, was einem von der Vorfreude geblieben ist, ist ein Stapel Fotos von uns und dem Kellner Paolo und dem Spaghettieis in der Eisdiele *Dolce Rimini*.

So wie damals als Kind, wenn man gar nicht fassen konnte, wie schnell alles vorbei ist, fühle ich mich heute Abend. Es ist halb neun. Die ganzen letzten Wochen habe ich mich auf diesen Tag gefreut, ihn herbeigesehnt, und jetzt ist er wirklich da. Ein perfekter Moment hat sich an den nächsten gereiht. Vor allem: Muk. Sie sieht fantastisch aus. Okay, ich bin parteiisch. Schließlich ist sie meine Freundin. Und ich habe ihr das Outfit geschenkt. Von Objektivität kann also – ehrlich gesagt – keine Rede sein.

Aber die Gäste sind ebenso entzückt von ihr, die in einem Faltenrock mit aufgedruckten Gondeln und Seufzerbrücken und einem sandfarbenen Twinset mit einer riesigen Strassbrosche in Form eines Schmetterlings umwerfend aussieht. Dazu High Heels und eine kleine Baguettetasche von *Fendi*. Die hat sie sich bei einem Secondhandladen in der Damstraat mit der wahrscheinlich besten Ausrede einer Frau für einen weiteren Taschenkauf erstanden: »Ich eröffne mit meinem Freund einen Laden mit Brotbar. Da muss ich natürlich auch den ganzen Abend ein Baguette in der Hand haben.«

Und erst die Gäste: eine gute Mischung aus Flipflop-Society, jenen jungen Leuten, die T-Shirts, Armeehosen und Badeschlappen tragen, unglaublich sexy Frauen, deren Röcke – schöne Grüße an das Wetter und vielen Dank! – wirklich viel Raum für Fantasien lassen. Dazwischen mischen sich Neugierige, die durch den Lärm auf der Straße – schon ab 19.00 Uhr war kein Durchkommen mehr auf dem Bürgersteig – angezogen wurden. Selbst eine marokkanische Großfamilie, die auf dem Weg zum Picknick im Oosterpark war, macht kurz Halt, stellt den Tischgrill aus Leichtaluminium und die Kühltaschen in eine Ecke und wirft einen Blick in den Shop. Sicher, sie werden nicht fotografiert, als sie über pinkfarbenen Teppich hereinkommen.

Gerade als mich meine Mutter anruft, um mir einen schönen Abend zu wünschen und mir zu erzählen, dass sie zum Prinsengrachtkonzert in die Stadt kommen wird, sehe ich Joan.

»Sorry, Mum. Ich muss Schluss machen. Danke für deinen Anruf. Ja, ich melde mich morgen. Ciao, Ciao!« Ich klappe mein Handy zu. »Wow«, begrüße ich meine glitzernde Nachbarin.

Joan ist bereit zum großen Auftritt an der Hand ihres texanischen Schlachters. Sie trägt ein enges grünes Paillettenkleid, darüber einen roséfarbenen Pashminaschal mit den passenden High Heels, die so hoch sind, dass selbst Joan nicht zu selten ins Wanken gerät. Und das liegt nicht nur am vielen Champagner, den sie getrunken hat. Mit einem riesigen Blumenstrauß winkt sie uns im Gedränge zu.

»Hi, *sweeties*!«, flötet sie. »Wir wünschen euch nur das Allerschönste. *Great* sieht der Shop aus. *Unbelievable.*

Und das in dieser Gegend. *Darling* ... kommst du?« Typisch Joan. Auf einer Party läuft sie zu Hochform auf. Mit einem kreisenden Finger und einem Luftküsschen erklärt sie uns, dass sie erst mal eine Runde durch den Laden drehen will.

Für was auch sonst hat sie die Qualen eines eng geschnürten Mieders, eines Push-up-BHs und dieser verdammt unbequemen Hacken auf sich genommen? Muk und ich haben sowieso nicht wirklich Zeit, um uns um die Gäste zu kümmern. Über 100 Leute sind bestimmt da. Zumindest ist der Raum überfüllt. Ich stehe mit Ron hinter meinem Brotbartresen und habe alle Hände voll zu tun, meiner Brotbrigade beim Broteschmieren zu helfen und den Mietkellnern zu sagen, wo sie weitere Champagnerflaschen im Keller finden.

Die Mädels sehen fantastisch aus. Muks pinkfarbene Schürzen, auf denen jeweils eine riesige Tulpe aus Lackleder klebt, sind rechtzeitig fertig geworden. Darunter tragen sie weiße T-Shirts und Jeans. Kim hat sich sogar eine kleine Plastiktulpe ins Haar gesteckt. Sie verbreiten echt super Stimmung, meine Girls. Als der DJ *Car Wash* spielt, legen sie sogar einen Eins-a-Tanz hinterm Tresen hin. Unsere Gäste jubeln. Vor allem die Männer, die mein sexy Personal besonders begutachten.

»Es ist so schwer«, regt sich Ron künstlich auf, »gutes Personal zu finden.« Wir lachen.

»Prost und vielen Dank für deine Hilfe, Björn Borg«, sage ich zu ihm. Ron schaut mich überrascht an.

»Wie kommst du denn darauf?« Was für ein Fauxpas! Selbstverständlich sind seine hellblaue Tennishorts, das *Lacoste*-Polohemd und die Turnschuhe durch nichts und niemand außer ihm selbst inspiriert. Im Gewimmel sehe ich Ralf, der sein Versprechen wahr gemacht hat und wirklich bis zur Eröffnung in der Stadt geblieben ist. Ich winke ihm zu, doch er sieht mich nicht. Meine Rufe kann er auch nicht hören, da unser DJ auf der Galerie offenbar gerade beschlossen hat, dass die Masse unter ihm nun doch bitte schön mal tanzen sollte, und er deshalb die Musik einen Tick lauter gedreht hat. Zusätzlich begleitet ein Saxofonspieler die Beats aus dem Lautsprecher. Irgendwann kommt Ralf dann an der Bar an, ich schreie ihm ins Ohr, wie sehr ich mich über seinen Besuch freue, und stelle ihm Ron vor. Irgendwie kommt es mir so vor, als würde Ralf unseren Ron kennen.

Allerdings scheint die Bekanntschaft einseitig zu sein, da Ron wiederum überhaupt nicht so wirkt, als wäre er Ralf schon einmal begegnet. Ihm sieht man eher die Freude an, ein äußert *lekker ding* vor sich stehen zu haben. Ich überlasse die beiden ihrem Gespräch und gehe zu Muk, die gerade einer Frau ihre Kollektion zeigt.

Vor der Tür halten Polizeibeamte auf ihren Mountainbikes. Oje, denke ich, jetzt gibt's Ärger. Doch von wegen. Die beiden schließen ihre Räder an eine Straßenlaterne an und kommen in den Laden, nehmen sich beim Kellner ein Glas – ich möchte jetzt nicht bezeugen, dass es sich um ein alkoholisches Kaltgetränk gehandelt hat –, stoßen an und wippen im Sound der Musik. Sag ich doch: ziemlich lässig, dieses Amsterdam.

Bis weit nach Mitternacht hält die gute Stimmung an. Irgendwann leert sich der Raum, die übrig gebliebenen Gäste setzen sich in dieser warmen Sommernacht vor unsere Tür und rauchen einen letzten Joint. Es ist niemand mehr da, den ich kenne. Auch Ron und Ralf, selbst George und Joan habe ich schnell aus den Augen verloren. Der Leiter des Mietpersonals verspricht, die letzten Reste aufzuräumen, und wünscht einen schönen Abend. Die Brotbrigade hat sich auf die Stufen zur Galerie gesetzt und trinkt noch Bier. Immer wieder kichern sie. Muk und ich knutschen noch ein wenig in ihrem Atelier, bevor wir uns ein Taxi rufen und nach Hause fahren.

»Es war wirklich wunderschön«, sagt Muk und schaut sich den Baum vor dem Fenster an. Es ist Vollmond. »Hoffentlich kommen die morgen alle wieder und kaufen Klamotten.«

»Ich denke, wir müssen dem Ganzen schon eine gewisse Anlaufzeit geben. Aber es ist doch schon mal klasse, dass unsere PR-Strategie aufgegangen ist und so viele in den Osten der Stadt gekommen sind. Mach dir mal keine Sorgen. Das wird schon werden.«

Ich küsse Muk. Sie dreht sich zur Seite und legt sich auf meinen Oberkörper. Dann gibt sie mir einen Kuss auf meine leicht behaarte Brust. Wir fangen an, uns leidenschaftlich zu küssen.

Muk und Oliver sind im Job ein Team.
Aber sind sie es auch im Leben?

22

Savoir-vivre à la Amsterdam

»Ach«, sagt er und unterdrückt ein freudiges Quieken. »Du sammelst Pillendosen?« Der muss schwul sein. *Ron ist sich plötzlich ganz sicher. »Ja, ich habe mindestens 100 Stück davon. Meine Lieblinge stehen bei uns auf einem kleinen Ecktisch direkt am Terrassenfenster. Wenn die Sonne darauf scheint, funkeln besonders die aus Perlmutt wunderschön.« Ralf ist begeistert. Endlich jemand, dem er von seiner Sammlung erzählen kann. Hat sich offenbar doch gelohnt, in Amsterdam zu bleiben. Erst hat er sich hier ja doch ein wenig unwohl gefühlt. Und Oliver war viel zu sehr im Stress, als das er sich um ihn hätte kümmern können. Aber dieser Ron ist ein klasse Typ. Wenn der wüsste, dass er ihn damals aus dem Taxifenster heraus beim Warten an der Hängebrücke beobachtet hat. Witzig nicht? Zufälle gibt's …*

»Ne Schwuchtel, die Pillendöschen sammelt«, amüsiert sich Ron. »Niedlich!« Er selbst hat früher immer Busfahrkarten gesammelt. Wie Elton John. Der hat das einmal in einem Interview preisgegeben, was ihn noch viel sympathischer gemacht hat. Aber die Pillendosen passen eigentlich gar nicht zu Ralf. Für einen Anwalt ist er echt kein Spießer. Hat 'nen guten Body, auf jeden Fall einen Knackarsch in seiner Diesel-Jeans. Das karierte Hemd von Ralph Lauren *trägt er zu Hause in Hamburg sicher auch nicht so weit aufgeknöpft. Sexy, er hat 'ne gute Brustbehaarung. Aber Ron*

wettet seine gesamte Madonna-Fanposter-Sammlung darauf, dass Ralf seine Brusthaare mit dem Rasierer stutzt. Sie liegen so akkurat wie die auf seinem Kopf.

»Meine Frau ist schon ein wenig genervt, weil wir wahrscheinlich ein kleines Antikschränkchen ausräumen müssen, damit dort die ganzen Döschen Platz finden …«, hört Ron plötzlich Ralf sagen.

Er hatte gar nicht mehr so genau hingehört, weil er viel mehr mit dem Body seines Gesprächspartners beschäftigt war. Aber beim Codewort »Frau« klingelt die Alarmglocke eines jeden Schwulen. »Ach, du bist verheiratet?«, fragt Ron in einem Ton, der zwar interessiert, aber nicht neugierig klingen soll.

»Ja, sogar schon ziemlich lange. Wir haben uns im Plattenladen kennen gelernt.«

Rons Gedanken rasen wie auf einer Autobahn ohne Geschwindigkeitslimit. Hetero? Schwul, aber verheiratet? Verrückter heterosexueller Pillendosensammler? Verheiratet, geht aber doch mit Jungs in die Kiste? Kopfschwul? »Das ist ja ein Ding«, hört sich Ron sagen und sieht Ralf nicken.

»Ja, sie hat mir die letzte CD von Celine Dion vor der Nase weggeschnappt …« Ron atmet auf. SCHWUL!

»… und da habe ich zu ihr gesagt, als Entschuldigung muss sie mir erlauben, sie auf eine Latte Macchiato einzuladen. Willst du noch ein Bier?« Ron nickt und Ralf geht auf einen Kellner zu und nimmt sich zwei Flaschen von dessen Tablett.

»Komisch«, denkt Ron. »Normalerweise erkenne ich die Jungs am Gang oder am Blick. Aber Ralf sieht man gar nicht an, dass er einer von uns ist. Na ja, spätestens bei Celine outet sich noch jeder.«

○ ○ ○

Was genau heute Nacht zwischen den beiden passiert ist, wissen Muk und ich natürlich nicht. Geht uns auch nichts an, interessiert uns überhaupt nicht (na ja, zumindest nicht alles). Auf einen gewissen Stand der Dinge werden wir trotzdem gebracht. Praktisch gleichzeitig melden sich die beiden: Ron bei Muk, Ralf ruft währenddessen mich auf meinem Handy an. Viel Schlaf haben die beiden wohl nicht bekommen, zumindest hören sie sich unglaublich müde an.

Es ist zehn Uhr morgens. Die Sonne scheint. Das Tropenmuseum sieht noch immer aus wie ein Schloss, und irgendein Taxifahrer wird auch gerade das Pissoir aufsuchen. Eigentlich, so viel ist sicher, hat sich in den letzten Stunden nicht wirklich was im Leben von Amsterdam verändert.

Oder vielleicht doch.

Während ich mit Ralf telefoniere und seine Erlebnisse kaum kommentiere, höre ich Muks immer wieder »Ist nicht dein Ernst!« oder: »Das ist ja heiß!« sagen. Manchmal quiekt sie auch, und ich habe den Eindruck, sie schämt sich sogar ein wenig für das, was sie zu hören bekommt. Später, nach unseren Telefonaten (Ron braucht für die Schilderungen ungefähr zwanzig Minuten länger als Ralf), werfen wir uns die News der beiden wie einen Tischtennisball über den Frühstückstisch.

»Ron war ganz überrascht, dass Ralf ihn gefragt hat, ob er nach unserer Party noch etwas anderes erleben will!«

»Ralf dachte, wenn er es jetzt nicht probiert, wird es wohl nie mehr was werden. Außerdem fand er Ron nicht zu schwul. Eher lässig. Er hat wirklich ›lässig‹ gesagt!«

»Sie sind dann erst noch ein wenig an der Gracht entlanggelaufen. Sogar bei uns sind sie vorbeikommen, aber da war ja schon alles dunkel.«

»Die ganze Zeit haben sie miteinander geredet. Ralf hat viel über seine kleine Familie gesprochen. Wie sehr er es genießt, dass morgens sein kleiner Sohn immer ins Bett zum Kuscheln kommt.«

»Da hat Ron seine Chancen schon schwinden sehen, Sex mit Ralf haben zu können. Andererseits scheint dein Ralf …«

»… er ist nicht mein Ralf. Er ist mein Anwalt …«

»… echt ein Tier zu sein. Er hat wohl ganz oft Sex mit seiner Frau. Sogar mehrmals hintereinander.«

»Sie waren dann noch im *Arche* etwas trinken, und weil da aber nicht mehr viel los war und sie bald schließen wollten, konnten sie dort nicht lange bleiben. *Jetzt muss also etwas passieren,* hat sich Ron gedacht.«

»Das dachte Ralf auch. Sie sind Richtung *Blakes* gegangen, weil sie sich immer noch hätten voneinander verabschieden können. Auf die japanische Art, wie Ralf meinte. Niemand verliert sein Gesicht.«

»Doch Ron hat dann einfach Ralf an sich gezogen und ihn geknutscht.«

»Er scheint gut zu küssen.«

»Ralf aber auch. Ron war wirklich überrascht. Profi eben.«

»Sie sind ins *Blakes* auf Ralfs Zimmer gegangen, und mehr weiß ich auch nicht.«

»Ich schon. Aber ich sag nichts. Ron spart da keine Details aus.«

»Ralf hat es wohl sehr gut gefallen. Er hat sich richtig befreit angehört. Fragt sich jetzt aber die ganze Zeit, wie ihm – dem Womanizer – so etwas passieren konnte. Eine Antwort hat er wohl noch nicht gefunden. Zumindest weiß er jetzt, dass einen Mann zu küssen ganz anders ist als eine Frau. Es geht da härter zu, findet er.«

»Offenbar wollen die beiden sich wieder sehen. Ralf muss heute erst mal zurückfahren. Aber Ron hat ihn schon fürs Prinsengrachtkonzert in vier Wochen eingeladen. Vorher wollen sie sich vielleicht mal heimlich in Hamburg treffen. Ron jedenfalls ist hin und weg von seiner Heteroaffäre. Endlich mal ein echter Mann.«

Hastig trinken wir unsere Latte Macchiato aus. Wir haben ganz vergessen, dass wir nun nicht mehr stundenlang unser Frühstück genießen können. Nein, wir sind jetzt Geschäftsleute und müssen unseren Laden aufschließen. Obwohl sicher nicht Massen an Kunden schon vor der Tür stehen würden und wie bei Aldi nur darauf warten werden, endlich die Tagesangebote abzugreifen.

Früher, bei *Happy Food,* war das ja so. Ich habe mir ein Konzept überlegt, sagen wir mal für ein mit Speck und Lauch gefülltes Aufbacklandbrot. Dann gab es Menschen in irgendwelchen Labors, die den Geschmack dieses Produktes nach meinem Briefing zusammenstellten, sie buken ein Probebrot, das sie mir bei einer Präsentation vorstellten. Ich probierte und sagte Dinge wie: »Das muss einfach noch ein wenig lauchiger schmecken. Pikanter irgendwie. Ihr wisst schon, was ich meine, oder?« Die Kollegen verfluchten mich, nickten aber und versuchten weiter mehrere Wochen lang, mein Briefing pikant-lauchig in einen Geschmack zu verwandeln. So war das damals: Ich ließ arbeiten und Brote schmieren. Heute mache ich das alles selbst. Und habe sogar Spaß dabei. Auch wenn die Brotbrigade bei lauter Musik die Brote schmiert – irgendwas ist für mich immer zu tun. Tische abräumen, Espressomaschine polieren, Brotteig kneten und in den Ofen schieben. Wunderbar. Wir öffnen um halb acht morgens – und zwei Stunden später bin ich vom ersten Andrang der

Berufstätigen schon total geschafft. Dennoch: Es ist wunderbar. Vom Tresen aus kann ich auf die Straße gucken. Ich sehe die Bank vor unserem Laden, auf der die Gäste sitzen und mit ihrer Latte Macchiato den Tag beginnen. Überhaupt: die Sitzbank.

Amsterdam ist bekannt für seine Sitzbankkultur. Überall hocken Menschen auf Bänken und unterhalten sich. Meistens natürlich alte Menschen, denen ihre Wohnung zu klein geworden ist und die sich mit anderen Senioren treffen, denen genauso die Decke auf den Kopf fällt. Manchmal sitzen sie auch einfach nur stundenlang nebeneinander. Sagen höchstens mal: »Die Sonne tut so gut«, vielleicht aber auch: »Schau mal da vorne die fesche Maid. Mit der war ich 1923 in der Tanzstunde!« Ich liebe diese Art der Kommunikation. Sie hat einerseits etwas sehr Intimes, da man auf der Bank sehr eng aufeinander hockt. Anderseits aber auch etwas unglaublich Distanziertes. Man kann jederzeit aufstehen, einen schönen Tag wünschen – und sich zu jemand anderem auf die Bank setzen.

In Amsterdam gab es unlängst Streit mit der Stadtverwaltung, da sie die Bank im Rathaus abmontiert hatten. Rentner hatten nun nicht mehr die Möglichkeit, sich nachmittags dort miteinander zu verabreden. Doch gefallen ließen sich die agilen Alten das natürlich nicht. Sie brachten von zu Hause ihre Klappstühle mit und trafen sich weiterhin jeden Nachmittag im Rathaus.

Die Bank ist vor einer Woche wieder anmontiert worden.

Auch unsere Bank vor dem Laden soll eine Art Stammtisch werden. Man kann durchaus zu viert bequem darauf sitzen. Sie ist aus Holz, hat eine hohe Rückenlehne, was mir sehr wichtig beim Kauf war, da man auf unbequemen Bänken nicht lange sitzen bleibt. Ich werde hier sicher den ganzen Sommer verbringen. Im September muss man mich wahrscheinlich mit einer Kettensäge abschneiden, weil ich eins geworden bin mit meiner Bank.

Jetzt, früh am Morgen, ist die Straße noch relativ leer. Einige kommen in unseren Laden, holen sich ihren Kaffee und ihr *brodje* und nehmen es mit zur Arbeit. Muk sortiert im Atelier Stoffe. Ich höre das Rauschen der Kaffeemühle und das Surren des Milchschäumers. Ein wunderbarer Morgen.

In der *Süddeutschen Zeitung,* die ich mir jeden Morgen bei meinem Lieblingszeitschriftenhändler am Spui hole (und meistens noch ein Vermögen für irgendwelche sinnlosen, aber wunderbar gemachten Avantgardeblätter ausgebe), finde ich in der Rubrik *Vermischtes* einen Artikel über die zehn lebenswertesten Städte der Welt. Amsterdam und München liegen beide auf dem zehnten Platz. Nun lassen wir mal die Fehleinschätzung beiseite, dass Frankfurt angeblich die lebenswerteste deutsche Stadt sei. München und Amsterdam haben wahrscheinlich wirklich eine Menge gemeinsam. Hätte ich mich in München nicht zu sehr auf die Arbeit konzentriert, könnte ich dafür wahrscheinlich sogar Beispiele finden. Meistens bringen die Münchner als ein Argument dafür, wie wunderschön ihre Stadt sei, man könne jederzeit im Winter zum Skilaufen und im Sommer mal eben schnell zum Gardasee. Ein Argument für die Stadt ist das jedenfalls nicht. Schließlich wollen alle sie ja immer so schnell wie möglich wieder verlassen. Aber da man sowieso nicht ständig im Sommer an den *Lago di Garda* fährt um einen überteuerten Eisbecher zu bestellen, macht man es sich eben vor Ort ein wenig italienisch. Doch, es stimmt schon. München ist eine extrovertierte Stadt. Das Leben spielt sich auf den Straßen ab, im Englischen Garten oder einem Biergarten. In Amsterdam ist das eigentlich genauso. Meistens trifft man sich nicht zu Hause, sondern gleich irgendwo in einem Café oder zum Picknick.

Ich dagegen gehe lieber mit zu den Leuten, denn ich bin immer neugierig auf deren Wohnungen. Sie sagen doch eine Menge über jemanden aus. Meine frühere Assistentin Marianne besteht sogar darauf, ihre potenziellen Lover beim ersten Date zu Hause abzuholen. Okay, sie ist auch wirklich ein gebranntes Kind. Der Leiter der Personalabteilung hatte ihr bei einem Meeting so viel Schlechtes über die Wohnung eines Bekannten erzählt, dass sie sich ziemlich sicher war, seine Bude müsse sie nicht überprüfen. Sie hätte es besser getan. Nach einem Essen, beide waren sich mit einem Blick in die Augen sicher, dass dieser Abend mit einem Orgasmus enden sollte, nahm er sie mit zu sich. Marianne traf der Schlag: gelbes Ledersofa, Marmortisch, Schrankwand. Die Nacht ist sie dann trotzdem bei ihm geblieben – he, man steigt nicht umsonst fünf Stockwerke zu Fuß nach oben. Als er ihr aber zum Frühstück auch noch den Orangensaft mit kleinen, roten, wiederverwendbaren Herzeiswürfeln kredenzte, beschloss sie, sich wohl doch sehr schnell verabschieden zu müssen.

Zürich und Genf sind übrigens die beiden Städte mit der höchsten Lebensqualität. Sicher auch die teuersten. Über Genf kann ich mir kein Urteil erlauben, da kenne ich nur den Flughafen und erinnere mich, wie sehr ich bei meinem Zwischenstopp verwundert war, wie viele Kunden in einem Caviar House einkaufen. Zürich dagegen halte ich für die am meisten überschätzte Stadt. So groß wie Amsterdam, aber arrogant wie eine echte Diva. Die Zürcher behaupten ja auch gerne, die Ausgehszene könne locker mit New York mithalten. Sie irren. Zürich hat lediglich den gleichen Vorteil wie Amsterdam, dass sie die einzige Metropole des Landes ist. Die Kreativen kommen also hierher.

Wenn sie nicht sowieso im Ausland arbeiten. Ansonsten bleibt eine relativ kleine Stadt. Deshalb liebe ich auch so mein Amsterdam. Sie kokettiert erst gar nicht damit, eigentlich eine Große zu sein. Sondern brilliert mit dem Charme einer kleinen Schwester. Ein bisschen unterschätzt, doch genauso hübsch wie die Großen.

»Kannst du mir mal mit den Kisten helfen?«, fragt mich Muk. Sie kommt mit einem selbst gemachten Obstsalat und zwei Latte Macchiato zu mir.

»*Hej,* Schatz«, begrüße ich sie und setze die Kopfhörer meines Walkmans ab. »Klar, hab sowieso nicht viel Zeit. Muss den Bestand durchgehen und Lebensmittel nachbestellen.«

Muk stochert in ihrem Obstsalat herum. »Na, hast du dich an das alte Ding gewöhnt?« Sie deutet auf den Walkman. Den hat sie mir vor ein paar Tagen geschenkt, nachdem ich meinen *iPod* in der Straßenbahn habe liegen lassen. Erst wollte ich mir natürlich sofort einen neuen kaufen. Schließlich kann ich gar nicht ohne die größte Erfindung überhaupt auskommen. Aber dann hatte Muk auf dem Flohmarkt diesen alten *Sony*-Walkman entdeckt. Diese Schuhschachtel mit drei Knöpfen – genauso sah auch mein erster Walkman mit 14 aus.

»Aber da kann ich mir ja gar keine Playlists zusammenstellen«, bemerkte ich traurig.

»Für was brauchst du Playlists?«, widersprach Muk und drückte mir eine Kassette in die Hand. »Das ist deine Playlist. Ein Tape mit meinen Lieblingsliedern der Woche. So eine bekommst du jetzt jeden Montag von mir geschenkt!«

Süße Idee. Umwerfendes Argument.

Muk also isst ihren Obstsalat. Das macht sie immer auf dieselbe Art, und irgendwie liebe ich sie dafür. Denn Muk isst Obstsalate immer nach Früchten sortiert. Und dann auch noch in der Reihenfolge der Beliebtheit. Zuerst die Äpfelwürfel, die mag sie nämlich am wenigsten. Nun könnte sie natürlich bei einem selbst zubereiteten Obstsalat auch einfach die Äpfel weglassen. Aber so wenig mag sie die dann nun auch wieder nicht. Danach kommen Melonenscheiben, schließlich die Orangen, dann die Himbeeren und zum Schluss die Kirschen. Kirschen isst Muk am allerliebsten. Allerdings nur in purer Form. Einmal wollte ich ihr etwas Gutes tun und habe Kirschsahnejoghurt aus dem Supermarkt mitgebracht. Den hat sie nicht angerührt. »Obst«, behauptet sie, »schmeckt nur in purer Form.« Oder in Form von Torten und Eiscreme.

Wenn ich richtig darüber nachdenke, ist Muk ziemlich inkonsequent.

»Möchtest du?«, bietet sie mir einen Löffel an. Wenn ich Appetit darauf hätte, müsste ich jetzt zuschlagen. Denn ist Muk erst mal bei den Himbeeren oder Kirschen, ist erstens nicht mehr viel zu holen und zweitens fragt sie wahrscheinlich dann auch gar nicht mehr. Muk teilt ihr Essen nur in den für sie noch günstigen Momenten.

»Nein«, greife ich noch einmal Muks Anfangsfrage auf, »langweilig ist mir überhaupt nicht. Gibt doch im Laden genug zu tun.«

Betont langsam hebt Muk ihre weiße Sonnenbrille mit den Strassbügeln und wirft einen Blick auf die beiden Männer. Nun muss auch sie anfangen zu lachen. Der eine hat bereits graue Haare und einen Vollbart. Er trägt einen blauen Overall. *»Lecker kontje«,* bilanziert Muk, und damit meint sie den Hintern des Jüngeren, der gerade mit dem Rücken zu uns steht.

Er ist schätzungsweise Mitte zwanzig, trägt ein enges weißes T-Shirt und Jeans. *Prada*-Turnschuhe, die hier bei

Türken äußerst beliebt sind. Die Haare hat Mustafa sehr kurz geschnitten. (Ja, ich kenne mich hier aus. Schließlich ruft der ältere Mann ihn den ganzen Morgen schon so. Wenn das so weitergeht, kenne ich in einer Woche jeden Einzelnen in diesem Viertel mit Namen. Aber ich komme vom Thema ab.)

Nun ist mein Leben noch nicht so trist, dass ich bereits Gefallen daran finde, zwei türkische Nachbarn stundenlang zu beobachten. Mustafa und sein Vater sind allerdings, und das macht nun wirklich den Reiz des Momentes aus, damit beschäftigt, eine Kühlkombination in einem kleinen grünen Polo mit sehr vielen Beulen zu transportieren. Die Kombination scheint sich allerdings nicht in Gefrierfach und Kühlschrank trennen zu lassen, und der Polo ist nun mal als Kleinwagen konstruiert und nicht als Kühlkombinationstransporter. Das ist Mustafa offenbar nicht ganz klar. Er und sein Vater schauen jedenfalls durchaus überrascht, als sie das riesige Gerät der Marke Miele nicht in den kleinen Volkswagen hieven können. Erst mal eine Zigarette, denken sich die beiden, diskutieren aufgeregt und versuchen gestenreich, den Winkel des Einschiebens in den Wagen mit der Türgröße zu verbinden. Ergebnislos. Die Kombination passt einfach nicht in den Wagen. Die Sitzbänke stören. Zu welchem Schluss kommen die beiden also – nachdem sich diverse weitere Familienmitglieder, Geschäftsleute aus der Nachbarschaft an der Gruppendiskussion beteiligt haben?

Sie nehmen nun den Polo auseinander. Die Hinterbank liegt bereits auf der Straße. Mustafa schraubt gerade den Beifahrersitz heraus, und der ältere Mann räumt den Kofferraum aus. Muk hat beschlossen, ihre Stoffrollen erst dann wieder zu sortieren, wenn Mustafa die Kühlkombination im Polo verstaut hat. Ganz langsam schieben die beiden das Gerät durch die offene Kofferraumtür in das Innere des völlig ausgeräumten Wagens. Mustafa ruft jemanden auf dem Handy an. Wenige Minuten später fährt ein Mercedes vor. Der Fahrer holt ein Abschleppseil heraus und schleppt den voll gepackten Polo ab. Muk und ich applaudieren über die Straße. Mustafa zeigt uns das Victory-Zeichen und steigt zu seinem Kumpel in den weißen Mercedes Diesel. Sie fahren hupend davon. Das Innere des Wagens bleibt noch den ganzen Nachmittag auf der anderen Straßenseite liegen. (Gegen Abend, die Sonne hat bereits beschlossen unterzugehen, wird Mustafa samt seinem Polo vom Mercedesfahrer abgesetzt werden. Noch am selben Abend wird er die Autoteile wieder anschrauben.)

»So, an die Arbeit«, sage ich zu Muk. »Wo stehen die Kisten?«

»Oben auf der Galerie«, antwortet sie mir und nimmt mir die Latte Macchiato aus der Hand.

Ich gehe die Treppe nach oben. Überall liegen Skizzen auf dem Boden. Auf einem Tisch stapeln sich Stoffballen. Hinter einem Regal voller Knöpfe und Sicherheitsnadeln stehen drei Kisten. »Wo muss das denn alles hin?«, frage ich Muk.

»Trag es doch bitte raus. Morgen kommt die Müllabfuhr. Die können das dann gleich mitnehmen!«

Während ich die schweren Kisten mit alten Zeitschriften heruntertrage, radelt Tooske am Laden vorbei.

»He«, rufe ich ihr zu. »Geht's gut zu Hause?«

»Best«, antwortet sie. »Hab keine Zeit. Muss zum Thai Chi!

Von drinnen höre ich die Brotbrigade kreischen. Ich renne an den Tresen. Ist etwa wieder das Brot misslungen? »Die Kaffeemaschine explodiert gleich«, warnt mich Kim vor. »Irgendetwas stimmt mit dem Druck nicht!« Kann eigentlich nicht sein. Die Maschine ist nagelneu. Aus dem Keller hole ich meinen Werkzeugkasten.

»Du hast doch zwei linke Hände« versucht mich Muk davon abzuhalten, die Reparatur selbst vorzunehmen.

»Hast du 'ne Ahnung«, wehre ich mich und schraube das Ventil am Heißluftstab auf. Ich halte das Ventil unter heißes Wasser, puste einmal durch. Offenbar hat sich etwas darin festgesetzt. Nachdem ich alles noch einmal durchgespült habe, schraube ich die Teile wieder an. Am Druckmesser sehen wir, wie der Pfeil langsam wieder in den normalen Temperaturbereich sinkt. Na also.

»Mein Held!«, lobt mich Muk. »Willst du nicht gleich noch bei mir oben die Bilder aufhängen?«

»Kein Problem.« Schließlich bin ich für Handwerksarbeiten wie geschaffen. Wenn die Mädels wüssten, dass ich in München nicht mal einen Werkzeugkasten hatte ... Offenbar bin ich doch viel selbstständiger geworden, als ich bisher dachte. Was mir diese Stadt wohl noch alles beibringen wird?

Nicht mehr lange, und Oliver
wird eine weitere Lektion lernen.

23

Olivers neue Freundin Ilse

Am Wochenende nach der Eröffnung des Ladens machen Muk und ich in meinem Wohnzimmer die erste Buchhaltung. Das Plätschern des Wassers, Wortfetzen der Touristenführer auf den Ausflugsbooten, das Zwitschern der Vögel und ein lauer Wind wehen durch die weit geöffneten Fenster. Mit den ersten Verkaufstagen bin ich ganz zufrieden. Morgens und abends kommen jede Menge Pendler in meine Brotbar. Zwischendurch ist es ruhiger. Aber oft setzen sich Freundinnen, die gemeinsam bei Muk ein bisschen in den T-Shirts gestöbert haben, zu mir nach hinten und essen einen Snack.

»Ich habe an vier Tagen fast fünfzig Shirts verkauft!«, freut sich Muk. Das hört sich gut an. In den Tageszeitungen war auch überall ein kleiner Artikel über unseren Shop. Wahrscheinlich zieht das noch ein paar Neugierige an. »Wenn das so weitergeht, kannst du mir bald einen Brilli kaufen!«, schlägt Muk vor.

Ich muss lachen. »Schatz, dieser Stapel«, ich deute auf den rechten Berg mit Rechnungen, »muss noch bezahlt werden. Und solange der hier höher ist als dieser« – ich zeige ihr den kleineren mit unseren Kassenbons – »wird es erst mal nicht mehr als ein kleiner Strassring werden.«

»Ja, Süßer, ich weiß. Ich kann ja warten. Du musst schließlich auch etwas für unseren ersten Jahrestag haben.« Sie strahlt. Muk ist verrückt nach Schmuck. An keinem Juwelier kommt sie vorbei, ohne einen träumerischen Blick in die Auslagen zu werfen. Ihr Traum ist ein roséfarbener Diamant mit Baguetteschliff. Mehrmals hat sie diesen Wunsch beiläufig, aber wohl durchdacht, in den Raum geworfen.

Stundenlang hätten wir hier noch weiter herumspinnen können, irgendwann hätten wir einen Wein aufgemacht, die Oliven in eine Kristallschale getan, Käse und luftgetrocknete französische Salami aufgeschnitten, Brot aufgebacken und ein kleines Stück vom großen Glück genossen.

So wäre er verlaufen, der Samstag, hätte es nicht geklingelt und Joan hätte vor der Tür gestanden.

»*It was amazing!*«, begrüßt sie mich aufgeregt, deutet einen Kuss auf die Wange an und rauscht in unsere Wohnung.

»Hallo, Joan«, lacht Muk, die auf dem Sofa liegt.

»Wir kommen gerade von einem Ausflug zurück. Aus Delft. *Great place*! *Delft blue*. Kennt ihr doch sicher diese wunderschönen *potjes en pannetjes.*« Ein Ausflug in die holländische Provinz also – dabei sieht Joan eher aus, als käme sie gerade von einer Safari zurück. Sie trägt einen beigefarbenen Hosenanzug und braune Reitstiefel. Die passende Jacke hat Schulterklappen und ist wie eine Armeejacke geschnitten. Ein dunkelbrauner Strohhut macht sie endgültig zur Jägerin des verlorenen Schatzes. »*Anyway.* Nachher erzähle ich euch alles Weitere. Wir haben nämlich unterwegs in einem *beautiful* Bauernhof leckeren *kaas* und Schinken gekauft. Alles selbst gemacht. Und die Frauen trugen diese Tracht mit diesen – *how do you call them?* – *vrouw Antje hutjes.*« Mit einer Handbewegung beschreibt die völlig überdrehte Joan den geschwungenen Trachtenhut. »Okay, also in einer Stunde oben auf der Dachterrasse. Cees und Tooske kommen auch. *Bye!*«

Noch völlig sprachlos von Joans Auftritt – das Ganze kann nicht länger als eine Minute gedauert haben – schaue ich Muk an. »Sieht so aus, als könnten wir uns nicht drücken …«

Zwei Stunden später sitzen wir auf der Dachterrasse am langen Tisch. Joan hat auf einem Beistelltisch die verschiedenen Käsesorten arrangiert. Tooske hat zwei schnell zubereitete Salate mitgebracht und ich habe eine Kiste Wein beigesteuert. Als es dunkel wird, stellen wir Teelichte in kleinen Gläsern zwischen die leeren Teller und Schalen.

»Darling«, sagt Joan plötzlich zu Muk. »Deine High Heels sind gorgeous! Manolos?«

Muk muss lachen. »Schön wär's. Nein, die habe ich selbst entworfen.« Sie steht auf und streift sich einen Schuh vom Fuß. Er ist golden und hat einen sehr spitzen Absatz. Muk hat ihn auf dem Flohmarkt entdeckt. Bei ihrem Araber, wo wir auch die Stoffe und Pailletten gekauft haben, fand sie genügend Strasssteine, um damit die Absätze zu bekleben. Auf die zarten Riemchen hat sie Seidenblumen und kleine Fruchtanhänger genäht. »Schön, dass sie dir gefallen, Joan«, freut sich Muk über das Kompliment. »Mein ganzes Geld stecke ich zurzeit in den Laden. Deshalb stöbere ich viel auf Flohmärkten oder in Secondhandläden nach schönen Klamotten. Vieles nähe ich mir dann um oder verziere es mit glitzerndem Zeugs.«

Joan nickt. »Ach, du meinst so ein *Vintage-Customizing-Thing?*«

Muk lacht. »Oder so.«

Cees zieht sich auf die Hollywoodschaukel zurück und dreht sich einen Joint. Joan hat die Reitstiefel ausgezogen und ihre Beine auf meinen Schoß gelegt. Sie ist betrunken. Ich döse vor mich hin. Ihren Reiseberichten kann ich nicht mehr folgen. *»Wonderful church«,* höre ich ab und zu. Oder ein *»you have to go to this museum«. Wonderful* Joan. Wenn sie zu viel getrunken hat, bekommt sie kein Wort Holländisch mehr raus. Irgendwann schlafe ich auf der Dachterrasse ganz ein.

»Süßer«, weckt mich Muk. Es ist schon stockduster. Am Himmel sehe ich ein Flugzeug, das zum Landeanflug ansetzt. »Süßer, lass uns ins Bett gehen.« Sie gibt mir einen Kuss und zieht mich mit beiden Armen hoch.

»Wo sind die anderen?« Ich blicke mich um. »Die sind schon lange nach unten gegangen. Joan ist sogar noch der Absatz abgebrochen, so eine Schieflage hatte sie«, amüsiert sich Muk.

Ich strecke mich und umarme Muk. »Und was hast du so lange noch hier oben gemacht?«, frage ich sie.

Sie kommt ganz nah zu mir. »Dem Glück beim Schlafen zugesehen!«

Ich drücke sie ganz fest an mich. »Du bist süß. Ich liebe dich, mein kleiner, verrückter Stern.«

○ ○ ○

Endlich höre ich sie mal wieder lachen. Nachts. Stundenlang. Und das Poltern und Knarren des Betts verrät mir, dass Tooske und Cees offenbar zurzeit jede Menge guten Sex haben. Für diese Lebenszeichen bin ich wirklich dankbar. Dennoch erfüllt es mich sofort mit schlechtem Gewissen. Ich vernachlässige meine wenigen Kontakte. Bei Joan muss ich mir keine Sorgen machen. Sie hat ihren George, der sogar mit dem Gedanken spielt, von Texas nach Amsterdam zu ziehen. Er hat sich jetzt erst mal einen Container mit dem Nötigsten schicken lassen – Jeans, Shirts, Cowboystiefel und Bücher – und wohnt vorerst bei Joan. »Wahrscheinlich suchen wir uns etwas Kleines, Hübsches an der Gracht«, hat sie mir letzte Woche am Telefon erzählt. Nun, was klein und hübsch bei Joans Ansprüchen heißt, kann ich mir lebhaft vorstellen. Ein Grachtenhäuschen mit Erkern, Giebeln und geschichtsträchtigen Holzbalken sollte es sicher schon sein …

Bei Tooske und Cees muss ich mich dagegen dringend mal wieder melden. Als ich hier noch niemanden kannte, vor allem natürlich nicht meine Muk, haben sie sich rührend um mich gekümmert. Ich interpretiere das nächtliche Spektakel als Zeichen und klopfe am nächsten Morgen an die Tür ihrer Wohnung. Cees öffnet. Offenbar hat er bis eben geschlafen. Er steht in Boxershorts und T-Shirt vor mir. Seine Stimme klingt nach wenig Schlaf und gutem Orgasmus.

»*Hej*, lange nicht mehr gesehen!«, begrüßt er mich. Auch wenn ich sicher ungelegen komme, fragt er mich, ob er mir einen *koffie* anbieten dürfe.

»Nein, lass mal«, lehne ich freundlich ab. »Ich wollte euch nur fragen, ob wir nicht mal wieder zusammen einen Wein trinken. Außerdem habt ihr noch gar nicht unseren Laden gesehen.«

Ich höre Tooske zur Tür schlurfen. Sie hat sich ein Batiktuch in Naturtönen um die Hüfte gebunden. Im Hintergrund höre ich das Rauschen des Wasserkochers. Sie ist barbusig. Offenbar macht es ihr nichts aus, dass der Herr Nachbar vor der Tür steht. Bei Tooske fallen einem sofort ihre wachen Augen und das markante Gesicht mit dieser langen Nase auf, die hervorsteht wie die Karotte bei einem Schneemann. »Klar, kommen wir mal vorbei«, nimmt sie ihrem Cees die Worte aus dem Mund. Wir müssen doch auch noch besprechen, wer in welchem Boot zum Prinsengrachtfestival fährt.«

Stimmt, das Konzert auf der Gracht. Offenbar bin ich der Einzige in ganz Amsterdam, der sich nicht jetzt schon mit dem Gedanken beschäftigt, wo und vor allem mit wem er das Abschlusskonzert vom Boot aus genießen wird.

»Habt ihr schon einen Platz?«, erkundigt sich Cees. Eine Frage, die mir in den letzten Wochen schon so oft gestellt wurde. Fast so oft, wie man sich an den letzten Tages des Jahres nach den Plänen für die Silvesterparty erkundigt. Meine Mutter wird auch in der Stadt sein. »Nur ein langes Wochenende will ich bleiben. Ich habe in der Tageszeitung ein Arrangement gefunden und gleich gebucht.« Mit zwei Übernachtungen im Hotel *Krasnopolsky* direkt am Konigspaleis und einer Lichterfahrt durch das nächtliche Amsterdam.

Ich dagegen habe noch gar keine Idee. »Um ehrlich zu sein, habe ich mir darüber keine Gedanken gemacht. Vielleicht kaufe ich uns auch noch ein Boot.«

Auf dem Weg zum Laden radle ich am Entrepotdok vorbei. Hier haben früher die Frachtschiffe angelegt, nachdem sie Gewürze und anderes Gut aus den Kolonien transportiert hatten. Heute sind die Lagerhäuser zu Wohnungen umgebaut worden. Oft bin ich hier bereits mit Muk abends spazieren gegangen. Es ist ein sehr idyllischer Ort. Von einer Bank direkt an der Gracht kann man die Sonne am Ende des Flusses hinter den Grachtenhäusern untergehen sehen. Gegenüber dem Kalenderpanden-Haus habe ich vor einigen Wochen im Vorbeifahren eine kleine Werft gesehen. Das Unternehmen ist offenbar auf den Bau kleiner Holzboote spezialisiert. Gut verarbeitete Jollen, genau die richtige Größe für einen Abend zu viert auf der Gracht.

Ich steige vom Rad ab und gehe den schmalen Pfad zum

Wasser hinunter. Ein blonder junger Mann sitzt auf einem Campingstuhl. Vor ihm liegt ein brauner Labrador, der freundlich mit dem Schwanz auf den Boden klopft, als er mich sieht. Als Wachhund wäre er eine Witzfigur.

»*Hej*, wie kann ich dir helfen?«, begrüßt mich der Mann.

Ich nicke und sage ihm, dass ich mich für eines seiner Boote interessiere.

Er nimmt noch einen kräftigen Zug von seinem Joint. Ich vermute, er inhaliert, so genau kenne ich mich da nicht aus. Jedenfalls kommt während unseres Gesprächs die ganze Zeit noch immer süßlich riechender Qualm aus seinem Mund. Dieser Mann ist Emma, die Dampflokomotive von *Jim Knopf und Lukas, der Lokomotivführer*.

»Zwei Boote habe ich gerade gestern verkauft. Unsere *Ilse* ist die Einzige, die ich noch dahabe.« Die Lokomotive nimmt noch einen Zug und geht mit mir sehr langsam in die Werkstatt, deren eine Seite zum Wasser hin offen ist. Er zieht die blaue Plastikplane vom Boot und zeigt mir *Ilse*.

Ilse ist ein braunes, schmal geschnittenes Boot mit zwei schräg verlaufenden Holzbalken, die als Sitzfläche dienen. Sie ist ein einfaches Mädchen. Sicher keine Lady wie ein Rivaboot, die man hier auch manchmal auf der Gracht sieht und die einen natürlich sofort davon träumen lassen, an der Seite der jungen und wunderschönen Grace Kelly zu sitzen und die Côte d'Azur entlangzucruisen. Sie im leichten Sommerensemble mit einem Hermès-Carrie um den Kopf. Ich im weißen Anzug und *Gucci*-Slippern.

Ilse also. Beim Preis sind wir uns schnell einig. Der Typ muss noch einen Motor besorgen und verspricht, ich könne *Ilse* übermorgen mit nach Hause nehmen. Ich bedanke mich, wünsche ihm einen schönen Tag und verspreche ihm, das Geld bar mitzubringen.

»Cool, echt«, höre ich ihn noch sagen. Er klopft mir auf

die Schulter und fläzt sich wieder auf seinen Campingstuhl. Erst jetzt sehe ich, dass auf der Rückenlehne *Boss* steht.

»Gibt's ja nicht!!!!« Muks Stimme überschlägt sich und hat die Emotion von vier Ausrufezeichen. Ohne ihr von *Ilse* zu erzählen, habe ich sie auf ihrem Weg in die Mittagspause an einer Grachtenbrücke abgefangen. Dort wartet sie nun auf mich, schon von weitem sehe ich von der Gracht aus, dass sie ungeduldig auf die Uhr schaut und die Straße im Blick hat. *Wo bleibt er denn?,* denkt sie. *Immer ist er zu spät!*

Wenn sie wüsste.

Ich nähere mich ihr mit *Ilse* vom Wasser aus und drücke den Knopf der quietschenden Schiffshupe genau in dem Moment, als ich unter der Brücke hervorkomme. Muk schaut mit diesem für Frauen doch recht typischen Was-will-denn-der-Idiot-Blick? aufs Wasser. Guckt noch einmal, strahlt, lässt ihr Rad einfach fallen und rennt zum seitlichen Ufer hinunter. Vorher muss sie noch ihre High Heels ausziehen, da sie sonst sicherlich auf dem erdigen Geröll ausgerutscht wäre.

»Das ist ja unglaublich!« Muk quiekt. Ich genieße jeden dieser Momente, wenn sich meine Kleine so freut. Sie wird dann wirklich wieder zu einem Mädchen, das auf seinem Geburtstagsgabentisch die ersehnte Puppe entdeckt hat. Ich hole aus dem großen geflochtenen Picknickkorb zwei Gläser und eine Flasche *Taittinger* heraus, entkorke sie und schenke uns ein. »Darf ich vorstellen«, sage ich und proste Muk zu. »Das ist *Ilse!*«

Muk lacht. »Hallo, *Ilse*, was für ein entzückender Name!« Muk gibt mir einen Kuss. »Du bist so süß«, flüstert sie mir ins Ohr. Und: »Scheiße!« sie hüpft barfuß aus dem Boot, rennt nach oben und schließt ihr Rad an einem Laternenmast an. »Hätte mir gerade noch gefehlt, dass sie es mir klauen und du mich künftig mit *Ilse* zur Arbeit bringen musst.«

Sie stößt das Boot vom Rand ab, ich starte den Motor. Wir beginnen unsere Bootsfahrt in der Mittagssonne. *Ilse* ist eine Schnecke. Viele noch kleinere und schäbigere Boote überholen uns lässig. Uns macht das nichts aus. Wenigstens müssen wir uns dann nicht allzu sehr auf den Fahrstil konzentrieren. Wir tuckern über die Wasserstraßen. Gefährlich schwankt *Ilse* wie eine Betrunkene, wenn wir an einem der großen Touristenschiffe vorbeikommen. Sicherheitshalber biege ich in kleinere, menschenleere Grachten ab. An vielen Anlegeplätzen wird gepicknickt. Wir holen Pastasalat, Käse, Salami und Weißbrot aus dem Korb. Selbst an eine weiß-pink-karierte Decke habe ich gedacht.

Muk legt sie auf den Schiffsboden und tischt auf. Dabei erzählt sie von ihrem Tag im Geschäft. Langsam hat sich bei den richtigen Leuten offenbar herumgesprochen, dass es uns gibt. Der Umsatz steigt kontinuierlich, und auch meine Brotbrigade muss fast täglich mehr Brote backen. Muk macht seit der Eröffnung einen unglaublich zufriedenen Eindruck. Ich merke richtig, wie sehr sie sich entspannt hat und genießt, endlich ihren Traum verwirklicht zu haben. Und genau darum geht es: Glück erlebt man nur dann, wenn man etwas dafür tut. Wir sind ins kalte Wasser gesprungen, und offenbar kommt unsere Geschäftsidee an.

»Mein Gott, geht es uns gut!«, sage ich zu Muk.

»Kannst du es denn auch genießen«, fragt sie mich, wohl meine leichten Zweifel in der Stimme erkennend.

Schwierig. »Weißt du, ich habe in den letzten Monaten einfach zu viel mitgemacht. Und wenn man so viel Mist erlebt, kann man erst mal gar nicht glauben, dass es einem plötzlich gut geht. Ach, gut gehen ist ja noch viel zu untertrieben. Ich bin überglücklich und so eine Bootsfahrt mit dir in einem schäbigen Boot …« Muk haut empört auf die Holzbank. »Beleidige unsere *Ilse* nicht …“

Ich muss lachen. »Nein, auf keinen Fall. Im Vergleich zu meinem früheren Leben ist das hier wirklich vier Nummern kleiner. Aber vom Gefühl her unbeschreiblich viel mehr. Und genau daran muss ich mich erst noch gewöhnen. Mach dir keine Sorgen, mein Schatz. Langsam glaube ich an das Glück.«

Muk umarmt mich. »Du glaubst nicht nur daran. Du lässt das Glück zu. Darum geht's.«

Eigentlich eine schöne Filmszene. Wäre das alles ein Liebesfilm würde jetzt sentimentale Orchestermusik einsetzen. Die Kamera würde einen Schwenk von dem eng umschlungenen Liebespaar machen hin zu jenen Grachtenhäusern, die sich im Wasser spiegeln.

Aber wir sind nicht im Film. Es ist viel schöner. Es ist die Wirklichkeit. Und daher stört auch gerade überhaupt nicht, dass auf einer nahen Terrasse grölende Engländer sitzen und strenger Makrelengeruch von ihrem Tischgrill zu uns aufs Boot weht. Ein perfekter Moment. Echt.

Noch wenige Tage,
dann ist das Glück greifbar nah.

24

Die Zufriedenheit des Belanglosen

Der Tag ist heute noch so jung, und ich habe bereits zwei Fehlgriffe getätigt. Graue Socken angezogen statt schwarze. Und eine Unterhose, bei der man die ganze Zeit befürchtet, sie rutscht runter, was vielleicht auch so ist, aber meine Jeans würde sie natürlich davon abhalten. Einen Griff habe ich dagegen nicht getätigt, was allerdings auch ein Fehler war. Ich habe meine Kontaktlinsen nicht eingesetzt und kann deshalb meine neue weiße Sonnenbrille nicht tragen. Was sehr schade ist, da heute die Sonne scheint, Wolken gibt es nicht und Amsterdam muss somit auf den jungen Gunther Sachs verzichten, denn genau so sehe ich aus mit dieser großen weißen Sonnenbrille mit den tropfenförmigen Gläsern, die leicht getönt sind. Es muss der schwulfeminine Touch dieser Stadt sein ... Aber keine Angst: Ich fühle mich doch noch sehr männlich. Zumindest lese ich den Sportteil vor der Rubrik *Vermischtes*.

Meine Laune ist also nicht unbedingt die beste, vor allem weil mein Rad kaputt ist. Irgendein Idiot hat den Reifen aufgeritzt. Ich muss also erst mal einen neuen Fahrradschlauch einsetzen. Während ich das Rad repariere, beobachte ich immer wieder die Passanten, die an mir und meinem auf den Kopf gestellten Rad vorbeilaufen. Den Männern kann man ansehen, dass sie heute Morgen ebenfalls leicht verzweifelt vor dem Kleiderschrank gestanden haben. Sie tragen heute fast ausschließlich Kompromisse. Es soll nämlich sehr warm werden, fast schon heiß: 30 Grad. Seit Tagen überschlagen sich die Wettermeldungen mit dieser Nachricht. Was aber trägt ein Geschäftsmann, dessen Seriosität durch eine Krawatte und einen Anzug vermittelt werden soll, bei diesen Temperaturen? Leichte Anzüge, diese knitterfreien aus Cool Wool, haben sie natürlich nicht. Das haben nur die Südländer, Italiener zum Beispiel. Bei denen ist es schließlich viel häufiger warm. Der sparsame Holländer allerdings denkt wirtschaftlich und würde niemals so viel Geld für einen leichten Anzug ausgeben. *Wir sind hier ja nicht im Süden,* denkt er sich. Und nimmt dafür lieber in Kauf, an einem Tag wie diesem zu schwitzen. Die allgemeine Grundfarbe ist heute hellbraun. So ein Milchkaffeeton. Ungefähr die Nuance, wenn jemand »entkoffeiniert und mit ganz viel Milch bestellt«. Oder Kakifarben. Auch das scheint das Zugeständnis der holländischen Geschäftsmänner an einen heißen Sommertag zu sein. Dazu braune Schuhe, ganz angesagt sind gerade die mit den hellen Nähten und der eckigen Form. Man kann wirklich sagen, dass sich die holländischen Geschäftsmänner Mühe geben mit ihren Outfits. Trotzdem schaut diese milchkaffeebraune Masse an Seriosität ganz neidisch (und auch ein wenig erhitzt) auf die vielen Frauen, die den heutigen Tag deutlich fröhlicher begrüßen. Sie tragen luftige Kleidchen, manche sogar Faltenminiröcke und hübsche Blusen. Ich glaube, es ist wirklich etwas dran, dass Holländerinnen mehr Spaß am Leben haben. Zumindest tragen sie fröhlichere Farben. Wenn man in Deutschland mit dem Auto an einer Ampel steht und die Masse der Fußgänger an sich vorbeigehen sieht, fällt einem wirklich auf, dass der Grundton monoton dunkel ist. Farben werden eher selten getragen. Ja, vielleicht kann man sagen, dass die Holländerinnen die Spanierinnen Westeuropas sind.

So, der Schlauch ist ausgetauscht, jetzt noch die Ummantelung in die Felgen bekommen. Meine Hände sind ölverschmiert. Ich wasche sie mir, ziehe mir ein neues T-Shirt an und radle zum Laden.

Auf dem Weg ins *Pink Tulip* fällt mir auf, dass ich in meinem neuen Leben viel mehr erlebe als früher. Es scheint wirklich nur eine Utopie zu sein, dass Menschen, die einem normalen Arbeitsleben nachgehen, eine Menge zu erzählen haben. Das stimmt nicht. Auch wenn in meinem neuen Leben hier in Amsterdam eigentlich überhaupt nichts passiert, ist doch vieles viel spannender als früher. Vielleicht bilde ich mir auch nur ein, dass ein Smalltalk mit einem Gast auf der Bank vor unserem Laden mir mehr bringt als eine Konferenz über die neue Tiefkühlproduktestrategie von *Happy Food*.

Im *Pink Tulip* ist die Brotbrigade gerade damit beschäftigt im Eiltempo Brote zu schmieren.

»Gut, dass du kommst«, begrüßt mich Kim. »Wir haben einen Auftrag von einer Firma hier um die Ecke erhalten. Die wollen jetzt täglich zur Mittagszeit vierzig Brote von uns geliefert bekommen!«

Wow, das hört sich super an. Ich binde mir eine Schürze um und putze den Salat. »Ist noch genügend Teig da, um eine weitere Runde zu backen?«, frage ich.

»Klar. Haben wir schon vorbereitet. In einer halben Stunde müssten die nächsten fertig sein!« Muk staubt vorne die Regale ab. Sie hat die Musik ganz laut gedreht und singt *Car Wash* mit. Was für eine glamouröse Putzfrau: Muk trägt ein kleines Hängekleidchen mit bunten Sonnenblumen, dazu eine Schmetterlingsstrassbrosche und einen pinkfarbenen Seidenschal.

Vier neue Kunden kommen rein und wollen Kaffee bestellen.

»Muk, kannst du mal helfen?«, rufe ich in den Nebenraum.

»Klar!« Sie wäscht sich die Hände ab und bedient die Kunden. Nach gut einer Stunde hat sich die Lage etwas beruhigt. Vierzig *brodjes* liegen in einer Kiste. Die neuen Laibe können aus dem Ofen geholt werden.

»Ich bring die mit dem Rad schnell zur Firma«, schlage ich vor. »Wollen wir danach in der Stadt eine Kleinigkeit essen?«

»Ach, ich würde lieber mal nach einem günstigen Kleid sehen,« stellt Muk fest. »Ich brauche doch noch etwas Hübsches für den Laden!«

Wie immer bin ich völlig begeistert, welche Ausreden sich Frauen einfallen lassen, um mal wieder shoppen zu gehen. »Okay, dann los.« Ich packe die Brotkiste auf meinen Gepäckträger.

Muk kommt aus dem Laden und ruft den Mädels ein »Wir sind in zwei Stunden zurück« zu. Ihre Habseligkeiten hat sie in eine alte Canvastasche von *Dior* gepackt, die sie vor einigen Jahren mal auf einem Flohmarkt entdeckt hat. Ich weiß das, da mir Muk anhand ihrer Taschensammlung schon mal ihr ganzes Leben erzählt hat und ich nun wirklich über jeder ihre Taschen, Rucksäcke, Beutel, Shopper und Galabags eine Geschichte kenne. »Die Welt der Frauen teilt sich in Schuhfans und Taschenfans«, hat sie mir dazu erklärt. »Ich bin ein Zwitterwesen. Ich liebe beides.« Deshalb kenne ich auch zu all ihren Schuhen die Gründe, wie es zu dem Kauf gekommen ist und warum er seine absolute Berechtigung hatte …

»Andere brauchen Drogen. Ich Schuhe«, zitiere ich daraufhin die Schauspielerin Sarah Jessica Parker, die ich kurz davor in einer *Oprah Winfrey Show* gesehen habe.

Mein neuer Großkunde befindet sich in einem Industriegebiet direkt neben unserem Stadtviertel. Überall stehen moderne Hochhäuser, in einem Glaspalast in der Form einer Pyramide hat Ludger van Diemen Electronics sein Büro. Bei der Empfangsdame gebe ich die Kiste ab.

»Vielen Dank für Ihren Auftrag. Wenn Sie besondere Wünsche bei den Broten haben, rufen Sie mich einfach an. Die Nummer steht auf der Rechnung.«

Die Dame nimmt die Kiste vom Tresen. »Vielen Dank. Wir sind hier schon alle total hungrig. Bis morgen dann!«

»Lass uns in die Damstraat fahren«, schlägt Muk vor, als ich aus der Glaspyramide komme. »Vielleicht finde ich bei Tony ein lustiges Kleid aus den Sechzigern.«

Wir fahren in die City und schlängeln uns durch die Fußgängerzone. Muk fährt vorneweg, ruft immer wieder genervt: *»Let op, fietspad?«*, wenn wieder mal ahnungslose Fußgänger auf dem Radweg entlangspazieren. Die Damstraat ist eine meiner Lieblingsstraßen in Amsterdam. Wäre sie eine Frau, würde man ihre Schönheit erst auf den zweiten Blick erkennen. Denn zu Beginn wirkt sie wie ein billiges Mädchen aus einer Hafengegend. Am Beginn der Damstraat, gleich neben dem Hotel *Kransopolsky* reiht sich ein English Pub neben das andere. Touristen essen im billigen Steakhaus, Drogendealer fragen einen sogar auf dem Rad, ob man nicht *Cocain* braucht. Doch die Schönheit der Damstraat zeigt sich erst im hinteren Teil. Hier sind viele kleine Geschäfte, etwa der wahnsinnig enge Stoffladen, wo die alte Besitzerin die Knöpfe einzeln in kleine Papiertütchen packt und mit einem Bleistift auf einen großen Block die Rechnung schreibt. Gegenüber gibt es einen Schmuckladen, einem Art Treffpunkt der Ladenbesitzer. Hier versammeln sich der Radverkäufer von nebenan, der Buchhändler, der sich auf italienische Literatur der Achtziger spezialisiert hat, und einige andere auf einen *koffie verkert*. Vom Fenster aus werfen sie immer mal einen Blick in die Richtung ihres Ladens, um nachzusehen, ob Kundschaft hineingeht. Doch Muks Liebling ist Tony, der Besitzer des Secondhandladens.

»Hej schat«, begrüßt er Muk und gibt ihr und mir drei Begrüßungsküsse auf die Wange.

Tonys Laden riecht nach Mottenkugeln und Zigarettenrauch. Er selbst ist ein lässiger Typ mit viel Charisma. Lange braune Haare, Dreitagebart – das Hemd hat er immer so weit aufgeknöpft, dass es bei anderen billig aussehen würde. Nicht jedoch bei Tony. Sein American-Gigolo-Outfit passt perfekt zu ihm.

»Hast du neue Klamotten bekommen?«, fragt Muk und wirft schon einen Blick Richtung Abendkleider.

»Nein, ich glaube, das meiste kennst du schon«, entschuldigt sich Tony. »Ich hab alte Pelzjacken reinbekommen. Wäre das was für dich?«

»Nein, das ist mir jetzt noch zu früh. Ach, dann kommen wir in ein paar Wochen wieder.«

Wir unterhalten uns mit Tony noch ein wenig über die Partyszene der Stadt. »Wenn ihr Clubkarten braucht, sagt Bescheid«, bietet uns Tony an und erzählt von einer Schmuckdesignperformance im alten Wasserturm am Westerpark. Er zündet sich eine neue Zigarette an und dreht das alte Transistorradio etwas lauter. Barry Manilow.

»Hej«, begrüßt er zwei deutsch sprechende Frauen, die schon von außen durchs Schaufenster einen Blick in den Laden geworfen haben.

»Wir gehen dann mal wieder«, verabschiede ich mich von Tony.

»Viel Glück« wünscht ihm Muk, da sie Tonys flirtenden Blick Richtung Kundschaft bemerkt hat. *»Zoal ik hebben«*, lacht er und geht zu den Frauen.

»Klasse Kerl«, überlege ich, als wir Richtung Supermarkt weiterradeln.

»Ja, ist echt ein toller Typ. Ich kenne ihn noch aus meiner harten Ausgehzeit vor fünf Jahren.«

Am nächsten Morgen warte ich morgens um halb sechs vor meinem Haus auf ein Taxi. Es ist noch recht frisch, die Vögel zwitschern und auf einer Bank an der Gracht sitzt ein Liebespaar und knutscht.

»Zum Flughafen«, sage ich zum Fahrer und schaue während der Fahrt wortlos aus dem Fenster. Ich bin nach drei Stunden Schlaf zu müde für oberflächliche Konversation. In manchen Fenstern der vorbeiziehenden Häuser brennt bereits Licht, einige Radfahrer sind unterwegs. Die Ringautobahn ist leer. In den Bürohochhäusern erkenne ich Putzmannschaften, die die hell erleuchteten Etagen säubern. An den S-Bahn-Haltestellen stehen Frauen in dünnen Kleidchen. Wahrscheinlich haben sie Gänsehaut – hoffend, dass der Tag heute so warm wird wie der gestrige.

»Welche Fluggesellschaft?«, fragt mich der Taxifahrer als er am Flughafen Schiphol ankommt.

»British Airways«, sage ich. »Gleich hier der erste Eingang. Vielen Dank.«

Ich checke mit meiner Vielfliegerkarte aus vergangenen Zeiten ein und passiere die Sicherheitskontrolle. Seit langem trage ich mal wieder einen Anzug, meinen hellbraunen. Wie die Männer in der Straßenbahn. Dazu ein dunkelbraunes Hemd. Keine Krawatte. Zu seriös will ich schließlich auch nicht aussehen. Lediglich dem Anlass entsprechend.

Eine halbe Stunde später gibt die Empfangsdame über ihr rauschendes Mikrofon durch, dass Flug BA 0423 nach London Heathrow mit dem Boarding begonnen habe und die Passagiere für diesen Flug zum Gate gebeten werden. Ich stehe auf, wünsche ihr einen schönen Tag und passiere kurz darauf die Passkontrolle.

Eine halbe Stunde später steigt der Airbus in den Himmel über Amsterdam. Es ist wolkenlos. Von meinem Fenster kann ich den Oosterpark erkennen. Unseren Laden sehe ich leider nicht, die Maschine dreht nach links ab. Ich höre das Einfahren der Startklappen. Gleich werden die Anschnallzeichen erlöschen. Ich schlafe ein.

Nicht mehr lange, und die Tagesreise nach London
wird das Glück besiegeln.

25

Das Finale beim Prinsengrachtfestival

»Du musst unbedingt auch die hier probieren.«

Abdalah schneidet ein Stück Weißbrot ab und schmiert mir eine hell-violette Käsecreme darauf. Ich probiere.

»Oh, das schmeckt aber wirklich köstlich. Ist die mit Aubergine angemacht?«

Abdalah nickt. »Uraltes Familienrezept«, sagt er stolz und holt schon mal einen Plastikbecher aus der Schublade. »Große Portion, nehme ich an?«

Sicher, schließlich ist heute Prinsengrachtfestivalsamstag und da dürfen wir nicht im Boot verhungern. Einen großen Topf Auberginekäsecreme also, dazu noch Schnittlauchcreme, die mit Paprika sowieso und natürlich ein Becher Lachskäsecreme und Pastakräutersalat, grüne Oliven mit Knoblauch, sicherheitshalber auch eine Portion ohne, man weiß ja nie. Auf dem Markt ist schon jetzt, um kurz nach acht am Morgen, eine Menge los. Die *mantjes* sind gefüllt mit Köstlichkeiten. Dieser Tag ist für die Stadt offenbar wirklich etwas Besonderes.

»Wann fahrt ihr denn los?«, höre ich einen jungen Mann mit Kinderwagen eine Bekannte fragen. »Hoffentlich hält das Wetter« ist ein anderer Satz, den ich schon mehr als einmal vernommen habe. Heute Nacht ist ein starkes Gewitter über die Stadt gezogen. So stark, dass Muk und ich davon aufgewacht sind, da das Schlafzimmer immer wieder von den Blitzen hell erleuchtet wurde. Unsere dünnen, alten Scheiben sind durch die Wucht des Donners etwas erzittert. Auf der Straße liegen jede Menge Äste, die dem Sturm nicht standhalten konnten. Noch immer ist es bewölkt. Zwar sehe ich keine dunklen Wolken mehr, das nun Gott sei Dank nicht. Aber Sonnenschein wäre natürlich schon schöner. Beim Weinhändler kaufe ich sechs Flaschen französischen Rosé, dazu meinen *Taittinger*, ebenfalls sechs. Zusammen mit dem Verkäufer trage ich die Kisten vor das Geschäft. Ein Teenager in übergroßen Skaterhosen, Chucks und rotem Fußball-T-Shirt mit der Nummer 7 sitzt gelangweilt auf den Stufen vor dem Laden. Er schließt sein Rad auf, stellt den Alkohol in einen riesigen Holzkorb, der vor dem Lenkrad befestigt ist.

»Okay, wo soll ich den Champagner hinbringen?«

Ich gebe ihm die Adresse, drücke ihm zehn Euro in die Hand und wünsche ihm viel Spaß am Wochenende.

»Super, vielen Dank«, sagt der Junge und steckt den Schein in seine riesige Hosentasche. »Davon kaufe ich meiner Freundin und mir etwas Leckeres fürs Konzert.«

Offenbar ist heute Abend wirklich die ganze Stadt unterwegs. Mein Handy klingelt.

»Habt ihr Zeit, zu mir ins Hotel auf einen Kaffee zu kommen?«, fragt mich meine Mutter, die gestern in der Stadt eingetroffen ist. Abends waren wir zusammen essen. Es war ein schöner Abend. Vor allem ein beruhigender. Ich konnte mich selbst davon überzeugen, wie gut es ihr mittlerweile geht. Umgekehrt konnte sie das natürlich auch bei mir. Wir bestellten noch eine Flasche Champagner (Was würde ich eigentlich ohne machen?) und tranken darauf, wie gut es doch das Leben wieder mit uns meint. Mit dem Taxi setzte ich sie im Hotel ab. Kurz darauf piepte mein Handy. Eine SMS.

Es war schön, mal wieder lange mit dir gesprochen zu haben. Du bist doch der wichtigste Mensch in meinem Leben. Schlaf gut. A.

Schon seltsam. Früher hätte ich mir nach so einer Mitteilung Sorgen gemacht, da ich mir sicher bin, dass sie jetzt alleine in ihrem Hotelzimmer sitzt und sich an mich klammert. Heute freue ich mich über das Kompliment. Vor allem weil ich weiß, wie lange sie braucht, um eine SMS zu tippen.

»Also, kommt ihr vorbei?«, fragt mich meine Mutter erneut, und reißt mich aus den Gedanken an gestern Abend.

»Sorry, wir müssen das Boot noch putzen«, entschuldige ich mich bei ihr. »Aber komm doch einfach bei uns nach dem Frühstück vorbei. Dann kannst du die Planken polieren.«

Sie lacht. Dabei war der Vorschlag ernst gemeint.

Ein wenig erinnert die Szene an die Samstagnachmittage in meiner Kindheit. Vor unserer Garage in einer Reihenhaussiedlung hatten die Familienväter ihre Autos geparkt und wuschen im Trainingsanzug oder einer alten Bundfaltenjeans, die ihre Ehefrauen sicherheitshalber für »weniger gute Anlässe« aufgehoben hatten, ihre Wagen. Die Türen der Autos waren weit geöffnet, damit man mit dem Handstaubsauger auch das Innere piekfein machen konnte – vor allem aber, um die Radioübertragung aus dem Fußballstadion live mitverfolgen zu können. »Wir schalten um nach Schalke«, hörte man aus den Boxen, untermalt vom Gejohle der Fans in den Stadien. Immer wieder verwundert war ich, wie unterschiedlich sich das Fangejohle in den Städten anhörte. Die Bayernfans machten ein viel tieferes Geräusch, beinahe schon ein Brummen. Während die Bremer eher durch einen Singsang auffielen. In Abständen hörte man die Auto waschenden Familienväter jubeln oder fluchen, jeweils davon abhängig, für welche Mannschaft sie mitfieberten. Auf unserem Reihenhausgaragenplatz lag die Sympathie eindeutig bei Bayern München oder Eintracht Frankfurt.

So war das damals in den Siebzigern, und was dem Deutschen das Auto, ist dem Holländer das Boot. Auch das bekommt einen Namen, wird redlich gepflegt – eigentlich fehlt nur noch ein Stofftierchen am Lenkrad oder aber die umhäkelte Toilettenpapierrolle. Nur dafür gibt es auf einem Kahn eben keinen Platz. Zu fünft säubern wir also unsere Boote für das Konzert heute Abend. *Grapje,* das Boot von Cees und Tooske, bekommt sogar noch eine Lackierung, die ihm einen »letzten schönen Sommer« schenken soll, wie Cees traurig bemerkt. Schlimm, wenn man weiß, dass es mit jemandem zu Ende geht.

Auch ich gebe mir Mühe, klar Schiff zu machen. Eigentlich wäre ich auch schon nach einer Viertelstunde damit fertig gewesen, aber Muk weist mich streng darauf hin, dass noch viel zu viel Laub auf dem Boden des Schiffs liegt.

»Ich will mich nicht schämen«, sagt sie mit eindringlichen Ton, der keine Widerrede duldet.

Offenbar verstehen Holländer wirklich keinen Spaß, wenn es um ihre Boote geht. Dieses Hobby nehmen sie sehr ernst. Ich füge mich also und knie mich auf den Boden, um auch die letzten Blätter zwischen den Holzplanken herauszuziehen. Immer mehr Boote cruisen über die Gracht. Unser Schiff schwankt. Ich habe Angst, ins Wasser zu fallen, und muss mich immer wieder am Lenkrad festhalten. Die meisten vorbeifahrenden Boote sind geschmückt, zumindest aber haben sie die holländische Flagge gehisst, manche auch die Amsterdamer Fahne, drei untereinander gesetzte X mit roten, schwarzen und weißen Balken. Selbstverständlich haben die Leute sich ebenfalls maskiert, das gehört bei diesem Völkchen offenbar dazu. Findet ein Volksfest statt, egal von welchem kulturellen Anspruch, irgendwer trägt immer eine *oranje*farbene Perücke oder einen aus Luftballons gebastelten Zylinder.

»Wir sollten auch bald losfahren«, schlägt Ron vor, der mit zwei Freunden bei uns anlegt und das gemietete Boot auf Vordermann bringt. Nervös schaut er immer wieder auf die Uhr. Ralf ist in der Stadt. Sie haben sich um halb drei am Bootssteg des Hotels *Pulitzer* verabredet. Jetzt ist es halb zwei.

»Keine Panik, er geht dir schon nicht verloren«, beruhige ich Ron. »Wir müssen noch auf Joan warten. Sie dürfte jeden Augenblick vorbeikommen.«

Der Augenblick dauert ungefähr noch eine halbe Stunde. Aber man muss es wirklich ganz deutlich sagen, das Warten hat sich gelohnt. Für Joan. Ihr Auftritt ist der einer Diva. Elizabeth Taylor hätte es nicht besser hinbekommen. Dass Joan High Heels trägt, versteht sich von selbst. Killerstilettos. Schwarz mit einem *Chanel*-Logo aus Kristallen. Und natürlich eine Sonnenbrille, ebenfalls Chanel. So groß wie eine Brieftasche. Und Schwarz. Eigentlich dürfte sie bei solchen dunklen Gläsern gar nichts sehen – zumindest sich nicht im Straßenverkehr bewegen. Aber La Joan wird chauffiert. Im Boot.

»Sorry, Darling. Wir sind ein wenig spät«, ruft sie mir zu und reicht mir eine Hand, damit ich sie die Haustreppe herunterführen kann. »Aber ich wusste wirklich nicht, was man zu so einem Anlass tragen soll. Einerseits etwas Festliches, schließlich hören wir klassische Musik. Andererseits muss es ja auch ein wenig *casual* sein, *non?«*

Ich schaue mir Joans goldenes Kostüm mit viel Schmuck und glitzernden High Heels an. »Wenn du *casual* aussiehst, heiße ich Placido Domingo.«

Joan lacht. Tief und schmutzig. Wahrscheinlich ist es das, was sie unter *casual* versteht. »Gefalle ich dir?«, fragt sie mich und erwartet eigentlich keine Antwort.

»Du siehst unwerfend aus. Wirklich.«

Sie nickt und gibt mir Recht. »Schau mal«, sagt sie und streckt mir ihren Hals entgegen, so nah, dass ich ihr schweres Parfum riechen kann »Die Klunker hat mir George geschenkt. Ein Traum, findest du nicht? Ach, er ist einfach ein Schatz, mein Fleischhändler.«

Wir gehen zu den anderen, die bereits in unseren Booten auf Joan warten. Sie wirft allen Kusshände zu. Ich sehe, wie Muk gerade die Kinnlade herunterfällt, als sie Joans Juwelen fokussiert.

»Bei wem fährst du mit?«, fragt Cees Joan.

»Bei niemandem. George hat mich vorhin angerufen. Er ist auf dem Weg hierher. Wir haben uns noch schnell ein Schiffchen zugelegt. Braucht man ja in dieser Stadt ...« Das Hupen und Heranbrausen eines Bootes unterbricht Joan. »Ach, da ist er ja«, ruft sie und verstaut ihr Mobiltelefon in ihrer schwarzen *Chanel*-Tasche.

»Bootchen!« Tooske lacht, als sie sieht, was sich George da zugelegt hat.

Eine Riva Florida, jenes Luxusboot, mit dem der Jetset bereits in den Fünfzigern die Côte d'Azur entlangfuhr. Es sieht umwerfend aus. Das Holz funkelt fast so stark in der Sonne wie Joans Schmuck. George steht am weißen Lederlenkrad und wirft uns das Tau zu. Wir helfen Joan an Bord, sie küsst ihren George und nimmt danach auf den beigefarbenen Lederbezügen Platz. Auf einem kleinen Tischchen hat George bereits einen Champagnerkühler und zwei Gläser aufgestellt. Joan holt die Flasche aus dem Eis und öffnet sie.

»Ahoi«, ruft sie. Wir lachen. Unsere Joan.

»Ich glaube, es kann losgehen. Madame ruft zum Aufbruch«, schlussfolgert Muk.

Ich muss an einen Satz von Ivana Trump denken, den wir uns doch offenbar mehr zu Herzen nehmen sollten. *»Living well is the best revenge.«* Die Ivana der Keizersgracht lebt uns das gerade beeindruckend vor …

Im Kahnkorso fahren wir die Keizersgracht hinunter. Ganz vorne *Grapje* mit Tooske und Cees, dahinter tuckern Muk und ich in unserer *Ilse*. Den Picknickkorb haben wir mit den Köstlichkeiten vom Markt gefüllt. Muk hat eine pink-weiß-karierte Tischdecke eingepackt. Auch auf hoher See muss schließlich ein wenig Stil herrschen. Hinter uns schließlich lenkt Ron eine kleine Jolle. Immer wieder schaut er auf die Uhr, allerdings versucht er das so unauffällig zu machen, damit auch wirklich niemand auf die Idee kommt, er sei nervös. Er hat sich richtig chic gemacht, trägt ein Nadelstreifensakko, darunter ein weißes Hemd und eine viel zu große Armeehose. Sehr lässig. Am Ende unserer Stafette schließlich thront Joan auf dem Rivaboot. Sie hat sich schräg auf die Lederbank drapiert und schaut offenbar gedankenversunken ans Ufer.

»Am liebsten würde sie den Massen zuwinken«, ruft uns Ron von seinem Boot zu.

Wir lachen und hupen. »Hätte nicht gedacht, dass es so voll ist«, sage ich zu Muk und deute auf die vielen kleinen Boote, Ausflugsschiffe und Tretboote, die über die Gracht ziehen.

»Wart mal ab«, weiß Muk. »Das ist noch gar nichts. In zwei Stunden haben wir hier richtig Stau.« Cees biegt in eine Seitengracht ab, um langsam Richtung Prinsengracht zu kommen. Damals bei meiner ersten Bootstour mit Cees und Tooske hätte ich mir niemals vorstellen können, nur wenige Monate später mit der Liebe meines Lebens auf einem eigenen Boot über die Gracht zu gleiten. Ich gebe Muk einen Kuss – und taste dabei fast unbewusst die rechte Tasche meiner Jeansjacke ab. *Gott sei Dank*, denke ich. *Ich hab es eingesteckt*.

Von weitem sehen wir schon den Ponton, auf dem heute Abend das Konzert stattfinden wird. Er erstreckt sich über die ganze Breite der Gracht. Bühnenarbeiter turnen noch auf dem Metallgestell herum und befestigen die letzten Lampen. Wir drosseln die Geschwindigkeit. Selbst jetzt, mehrere Stunden vor dem Konzert, sind die ersten Reihen vor der Bühne bereits mit Booten besetzt. Wir legen ein wenig weiter hinten an, an der Seite, so dass wir jederzeit ans Ufer gelangen können.

»Ach, da musst du dir keine Gedanken machen«, klärt mich Muk auf, als sie merkt, dass ich unbedingt am Uferrand befestigen möchte. »Nachher werden all diejenigen, die aufs Klo müssen und deren Schiff in der Mitte liegt, über die anderen Boote klettern.«

Cees kommt zu uns. »Stimmt. Heute sind wir hier alle eine große Familie. Letztes Jahr habe ich sogar auf dem Rückweg mein Boot nicht mehr gefunden und bin bei anderen einfach hängen geblieben und hab dort mitgetrunken.«

Tooske kneift ihm in den Bauch. »Stimmt. Und ich konnte mir das Konzert alleine ansehen. Blödmann.« Ron bindet sein Boot an unserer *Ilse* fest und springt ans Ufer. »Ich such jetzt mal Ralf!«, verabschiedet er sich von mir.

Hoffentlich haben die beiden einen Treffpunkt verabredet. Denn schon jetzt herrscht hier Volksfeststimmung. In den kleinen Straßen rund ums Konzertgeschehen haben

Leute Tische aufgebaut, sie sitzen auf Bierbänken. Kinder verkaufen auf ausgerollten Wolldecken abgelegte Spielsachen und Hausfrauen bessern mit dem Verkauf von *belegde brodjes* und *pilsjes* ihr Haushaltsgeld auf. Über riesige Lautsprecher, die das ganze Ufer säumen, läuft bereits klassische Musik, was dem ordinären Volksfest einen sehr angenehmen Touch gibt. So muss das große Sommerfest bei der Königin von England sein.

○ ○ ○

Natürlich erkennt er ihn sofort. Auch wenn er sich durch die Menschenmassen drängeln muss. Wie könnte er ihn denn auch übersehen? Schließlich stehen seine Augen auf Autopilot, der die Menschen scannt und sich so den Weg bahnt zu ihm: zu Ralf. Rons Herz rast. Es kommt ihm so vor, als würde ihm gleich der Kopf platzen. Seine Hände sind ein wenig feucht. Er weiß, dass man ihm das gar nicht ansieht. Niemand hat bisher gemerkt, wenn er nervös war. Nicht mal seine Stimme zittert. Er wirkt total cool. Manche sagen: emotionslos. Dabei ist er das gar nicht.

Erst spät sieht auch Ralf, dass Ron auf ihn zukommt.

Gott sei Dank, *denkt Ron, er ist auch ganz zappelig. Tritt die ganze Zeit auf der Stelle herum, schaut auf die Uhr und wischt sich die Hand an der Hose trocken. Gut sieht er aus. Sexy, diese beigefarbene Hose und das Fred-Perry-Polohemd in Rosé. Bisschen spießig, aber süß.*

»Kommen Sie öfter hierher?«, flüstert Ron in Ralfs Ohr.

»He«, freut der sich. »Da bist du ja.« Er will Ron die Hand geben. Doch der ergreift die Initiative, umarmt Ralf und gibt ihm einen Kuss. »Schön, dass du wieder bei mir bist.«

Schüchtern erwidert Ralf den Kuss. »Finde ich auch«, flüstert er zurück.

Sie suchen sich einen Platz an einem der langen Biertische und bestellen sich zwei Milchkaffees. Sie reden, lachen, glucksen, amüsieren sich über Vorbeiziehende.

»Wollen wir zu den anderen aufs Boot?«, fragt Ron.

»Nein«, sagt Ralf. »Lass uns noch ein bisschen allein bleiben.«

Aus der Lautsprecherbox hinter ihnen ist ein Violinenkonzert zu hören. Eine alte Frau in silbernen Schuhen, deren Absätze schon ganz abgelaufen sind, trippelt mit ihrem kleinen Hund an ihnen vorbei. Der kleine Yorkshire-Terrier rennt auf eine Taube zu. Die Frau ermahnt ihren Liebling: »Aber Häschen, du wirst doch dem Täubchen nichts tun.«

Ron und Ralf schauen sich an. Beide fangen laut an zu lachen.

○ ○ ○

»Streichquartett Nummer 20 in D-Dur«, weiß Cees, als er die Musik hört, die das ganze Areal beschallt. Wir sitzen auf Joans Riva und haben bereits die zweite Flasche Champagner geöffnet. Dazu gibt es frisches Weißbrot, Oliven und meine kleine Auswahl an Käsecremes.

»Entschuldigt mich mal kurz«, sage ich und gehe von Bord. In einer der vielen Kneipen werde ich mich schon auf die Toilette schmuggeln können.

»Herr Schmetter?«, spricht mich plötzlich eine tiefe Männerstimme von der Seite an.

Ich drehe mich um. Gibt's ja nicht. »Dr. Brienzle«, stottere ich und kann meine Überraschung kaum verbergen. »Was machen Sie denn hier?«

Vor mir steht mein früherer Chef von *Happy Food* im legeren Freizeitlook. Neben ihm lächelt mich seine Frau aus dem Bilderrahmen auf seinem Schreibtisch an. Sofort erkenne ich, dass die Aufnahme im Büro wohl doch schon eine Zeit zurückliegen muss. Sie ist stark geliftet. Schlecht noch dazu. Ihre Haut spannt über dem Gesicht. Der dick aufgetragene Lippenstift in Pink unterstreicht die Fehlleistung des Schönheitschirurgen.

»Ach, wir gönnen uns ein hübsches Wochenende in Amsterdam. Wie wundervoll, dass heute Abend dieses Konzert stattfindet.« Ich kann es nicht glauben. »Herr Schmetter, sind Sie denn auch nur für ein paar Tage in der Stadt?«

Marianne hat ihm also wirklich nicht verraten, was ich seit meiner Kündigung mache. Zumindest ein wenig erzähle ich ihm. Vom Laden, der erfolgreichen Brotbar und meiner Wohnung an der Keizersgracht.

»Gibt's ja nicht«, unterbricht mich Brienzle immer wieder. Seine Gattin nickt nur. Emotionslos.

»Wissen Sie, Herr Schmetter, auch bei *Happy Food* ist einiges passiert. Wir haben *Landbrot Thüringen* nun doch noch einmal auf dem europäischen Markt getestet und festgestellt, dass es offenbar einen Bedarf an diesem Produkt gibt. Wir haben uns deshalb entschlossen, *Thüringen* ab November mit einer groß angelegten Marketingstrategie in acht Ländern herauszubringen. Vor allem der osteuropäische Markt macht uns Hoffnung.«

Ich glaube es nicht. Meine Kündigung wurde also vorschnell ausgesprochen. Das muss ich morgen gleich meinem Anwalt sagen, der ja immer noch nicht genug Geld als Abfindung rausholen konnte. Mit dieser Auskunft hat sich Dr. Brienzle gerade keinen Gefallen getan. Ich hatte also doch Recht mit meinem Gespür für die Markenwelt der Tiefkühlbrote.

Doch was mir Dr. Brienzle dann, zwischen Mozarts Violinkonzert vom Band, Bratwurstgeruch und dem Gedränge der Menschenmassen, zu sagen hat, überrascht mich mehr als alles andere. Ich höre ihm zu. Eine halbe Stunde lang hält er mir einen Vortag. Macht mir Versprechen. »Das wäre doch wirklich das Richtige für Sie«, sagt er.« Oder: »Das Gehalt wäre sicher eines der besten in Ihrer Altersgruppe!« Und: »Wir lassen Sie nächste Woche einfliegen und sprechen über den Vertrag?« Schließlich: »Also, Schmetter, was ist: Wollen Sie nun Geschäftsführer unseres europäischen Geschäftsbereichs Tiefkühlprodukte werden?«

Jetzt muss ich es nur noch Muk erklären. Nachdem ich mich vom Ehepaar Brienzle verabschiedet und mich mit ihnen morgen noch auf einen Martini bei mir zu Hause verabredet habe, laufe ich zurück zu den anderen.

»Da bist du ja!«, ruft mir Muk zu und winkt. Wie schön sie in ihrem roséfarbenen Sommerkleid mit den bestickten Strassblumen aussieht. In ihrem Haar sitzt ein bunter, mit Perlen besetzter Schmetterling.

»Sorry, hab noch einen alten Bekannten getroffen«, lüge ich und klettere auf das Boot.

Ralf und Ron sind mittlerweile auch von ihrem Spaziergang à deux zurück aufs Boot gekommen. An ihren Blicken, diesem Funkeln, kann ich erkennen, dass sie sehr glücklich sind. Besonders Ron. Aber auch Ralf wirkt mehr als zufrieden.

»Erzähl es ihm«, drängelt Ron seinen Liebsten. »Okay«, beginnt Ralf, »Oliver, den anderen habe ich es schon verraten, weil ich einfach nicht abwarten wollte, bis du da bist. Dabei war es mir sehr wichtig, dass du der Erste bist, der es erfährt. Egal. Ich habe beschlossen, meine Familie zu verlassen. Ich will sie nicht länger anlügen. Ich habe gemerkt, dass ich mich bei Männern wohler fühle.«

Ron schaut pikiert auf. »Bei Männern? He, doch wohl bei mir?«

Wir lachen.

»Klar, bei dir. Bin ja froh, dass ich wenigstens beim Ersten gleich an den Besten geraten bin. Ich fliege also morgen zurück und werde es meiner Frau sagen. Leicht wird das nicht. Obwohl sie sicher gemerkt hat, dass ich mich verändert habe. Ich habe mich in letzter Zeit extrem zurückgezogen. Und das alles, weil ich mich in den da«, er deutet auf Ron, »so verknallt habe!«

Die beiden geben sich einen Kuss. Schnell, fast heimlich. Ralf wird also seine Familie verlassen. Er möchte sich erst mal eine Wohnung in Hamburg nehmen und am Wochenende zu Ron fliegen. Auch in der Kanzlei wird er sich outen. »Die werden das schon verstehen. Ich bleib ja derselbe«, hofft er. Ich wünsche ihm, dass er Recht behält. Und verschweige ihm, dass ich seinen Chef nicht unbedingt für den tolerantesten Menschen halte.

»Schätzchen«, ruft vom Nebenboot eine leicht angesäuselte Joan, deren Frisur ein wenig derangiert wirkt. »Wir haben euch auch etwas zu sagen.«

Sie heiraten, denke ich.

»Ich verlasse euch. Mein *sweetheart* George hat ein Grachtenhaus gekauft. Also ich verschwinde nicht aus eurem Leben, sondern ziehe nur eine Gracht weiter weg.«

Wir salutieren und trinken auf unser aller Glück.

Längst ist es dunkel geworden. Hunderte Boote drängeln sich auf der Prinsengracht vor dem Ponton. Muk und ich klettern in unsere *Ilse.* Lange kann es nicht mehr dauern, bis das Konzert beginnt. Wir sehen, dass der schwarze Flügel bereits von einer Plastikplane enthüllt und noch einmal poliert wird. Immer mehr Musiker des Philharmonischen Orchesters nehmen auf ihren Stühlen Platz. Muk holt aus unserem Picknickkorb vier Kerzen heraus und zündet sie an. Um uns herum sitzen überall Verliebte, Freunde und Familien auf ihren Booten und genießen ihr Picknick auf dem Wasser.

Muk fröstelt. Ich lege eine Wolldecke über ihre nackten Beine, nehme sie in den Arm. »Was für ein wunderschöner Abend«, sage ich.

Sie schmiegt ihren Kopf an meine Schulter. »Ich liebe dich!«, sagt sie.

»Und ich muss dir etwas erzählen.« Ich weiß nicht, ob ich vor Kälte oder Nervosität zittere.

Muk erkennt offenbar sofort, dass ich ihr etwas Wichtiges zu sagen habe. »Gerade eben«, beginne ich, »als ich so lange weg war ... also als ihr auf mich gewartet habt ... na ja, ich wollte eigentlich nur auf Toilette gehen ... da habe ich meinen früheren Chef getroffen. Brienzle. Dr. Brienzle ... der Typ, der mich damals bei *Happy Food* rausgeworfen hat. Offenbar haben sie meine Kündigung bereut ... das Brot kommt jetzt doch auf den Markt, und er hat mir einen Wahnsinnsjob in München angeboten.« Muk schaut mich an. »Aha«, sagt sie. Mehr nicht.

»Na ja, so ein Job, das wär's. Ich habe mir immer gewünscht, international arbeiten zu können und eine Menge Verantwortung zu haben. So wollte ich das doch immer, vielleicht habe ich dir das schon mal gesagt.«

Vorne auf der Bühne beginnen die Philharmoniker bereits ihre Instrumente zu stimmen.

»Komischerweise habe ich gerade noch in den letzten Tagen daran gedacht, wie es wohl wäre, wenn ich wieder einen Job als Manager hätte. Vorgestern war ich in London. Am Flughafen, im Flieger, ja selbst im Heathrow Express saßen eine Menge solcher Typen, wie ich bis vor weniger als einem halben Jahr auch einer war. Und gerne war, versteh mich da bitte nicht falsch. Aber sie hatten kein Strahlen in den Augen. Sie saßen da, spielten eine Rolle, und ich habe gemerkt, dass ich das überhaupt nicht vermisse und unglaublich glücklich bin mit meinem Leben. Deshalb habe ich vorhin keine Minute gezögert und Brienzles Angebot abgelehnt. Du wirst mich wohl noch ein wenig in Amsterdam ertragen müssen.«

Muk hält jetzt nichts mehr unter ihrer Decke. Sie fällt mir um den Hals. Küsst mich, strahlt, vielleicht ist das sogar eine Träne in ihrem Augen. »Spinner«, sagt sie und schlägt mir auf den Rücken. »Wie kannst du das nur so spannend machen.«

Ich muss lachen. »Wieso warst du eigentlich in London?«, fragt sie mich plötzlich.

Endlich stellt sie die Frage, die ich die ganze Zeit schon hören wollte. Ich greife in meine Tasche und hole ein kleines, mit Leder bezogenes Kästchen heraus. »Ich hatte einen Termin der Old Bond Street.« Langsam öffne ich das Kästchen (schließlich öffnet man solche Kästchen immer ganz langsam, zumindest in Filmen oder hochglamourösen Serien). »Du spinnst!«, schreit Muk auf.

»Und du wiederholst dich«, sage ich und stecke hier den pinkfarbenen Diamanten an den Finger. »Und du hast ihn verdient!« Ich küsse sie. Zum Glück passt er.

»Baguetteschliff«, weiß Muk. »Genau wovon ich immer geträumt habe. Der hat doch bestimmt zwei Karat«, überlegt sie.

Drei. Aber das muss mein Schatz nicht wissen. Zumindest ist das Ding groß genug, um es mit dem Strahlen dieser wunderbaren Frau, der Liebe meines Lebens, aufzunehmen.

»Aber du fragst jetzt nicht, ob wir heiraten?«, überlegt Muk und dreht ihren Finger hin und her.

»Keine Angst. Ich frage dich nur, ob du noch lange das Glück mit mir genießen möchtest! Danke für alles, danke, dass du mir gezeigt hast, worauf es im Leben ankommt«, sage ich.

»Pssst«, fordern die Besucher in einem Boot vor uns.

»Es geht los«, sagt Muk und applaudiert dem Dirigenten, der soeben die Bühne betreten hat. Das Orchester steht auf, verbeugt sich und beginnt mit dem Prinsengrachtkonzert. Ich schenke Champagner nach, wir stoßen an und prosten den anderen, meinen neuen Freunden, zu: Ron und Ralf, Joan und George, Cees und Tooske. Schön, dass es sie gibt. Irgendwo am Bootsrand wird auch meine Mutter stehen und die Sinfonie, diesen lauen Sommerabend und mittlerweile auch das Leben wieder genießen. Schön so.

Es ist nicht so, dass einen das Leben warnt, wenn es plötzlich die Richtung ändern will. Dass es einem vielleicht ins Ohr flüstert: »He, stell dich schon mal darauf ein: Ab heute Abend wird nichts mehr so sein, wie es einmal war.« Nein, das Leben hat kein Frühwarnsystem, man kann sich nicht darauf verlassen wie auf den Wetterbericht – und so kommt es dann ganz plötzlich, das Glück. So wie Sonnenstrahlen, mit denen man gar nicht mehr gerechnet hat, die sich durch schwarze Wolken kämpfen und dann umso stärker blenden. Ja, so muss es sein. Niemand kann sich im Leben auf irgendetwas einstellen. Man muss einfach nur genau hinhören, hinsehen und offen sein. Und genießen: das Glück, die Liebe, das Leben – und vor allem das Frühstück in Amsterdam.